RIEN NE VAUT LA DOUCEUR DU FOYER

Tout d'abord secrétaire puis hôtesse de l'air, ce n'est qu'à la mort de son mari que Mary Higgins Clark se lance dans la rédaction de scripts pour la radio, puis de romans. Son premier ouvrage est une biographie de George Washington. Elle décide ensuite d'écrire un roman à suspense, *La Maison du guet*, qui devient son premier best-seller. Encouragée par ce succès, elle continue à écrire tout en s'occupant de ses enfants. En 1980, *La Nuit du Renard* obtient le Grand Prix de littérature policière. Mary Higgins Clark prend alors son rythme de croisière et publie un titre par an, toujours accueilli avec le même succès par le public. Elle est traduite dans le monde entier et plusieurs de ses romans ont été adaptés pour la télévision. Depuis quelques années, elle cosigne des ouvrages avec l'une de ses filles, Carol Higgins Clark, qui mène par ailleurs sa propre carrière d'écrivain.

D1408005

*En souvenir heureux d'Annie Tryon Adams,
joyeuse et tendre amie.*

MARY HIGGINS CLARK

Rien ne vaut la douceur du foyer

ROMAN TRADUIT DE L'ANGLAIS (ÉTATS-UNIS) PAR ANNE DAMOUR

ALBIN MICHEL

Titre original :

NO PLACE LIKE HOME
Simon & Schuster, Inc., New York.

Lizzie Borden prit une hache
Et en asséna quarante coups à sa mère
Puis voyant ce qu'elle avait fait
Elle en donna quarante et un à son père.

Prologue

Liza rêvait. C'était son rêve préféré, celui où elle avait six ans et était à la plage avec son papa à Spring Lake, dans le New Jersey. Ils étaient dans l'eau, se tenant par la main, et sautaient ensemble chaque fois qu'une vague éclatait à leur hauteur. Puis arrivait une déferlante beaucoup plus grosse, papa l'empoignait en criant : « Tiens bon, Liza », et une seconde plus tard ils étaient happés par un rouleau. Liza avait eu très peur.

Elle sentait encore son front heurter le sable quand la vague les avait rejetés sur le rivage. Elle avait bu la tasse, elle toussait, ses yeux lui piquaient et elle pleurait mais papa l'avait attirée contre lui et serrée très fort dans ses bras. « Ça alors, c'était une sacrée vague ! » s'était-il exclamé en essuyant le sable de son visage. « Mais nous avons tenu bon, n'est-ce pas, Liza ? »

C'était ce qu'elle préférait dans son rêve, se sentir en sécurité dans les bras de papa.

Avant le retour de l'été, papa était mort. Aujourd'hui Liza avait dix ans et elle ne s'était plus jamais sentie en sécurité. Elle avait toujours peur parce que maman avait obligé Ted à s'en aller. Ted était son beau-père, il ne voulait pas divorcer, il harcelait maman pour qu'elle le laisse revenir. Liza savait qu'elle n'était pas seule à avoir peur ; maman aussi avait peur.

Liza s'efforçait de ne pas écouter. Elle aurait voulu se retrouver dans le rêve, dans les bras de papa, mais les voix l'empêchaient de se rendormir.

Quelqu'un pleurait et hurlait. Avait-elle entendu maman crier le nom de papa ? Que disait-elle ? Liza se redressa et sortit de son lit.

Maman laissait toujours la porte de la chambre entrouverte pour lui permettre de voir la lumière dans le couloir. Et, jusqu'à ce qu'elle se marie avec Ted l'an passé, elle lui avait toujours dit que, si elle se réveillait et se sentait triste, elle pouvait venir dormir avec elle. Après l'arrivée de Ted, Liza ne s'était plus jamais réfugiée dans le lit de sa mère.

C'était la voix de Ted qu'elle entendait à présent. Il criait contre maman, et maman protestait : « Lâche-moi ! »

Liza savait que maman avait très peur de Ted et que, depuis son départ, elle gardait le pistolet de papa dans le tiroir de sa table de nuit. Elle s'élança dans le couloir, ses pieds se déplaçant sans bruit sur l'épaisse moquette. La porte du petit salon de maman était ouverte et, en passant, elle vit que Ted avait plaqué maman contre le mur et la secouait. Sans s'arrêter, elle courut jusqu'à la chambre de sa mère, fit le tour du lit, ouvrit le tiroir de la table de nuit. Tremblante, elle s'empara du pistolet et repartit à la hâte en direction du salon.

Debout dans l'encadrement de la porte, elle pointa l'arme vers Ted en criant : « Lâchez ma mère ! »

Ted se retourna brusquement, sans desserrer son étreinte, ses yeux agrandis par la colère. Les veines de son front saillaient. Liza vit des larmes couler le long des joues de sa maman.

« D'accord », s'écria-t-il. Et il repoussa violemment sa mère qui vint s'abattre sur elle. Le coup partit au même moment. Liza entendit un drôle de petit gargouillement et maman s'affaissa sur le sol. Liza regarda sa mère à ses pieds, puis leva la tête vers Ted. Il plongea dans sa direction, Liza pointa le pistolet vers lui et appuya sur la détente. Elle appuya et appuya encore, jusqu'à ce qu'il tombe à terre, et se mette à ramper à travers la pièce pour tenter de lui arracher son arme. Lorsque les munitions furent épuisées, elle lâcha le pistolet, s'écroula sur le sol et mit ses bras autour de sa mère. Elle n'entendit plus aucun bruit et comprit que sa mère était morte.

Liza n'avait qu'un vague souvenir de la suite. Elle se souvenait de la voix de Ted au téléphone, de l'arrivée de la police, de quelqu'un qui dénouait ses bras serrés autour du cou de sa mère.

Elle ne devait plus jamais la revoir.

1

Vingt-quatre ans plus tard

Je ne peux pas croire que je suis là, à l'endroit précis où je me tenais lorsque j'ai tué ma mère. Est-ce un cauchemar ou la réalité ? Au début, après cette horrible nuit, je n'ai cessé de faire des cauchemars. J'ai passé une partie de mon enfance à les représenter sous forme de dessins pour le Dr Moran, un psychologue, en Californie où je suis partie vivre après le procès. Cette pièce figurait dans beaucoup de ces dessins.

La glace au-dessus de la cheminée est celle que mon père avait choisie à l'époque où il avait restauré la maison. Elle est encastrée dans le mur et bordée d'un cadre. Je vois mon visage s'y refléter. Il est mortellement pâle. Mes yeux naturellement bleu sombre ont soudain viré au noir, reflétant les terribles visions qui envahissent mon esprit.

J'ai hérité des yeux de mon père. Ceux de ma mère étaient plus clairs, d'un bleu saphir qui s'harmonisait à la perfection avec sa blondeur dorée. Mes cheveux seraient plutôt blond vénitien si je ne les avais teints en brun depuis que je suis revenue sur la côte Est, voilà seize ans, pour suivre les cours du Fashion Institute of Technology à Manhattan. Je suis également plus grande que ma mère, d'une dizaine de centimètres. Mais, en vieillissant, j'ai l'impression que s'accentue la similitude de nos traits, et c'est une ressemblance que je m'évertue à atténuer. J'ai toujours vécu dans l'angoisse d'entendre ces mots : « Vous me rappelez quelqu'un... » À l'époque, la photo de ma mère s'étalait dans tous les médias, et elle apparaît encore de temps en temps dans des articles qui ressassent les circonstances de sa mort. Si bien qu'en entendant dire : « Mais, à qui me faites-vous donc penser ? », je sais aussitôt que c'est à elle qu'on fait allusion. Moi, Celia Foster Nolan, alias Liza Barton, l'enfant que les tabloïds avaient surnommée « la Petite Lizzie Borden »[1], je ne risque pas d'évoquer dans l'esprit de quiconque la fillette au visage de poupée et aux boucles dorées qui fut acquittée – mais pas disculpée – du meurtre de sa mère et de la tentative d'assassinat de son beau-père.

J'ai épousé mon deuxième mari, Alex Nolan, il y a six mois. Aujourd'hui nous étions supposés emmener Jack, mon petit garçon de quatre ans, assister à un concours hippique à Peapack, une ville chic du nord du New Jersey, lorsque Alex a subitement fait un détour par Mendham, une commune voisine. C'est alors seulement qu'il m'a annoncé qu'il m'avait fait une surprise pour mon anniversaire, et s'est engagé sur la route qui menait à cette maison. Il a garé la voiture et nous avons poussé la porte d'entrée.

Jack me tire par la main, mais je reste pétrifiée sur place. Débordant d'énergie, comme le sont les enfants de son âge, il veut tout visiter. Je le laisse aller et il

---

1. En 1893, le procès de la jeune Lizzie Borden accusée d'avoir tué sa belle-mère et son père défraya la chronique. (*Toutes les notes sont de la traductrice.*)

sort comme une flèche de la pièce, part en courant le long du couloir.

Alex se tient un peu derrière moi. Sans même le regarder, je perçois son anxiété. Il croit avoir trouvé la maison de rêve où nous pourrons vivre tous les trois, et sa générosité est telle que l'acte de propriété est à mon nom. C'est son cadeau d'anniversaire. « Je vais rattraper Jack, chérie », dit-il pour me rassurer. « Fais le tour du propriétaire et commence à faire travailler ton imagination de décoratrice. »

Il quitte la pièce et je l'entends dire : « Jack, ne descends pas. Nous n'avons pas fini de montrer à maman sa nouvelle maison. »

« Votre mari m'a expliqué que vous êtes architecte d'intérieur, me dit Henry Paley, l'agent immobilier. Cette maison a été très bien entretenue, mais naturellement toute femme, à plus forte raison décoratrice de profession, souhaite mettre son empreinte sur l'endroit où elle va vivre. »

Je le regarde sans rien dire, encore incapable d'articuler un mot. Paley est un homme de petite taille d'une soixantaine d'années, le cheveu gris clairsemé, vêtu avec soin d'un costume bleu marine à fines rayures. Il attend visiblement que je manifeste mon enthousiasme devant le merveilleux cadeau que vient de me faire mon mari.

« Comme vous le savez peut-être, ce n'est pas moi qui ai été chargé de cette vente, explique-t-il. La directrice de l'agence, Georgette Grove, faisait visiter à votre mari différentes propriétés dans les environs quand il a aperçu le panneau À VENDRE sur la pelouse. Il semble qu'il ait eu le coup de foudre. Cette maison est tout bonnement une beauté sur le plan architectural, et elle est plantée au milieu d'un magnifique terrain de cinq hectares dans l'une des villes les plus agréables de la région. »

Je sais mieux que personne que c'est une merveille. Mon père était l'architecte qui a restauré cette demeure du XVIIIᵉ siècle à moitié en ruine pour en faire une ravissante et spacieuse maison familiale. Mon regard s'arrête sur la cheminée, derrière Paley. Papa et maman avaient trouvé le trumeau en France, dans un château en démolition. Papa m'avait expliqué la signification de toutes les sculptures qui la décorent, les chérubins, ananas et grappes de raisin.

Ted plaquant ma mère contre le mur...
Ma mère qui sanglote...
Moi qui pointe le pistolet vers lui. Le pistolet de papa...
Lâchez ma mère...
D'accord...
Ted qui fait pivoter ma mère, la pousse vers moi...
Les yeux terrifiés de ma mère fixés sur moi...
Le coup qui part...
Lizzie Borden avait une hache...

« Vous vous sentez bien, madame Nolan ? demande Henry Paley.

— Oui, très bien. »

Je fais un effort pour prononcer ces trois mots. Ma langue me semble si lourde. Une pensée me taraude. Je n'aurais jamais dû laisser Larry, mon premier mari, me faire jurer que je ne révélerais à personne la vérité. Maintenant, je lui en veux terriblement de m'avoir extorqué cette promesse. Il s'était montré si compréhensif au début, lorsque je lui avais raconté mon histoire avant notre mariage, mais il ne m'a plus soutenue à la fin. Il avait honte de mon passé, peur de l'effet qu'il pourrait avoir sur l'avenir de notre fils. Et c'est

18

à cause de cette peur que nous en sommes là aujour-d'hui.

Le mensonge s'est déjà insinué entre Alex et moi. Nous en sommes conscients. Il a envie d'avoir des enfants et je me demande quels seraient ses sentiments s'il savait qu'ils auraient pour mère la petite Lizzie Borden.

Vingt-quatre ans ont passé, mais de tels souvenirs meurent difficilement. Quelqu'un en ville me reconnaîtra-t-il ? Sans doute pas. Cependant, si j'ai accepté d'habiter cette région, je n'avais pas l'intention de vivre dans cette ville, encore moins dans cette maison. Je ne peux pas revenir ici. Je ne peux pas, un point c'est tout.

Pour éviter le regard interrogateur de Paley, je m'approche du trumeau de la cheminée et fais mine de l'examiner.

« Superbe, n'est-ce pas ? » fait Paley.

L'enthousiasme professionnel de l'agent immobilier perce dans sa voix un peu trop aiguë.

« Oui, superbe.

– La chambre à coucher principale est très vaste et possède deux salles de bains séparées parfaitement équipées. »

Il ouvre la porte de la chambre et semble m'attendre. Je le suis à regret.

Des images me submergent. Le souvenir des matins dans cette pièce lorsque nous venions en week-end. Je rejoignais maman et papa dans leur lit. Papa apportait son café à maman et du chocolat pour moi.

Le grand lit avec son chevet en tapisserie a naturellement disparu. Et les murs couleur pêche sont aujourd'hui peints en vert foncé. En regardant par les fenêtres du fond, je vois l'érable japonais jadis planté par papa devenu un bel arbre en pleine maturité.

Les larmes se pressent derrière mes paupières. J'ai envie de m'enfuir à toutes jambes. S'il le faut, je romprai la promesse faite à Larry et avouerai la vérité à Alex. Je lui dirai que je ne suis pas Celia Foster, née Kellogg, fille de Kathleen et Martin Kellogg de Santa Barbara, en Californie. Je suis Liza Barton, née dans cette ville et qui, alors qu'elle était enfant, a été acquittée à regret par un juge d'un meurtre et d'une tentative de meurtre.

« Maman, maman. » J'entends la voix de mon fils, ses pas qui résonnent sur le parquet nu. Il surgit dans la pièce, véritable boule d'énergie, un petit bonhomme costaud, vif, radieux, un beau petit garçon qui occupe le centre de mon cœur. La nuit, je me glisse dans sa chambre pour écouter sa respiration régulière. Ce qui s'est passé il y a des années ne l'intéresse pas. Il est content de me sentir là pour répondre à ses appels.

Il arrive à ma hauteur et je me penche, le soulève dans mes bras. Jack a les cheveux châtain clair de Larry et son grand front dégagé. Il a hérité des merveilleux yeux saphir de ma mère, mais Larry aussi avait les yeux bleus. Dans ses derniers instants, avant de perdre conscience, Larry avait murmuré que, lorsque Jack irait à l'école, il ne voulait sous aucun prétexte qu'il ait affaire à la presse à scandale et à tous ces ragots me concernant. Un goût amer me revient à la pensée que le père de mon enfant avait honte de moi.

Ted Cartwright jure que sa femme, dont il était séparé, l'avait supplié de se réconcilier avec elle.

Le psychiatre nommé d'office témoigne que Liza Barton, à l'âge de dix ans, était à même mentalement de former le dessein de commettre un meurtre.

20

Larry avait-il raison de m'obliger au silence ? Je ne suis plus sûre de rien. J'embrasse Jack sur les cheveux.

« J'aime beaucoup, beaucoup, beaucoup cet endroit », me dit-il, tout excité.

Alex entre dans la chambre. Il a concocté cette surprise avec tant de sollicitude. Lorsque nous avons remonté l'allée qui menait à la maison, elle était bordée d'une guirlande de ballons qui se balançaient dans la brise d'août et sur lesquels étaient peints mon nom et les mots « Joyeux anniversaire ». Mais la joie exubérante avec laquelle il m'a tendu la clé et l'acte de propriété s'est évanouie. Alex sait trop bien lire dans mes pensées. Il sait que je ne suis pas heureuse. Il est déçu et peiné. Qui ne le serait à sa place ?

« Quand j'ai raconté au bureau que je t'avais acheté cette maison, deux femmes ont déclaré qu'elles auraient préféré la choisir elles-mêmes, aussi belle soit-elle », dit-il, d'une voix morne.

Elles avaient raison, ai-je pensé en le regardant d'un air songeur. Avec ses cheveux bruns aux reflets roux, ses yeux bruns et sa large carrure, Alex dégage une force contenue qui le rend irrésistiblement attirant. Jack a une passion pour lui. Il se libère de mon étreinte et se cramponne à une jambe d'Alex.

Mon mari et mon fils.

Et ma maison.

2

L'agence immobilière Grove était située dans East Main Street à Mendham, une charmante petite ville du New Jersey. Georgette Grove se gara devant l'immeuble et sortit de sa voiture. Il faisait inhabituellement frais pour le mois d'août, de gros nuages gris annonçaient la pluie. Son tailleur de lin à manches courtes n'était pas suffisamment chaud pour ce temps, et elle s'avança d'un pas vif dans l'allée qui menait à la porte de son bureau.

À soixante-deux ans, Georgette était une belle femme à la silhouette mince, avec de courts cheveux gris ondulés, des yeux couleur noisette et un menton volontaire. À ce moment précis, ses sentiments étaient partagés. Elle était satisfaite que la vente qu'elle venait de réaliser ait été conclue aussi facilement. C'était l'une des plus petites maisons du coin, dont le prix dépassait à peine les sept chiffres mais, même si elle avait dû partager la commission avec un autre agent, ce chèque était pour elle une aubaine. Il constituerait une petite réserve de quelques mois, en attendant qu'elle décroche une autre affaire.

L'année avait été catastrophique, uniquement sauvée par la vente à Alex Nolan de la maison située dans Old Mill Lane. Une vente qui avait permis à Georgette de régler les factures en retard de l'agence. Elle aurait souhaité être présente ce matin, lorsque Nolan avait montré la maison à sa femme. J'espère qu'elle aime les surprises, pensa Georgette pour la énième fois. Elle s'inquiétait du risque qu'il avait pris. Elle avait tenté de l'avertir à propos de la maison, de son histoire, mais Nolan n'avait rien voulu entendre. Un autre point inquiétait Georgette : si la maison ne plaisait pas à sa femme, qui en était l'unique propriétaire en titre, Georgette courait le risque d'être accusée de rétention d'information.

L'une des règles en vigueur dans les transactions immobilières du New Jersey était de s'engager à prévenir l'acheteur potentiel de toute caractéristique malheureuse attachée à une propriété, en clair, de tout facteur pouvant provoquer une réaction psychologique de peur ou d'appréhension. Certaines personnes pouvant refuser, par exemple, d'habiter une maison qui avait été le théâtre d'un crime ou d'un suicide, l'agent était tenu d'en informer le futur client. Il était même tenu d'indiquer qu'une maison avait la réputation d'être hantée.

J'ai essayé de dire à Alex qu'une tragédie s'était déroulée dans la maison d'Old Mill Lane, se défendit Georgette in petto en poussant la porte de la réception. Mais il l'avait interrompue, déclarant que sa famille louait depuis des lustres une maison vieille de deux cents ans au cap Cod et que l'histoire de certains des personnages qui y avaient vécu vous ferait dresser les cheveux sur la tête. Mais ce n'est pas pareil, pensa Georgette. J'aurais dû lui dire que tout le monde dans la région appelle la maison qu'il a achetée : la Maison de la Petite Lizzie.

Elle se demanda si Nolan s'était inquiété de la réaction de sa femme au moment de lui faire cette surprise. À la dernière minute, il avait demandé à Georgette de les accueillir à leur arrivée, mais elle n'avait pu repousser la signature de l'autre affaire. Elle avait prié Henry Paley de recevoir à sa place Nolan et son épouse, et de répondre aux éventuelles questions de Mme Nolan. Henry avait accepté bon gré mal gré et elle avait dû lui rappeler sèchement non seulement d'être présent, mais aussi de s'attacher à souligner les nombreux attraits de la maison et de son terrain.

Selon le souhait d'Alex Nolan, l'allée qui conduisait à la maison avait été bordée de ballons, tous peints d'un « Joyeux Anniversaire, Celia ». La galerie extérieure était tendue de décorations en papier mâché et il avait aussi commandé du champagne et un gâteau d'anniversaire, des verres, des assiettes, des couverts et des serviettes de fête.

Lorsque Georgette avait fait remarquer qu'il n'y avait aucun meuble dans la maison et proposé d'apporter une table pliante et des chaises, Nolan s'était indigné. Il avait couru chez un marchand de meubles voisin et acheté une coûteuse table basse en verre, des chaises de jardin et demandé au vendeur de les installer dans le salon. « Nous les mettrons ensuite dans le patio et, si elles ne plaisent pas à Celia, nous en ferons don à une œuvre de charité et profiterons de la déduction fiscale. »

Cinq mille dollars pour du mobilier de jardin et il parle de le donner, avait pensé Georgette, mais elle savait qu'il était sérieux. La veille au soir il avait téléphoné pour lui demander de faire disposer deux douzaines de roses dans toutes les pièces du rez-de-chaussée, ainsi que dans la chambre principale. « Les roses sont les fleurs préférées de Celia, avait-il expliqué. Le jour de notre mariage, je lui ai promis qu'elle n'en manquerait jamais. »

Il est riche. Il est beau. Il est charmant. Et visible-

24

ment très amoureux de sa femme, se dit Georgette en jetant un coup d'œil machinal autour d'elle pour voir si aucun client n'attendait à la réception. Si j'en crois mon expérience en matière de mariage, cette femme est vernie.

Mais comment va-t-elle réagir le jour où elle commencera à entendre les histoires qui circulent sur la maison ?

Georgette tenta d'écarter cette pensée. Naturellement douée pour la vente, elle avait vite gravi les échelons, passant du poste de secrétaire à celui d'agent immobilier à temps partiel, avant de créer sa propre société. Elle était particulièrement fière de la pièce de réception. Robin Carpenter, sa secrétaire-hôtesse, était assise devant un bureau ancien en acajou à droite de l'entrée. Sur la gauche, un canapé modulable et des fauteuils recouverts du même tissu de couleur vive entouraient une table basse.

C'était là, tandis que les clients savouraient un café, un jus de fruits ou un verre de vin en fin d'après-midi, que Georgette ou Henry montraient les vidéos des propriétés disponibles. Ces bandes fournissaient des détails complets sur l'aspect extérieur et intérieur des maisons, ainsi que sur les alentours.

« Nous consacrons beaucoup de temps à réaliser ces vidéos, expliquait volontiers Georgette, mais elles vous font économiser du temps et, en découvrant ce qui vous plaît et vous déplaît, nous sommes à même de nous faire une idée précise de ce que vous recherchez. »

Aider le client à arrêter son choix avant la première visite, telle était la stratégie de Georgette. Une stratégie qui lui avait réussi pendant vingt-cinq ans, mais les affaires étaient devenues plus difficiles depuis cinq ans, depuis que s'étaient ouvertes une quantité d'agences dynamiques dans le voisinage, avec de jeunes et énergiques vendeurs prêts à se défoncer sur chaque affaire.

Robin était seule à la réception. « Comment s'est passée la signature ? demanda-t-elle à Georgette.

– Sans problème, Dieu merci. Henry est-il rentré ?

– Non, je suppose qu'il est encore en train de sabler le champagne avec les Nolan. Je n'arrive toujours pas à y croire. Un type superbe achète une superbe maison à sa femme pour son trente-quatrième anniversaire. Exactement mon âge. Elle a trop de chance. Savez-vous si Alex Nolan a un frère par hasard ? » Robin soupira. « De toute façon, il n'existe pas deux hommes comme celui-là, c'est impossible.

– Reste à espérer qu'une fois la surprise passée, lorsqu'elle connaîtra l'histoire de cette maison, Celia Nolan s'estimera toujours aussi chanceuse », rétorqua Georgette nerveusement. « Sinon, nous risquons de sérieux problèmes. »

Robin savait à quoi Georgette faisait allusion. Petite, mince et très jolie avec un visage en forme de cœur et un penchant pour les tenues affriolantes, elle était au premier abord l'image type de la blonde écervelée. C'était ce qu'avait cru Georgette quand Robin s'était présentée pour ce poste un an plus tôt. Cinq minutes de conversation lui avaient suffi non seulement pour changer d'avis, mais pour engager la jeune femme sur-le-champ et augmenter le salaire qu'elle avait l'intention de lui proposer. Aujourd'hui, Robin était sur le point d'obtenir sa propre licence de courtier, et Georgette se réjouissait à l'idée d'avoir un autre agent sur qui compter. Henry ne faisait plus le poids.

« Vous avez *réellement* essayé de mettre le mari au courant de cette histoire. Je pourrais en témoigner, Georgette.

« Ça alors », murmura Georgette en se dirigeant vers le couloir qui menait à son bureau à l'arrière.

Puis elle se retourna vivement et fit face à Robin.

« Robin, j'ai essayé de prévenir Alex Nolan du passé de cette maison une seule fois, dit-elle d'un ton sans réplique. À un moment où je me trouvais seule en voiture avec lui, lorsque je l'ai emmené visiter la maison Murray dans Moselle Road. Vous n'avez pas pu m'entendre en discuter avec lui.

— Je suis convaincue de vous avoir entendue en parler lors d'une visite d'Alex Nolan à l'agence, insista Robin.

— Je vous répète que je ne l'ai mentionné qu'une seule fois dans la voiture. Pas ailleurs. Robin, vous ne nous rendrez service ni à moi ni à vous-même en mentant à un client, dit-elle d'un ton sec. Ne l'oubliez jamais, je vous prie. »

La porte de l'agence s'ouvrit. Elles se retournèrent pour voir Henry Paley franchir le seuil de la réception.

« Alors ? Comment ça s'est passé ? demanda Georgette, d'une voix qui trahissait son anxiété.

— Je dirais que Mme Nolan a parfaitement feint d'être ravie de la surprise que lui faisait son époux, répondit Paley. Je crois qu'elle l'a convaincu. En ce qui me concerne, je n'en dirais pas autant.

— Pourquoi ? » demanda Robin, devançant Georgette.

L'expression d'Henry Paley était celle d'un homme qui vient d'accomplir une mission qu'il estimait vouée à l'échec. « J'aimerais pouvoir vous l'expliquer, dit-il. Peut-être était-elle seulement abasourdie. » Il regarda Georgette, craignant visiblement de donner l'impression d'avoir failli à sa mission. « Georgette, dit-il d'un ton d'excuse, pendant que je montrais à Mme Nolan la chambre principale, tout ce que je voyais, c'était cette gosse tirant sur sa mère et sur son beau-père dans le salon il y a des années. C'est bizarre, non ?

– Henry, l'agence a déjà vendu cette maison à trois reprises au cours des vingt-quatre dernières années, et vous avez participé au moins à deux de ces ventes. Je ne vous ai jamais entendu prononcer une telle ineptie.

– Il faut dire que n'avais jamais eu cette sensation. C'est peut-être à cause de l'odeur de toutes ces foutues fleurs que son mari avait commandées. On se serait cru dans un salon funéraire. C'était encore plus frappant dans la chambre principale de la Maison de la Petite Lizzie. Et j'ai l'intuition que Celia Nolan a eu une réaction du même genre. »

Henry eut conscience d'avoir par mégarde utilisé les mots interdits pour décrire la maison d'Old Mill Lane. « Désolé, marmonna-t-il en passant devant elle.

– Vous pouvez l'être, dit froidement Georgette. J'imagine aisément le genre de vibrations que vous deviez communiquer à Mme Nolan.

– Peut-être devriez-vous accepter mon offre de confirmer ce que vous avez dit à Alex Nolan au sujet de la maison, Georgette », suggéra Robin, avec un brin d'ironie dans la voix.

« Mais Ceil, c'est ce que nous avions prévu. Nous le faisons un peu plus tôt, c'est tout. Il nous semblait raisonnable d'inscrire Jack à la maternelle de Mendham. Nous avons été à l'étroit pendant six mois dans ton appartement, et tu ne voulais pas t'installer dans le mien en bas de la ville. »

C'était le lendemain de mon anniversaire, le lendemain de la grande surprise. Nous prenions le petit-déjeuner dans mon appartement, celui dont cinq ans plus tôt j'avais assuré la décoration pour le compte de Larry, qui était devenu mon premier mari. Jack avait avalé un jus d'orange et un bol de céréales, et j'espérais qu'il était en train de s'habiller avant de partir au centre de loisirs où il devait passer la journée.

Je crois que je n'ai pas fermé l'œil de la nuit. Je suis restée allongée, mon épaule effleurant celle d'Alex, les yeux grands ouverts dans le noir, ressassant mes souvenirs. À présent, enveloppée dans une robe de chambre bleu et blanc en lin, mes cheveux noués en chignon, je m'efforçais de faire bonne figure en buvant mon café. En face de moi, vêtu avec son habituelle élégance d'un costume bleu sombre, d'une chemise blanche et d'une cravate à motifs bleus et rouges, Alex avalait à la hâte le toast et le café qui composaient son petit-déjeuner quotidien.

Bien que la maison fût en très bon état, j'avais suggéré de la rénover complètement avant que nous nous y installions. Mais ma proposition s'était heurtée à la résistance d'Alex. « Ceil, je reconnais que c'était une erreur d'acheter cette maison sans te consulter, mais c'était exactement le genre d'endroit dont nous avions rêvé tous les deux. Tu étais d'accord sur la région. Nous avions parlé de Peapack ou de Basking Ridge, et Mendham n'est qu'à cinq ou dix minutes de distance des deux agglomérations. C'est une ville élégante, pratique pour se rendre à New York, et, outre le fait que ma société désire que je m'installe dans le New Jersey, je peux en plus faire de l'équitation le matin avant de partir travailler. Central Park n'est pas pratique. Et je voudrais t'apprendre à monter à cheval. Tu m'as dit que tu aimerais prendre des leçons. »

J'observai mon mari. Il semblait à la fois contrit et désireux de me convaincre. Il avait raison. L'appartement était trop petit pour nous trois. Alex avait renoncé à beaucoup de choses en se mariant. Il avait abandonné son grand appartement dans SoHo, avec un bureau suffisamment vaste pour contenir sa superbe chaîne hi-fi et un piano à queue. Le piano était aujourd'hui au garde-meubles. Alex avait un don pour la musique. Je savais qu'il regrettait de ne plus pouvoir jouer. Il avait travaillé dur pour arriver là où il en était. Bien que cousin éloigné de mon premier mari, qui lui-même avait de la fortune, Alex était un « parent pauvre ». Je savais à quel point il était fier de pouvoir acheter cette nouvelle maison.

« Tu disais vouloir reprendre ton métier de décoratrice, me rappela Alex. Une fois que tu seras installée, les occasions ne manqueront pas, en particulier à Mendham. Il y a beaucoup d'argent dans la région et on y construit de grandes maisons. Essaye, Ceil, je t'en prie, pour l'amour de moi. Tes voisins t'ont fait une offre d'achat ferme pour cet appartement avec une belle plus-value, tu le sais. »

Il fit le tour de la table et me prit dans ses bras. « Je t'en prie. »

Je n'avais pas entendu Jack entrer dans la salle à manger. « Moi aussi j'aime cette maison, maman, dit-il de sa voix flûtée. Et Alex va m'acheter un poney. »

Je les regardai tous les deux, mon mari et mon fils. « Si je comprends bien, je crois que nous allons changer d'adresse », dis-je, m'efforçant de sourire. Alex a vraiment besoin de plus d'espace, pensai-je. La proximité du club d'équitation le ravit. Un jour, je trouverai une autre maison dans une des villes avoisinantes. Je n'aurai pas de mal à le persuader de changer. Après tout, il a reconnu que c'était une erreur d'avoir acheté celle-ci sans me demander mon avis.

Un mois plus tard, les camions de déménagement démarraient du 895 Cinquième Avenue et s'engageaient dans le Lincoln Tunnel. Destination : 1 Old Mill Lane, Mendham, New Jersey.

Les yeux brillants de curiosité, postée dans l'angle de la fenêtre de son salon, Marcella Williams regardait les énormes camions de déménagement passer lentement devant sa maison. Vingt minutes plus tôt, elle avait vu la BMW gris argent de Georgette Grove s'engager dans l'allée. Georgette était l'agent qui avait vendu la propriété. Marcella était certaine que la Mercedes qui était arrivée peu après appartenait à ses nouveaux voisins. Elle avait entendu dire qu'ils étaient pressés de s'installer parce que leur fils était inscrit à la maternelle. Elle se demandait à quoi ils ressemblaient.

Les gens ne faisaient pas long feu dans cette maison, pensa-t-elle, et comment s'en étonner. Qui aimerait vivre dans un endroit que tout le monde appelle « la Maison de la Petite Lizzie » ? Jane Salzman en avait été la première propriétaire après le geste de folie meurtrière de Liza Barton. Elle l'avait achetée pour une bouchée de pain. Elle avait toujours prétendu que l'endroit lui donnait la chair de poule, et pourtant Jane s'intéressait alors à la parapsychologie, ce que Marcella qualifiait de balivernes. Mais c'était indéniable, ce nom de « Maison de la Petite Lizzie » agissait sur les nerfs des gens qui l'habitaient, et les facéties de Halloween l'an passé avaient été la goutte d'eau qui avait fait déborder le vase pour les derniers propriétaires, Mark et Louise Harriman. Louise avait failli tomber dans les pommes à la vue de l'inscription sur sa pelouse et de la poupée grandeur nature armée d'un pistolet en plastique dans sa galerie. Mark et elle avaient l'intention de s'installer en Floride l'année suivante de toute façon, il leur avait suffi de modifier leur calendrier. Ils avaient déménagé en février et la maison était restée inoccupée depuis lors.

Ces réflexions amenèrent Marcella à se demander où se trouvait Liza Barton à l'heure actuelle. Marcella habitait ici à l'époque où la tragédie s'était déroulée. Elle revoyait la petite Liza, qui avait alors dix ans, avec ses boucles blondes, sa petite frimousse de poupée ancienne et son air doux et posé. Sans nul doute une enfant intelligente, se souvint Marcella, mais elle avait une façon particulière de dévisager les gens, même les adultes, comme si elle les jaugeait. Je préfère les enfants qui se comportent comme des enfants, pensa-t-elle. Je m'étais efforcée de me montrer aimable avec Audrey et Liza après la mort de Will Barton. Puis je me suis réjouie de voir Audrey épouser Ted Cartwright. J'ai dit à Liza qu'elle devait être contente d'avoir un nouveau père, et je n'oublierai jamais la façon dont cette petite gamine m'a regardée en répliquant : « Ma mère a un nouveau mari. Je n'ai pas un nouveau père. »

J'ai rapporté ces propos au procès, se rappela Marcella avec une certaine satisfaction. Et je leur ai dit que j'étais dans la maison le jour où Ted avait ramassé les effets personnels que Will Barton avait laissés dans son bureau. Il les avait rangés dans des cartons pour les entreposer au garage. Liza hurlait contre lui et s'escrimait à tirer les cartons dans sa chambre. Elle ne voulait pas céder à Ted. Elle n'avait pas rendu la vie facile à sa mère. Et il était clair qu'Audrey était très amoureuse de Ted.

Du moins *au début*, se reprit Marcella, en regardant un deuxième camion gravir la côte à la suite du premier. Qui sait ce qui s'était passé ? Audrey n'avait certes pas laissé à leur mariage le temps de s'épanouir et cette ordonnance d'interdiction d'accès au domicile conjugal qu'elle avait obtenue contre Ted était totalement inutile. J'ai cru Ted quand il a juré qu'Audrey lui avait elle-même téléphoné pour lui demander de venir la rejoindre ce soir-là.

Ted m'a toujours été reconnaissant de l'avoir soutenu, se rappela Marcella. Mon témoignage l'a aidé dans le procès au civil qu'il a intenté à Liza. C'est vrai, le pauvre garçon méritait d'être indemnisé. Ce n'est pas facile de devoir se promener dans la vie avec un genou fracassé. Il boite encore aujourd'hui. C'est un miracle qu'il n'ait pas été tué.

Lorsque Ted est sorti de l'hôpital, il s'est installé à une demi-heure d'ici, à Bernardsville. C'est aujourd'hui un important promoteur immobilier, on peut voir le logo de sa société sur toutes les autoroutes et dans les centres commerciaux du New Jersey. Sa dernière réussite a été de profiter de la folie actuelle pour la remise en forme en ouvrant des centres de gym dans tout l'État et en construisant son lotissement de maisons de luxe à Madison.

Au fil des années, Marcella avait rencontré Ted ici et là. Elle l'avait encore revu moins d'un mois auparavant. Il ne s'était jamais remarié, mais avait eu plusieurs petites amies et, selon la rumeur, la dernière rupture était toute récente. Il avait toujours prétendu qu'Audrey avait été le grand amour de sa vie et qu'il ne s'en remettrait jamais. En tout cas, il paraissait en pleine forme l'autre jour, et avait même dit qu'il serait content de la revoir. Peut-être aimerait-il savoir que de nouveaux propriétaires allaient s'installer dans la maison.

Marcella s'avoua que depuis sa rencontre fortuite avec Ted, elle avait cherché une raison de l'appeler. Lors du dernier Halloween, quand des gosses avaient écrit sur la pelouse à la peinture blanche : MAISON DE LA PETITE LIZZIE. DANGER ! les journaux avaient appelé Ted pour recueillir ses réactions.

Je me demande si ces jeunes vont refaire le coup aux nouveaux venus. S'il y a d'autres sales blagues du même style, les journaux vont sûrement recontacter Ted. Peut-être devrais-je lui dire que la maison a changé de mains une fois de plus.

Ravie d'avoir un prétexte pour appeler Ted Cartwright, Marcella se dirigea vers le téléphone. En traversant la spacieuse salle de séjour, elle adressa un sourire approbateur à son reflet dans la glace. Une silhouette parfaite qui témoignait d'une gymnastique quotidienne. Des cheveux blond platine encadrant un visage lisse, raffermi par quelques récents traitements au Botox. Des yeux noisette dont l'éclat était souligné par un mascara et un eye-liner dernier cri.

Victor Williams, son mari dont elle avait divorcé dix ans plus tôt, racontait à qui voulait l'entendre que Marcella redoutait tellement de rater un potin qu'elle dormait les yeux grands ouverts et des écouteurs aux oreilles.

Marcella téléphona aux renseignements et nota le numéro du bureau de Ted Cartwright. Après avoir suivi les instructions – tapez un pour ceci, deux pour cela, trois pour... –, elle fut enfin mise en communication avec sa boîte vocale. Il a un timbre de voix si agréable, pensa-t-elle en écoutant le message.

De son ton le plus charmeur elle dit : « Ted, ici

Marcella Williams. J'ai pensé que vous aimeriez savoir que votre ancienne maison a encore une fois changé de mains, et que les nouveaux propriétaires sont en train d'emménager. Deux camions viennent de passer devant chez moi. »

Le hurlement d'une sirène l'interrompit. Un instant plus tard, elle vit une voiture de police passer en trombe devant sa fenêtre. Les ennuis commencent déjà, pensa-t-elle avec un frisson d'excitation. « Ted, je vous rappellerai, souffla-t-elle. Les flics se dirigent vers votre ancienne maison. Je vous tiendrai au courant de la suite des événements. »

5

Je suis vraiment navrée, madame Nolan, bredouillait Georgette. Je viens juste d'arriver moi-même. J'ai prévenu la police. »

Je la regardais. Elle essayait en vain de tirer un tuyau d'arrosage en travers du chemin dallé, espérant sans doute effacer en partie les dégradations de la pelouse et de la maison.

Celle-ci était située à une trentaine de mètres de la route. En grandes et épaisses capitales, les mots

MAISON DE LA PETITE LIZZIE

DANGER !

étaient tracés en rouge sur la pelouse.

Des éclaboussures de peinture rouge tachaient les bardeaux et la pierre de la façade. Une tête de mort était gravée sur la porte d'acajou. Une poupée de paille armée d'un pistolet de plastique était appuyée contre la porte. J'imaginais qu'elle était censée me représenter.

« Qu'est-ce que ça signifie ? demanda sèchement Alex.

— Ce sont des gosses, je suppose. Je suis vraiment désolée », tenta d'expliquer Georgette nerveusement. « Je vais sur-le-champ faire venir une équipe de nettoyage et appeler mon paysagiste. Il ôtera le gazon et refera la pelouse aujourd'hui même. Je n'arrive pas à croire... »

Elle se tut. C'était une journée chaude et humide. Nous étions toutes les deux habillées légèrement, en chemisier à manches courtes et pantalon. Mes cheveux tirés en arrière retombaient sur mes épaules. Grâce au ciel, je portais des lunettes de soleil. Je me tenais près de la Mercedes, une main sur la porte. À côté de moi, furieux et bouleversé, Alex n'était visiblement pas prêt à se contenter de l'offre que lui faisait Georgette de réparer les dégâts. Il voulait connaître les raisons de cet acte.

Je peux t'en donner l'explication, Alex, pensai-je. Cramponne-toi, ajoutai-je en moi-même désespérément. Si je lâchais la portière de la voiture, je savais que j'allais tomber. Sous la lumière du soleil d'août, la peinture rouge étincelait.

Du sang. Ce n'était pas de la peinture. C'était le sang de ma mère. Il me semblait sentir mes bras, mon cou, mon visage soudain poisseux de sang.

« Celia, tu vas bien ? » Alex avait posé sa main sur mon bras. « Chérie, je suis effondré. Je n'arrive pas à imaginer qui a pu commettre un acte pareil. »

Jack était sorti de la voiture. « Maman, qu'est-ce que tu as ? Tu n'es pas malade ? »

L'histoire se répétait. Jack, qui n'avait qu'un souvenir vague de son père, éprouvait une peur instinctive de me perdre moi aussi.

Je m'efforçai de concentrer toute mon attention sur lui, sur son besoin d'être rassuré. Puis je vis l'inquiétude et le désarroi inscrits sur le visage d'Alex. Sait-il ? me demandai-je soudain. S'agit-il d'une cruelle, d'une horrible plaisanterie ? Je repoussai aussitôt cette pensée. Non, Alex ne pouvait pas savoir que j'avais vécu ici. L'agent immobilier, Henry Paley, m'avait raconté qu'ils étaient en chemin pour aller visiter une propriété à trois rues d'ici quand Alex avait remarqué le panneau à vendre devant la maison. C'était un de ces affreux concours de circonstances. Mon Dieu, que pouvais-je faire ?

Je rassurai Jack. « Tout va bien, ne t'inquiète pas », dis-je, articulant avec peine les mots à travers mes lèvres inertes.

Jack fit le tour de la voiture et partit en courant vers la pelouse. « Je peux lire ce qui est écrit », s'écria-t-il tout fier. « P-e-t-i-t-e L-i-z-z-i-e... »

« Ça suffit, Jack », dit Alex d'un ton ferme. Il se tourna vers Georgette. « Avez-vous une explication à m'offrir ?

— J'ai essayé de vous prévenir le jour où je vous ai fait visiter la maison, dit Georgette, mais vous n'avez pas paru intéressé par ce que je vous disais. Une tragédie s'est déroulée ici voilà vingt-quatre ans. Une fillette de dix ans, Liza Barton, a tué par accident sa mère et blessé son beau-père. À cause de la similitude de son nom avec celui de la célèbre affaire Lizzie Borden, les journaux l'ont appelée la "Petite Lizzie Borden". Depuis, de temps en temps, des incidents se sont produits, mais jamais de cette ampleur. »

Georgette était visiblement au bord des larmes. « J'aurais dû vous obliger à m'écouter. »

Le premier camion de déménagement s'engageait dans l'allée. Deux hommes sautèrent à terre et se hâtèrent à l'arrière pour ouvrir la porte et commencer à décharger.

« Alex, je t'en prie, arrête-les », suppliai-je, effrayée par le ton perçant de ma voix. « Dis-leur de faire demi-tour et de rentrer à New York. Je ne peux pas vivre sous ce toit. »

Je me rendis compte trop tard qu'Alex et l'agent immobilier me dévisageaient, stupéfaits.

« Madame Nolan, ne vous mettez pas dans cet état, protesta Georgette Grove. Je déplore sincèrement ce qui est arrivé, je ne sais comment m'excuser. Mais je vous assure que c'est le fait de quelques gosses malintentionnés. Ils ne riront plus quand ils auront eu affaire à la police.

– Chérie, tu réagis de manière excessive, dit Alex. C'est une belle maison. Je regrette de ne pas avoir écouté Mme Grove lorsqu'elle m'a parlé de ce qui s'y était passé, mais je l'aurais quand même achetée. Ne laisse pas quelques petits crétins gâcher ton plaisir. » Il prit mon visage entre ses mains. « Regarde-moi. Je te promets qu'avant la fin de la journée, ces dégâts auront été réparés. Viens avec moi. Je veux montrer à Jack la surprise que je lui réserve. »

Un des déménageurs se dirigeait vers nous, Jack sur ses talons. Alex l'appela : « Jack, nous allons à l'écurie. Viens, Ceil, insista-t-il. S'il te plaît. »

J'allais protester quand j'aperçus le gyrophare d'une voiture de police qui arrivait à toute allure.

Ils ont dénoué mes bras que je tenais serrés autour de ma mère et m'ont fait asseoir dans la voiture de police. Je n'avais que ma chemise de nuit sur le dos et quelqu'un est allé chercher une couverture et m'en a enveloppée. Ensuite l'ambulance est arrivée et ils ont emmené Ted sur une civière.

« Viens, chérie, me pressa Alex. Allons montrer à Jack sa surprise.

– Madame Nolan, je me charge de parler à la police », proposa Georgette Grove.

L'idée d'affronter la police m'étant insupportable, j'obéis à Alex et me dirigeai avec lui vers le vaste terrain situé derrière la maison. Les bordures d'hortensias que ma mère avait plantées avaient disparu, mais je constatai avec stupéfaction que depuis ma première visite un mois auparavant, un enclos avait été aménagé dans la prairie.

Alex avait promis à Jack un poney. Était-il déjà là ? La même pensée dut effleurer Jack car il s'élança vers l'écurie. Il ouvrit la porte et j'entendis : « Youpi ! c'est un poney, maman, s'écria-t-il. Alex m'a acheté un poney. »

Cinq minutes plus tard, les yeux étincelants de plaisir, ferme sur ses étriers, Alex à son côté, Jack faisait au pas le tour de l'enclos. Debout derrière la barrière de bois, je les contemplais, observant l'expression de pur bonheur de Jack et la satisfaction que trahissait le sourire d'Alex. Jack manifestait à l'égard de son poney l'enthousiasme qu'Alex avait attendu de ma part lorsqu'il m'avait montré la maison.

« C'est aussi pour cette raison que cet endroit m'a paru idéal, dit Alex en passant devant moi. Jack a des dispositions naturelles pour devenir un excellent cavalier. Désormais il pourra monter tous les jours de la semaine, n'est-ce pas, Jack ? »

Quelqu'un derrière moi se raclait la gorge.

« Madame Nolan, je suis le sergent Earley. Je regrette sincèrement cet incident. Ce n'est certes pas une manière de vous accueillir à Mendham. »

Je n'avais pas entendu approcher le policier accompagné de Georgette Grove. Surprise, je me retournai.

Approchant de la soixantaine, l'homme avait le teint tanné par le grand air et des cheveux blonds tirant sur le roux. « Je sais quels gamins interroger, dit-il d'un air sévère. Faites-moi confiance. Leurs parents rembourseront ce que coûtera la remise en état de la maison et de la pelouse. »

Earley. Le nom ne m'était pas étranger. En emballant mes affaires la semaine précédente, j'avais relu le dossier secret, celui qui débutait par la nuit où j'avais tué ma mère. Il y avait un policier du nom d'Earley mentionné dans l'acte d'accusation.

« Madame Nolan, je fais partie de la police de cette ville depuis plus de trente ans, poursuivit-il. C'est l'une des communautés les plus accueillantes que l'on puisse trouver. »

Alex, qui avait aperçu le sergent et Georgette Grove, laissa Jack sur son poney pour nous rejoindre. Georgette Grove lui présenta le sergent Earley.

« Sergent, je parle pour ma femme lorsque je dis que nous n'avons pas l'intention, à peine installés dans cette ville, de déposer une plainte contre les enfants du voisinage, dit Alex. Mais le jour où vous aurez pris ces jeunes vandales j'espère que vous leur ferez comprendre qu'ils peuvent s'estimer heureux que nous nous montrions aussi généreux. D'ailleurs, j'ai l'intention de faire clôturer la propriété et installer immédiatement des caméras de surveillance en plus de l'alarme. S'il venait à l'un ou à l'autre de ces gamins l'envie de recommencer leurs bêtises, ils n'iront pas loin. »

Earley, pensai-je. Je repassais en esprit les articles des tabloïds me concernant, ceux qui m'avaient tellement déprimée quand je les avais relus à peine une semaine plus tôt. Il y avait une photo d'un policier m'emmitouflant dans une couverture à l'arrière d'une voiture de police. L'agent Earley, c'était son nom. Il avait ensuite déclaré à la presse qu'il n'avait jamais vu une enfant aussi calme. « Elle était couverte du sang de sa mère, pourtant quand je l'ai enveloppée dans la couverture, elle a dit : "Merci beaucoup, monsieur l'agent." Comme si je venais de lui offrir une glace. »

Et aujourd'hui je me retrouvais face au même policier, prête à nouveau à le remercier pour l'aide qu'il allait m'apporter.

Jack m'appelait. « Maman, j'adore mon poney. Je voudrais l'appeler Lizzie, comme le nom écrit sur l'herbe. C'est une bonne idée, non ? »

Lizzie !

Avant que je puisse répondre, j'entendis Georgette murmurer d'un air consterné : « Oh, non, j'aurais dû me méfier ! Voilà notre pipelette nationale qui débarque. »

Un instant après, on me présentait Marcella Williams, qui me serra vigoureusement la main en déclarant : « J'habite la maison d'à côté depuis vingt-huit ans et suis ravie de souhaiter la bienvenue à mes nouveaux voisins. J'espère avoir l'occasion de mieux vous connaître ainsi que votre mari et votre petit garçon. »

Marcella Williams. Elle vit donc toujours ici ! Elle a témoigné contre moi. Mon regard les engloba tous : Georgette Grove, l'agent immobilier qui avait vendu la maison à Alex ; le sergent Earley, qui m'avait enveloppée dans une couverture et avait pratiquement déclaré à la presse que j'étais un monstre dépourvu de sentiments ; Marcella Williams, qui avait confirmé tout ce que Ted avait déclaré au tribunal, l'aidant à obtenir l'arrangement financier qui me laissait presque sans ressources.

« Maman, est-ce que je peux l'appeler Lizzie ? » insistait Jack.

Je *dois* le protéger, pensai-je. C'est la seule chose à laquelle je m'attacherai si l'on apprend qui je suis. Me revint soudain en mémoire le rêve que je faisais parfois, ce rêve où je suis dans la mer et m'efforce de sauver Jack. Je suis dans la mer à nouveau, pensai-je, prise de panique.

Alex me regardait, l'air perplexe. « Ceil, qu'en penses-tu si Jack appelle son poney Lizzie ? »

Je sentais leurs yeux posés sur moi, interrogateurs. Alex, la voisine, l'officier de police, l'agent immobilier. Je n'avais qu'une envie : m'enfuir. Me cacher. Jack, dans son innocence, voulait donner à son poney le nom de l'enfant à la réputation infamante que j'avais été.

Je devais me débarrasser de tous ces souvenirs. Je devais jouer le rôle d'une femme dont on a vandalisé la maison où elle vient d'arriver. Rien de plus. J'esquissai un sourire forcé, sans doute plus proche d'une grimace. « Ne gâchons pas cette journée à cause de quelques gosses stupides, dis-je. C'est entendu. Je ne porterai pas plainte. Georgette, s'il vous plaît, faites réparer les dégâts aussi vite que possible. »

J'eus l'impression que le sergent Earley et Marcella Williams me jaugeaient. Peut-être se demandaient-ils : « Qui me rappelle-t-elle ? » Je tournai les talons et m'appuyai à la barrière. « Donne à ton poney le nom qu'il te plaira, Jack », lui criai-je.

Il faut que j'aille à l'intérieur, me dis-je. Le sergent Earley, Marcella Williams – combien de temps leur faudra-t-il pour trouver à qui je leur fais penser ?

L'un des déménageurs, un grand costaud d'une vingtaine d'années au visage poupin, traversait la pelouse d'un pas rapide. « Monsieur Nolan, dit-il, il y a des journalistes devant la maison en train de prendre des photos. L'un d'eux est reporter d'une chaîne de télévision, il voudrait que vous et Mme Nolan fassiez une déclaration devant la caméra.

– Non ! » J'implorai Alex du regard. « C'est hors de question.

– J'ai une clé de la porte de service », dit vivement Georgette.

Trop tard. Alors que je tentais de m'éclipser, les journalistes avaient déjà fait le tour de la maison. Plusieurs flashes éclatèrent et, au moment où je portais les mains à mon visage pour me protéger, je sentis mes genoux céder et un voile noir m'envelopper.

6

Dru Perry roulait sur la Route 24 en direction du tribunal du Morris County quand elle reçut un appel lui demandant de couvrir pour son journal, le *Star-Ledger*, l'affaire du vandalisme de « la Maison de la Petite Lizzie ». À soixante-trois ans, reporter chevronnée forte de quarante ans d'expérience, Dru était une femme solidement bâtie, couronnée d'une crinière grise qui retombait en désordre sur ses épaules. De larges lunettes agrandissaient encore ses yeux marron au regard pénétrant.

L'été, elle portait presque toujours la même tenue, une chemisette de coton, un pantalon de toile kaki et des chaussures de tennis. Aujourd'hui, parce que la climatisation de la salle du tribunal promettait d'être glaciale, elle avait pris la précaution de fourrer un pull léger dans le sac à bandoulière qui contenait son portefeuille, son calepin et l'appareil photo numérique qu'elle emportait toujours pour se rappeler avec précision certains détails particuliers d'une affaire.

« Dru, laissez tomber le tribunal. Continuez vers Mendham », lui ordonna son rédacteur quand il la joignit sur le poste de sa voiture. « Il y a un nouveau cas de vandalisme dans cette maison qu'on appelle "la Maison de la Petite Lizzie" dans Old Mill Lane. J'ai envoyé Chris pour les photos. »

« La Maison de la Petite Lizzie », réfléchit Dru en traversant Morristown. Elle avait écrit un article l'an passé à l'époque de Halloween lorsque des jeunes avaient laissé une poupée armée d'un pistolet en plastique dans la galerie de la maison et peint cette inscription sur l'herbe. La police ne les avait pas loupés. Curieux qu'ils aient eu le culot de refaire le coup.

Dru prit la bouteille d'eau qui était sa fidèle compagne de voyage et but au goulot d'un air songeur. On était en août et non en octobre. Qu'est-ce qui poussait ces gosses à recommencer ?

La réponse lui apparut clairement dès qu'elle atteignit Old Mill Lane et aperçut les camions de déménagement et les hommes qui transportaient les meubles à l'intérieur de la maison. L'individu qui a fait le coup a voulu saper le moral des nouveaux propriétaires. Puis elle eut le souffle coupé en constatant l'importance des dégradations.

Les dégâts sont sérieux, estima-t-elle. Il ne suffira pas de nettoyer les bardeaux. Il faudra les repeindre et faire traiter la pierre par un professionnel.

Elle se rangea sur la route, derrière le camion de la télévision locale. En ouvrant la portière de sa voiture, elle entendit le grondement d'un hélicoptère au-dessus d'elle.

Deux journalistes et un cameraman faisaient le tour de la maison en courant. Les imitant, Dru les rattrapa. Elle sortit son appareil photo juste à temps pour saisir Celia au moment où elle s'évanouissait.

Puis, en compagnie des autres journalistes qui étaient accourus, elle vit quelques instants plus tard arriver une ambulance et Marcella Williams sortir de la maison. Les reporters se ruèrent vers elle, la bombardant de questions.

C'est son heure de gloire, pensa Dru en écoutant

Marcella expliquer que Mme Nolan venait de reprendre connaissance et semblait choquée mais en bonne santé. Puis, tout en posant pour des photos, parlant dans le micro de la télévision, elle raconta par le menu ce qui s'était passé autrefois dans cette maison.

« Je connaissais les Barton, raconta-t-elle. Will Barton était architecte et il s'était occupé en personne de la restauration. Ce fut une telle tragédie. »

Une tragédie qu'elle se plaisait à raconter à l'intention des médias, s'attardant sur les détails, y compris sa conviction que Liza Barton, seulement âgée de dix ans, savait exactement ce qu'elle faisait quand elle avait pris le pistolet de son père dans le tiroir.

Dru s'avança d'un pas. « Tout le monde n'adhère pas à cette version, dit-elle d'un ton sec.

– Tout le monde ne connaissait pas Liza Barton aussi bien que moi », rétorqua Marcella.

Dru attendit que Marcella fût rentrée et alla examiner la tête de mort qui avait été sculptée sur la porte. Une initiale était gravée dans chaque orbite, un « L » à gauche et un « B » à droite.

L'auteur de cette horreur est un vrai cinglé, pensa Dru. Il ne l'a pas sculptée à la va-vite. Un correspondant du *New York Post* venait d'arriver. Il se planta devant la tête et appela son photographe. « Prends-moi un gros plan de ce truc, ordonna-t-il. Je crois qu'on tient la photo de première page de demain. Je vais voir ce que je peux récolter sur les nouveaux propriétaires. »

C'était exactement l'intention de Dru. Elle avait prévu de commencer par la voisine, Marcella Williams, mais son flair la poussa à attendre, au cas où quelqu'un sortirait pour faire une déclaration.

Son instinct lui donna raison. Dix minutes plus tard, Alex Nolan apparaissait devant les caméras. « Comme vous pouvez le constater, il s'agit d'un incident très regrettable. Ma femme sera vite remise. Elle est épuisée par le déménagement et cet acte de vandalisme l'a bouleversée. Elle se repose à présent.

— Est-il exact que vous lui ayez acheté cette propriété pour son anniversaire ?

— C'est exact, et Celia en est ravie.

— Connaissant le drame qui s'y est déroulé jadis, pensez-vous qu'elle voudra y habiter ?

— C'est à elle d'en décider. À présent, si vous voulez bien m'excuser. »

Alex tourna les talons, rentra et referma la porte.

Dru but une grande gorgée d'eau à la bouteille qu'elle gardait dans son sac. Marcella Williams avait expliqué qu'elle habitait un peu plus bas dans la rue. Je vais aller l'attendre devant chez elle, songea-t-elle. Ensuite, lorsque je lui aurai parlé, je me mettrai en quête de tous les détails que je pourrai glaner concernant la Petite Lizzie. Je me demande si les minutes du procès sont disponibles. J'aimerais écrire un article sur le sujet. Je travaillais au *Washington Post* quand cette histoire a eu lieu. Il serait intéressant de découvrir où vit Liza Barton aujourd'hui, et ce qu'elle est devenue. Si elle a délibérément tué sa mère et tenté de tuer son beau-père, il est probable qu'elle ne s'est pas arrêtée là.

7

Lorsque je repris connaissance, j'étais étendue sur un divan que les déménageurs avaient apporté à la hâte dans le salon. La première chose que je vis fut le regard affolé de Jack. Il était penché sur moi.

Les yeux de ma mère, leur épouvante aux derniers instants de sa vie. Jack avait les mêmes yeux qu'elle. Instinctivement, je tendis les bras et l'attirai près de moi. « Tout va bien, mon chéri, murmurai-je.

– Tu m'as fait peur, dit-il tout bas. Très peur. Je ne veux pas que tu meures. »

Ne meurs pas, maman. Ne meurs pas. N'avais-je pas gémi ces mots en berçant le corps de ma mère dans mes bras ?

Alex parlait au téléphone, s'étonnait que l'ambulance tarde tant à arriver.

Une ambulance. On avait emmené Ted sur une civière jusqu'à une ambulance...

Serrant toujours Jack contre moi, je me redressai sur un coude. « Je n'ai pas besoin d'ambulance, dis-je. Je vais bien, vraiment. »

Georgette Grove se tenait au pied du divan. « Madame Nolan, Celia, je pense qu'il serait préférable...

– Vous avez besoin de vous faire examiner, l'interrompit Marcella Williams.

– Jack, ne t'inquiète pas, maman va bien. Nous allons nous lever. »

Je fis pivoter mes jambes sur le côté et, ignorant le vertige qui me saisissait, posai une main sur le bras du divan pour garder l'équilibre et me mis debout. Je pouvais lire la désapprobation sur le visage d'Alex, l'inquiétude dans ses yeux. « Alex, tu sais à quel point cette semaine a été éprouvante, dis-je. Je voudrais seulement que les déménageurs montent ton grand fauteuil et un pouf dans une des chambres afin de pouvoir me reposer pendant une heure ou deux.

– L'ambulance est en route, Ceil, protesta Alex. Te laisseras-tu examiner ?

– Oui. »

Il fallait que je me débarrasse de Georgette Grove et de Marcella Williams. Je les regardai en face. « Vous comprendrez certainement que j'ai besoin de me reposer, dis-je.

– Bien sûr, répondit Georgette. Je vais m'occuper de tout dehors.

– Peut-être désirez-vous une tasse de thé ? » proposa Marcella, visiblement peu désireuse de s'en aller.

Alex passa son bras sous le mien. « Nous ne voulons pas vous retarder, madame Williams. Si vous voulez bien nous excuser. »

Le hurlement d'une sirène annonça l'arrivée de l'ambulance.

L'infirmier m'examina dans la pièce du premier étage qui avait été autrefois ma salle de jeux. « Vous avez reçu un choc sévère, semble-t-il, fit-il observer. Et avec ce qui s'est passé, je comprends. N'en faites pas trop aujourd'hui, si possible. Une tasse de thé et une goutte de whisky ne vous feraient pas de mal non plus. »

Le bruit des meubles que l'on transportait semblait provenir de partout dans la maison. Après le procès, les Kellogg, des cousins éloignés de mon père en Californie, étaient venus me chercher pour m'emmener vivre avec eux. Je leur avais demandé de passer devant la maison. Une vente aux enchères s'y déroulait, au cours de laquelle avaient été dispersés tous les meubles, tapis, lampes, tableaux, vaisselle.

J'avais vu quelqu'un emporter le bureau qui se trouvait dans cet angle, celui que j'utilisais pour faire des dessins. Me rappelant mon chagrin de petite fille dans la voiture qui m'emmenait en compagnie d'étrangers, je me mis à pleurer.

« Madame Nolan, peut-être devriez-vous venir à l'hôpital, après tout. »

L'homme avait la cinquantaine et un air de bon père de famille avec sa crinière grise et ses sourcils touffus.

« Non, sûrement pas. »

Penché sur moi, Alex essuyait mes larmes. « Celia, il faut que j'aille parler à ces journalistes. Je reviens tout de suite.

– Où est Jack ? murmurai-je.

– Le déménageur qui est dans la cuisine lui a demandé de l'aider à déballer les provisions. Il va bien. »

Incapable de dire un mot, je hochai la tête et sentis qu'Alex me glissait un mouchoir dans la main. Une fois seule, malgré mes efforts désespérés, je fus incapable d'endiguer le flot de larmes qui jaillissait de mes yeux.

Je ne peux plus dissimuler, pensai-je. Je ne peux plus vivre dans la terreur que quelqu'un découvre qui je suis. Je dois dire la vérité à Alex. Franchement. Mieux vaut que Jack l'apprenne pendant qu'il est jeune plutôt que d'attendre que cette histoire lui éclate à la figure dans vingt ans.

Lorsque Alex fut de retour, il se glissa près de moi sur le fauteuil et me prit sur ses genoux. « Ceil, que se passe-t-il ? Ce ne sont pas ces dégradations qui te mettent dans un tel état. Qu'y a-t-il d'autre ? »

Je sentis mes larmes s'arrêter enfin et un calme glacé m'envahit. Peut-être était-ce le moment de lui parler. « L'histoire que Georgette Grove t'a racontée sur cette enfant qui a tué accidentellement sa mère..., commençai-je.

— La version de Georgette n'est pas la même que celle de Marcella Williams, me coupa Alex. D'après cette dernière, la petite fille aurait dû être condamnée. C'était un monstre. Après avoir tiré sur sa mère et l'avoir tuée, elle a vidé le pistolet sur son beau-père. Marcella dit que, selon les experts, il fallait une force inhabituelle pour actionner la détente de cette arme. C'est ce qui a été dit au procès. Ce n'était pas le genre de détente qu'il suffit d'effleurer d'un doigt pour que le coup parte. »

Je me dégageai de ses bras. Devant de telles idées préconçues, comment dire la vérité à Alex ? « Est-ce que tous ces gens sont partis ? demandai-je, heureuse de constater que ma voix avait repris un ton presque naturel.

— Tu veux dire les journalistes ?

— Les journalistes, l'ambulance, le policier, l'agent immobilier. »

La colère me redonnait des forces. Alex avait accepté spontanément la version des faits donnée par Marcella.

« Ils sont tous partis, à l'exception des déménageurs.

– Alors je ferais mieux de me ressaisir et d'aller leur indiquer où disposer les meubles.

– Ceil, dis-moi ce qui ne va pas. »

Je te le dirai, pensai-je, mais seulement le jour où je serai en mesure de te prouver, et de prouver au monde entier, que Ted Cartwright a menti sur ce qui s'est passé cette nuit-là, que j'essayais de défendre ma mère avec ce pistolet, et non de la tuer.

Je dirai à Alex – et au monde entier – qui je suis, mais je le ferai lorsque j'aurai reconstitué tous les événements de cette nuit, et que je saurai pourquoi ma mère avait une telle peur de Ted. Elle ne l'a pas fait entrer dans la maison de son plein gré. Je le sais. Mais la période qui a suivi sa mort est tellement floue. J'étais incapable de me défendre toute seule. Il doit exister des minutes du procès, un rapport d'autopsie. Des documents qu'il me faut trouver et lire.

« Ceil, qu'est-ce qui ne va pas ? »

Je passai mon bras autour de son cou. « À la fois rien et tout, Alex, mais cela ne signifie pas que les choses ne peuvent pas changer. »

Il recula et posa ses mains sur mes épaules. « Ceil, il y a quelque chose de changé entre nous. Je le sens. C'est vrai, j'étais mal à l'aise dans cet appartement qui avait été le tien et celui de Larry, j'avais l'impression d'être un visiteur. Aussi, dès le jour où j'ai vu cette maison, j'ai pensé qu'elle était l'idéal pour nous et je n'ai pu résister. Je n'aurais pas dû l'acheter sans te consulter, j'en conviens. J'aurais dû laisser Georgette Grove me raconter ce qui s'y était passé au lieu de l'interrompre. Bien qu'à ma décharge, d'après ce que je sais aujourd'hui, elle ne m'ait pas dit l'exacte vérité. »

Alex avait les larmes aux yeux. Ce fut mon tour de les essuyer. « Tout va s'arranger, dis-je. Je te promets de tout arranger. »

8

Jeffrey MacKingsley, le procureur du Morris County, tenait personnellement à faire cesser, une bonne fois pour toutes, les incidents dont la maison Barton venait d'être à nouveau le théâtre. Il avait quatorze ans et était depuis peu au lycée quand la tragédie était survenue vingt-quatre ans plus tôt. Il vivait alors à moins d'un mile de là et, lorsque la nouvelle du drame s'était répandue en ville, il s'était précipité sur les lieux et était présent au moment où la police emportait sur une civière le corps d'Audrey Barton.

À cette époque déjà, il se passionnait pour le droit et les affaires criminelles, et il avait lu tout ce qu'il avait pu trouver concernant l'événement.

Par la suite, il avait continué de s'interroger sur la personnalité de la petite Liza Barton. Avait-elle tué sa mère et blessé son beau-père au cours d'un tragique accident, ou était-elle une enfant dénuée de toute conscience ? Il en existe, soupira-t-il. C'est sûr qu'il en existe.

Blond aux yeux bruns, la silhouette mince et athlétique, un mètre quatre-vingts, Jeffrey était le genre d'homme qui attirait instinctivement la sympathie des citoyens respectueux de la loi et leur inspirait confiance. Il était au bureau du procureur depuis quatre ans. Jeune magistrat, il avait vite compris que s'il avait été du côté de la défense et non de l'accusation, il aurait souvent su exploiter une quelconque lacune juridique permettant à un criminel, même dangereux, d'échapper à la justice. C'était pour cette raison qu'au lieu de gagner des ponts d'or dans des cabinets d'avocats d'assises, il avait préféré rejoindre le bureau du procureur, où il était rapidement devenu une vedette.

Si bien que deux ans plus tôt, le jour où le procureur avait pris sa retraite, Jeffrey avait été tout de suite nommé à sa place par le gouverneur.

Du côté des plaignants comme de la défense, il était unanimement reconnu pour son honnêteté. Dur avec les criminels, mais capable de comprendre qu'un malfaiteur pouvait être réhabilité grâce à une juste combinaison de surveillance et de châtiment.

Jeffrey avait fixé son prochain objectif : faire acte de candidature quand le deuxième mandat de l'actuel gouverneur toucherait à sa fin. En attendant, il avait l'intention d'exercer pleinement sa fonction de manière à ce que le comté soit un endroit où il fasse bon vivre.

Voilà pourquoi les actes de vandalisme répétés visant l'ancienne propriété Barton étaient pour lui une source d'irritation et un défi personnel.

« Ces gosses, des privilégiés s'il en est, n'ont rien de mieux à faire que de réveiller les vieux démons et transformer cette belle demeure en maison hantée », fulmina Jeffrey à l'adresse d'Anna Malloy, sa secrétaire, quand il fut informé de l'incident. « Tous les ans, à l'époque de Halloween, ils racontent des histoires à dormir debout à propos de fantômes qui les regardent par la fenêtre du premier étage. Et l'année dernière ils ont placé dans la galerie une grande poupée armée d'un faux pistolet.

– Je n'aimerais pas habiter cette maison, dit Anna d'un ton neutre. Je crois que certains endroits émettent de mauvaises vibrations. Peut-être ces gosses ont-ils véritablement vu des fantômes. »

Cette dernière remarque rappela à Jeffrey qu'Anna avait parfois le don de l'horripiler. Mais il se reprit. Cette femme était probablement la secrétaire la plus efficace et la plus assidue au travail de tout le palais. Approchant de la soixantaine, mariée depuis longtemps à un employé du tribunal, elle ne perdait jamais une minute en coups de téléphone personnels, au contraire de beaucoup de secrétaires plus jeunes.

« Appelez-moi le commissariat de police de Mendham », dit-il, sans ajouter « s'il vous plaît », ce qui était inhabituel de sa part et prouvait son irritation.

Le sergent Earley, qu'il connaissait bien, lui communiqua les derniers éléments d'information. « C'est moi qui ai pris l'appel de l'agent immobilier. Un couple du nom de Nolan a acheté la maison.

– Comment ont-ils réagi ?

– Lui s'est mis en rogne. Elle a été bouleversée. Au point de tomber dans les pommes.

– Quel âge ont-ils ?

– Il a trente-cinq ans ou un peu plus. Elle doit avoir la trentaine. De la classe, si vous voyez ce que je veux dire. Ils ont un petit garçon de quatre ans qui a trouvé un poney ou plutôt une ponette l'attendant dans l'écurie. Écoutez ça. L'enfant a été capable de lire l'inscription sur la pelouse et veut appeler sa ponette Lizzie.

– Sa mère a dû être ravie.

– Elle n'a pas paru s'en offusquer.

– J'ai appris que cette fois les vandales ne se sont pas contentés de ravager la pelouse.

– Cela dépasse tout ce qu'on a vu précédemment. Je suis allé aussitôt à l'école où sont inscrits les gosses qui avaient fait le coup de Halloween l'année dernière. Je leur ai parlé. Le meneur était Michael Buckley. Il a douze ans et c'est un petit malin. Il jure n'avoir rien à voir là-dedans, mais il a eu le toupet de dire que c'était une bonne chose qu'on avertisse les nouveaux propriétaires qu'ils avaient acheté une maison louche.

— Vous croyez vraiment qu'il n'a pas trempé dans le coup ?

— Son père le soutient et dit qu'ils se trouvaient tous les deux à la maison hier soir. » Earley hésita. « Jeffrey, je crois ce gosse, non parce qu'il n'est pas capable d'abuser son père et de se barrer de chez lui au milieu de la nuit, mais parce qu'il ne s'agit pas d'une blague de mômes.

— Comment le savez-vous ?

— Cette fois, ils ont utilisé de la peinture de professionnel, pas une espèce de gouache. Ils s'en sont pris à la façade de la maison et, à voir la hauteur des inscriptions, il est évident que le coupable est plus grand que Michael. Autre chose : la tête de mort sur la porte est l'œuvre de quelqu'un qui sait sculpter le bois. En l'examinant de près, j'ai distingué des initiales gravées dans les orbites. "L" et "B". Pour Lizzie Borden, je suppose.

— Ou Liza Barton », fit remarquer Jeffrey.

Earley réfléchit. « Exact. Pour finir, la poupée placée dans la galerie n'était pas une vieille poupée de chiffon comme l'autre. Celle-là coûte du fric.

— Ça devrait nous permettre de retrouver plus facilement sa provenance.

— J'espère. On va s'y atteler.

— Tenez-moi au courant.

— L'ennui, c'est que même si nous retrouvons les coupables, les Nolan refusent de porter plainte, poursuivit Earley, visiblement frustré. Mais Nolan envisage de faire clôturer la propriété et d'installer des caméras de surveillance, aussi je ne pense pas qu'il y aura d'autres problèmes.

– Clyde, l'interrompit Jeffrey, il y a une chose que vous savez comme moi, c'est qu'on ne peut jamais être certain qu'il n'y aura pas d'autres problèmes. »

Comme beaucoup, Clyde Earley avait tendance à parler plus fort lorsqu'il était au téléphone. Lorsque Jeffrey raccrocha, il comprit qu'Anna avait saisi chaque mot de leur conversation.

« Jeffrey, dit-elle, il y a longtemps, j'ai lu un livre intitulé *Explorations psychiques*. D'après son auteur, lorsqu'une tragédie s'est déroulée dans une maison, ses murs en retiennent certaines vibrations, et quand elle est à nouveau habitée, la tragédie doit connaître sa conclusion. Les Barton étaient un jeune couple fortuné avec un enfant de quatre ans quand ils ont emménagé dans la maison d'Old Mill Lane. D'après le sergent Earley, les Nolan sont un couple fortuné plus ou moins du même âge, avec un enfant de quatre ans. On peut donc se demander quelle va être la suite, n'est-ce pas ? »

9

Le lendemain matin en me réveillant, je regardai la pendule. Déjà huit heures et quart ! Je tournai instinctivement la tête. L'oreiller près du mien portait encore la marque de la tête d'Alex, mais il n'y avait personne dans la chambre. Puis je vis qu'il avait laissé un billet contre ma lampe de chevet. Je lus rapidement.

> Ceil chérie,
> Me suis réveillé à six heures. Heureux de voir que tu dormais après l'épreuve d'hier. Suis parti faire une heure de cheval au club. J'écourterai l'après-midi et serai de retour à trois heures. J'espère que la première journée de Jack à l'école se passera bien. Je veux avoir tous les détails. Baisers à tous les deux. A.

Des années auparavant j'avais lu la biographie posthume d'une grande star de la comédie musicale, Gertrude Lawrence, écrite par son mari, le producteur Richard Aldrich. Il l'avait intitulée *Gertrude Lawrence, ou Mrs A*. Depuis que nous étions mariés, chaque fois qu'Alex m'écrivait une lettre, il la signait d'un simple « A ». Je trouvais plutôt amusant de m'imaginer en Mme A et même ce jour-là, bien que cruellement consciente de l'endroit où je me trouvais, je me sentis un instant le cœur plus léger. Je voulais être Mme A.

Je voulais mener une vie normale où je pouvais sourire, voir avec plaisir mon mari jouer les lève-tôt pour faire ces promenades à cheval qui faisaient son bonheur.

Je me levai, enfilai une robe de chambre et longeai le couloir jusqu'à la chambre de Jack. Son lit était vide. Je revins dans le couloir et l'appelai sans obtenir de réponse. Soudain effrayée, je criai plus fort : « Jack... Jack... Jack », non sans percevoir le ton affolé de ma voix. Je serrai les lèvres, furieuse contre moi-même. J'étais ridicule. Jack était sans doute descendu dans la cuisine pour se préparer ses céréales. C'était un petit garçon indépendant, et il se servait souvent tout seul lorsque nous habitions New York. Mais il régnait un silence inquiétant dans la maison, et je me précipitai en bas de l'escalier, traversai toutes les pièces. Il n'y avait aucune trace de Jack. Dans la cuisine, pas le moindre bol de céréales, pas de verre de jus d'orange vide sur le comptoir ou dans l'évier.

Jack était un enfant aventureux. Peut-être n'avait-il pas eu la patience d'attendre que je me réveille et était-il parti en exploration. Et s'il s'était perdu ? Il ne connaissait pas le quartier. Et si quelqu'un l'avait vu et emmené dans sa voiture ?

Pendant ces courts instants qui me parurent interminables, je fus prise de panique à la pensée que, si je ne retrouvais pas Jack immédiatement, je serais obligée d'appeler la police.

C'est alors que je compris où il se trouvait. Bien sûr. Il était allé rendre visite à son poney. Je courus à la porte de la cuisine qui donnait dans le patio et l'ouvris d'un geste brusque, puis je poussai un soupir de soulagement. La porte de l'écurie était ouverte et je distinguai la silhouette de Jack en pyjama à l'intérieur, debout devant la stalle du poney.

Le soulagement céda vite la place à la colère. La veille au soir Alex et moi avions branché l'alarme après avoir décidé d'un code à quatre chiffres, 1023. Nous avions choisi ce chiffre car nous nous étions rencontrés le 23 octobre de l'année précédente. Mais le fait que l'alarme n'ait pas fonctionné lorsque Jack avait ouvert la porte signifiait qu'Alex ne l'avait pas rebranchée en partant le matin. Sinon j'aurais su que Jack s'était sauvé.

Alex se donne beaucoup de mal, mais il n'est pas encore habitué au rôle de parent, me dis-je en me dirigeant vers l'écurie. Je m'efforçai de me calmer et me concentrai sur la beauté de cette matinée de septembre, savourant le soupçon de fraîcheur qui annonçait le début de l'automne. J'ignore pourquoi l'automne a toujours été ma saison préférée. Même après la mort de mon père, lorsque nous étions seules ma mère et moi, je me souviens des soirées où j'étais assise avec elle dans la petite bibliothèque à côté du séjour, avec le feu qui pétillait dans la cheminée, toutes les deux plongées dans nos livres. J'appuyais ma tête sur le bras du canapé, effleurant sa taille du bout de mes pieds.

En marchant dans le jardin, une pensée me traversa l'esprit. Ma mère et moi étions restées ce soir-là dans le petit salon, à regarder un film qui s'était terminé à dix heures. Avant de monter, elle avait branché l'alarme. Même enfant, j'avais le sommeil léger et le son perçant m'aurait réveillée si elle s'était déclenchée. Mais elle ne s'était pas déclenchée, et ma mère n'avait pas été avertie de la présence de Ted dans la maison. Ce point avait-il été évoqué dans l'enquête ? Ted était ingénieur, il venait de fonder sa petite société de travaux publics. Il n'aurait eu aucun mal à neutraliser l'alarme.

Je décidai de noter ces réflexions dans un carnet.

J'inscrirais tout ce qui me revenait à la mémoire, tout ce qui m'aiderait à prouver que Ted était entré par effraction dans la maison.

Je pénétrai dans l'écurie et ébouriffai les cheveux de Jack. « Hé, mon petit bonhomme, tu m'as fait une peur bleue, sais-tu ? Je ne veux pas que tu sortes de la maison avant que je sois levée, tu m'entends ? »

Jack perçut la fermeté de mon ton et opina du bonnet d'un air contrit. Je me retournai vers la stalle où se tenait le poney.

« Je voulais juste parler à Lizzie », expliqua Jack d'un ton pénétré, puis il ajouta : « Qui sont ces gens, maman ? »

Je regardai avec stupeur la coupure de journal qui avait été scotchée à un montant de la stalle. C'était un instantané nous représentant, ma mère, mon père et moi, sur la plage de Spring Lake. Mon père me portait sur un bras et, de l'autre, tenait ma mère par la taille. Je me souvenais parfaitement de cette photo. Elle avait été prise l'été où la vague nous avait projetés sur le rivage, mon père et moi. J'en avais une copie ainsi que de l'article du journal dans mon dossier secret.

« Est-ce que tu connais ce monsieur, cette dame et la petite fille ? » demanda Jack.

Je dus mentir une fois de plus. « Non, Jack, je ne les connais pas.

– Alors pourquoi quelqu'un a-t-il mis leur photo ici ? »

Pourquoi en effet ? S'agissait-il d'un autre geste de malveillance ou m'avait-on déjà reconnue ? Je m'efforçai de ne pas trahir mon trouble. « Jack, nous ne parlerons pas à Alex de la photo. Il serait très en colère s'il apprenait que quelqu'un est venu l'afficher dans l'écurie. »

64

Jack me lança le regard pénétrant d'un enfant qui sent que quelque chose n'est pas normal.

« Ce sera notre secret, insistai-je.

— Est-ce que celui qui a mis la photo à côté du box de Lizzie est entré pendant que nous dormions ?

— Je ne sais pas, mon chéri. »

J'avais soudain la bouche sèche. Et si cet individu s'était trouvé dans l'écurie au moment où Jack y était entré seul ? Quel malade mental s'était mis dans la tête de vandaliser la pelouse et la maison ? Et comment cette photo était-elle parvenue entre ses mains ? Si Jack avait pénétré dans l'écurie au moment où il s'y trouvait, se serait-il attaqué à lui ?

Hissé sur la pointe des pieds, Jack caressait les naseaux du poney. « Lizzie est très jolie, n'est-ce pas, maman ? » demanda-t-il. Il avait oublié la photo qui était passée dans la poche de ma robe de chambre.

La ponette avait une robe alezane avec une petite marque blanche sur le chanfrein que l'on pouvait, avec un peu d'imagination, prendre pour une étoile. « Oui, elle est très jolie, Jack », dis-je, m'efforçant de cacher la peur qui me poussait à le prendre dans mes bras et à m'enfuir en courant. « Mais je trouve qu'elle est trop jolie pour qu'on l'appelle Lizzie. Si nous lui donnions un autre nom, qu'en penses-tu ? »

Jack me regarda. « Ça me plaît de l'appeler Lizzie », dit-il, avec une note d'obstination dans la voix. « Hier tu as dit que je pouvais l'appeler comme je voulais. »

Il avait raison, mais il existait peut-être un moyen de le faire changer d'avis. Je désignai l'étoile blanche. « Je crois qu'une ponette avec une étoile sur le front devrait s'appeler "Star", dis-je. C'est comme ça que j'appellerais Lizzie si elle était à moi. Maintenant, va vite te préparer pour l'école. »

Jack devait se présenter à la maternelle à dix heures. Il était inscrit à St. Joseph, l'école que j'avais moi-même fréquentée jusqu'en sixième. Je me demandai si mes anciens professeurs étaient toujours là et, si oui, ma vue évoquerait-elle un souvenir dans leur mémoire ?

10

À force de patience, de flatteries et de promesses d'une prime substantielle, Georgette parvint à trouver un paysagiste qui accepta de remplacer le gazon endommagé de la maison des Nolan. Elle avait également fait venir un peintre qui recouvrirait dans l'après-midi les traces de peinture rouge sur les bardeaux. Elle n'avait pas encore trouvé de maçon pour restaurer la pierre, ni d'ébéniste pour supprimer la tête de mort sur la porte d'entrée.

Bouleversée par les événements de la journée, elle avait passé une nuit blanche. À six heures du matin, en entendant le livreur de journaux s'arrêter dans l'allée, elle avait sauté hors de son lit. Tous les soirs avant de se coucher, elle préparait la cafetière afin de n'avoir qu'à la brancher le matin. Ce qu'elle fit machinalement avant même d'ouvrir la porte de la cuisine et de ramasser les journaux auxquels elle était abonnée.

Une crainte la taraudait : que Celia Nolan exige l'annulation de la vente de la maison. C'est la quatrième fois en vingt-quatre ans que je vends cette maison, se souvint-elle. Jane Salzman l'avait eue pour une bouchée de pain à cause de tout le battage dont elle était l'objet, mais elle n'y avait jamais été heureuse. Elle prétendait qu'une détonation éclatait chaque fois que le chauffage redémarrait, un bruit qu'aucun plombier n'avait pu supprimer et qui lui rappelait des coups de feu. Au bout de dix ans elle en avait eu assez.

Il avait fallu attendre deux ans avant que la maison ne soit vendue aux Green. Ils l'avaient habitée presque six ans, puis l'avaient remise en vente à l'agence. « Elle est ravissante, mais j'ai beau faire, je n'arrive pas à surmonter le pressentiment qu'un nouveau malheur va avoir lieu, et je ne veux pas être présente à ce moment-là », avait confié Eleanor Green à Georgette.

Les derniers propriétaires, les Harriman, possédaient une maison à Palm Beach, où ils passaient le plus clair de leur temps. Lorsque les gamins s'en étaient donné à cœur joie à l'occasion de Halloween l'année précédente, ils avaient brusquement décidé de s'installer en Floride de manière permanente. « L'atmosphère de notre maison là-bas est très différente », avait dit Louise Harriman à Georgette en lui confiant la clé. « Ici, j'ai l'impression d'être la dame qui habite "la Maison de la Petite Lizzie". »

Durant ces dix derniers mois, chaque fois que Georgette faisait visiter la maison et racontait son histoire, la plupart des clients potentiels avouaient être mal à l'aise à la pensée d'habiter une maison qui avait été le théâtre d'un drame pareil. S'ils habitaient la région et savaient que la maison était « la Maison de la Petite Lizzie », ils refusaient tout bonnement de la visiter. Il avait fallu un acheteur inhabituel comme Alex Nolan pour balayer d'un geste sa tentative, il est vrai timide, de dévoiler le passé de la maison qu'il achetait.

Georgette s'assit au comptoir où elle avait l'habitude de prendre son petit-déjeuner et ouvrit les journaux – le *Daily Record*, le *Star-Ledger* et le *New York Post*. Le premier publiait une photo de la maison en première page. L'article qui suivait déplorait l'acte de vandalisme qui rappelait avec obstination la tragédie locale. À la troisième page du *Star-Ledger,* il y avait une photo de Celia Nolan, prise au moment précis où elle s'était évanouie. Elle apparaissait la tête inclinée, les genoux fléchis, sa chevelure sombre flottant derrière elle. La photo suivante montrait la façade de la maison vandalisée et l'inscription sur la pelouse. En page trois du *New York Post* paraissait un gros plan de la tête de mort sculptée dans la porte d'entrée avec les initiales gravées dans les orbites. Le *Post* et le *Star-Ledger* évoquaient les épisodes de la célèbre affaire. « Malheureusement, la "maison de la Petite Lizzie" a acquis une réputation sinistre dans notre communauté », écrivait le journaliste du *Daily Record.*

C'est ce même journaliste qui avait interviewé Ted Cartwright à propos du vandalisme. Ted posait pour la photo dans sa maison de Bernardsville, appuyé sur une canne. « Je ne me suis jamais remis de la mort de ma femme et je suis horriblement choqué que quelqu'un soit assez pervers pour nous remémorer cette tragédie », avait-il dit, ajoutant : « Physiquement et affectivement, je n'ai certes pas besoin de ce rappel. Je fais encore des cauchemars où je revois l'expression de cette enfant au moment où elle s'est mise à tirer. On eût dit le diable incarné. »

C'est la même histoire qu'il ressasse depuis un quart de siècle, pensa Georgette. Il tient à ce que personne ne l'oublie. Quel dommage que Liza ait été trop traumatisée pour se défendre ! Je donnerais cher pour entendre sa version des faits. J'ai vu comment Cartwright se conduit en affaires. Si on le laissait faire, nous aurions une succession de centres commerciaux à la place des pistes cavalières de Mendham et de Peapack, et il ne renoncera pas jusqu'au jour où il passera l'arme à gauche. Il est peut-être capable de berner un tas de gens, mais je fais partie du comité d'urbanisme et je l'ai vu à l'œuvre. Derrière le hobereau en toc, le faux mari inconsolable, c'est un homme impitoyable.

Georgette poursuivit sa lecture. Dru Perry du *Star-Ledger* avait visiblement fait des recherches sur les Nolan. « Alex Nolan, un des deux associés du cabinet d'avocats new-yorkais Ackerman et Nolan, est membre du Peapack Riding Club. Sa femme, Celia Foster Nolan, est la veuve de Laurence Foster, ancien président de Bradford et Foster, une société d'investissement. »

Même si j'ai tenté de mettre Alex Nolan au courant de l'histoire funeste de la maison, elle est au nom de sa femme, qui en ignore tout. Si jamais elle apprend l'existence de cette loi sur la réputation d'une maison, que l'on appelle dans le New Jersey la *stigma law*, elle pourrait demander l'annulation de la vente.

Des larmes de frustration lui montant aux yeux, Georgette examina la photo de Celia Nolan prise au moment où elle s'évanouissait. Je pourrais probablement prétendre que j'ai informé son mari et la laisser m'intenter un procès, mais cette photo aurait un sérieux impact sur le juge.

Comme elle se levait pour remplir sa tasse à nouveau, son téléphone sonna. C'était Robin : « Georgette, je suppose que vous avez vu les journaux.

— Oui. Déjà debout ?

— Je m'inquiétais pour vous. J'ai vu combien vous étiez bouleversée hier. »

Georgette se sentit réconfortée par le ton préoccupé de Robin.

« Merci. En effet, j'ai lu tous les articles.

— Ce qui m'inquiète, ce serait qu'un autre agent immobilier contacte Celia Nolan et l'informe qu'elle peut sans mal faire annuler la vente pour lui proposer ensuite de l'aider à trouver une autre résidence », dit Robin.

Georgette sentit s'évanouir son dernier espoir de voir les choses s'arranger.

« Bien sûr. Vous avez raison, quelqu'un va certainement la prévenir, dit-elle lentement. Je vous retrouve au bureau, Robin. »

Elle raccrocha. « C'est sans espoir, dit-elle tout haut. Totalement sans espoir. »

Puis ses lèvres se crispèrent. C'est mon gagne-pain qui est en péril, songea-t-elle. Les Nolan ont peut-être refusé de porter plainte, mais si je rate cette vente, quelqu'un va le payer. Elle prit le téléphone, appela le commissariat et demanda à parler au sergent Earley. Quand on lui annonça qu'il n'arriverait que dans une heure, elle se rendit compte qu'il n'était pas encore sept heures. « Georgette Grove à l'appareil, dit-elle à Brian Shields, l'agent de permanence qu'elle avait connu en culottes courtes. Brian, vous savez que c'est moi qui ai vendu la maison d'Old Mill Lane. Je risque de voir la vente annulée à cause de ces actes de vandalisme, et je veux que Clyde Earley comprenne que c'est le devoir de la police de découvrir qui a fait le coup. Michael Buckley a avoué que c'était lui qui avait peint les lettres sur le gazon et placé la poupée dans la galerie l'année dernière. L'avez-vous interrogé ?

— Madame Grove, je peux vous répondre sur ce point, répondit précipitamment Shields. Le sergent Earley est allé à l'école de Michael Buckley et l'a fait sortir de sa classe. Il a un alibi. Son père a confirmé qu'il n'a pas quitté la maison de toute la soirée d'avant-hier.

— Son père était-il sobre ? demanda Georgette d'un

ton cassant. D'après ce que je sais de Greg Buckley, il est connu pour lever le coude. » Elle n'attendit pas la réponse. « Demandez au sergent de me rappeler à mon bureau dès son arrivée. »

Elle raccrocha, se dirigea vers l'escalier, sa tasse de café à la main, puis s'arrêta brusquement, saisie d'une lueur d'espoir. Alex Nolan était membre du club hippique. Le jour où elle lui avait fait visiter la maison, il lui avait dit avoir récemment accepté la direction de la nouvelle branche de son cabinet d'avocats à Summit, ce qui lui donnait deux bonnes raisons de vouloir s'installer dans les environs. Il y a plusieurs maisons à vendre susceptibles de les intéresser lui et sa femme. Si je propose à Celia Nolan de lui en faire visiter quelques-unes, quitte à renoncer à ma commission, peut-être acceptera-t-elle de ne pas me poursuivre. Après tout, Alex Nolan a reconnu en public que j'avais tenté de le mettre au courant du passé de la maison.

C'était une possibilité, sans doute ténue, mais une possibilité quand même.

Georgette entra dans sa chambre et commença à dénouer la ceinture de sa robe de chambre. Le moment était-il venu de fermer l'agence ? s'interrogea-t-elle. Elle ne pouvait pas continuer à perdre de l'argent indéfiniment. La petite maison à colombages qu'elle avait achetée pour rien dans Main Street vingt-cinq ans auparavant se vendrait en un clin d'œil. Toutes les autres habitations alentour étaient devenues des bureaux. Mais que faire ensuite ? se demanda-t-elle. Je n'ai pas les moyens de m'arrêter, et je ne veux pas travailler pour quelqu'un d'autre.

Je vais tenter d'intéresser les Nolan dans l'achat d'une autre maison, décida-t-elle. Alors qu'elle prenait sa douche et s'habillait, une autre possibilité lui vint à l'esprit. À l'époque où Audrey et Will Barton l'habitaient, le 1 Old Mill Lane était une maison où régnait le bonheur. Will avait vu les possibilités qu'offrait cette demeure à moitié en ruine et en avait fait l'une des plus exquises résidences de la ville. Georgette se souvenait d'être passée devant la propriété en voiture pour observer les progrès de la rénovation et d'y avoir vu le jeune couple y travailler, planter des fleurs tandis que la petite Liza jouait dans son parc au milieu de la pelouse.

Je n'ai jamais cru une minute que Liza avait eu l'intention de tuer sa mère, pas plus qu'elle n'avait tenté de tuer Ted Cartwright ce soir-là. Elle n'était qu'une enfant ! Si une ex-petite amie de Ted n'avait pas témoigné qu'il la battait, Liza aurait sans doute grandi dans un centre de détention pour mineurs. Je me demande où elle vit à présent, et quels souvenirs elle a gardés de cette horrible nuit. Pour commencer, je n'ai jamais compris ce qu'Audrey pouvait trouver à Ted. Il n'arrivait pas à la cheville de Will Barton. Mais certaines femmes ont besoin d'un homme, et j'imagine qu'Audrey en faisait partie. Si seulement je n'avais pas encouragé Will à prendre des leçons d'équitation...

Une demi-heure plus tard, ragaillardie par un jus d'orange, un toast et une dernière tasse de café, Georgette sortit de chez elle et monta dans sa voiture. En quittant l'allée en marche arrière pour s'engager dans Hardscrabble Road, elle jeta un regard admiratif à la maison recouverte de bardeaux peints en jaune pâle qu'elle habitait depuis trente ans. En dépit de ses soucis professionnels, elle éprouvait toujours le même réconfort devant le charme discret de cette ancienne remise avec son arc bizarre au-dessus de la porte d'entrée, une inexplicable addition à la construction d'origine.

C'est ici que je veux passer le reste de mes jours, se dit-elle, s'efforçant de réprimer un frisson d'inquiétude.

11

Mon père et ma mère sont enterrés à St. Joseph. L'église a été construite en 1860 dans West Main Street. Une aile y fut ajoutée en 1962 pour abriter l'école. Derrière l'église s'étend un cimetière où repose une partie des premiers colons qui ont fondé Mendham. Parmi eux se trouvent mes ancêtres.

Le nom de jeune fille de ma mère était Sutton, un nom qui remonte à la fin du XVIIIe siècle, quand moulins, scieries et forges parsemaient la campagne vallonnée. La première maison de ma famille était située près du domaine des Pitney, dans Cold Hill Road. Les Pitney sont restés propriétaires de l'endroit. À la fin du XVIIIe siècle, la maison d'origine des Sutton a été rasée par un nouvel occupant.

Ma mère a grandi dans Mountainside Road. Ses parents étaient âgés et ne vécurent pas assez longtemps pour être témoins de la mort de leur fille à l'âge de trente-six ans. Cette maison, comme beaucoup, a été agrandie et restaurée avec goût. J'ai le vague souvenir d'y être allée lorsque j'étais petite. Mais je me rappelle très bien avoir entendu des amis de la famille dire à ma mère en termes clairs que ma grand-mère n'aurait pas approuvé son mariage avec Ted Cartwright.

Lorsque j'allais en classe à St. Joseph, il y avait surtout des religieuses parmi le personnel enseignant.

Ce matin-là, en pénétrant dans le hall de la maternelle, serrant la main de Jack dans la mienne, je constatai que les professeurs étaient presque tous laïques.

Jack était déjà allé à la garderie lorsque nous habitions New York et il aimait la compagnie des autres enfants. Malgré tout, il se cramponna à ma main quand la maîtresse, Mlle Durkin, vint pour l'accueillir. Avec une note d'inquiétude dans la voix, il demanda : « Tu reviendras me chercher, hein maman ? »

Son père était mort deux ans plus tôt. Les souvenirs qu'il gardait de lui s'étaient estompés, sans doute remplacés par un sentiment d'anxiété à la pensée de me perdre. Je le savais d'expérience. Lorsqu'un prêtre de St. Joseph et le propriétaire du centre d'équitation de Washington Valley étaient venus nous prévenir que le cheval de mon père s'était emballé et qu'il était mort sur le coup à la suite d'une chute, à partir de ce jour-là, j'avais toujours eu peur qu'un malheur n'arrivât à ma mère.

Et il était arrivé. De ma main.

Ma mère s'accusait d'être responsable de l'accident de mon père. Cavalière-née, elle avait souvent dit qu'elle aurait aimé monter avec lui. Rétrospectivement, je crois qu'il avait une peur secrète des chevaux, et, bien entendu, les chevaux le sentaient. Pour ma mère, monter à cheval était aussi nécessaire que respirer. Après m'avoir déposée à l'école, elle allait directement au Peapack Riding Club, où elle trouvait un peu de réconfort à son chagrin.

Je sentis qu'on me tirait par la main. Jack attendait que je le rassure. « À quelle heure finit la classe ? » demandai-je à Mlle Durkin.

Elle comprit où je voulais en venir. « À midi », répondit-elle.

Jack savait lire l'heure. Je m'agenouillai à la hauteur de son visage. Il avait des taches de rousseur sur le nez, le sourire prompt, mais ses yeux s'assombrissaient parfois d'un voile d'inquiétude ou de peur. Je lui montrai ma montre. « Quelle heure est-il ?

— Dix heures, maman.

— À quelle heure vais-je revenir à ton avis ? »

Il sourit : « À midi pile. »

Je l'embrassai sur le front. « Promis. »

Je me redressai rapidement tandis que Mlle Durkin le prenait par la main. « Jack, je voudrais que tu fasses connaissance avec Billy. Je crois que tu peux m'aider à le consoler. »

Billy pleurait à chaudes larmes. Manifestement, il aurait voulu être n'importe où sauf dans cette salle de maternelle.

Lorsque Jack se tourna vers lui, je me glissai hors de la classe et rebroussai chemin. En passant devant la porte de la salle des professeurs, je distinguai une femme plus âgée derrière le bureau du secrétariat qui éveilla en moi un rapide souvenir. Me trompais-je, ou était-elle déjà là à mon époque ? Oui, j'en étais certaine, tout comme j'étais sûre que son nom me reviendrait.

Pendant le mois qui avait suivi mon anniversaire, j'avais évité de venir à Mendham. Lorsque Alex suggérait de prendre les mesures des pièces pour les meubles, les tapis et les rideaux, je cherchais tous les prétextes pour retarder l'achat de meubles ou d'accessoires destinés à décorer mon ancienne demeure. Je prétendais vouloir vivre dans la maison et m'habituer aux lieux avant de faire des choix définitifs.

Résistant à la tentation de pénétrer dans le petit cimetière et de me recueillir sur la tombe de mes parents, je montai directement dans la voiture. Je parcourus Main Street, avec l'intention d'aller prendre un café dans le petit centre commercial. Maintenant que j'étais seule, j'avais l'impression que les événements des dernières vingt-quatre heures tourbillonnaient dans mon esprit, passant et repassant en boucle.

Le vandalisme. L'inscription sur la pelouse. Le sergent Earley. Marcella Williams. Georgette Grove. Et ce matin, la photo dans l'écurie.

En arrivant au centre commercial, je me garai dans le parking, achetai les journaux et commandai un café noir. Je m'attachai à lire dans le détail tous les articles qui concernaient la maison, et j'eus un mouvement de recul à la vue de la photo me représentant en train de m'effondrer.

Le seul élément positif était que nous étions mentionnés seulement comme « les nouveaux propriétaires de la maison ». Les seules informations de caractère personnel étaient la brève mention de mon précédent mariage avec Laurence Foster, qu'Alex était membre du club hippique et qu'il s'apprêtait à ouvrir une succursale de son cabinet d'avocats à Summit.

Alex. Hier, avec sa prévenance habituelle, il avait engagé une femme de ménage supplémentaire afin que dès six heures la maison soit aussi impeccable que peut l'être un endroit où l'on vient d'emménager. Naturellement, nous n'avions pas assez de meubles, mais la table, les chaises et un buffet étaient en place dans la salle à manger, de même que les canapés, les lampes et quelques fauteuils dans le salon. Les chambres, celle que j'occupais avec Alex et celle de Jack, étaient relativement en ordre. Nos vêtements étaient rangés dans les penderies et nos valises vidées.

Alex avait été peiné et les déménageurs surpris quand j'avais refusé de faire déballer la vaisselle de porcelaine, l'argenterie et les verres de cristal. Je leur avais dit de les entreposer dans une des chambres d'amis en même temps que d'autres cartons marqués FRAGILE, un mot qui me paraissait plus approprié à mon état qu'à de la porcelaine.

J'avais vu la déception grandir dans le regard d'Alex tandis que j'envoyais de plus en plus de cartons s'entasser dans la chambre d'amis. Il comprenait que notre séjour dans la maison se compterait en semaines, non en mois ni en années.

Alex avait envie de vivre dans cette région et je le savais en l'épousant. Je bus lentement mon café et réfléchis à ce simple fait. Summit n'est qu'à une demi-heure d'ici et Alex faisait déjà partie du Peapack Club lorsque j'ai fait sa connaissance. Serait-il possible que dans mon subconscient j'aie toujours voulu revenir ici, retrouver ces lieux familiers qui sont ancrés dans ma mémoire ? Bien sûr, je ne pouvais pas, même dans mes rêves les plus fous, imaginer qu'Alex achèterait la maison de mon enfance, mais les incidents d'hier et les photos dans la presse m'ont prouvé que je suis fatiguée de fuir.

Je continuai à boire mon café à petites gorgées. Je veux réhabiliter mon nom, pensai-je. Je veux savoir pourquoi ma mère a éprouvé un jour une telle terreur de Ted Cartwright. Ce qui est arrivé hier m'a donné une raison de chercher une réponse à cette question. En tant que nouvelle propriétaire des lieux, personne ne trouvera insolite que j'aille au tribunal me renseigner. Je dirai que je veux connaître la vérité sur cette tragédie, en évitant les rumeurs et le sensationnalisme. En tentant d'éclaircir le noir mystère qui pèse sur cet endroit, je découvrirai peut-être en même temps un moyen de blanchir mon nom.

« Excusez-moi, êtes-vous Celia Nolan ? »

La femme qui se tenait devant ma table avait une quarantaine d'années. J'acquiesçai d'un signe de tête.

« Je m'appelle Cynthia Granger. Je voulais seulement vous dire que les habitants de cette ville sont horrifiés par les actes de vandalisme qui viennent de se produire. Nous voudrions que vous vous sentiez chez vous ici. Mendham est une ville agréable. Montez-vous à cheval ? »

J'évitai de répondre directement. « J'ai l'intention de m'y mettre.

– Épatant. Je vous laisse le temps de vous acclimater puis je vous ferai signe. J'espère que nous aurons le plaisir de vous avoir à dîner, vous et votre mari. »

Je la remerciai et, tandis qu'elle sortait de la cafétéria, je me répétai son nom de famille : Granger. Granger. Il y avait deux enfants Granger dans les classes supérieures à mon époque. L'un d'eux appartenait-il à la famille du mari de Cynthia ?

Je quittai la cafétéria et, pendant l'heure qui suivit, je parcourus la ville. Je remontai Mountainside Road pour jeter un coup d'œil à la maison de mes grands-parents, contournai Horseshoe Bend, longeai Hilltop Road. Je passai devant Pleasant Valley Mill, la propriété que nous appelions « la Porcherie ». Et bien sûr, il y avait une truie dans l'enclos. Comme tous les enfants de la ville, j'allais voir avec mes parents la portée de petits cochons au printemps. Je voulais que Jack puisse les voir lui aussi.

Je fis rapidement quelques achats pour le déjeuner et retournai à St. Joseph bien avant midi afin de m'assurer que Jack m'apercevrait dès l'instant où il sortirait de classe. Puis nous rentrâmes à la maison. Après avoir dévoré son sandwich, Jack me supplia de le laisser monter Lizzie. Bien que j'aie toujours refusé de remonter à cheval après la mort de mon père, je savais presque d'instinct seller un poney et mes mains s'affairèrent naturellement à serrer la sangle, vérifier les étriers, montrer à Jack comment tenir les rênes.

« Où as-tu appris tout ça ? »

Je me retournai brusquement. Alex me souriait. Ni Jack ni moi n'avions entendu la voiture s'arrêter. Il avait dû la laisser devant la maison. S'il m'avait surprise en train de fouiller dans ses poches, je n'aurais pas été plus embarrassée ou dépitée.

« Oh, bégayai-je, je te l'ai déjà dit. Mon amie Gina adorait monter à cheval quand nous étions enfants. J'allais souvent la regarder prendre ses leçons. Et je l'aidais parfois à seller son poney. »

Mensonges. Mensonges.

« Je ne me souviens pas que tu m'en aies parlé, dit Alex. Mais peu importe. » Il souleva Jack dans ses bras et me serra contre lui. « La cliente avec laquelle je devais passer la plus grande partie de l'après-midi s'est décommandée. Elle a quatre-vingt-cinq ans et voulait à nouveau modifier son testament, mais elle est revenue sur son idée. Lorsque j'ai su qu'elle ne venait pas, j'ai quitté le bureau en vitesse. »

Alex avait défait le bouton de son col et dénoué sa cravate. Je l'embrassai dans le cou et son bras me serra plus fort. J'aime son apparence de gentleman-farmer, sa peau hâlée et les mèches décolorées par le soleil dans ses cheveux bruns.

« Raconte-moi ta première journée à l'école, demanda-t-il à Jack.

— D'abord, est-ce que je peux monter Lizzie ?

— Bien sûr. Ensuite, tu me raconteras tout.

— Je te dirai comment on nous a demandé de décrire notre journée la plus passionnante de l'été, et comment j'ai parlé de notre arrivée à la maison, et des agents de police, et aussi comment je suis allée voir Lizzie ce matin et qu'il y avait une photo... »

Je l'interrompis : « Tu diras tout ça à Alex après avoir fait ton tour, mon chéri.

— Entendu », fit Alex.

Il vérifia la selle, mais ne trouva rien à ajuster. J'eus l'impression qu'il me regardait d'un air interrogateur mais il ne fit aucun commentaire. « Jack vient de manger un sandwich, mais je vais préparer notre déjeuner, lui dis-je.

— Si nous le prenions dans le patio ? proposa Alex. Il fait trop beau pour rester à l'intérieur.

— Excellente idée », dis-je rapidement et je me dirigeai vers la maison.

Je gravis l'escalier à la hâte. Mon père avait réorganisé le premier étage afin de disposer de deux grandes pièces d'angle à usage indéterminé. Dans mon enfance, l'une d'elles était son bureau, l'autre une salle de jeux. J'avais demandé aux déménageurs de placer mon secrétaire dans le bureau de mon père. Ce secrétaire était un meuble ancien sans intérêt particulier que j'avais acheté lorsque j'avais mon affaire de décoration, et choisi pour une raison bien précise. Un des grands tiroirs possédait un compartiment secret fermé par une serrure à combinaison qui ressemblait à un élément décoratif.

Je me dépêchai de sortir les dossiers du tiroir, composai la combinaison, et le compartiment s'ouvrit. L'épais dossier intitulé *La Petite Lizzie Borden* s'y trouvait. Je le retirai, l'ouvris et en retirai la photo du journal qui était affichée sur le poteau de l'écurie.

Si jamais Jack en parlait, Alex demanderait naturellement à la voir. Si Jack se rappelait alors qu'il avait promis de garder le secret, il laisserait sans doute échapper un « Oh, j'ai oublié, j'avais promis à maman de pas le dire »...

Et il me faudrait encore cacher la vérité sous d'autres mensonges.

Je fourrai la photo dans la poche de mon pantalon et descendis au rez-de-chaussée. Sachant qu'Alex avait un faible pour le saumon fumé, j'en avais acheté quelques tranches au supermarché. Je les disposai sur des assiettes avec des câpres, des oignons et des rondelles d'œuf dur. La table et les chaises en fer forgé qu'Alex avait achetées pour fêter mon anniversaire étaient maintenant installées dans le patio. Je disposai les sets et les couverts, ajoutai les assiettes de saumon, du thé glacé et du pain.

En m'entendant crier que le déjeuner était servi, Alex attacha le poney à un poteau de l'enclos. Il était encore sellé, ce qui signifiait qu'il avait l'intention de laisser Jack monter plus longtemps.

Lorsqu'ils pénétrèrent dans le patio, l'atmosphère avait subitement changé. Alex avait l'air tendu et Jack était au bord des larmes. Un silence plana pendant un instant, puis Alex demanda d'un ton calme : « Y a-t-il une raison pour laquelle tu ne voulais pas me parler de la photo que tu as trouvée dans l'écurie, Ceil ?

— Je ne voulais pas t'inquiéter. Ce n'est rien qu'une des photos de la famille Barton qui étaient dans le journal.

— Et tu crois que je ne suis pas inquiet d'apprendre que quelqu'un est entré ici pendant la nuit ? Ne crois-tu pas que la police devrait être avertie ? »

Il n'y avait qu'une seule réponse plausible. « As-tu lu les journaux d'aujourd'hui ? » demandai-je doucement à Alex. « Penses-tu que j'aie envie qu'ils en rajoutent ? Pour l'amour du ciel, qu'on me laisse un peu tranquille.

— Ceil, Jack me dit qu'il est allé voir son poney tout seul, sans attendre que tu sois réveillée. Suppose qu'il soit tombé sur un intrus dans l'écurie. Je commence à me demander s'il n'y a pas un malade mental en liberté dans les environs. »

C'était exactement l'inquiétude que je ne pouvais partager. « Jack n'aurait pas pu sortir de la maison si tu avais réenclenché l'alarme, dis-je d'un ton sec.

— Maman, pourquoi tu es en colère contre Alex ?

— Je me le demande, Jack », dit Alex en repoussant sa chaise et en rentrant dans la maison.

Je ne savais pas si je devais le suivre et m'excuser, ou lui montrer la photo froissée du journal qui était dans ma poche. Je ne savais tout simplement pas quoi faire.

12

Le lendemain matin de l'arrivée de ses nouveaux voisins, Marcella Williams savourait un deuxième café en dévorant la presse quand son téléphone sonna. Elle décrocha et murmura : « Allô.

— Est-ce qu'une charmante et belle dame serait libre pour déjeuner, par hasard ? »

Ted Cartwright ! Marcella sentit son pouls s'accélérer.

« Il n'y a pas de charmante et belle dame par ici, minauda-t-elle, mais j'en connais une qui serait ravie de déjeuner avec le distingué M. Cartwright. »

Trois heures plus tard, habillée avec soin d'un pantalon ocre et d'un chemisier de soie imprimée, Marcella était assise en face de Ted Cartwright au bar de la Black Horse Tavern dans West Main Street. Dans un flot ininterrompu de détails, elle lui raconta tout ce qu'elle savait sur ses nouveaux voisins. « La vue de la maison vandalisée a mis Alex Nolan hors de lui. Sa femme, Celia, a paru complètement bouleversée. Au point qu'elle s'est évanouie, vous vous rendez compte ! J'imagine qu'elle était éreintée par le déménagement. Quelle que soit l'aide que l'on vous apporte, il y a toujours tellement à faire soi-même.

— C'est tout de même une réaction un peu excessive, fit remarquer Cartwright d'un air dubitatif.

– J'en conviens, mais d'un autre côté le spectacle était vraiment choquant. Ted, je peux vous le dire, cette tête de mort sur la porte avec les initiales de Liza gravées dans les orbites faisait froid dans le dos, et on aurait juré que la peinture rouge sur la pelouse était du sang. Et la poupée dans la galerie avec son pistolet était effrayante elle aussi. »

Marcella se mordit la lèvre en voyant l'expression de Cartwright. Mon Dieu, c'était *son* sang qui était répandu dans la pièce, en même temps que celui d'Audrey, la nuit où Liza avait tiré sur eux. « Je suis désolée, dit-elle. Comment puis-je être aussi stupide ? » Elle tendit le bras en travers de la table et lui pressa la main.

Avec un sourire forcé, Cartwright prit son verre et but une longue gorgée de pinot noir. « Laissons de côté ces détails, Marcella, dit-il. J'ai vu les photos dans les journaux et c'est suffisant. Dites-m'en davantage sur vos nouveaux voisins.

– Très séduisants, pérora Marcella. Elle a une trentaine d'années. Lui doit approcher de la quarantaine. Le petit garçon, Jack, est très mignon. Très attaché à sa mère. Il est resté accroché à elle quand elle était étendue sur le divan. Le pauvre gosse avait peur qu'elle soit morte. »

À nouveau Marcella eut l'impression de s'aventurer sur un terrain dangereux. Vingt-quatre ans plus tôt, les policiers avaient dû arracher Liza au corps de sa mère, tandis que Ted gisait sur le sol à quelques mètres de là. « Je suis passée au bureau de Georgette Grove hier après-midi pour prendre de ses nouvelles, dit-elle rapidement. Elle était tellement retournée à la vue des dégradations que je m'inquiétais un peu à son sujet. »

Marcella avala la dernière bouchée de sa salade de maïs et termina son chardonnay.

Voyant Ted hausser les sourcils avec un sourire amusé, elle comprit qu'il n'était pas dupe. « Vous me connaissez trop bien, dit-elle en riant, en réalité j'étais curieuse de savoir de quoi il retournait. J'ai pensé que la police dirait à Georgette si les auteurs du coup étaient des gosses. Elle était absente. J'ai bavardé avec Robin, sa secrétaire ou réceptionniste ou je ne sais quoi.

– Qu'avez-vous découvert ?

– Robin m'a dit que les Nolan n'étaient mariés que depuis six mois et qu'Alex avait acheté la maison pour faire une surprise à Celia pour son anniversaire. »

Cartwright haussa à nouveau les sourcils. « La seule surprise qu'un homme puisse faire à une femme se mesure en carats », déclara-t-il.

Marcella lui adressa un sourire enjôleur. Le bar de la Black Horse Tavern était depuis des générations l'un des endroits les plus courus de la région à cette heure de la journée. Elle se souvenait d'y avoir déjeuné un jour avec Victor, Audrey et Ted. Quelques mois seulement avant qu'Audrey et Ted ne se séparent. Ted semblait fou d'elle à l'époque, et elle avait l'air tout aussi amoureuse de lui. Qu'est-ce qui avait brisé ce mariage ? Mais vingt-quatre ans s'étaient écoulés et, pour autant qu'elle sache, la dernière amie en date de Ted faisait partie du passé.

Elle sentit le regard de Ted posé sur elle. Elle savait qu'elle était encore très attirante et le regard de Ted ne la trompa pas.

« Voulez-vous savoir ce que je pense ? lui lança-t-elle avec un ton de défi.

– Bien sûr.

– Je pense que beaucoup d'hommes à l'approche de la soixantaine commencent à perdre leur séduction. Ils ont le crâne de plus en plus dégarni, prennent du poids, parlent pour ne rien dire. Mais vous, avec vos cheveux gris et vos yeux bleus, vous êtes encore plus beau qu'à l'époque où nous étions voisins. Vous avez toujours été grand et svelte, sans une once de graisse. C'est ce qui me plaît chez vous. Victor était un mollasson ! »

D'un haussement d'épaules, elle expédia aux oubliettes l'homme auquel elle était restée mariée pendant vingt-deux ans, cherchant à effacer par la même occasion le remariage de Victor quelques mois après leur divorce et le fait qu'il était aujourd'hui père de deux enfants et nageait dans le bonheur, d'après son réseau d'informatrices.

« Vous me flattez et j'en suis ravi, dit Ted. Si nous prenions un café maintenant, il faudra ensuite que je retourne au bureau. »

Ted avait suggéré de la retrouver au Black Horse, mais elle lui avait demandé de venir la chercher. « Je sais que je boirai un verre de vin et je préfère ne pas conduire ensuite », avait-elle expliqué. À la vérité, elle voulait se trouver seule avec lui dans l'intimité d'une voiture.

Une demi-heure plus tard, Ted se garait dans son allée. Il descendit, fit le tour de la voiture pour lui ouvrir la portière. Comme elle se levait, une voiture passa lentement dans la rue. Ils reconnurent le conducteur, Jeffrey MacKingsley, le procureur du Morris County.

« C'est curieux, s'étonna Cartwright. Le procureur ne s'occupe pas d'histoires de vandalisme en général.

– Je ne sais pas. Hier, le sergent Earley s'est comporté comme s'il avait l'affaire en main. Peut-être y a-t-il du nouveau. Je vais essayer de me renseigner. Je m'apprêtais à faire quelques biscuits à la cannelle demain matin et à les apporter aux Nolan. Je vous préviendrai si j'apprends quelque chose. »

Elle le regarda, hésitant à l'inviter à dîner. Je ne veux pas l'effaroucher, pensa-t-elle. Puis une étrange lueur dans l'expression de Ted Cartwright la fit frissonner. Il regardait fixement la voiture du procureur disparaître au tournant de la route, et on eût dit qu'il venait de lever le masque. Son visage était soudain sombre et soucieux. Pourquoi la vue de la voiture de Jeffrey MacKingsley l'inquiétait-elle ? Une pensée lui traversa alors l'esprit. Et si Ted l'avait invitée dans le seul but de lui soutirer des informations sur ses voisins ?

Bon, se dit-elle, c'est un jeu qu'on peut jouer à deux. « Ted, j'ai passé un moment délicieux. Pourquoi ne viendriez-vous pas dîner mardi soir ? J'ignore si vous vous en souvenez, mais je suis bonne cuisinière. »

Ted avait repris son masque. Tout sourire, il l'embrassa sur la joue. « Je n'ai pas oublié, Marcella. Disons à sept heures, si cela vous convient. »

13

Jeff MacKingsley passa la plus grande partie de la journée au Roxiticus Club, à disputer un tournoi de golf organisé au bénéfice de la Société historique du Morris County. Excellent golfeur avec un handicap six, c'était le genre de sortie qu'il appréciait en temps normal. Pourtant aujourd'hui, en dépit d'un temps superbe et des bons amis qui jouaient avec lui, il n'arrivait pas à se concentrer sur la partie. Les articles parus dans la presse concernant les actes de vandalisme commis au 1 Old Mill Lane lui avaient mis les nerfs en pelote.

La photo de Celia Nolan en train de s'évanouir était particulièrement bouleversante. S'il s'agissait d'une affaire de discrimination raciale, nous serions tous en train de ratisser la ville pour découvrir le coupable, se disait-il. Contrairement à la dernière fois, ce n'est pas une farce de Halloween. C'est de la *malveillance*.

En fin de matinée, il avait dû s'incliner devant les autres joueurs. En conséquence, il dut payer une tournée de bloody mary au bar avant de s'attabler pour le joyeux déjeuner qui suivait le tournoi.

Le club était décoré de tableaux et de dessins empruntés au musée du quartier général de George Washington à Morristown. Féru d'histoire, Jeffrey ne manquait jamais de se souvenir que la campagne alentour avait été le théâtre de nombreuses batailles durant la guerre d'Indépendance.

Mais aujourd'hui il contemplait sans les voir ces souvenirs historiques. Avant qu'on ne serve le café, il appela son bureau et Anna lui assura qu'il n'y avait rien de particulier. Cependant, elle ne le laissa pas raccrocher sans commenter ce qu'elle avait lu dans la presse du matin : « Les photos de la Maison de la Petite Lizzie montrent que cette fois ils ont mis le paquet », dit-elle, non sans une certaine jubilation. « Je ferai un détour par là-bas en rentrant chez moi et je jetterai un coup d'œil. »

Jeffrey ne lui avoua pas qu'il avait l'intention d'en faire autant. Il espérait seulement ne pas tomber sur son omniprésente secrétaire, mais il se rassura en pensant qu'il serait sur place à trois heures de l'après-midi et qu'Anna ne quitterait pas le bureau avant cinq heures.

Le déjeuner enfin terminé, s'excusant encore d'avoir joué de façon aussi lamentable, Jeffrey s'échappa et regagna sa voiture. Moins de dix minutes plus tard, il s'engageait dans Old Mill Road. Tout en conduisant, il se rappelait cette nuit, vingt-quatre ans plus tôt, où il était resté exceptionnellement tard à sa table de travail, à terminer des devoirs en retard, et avait machinalement allumé la radio qui était son bien le plus cher. Elle possédait la fréquence d'ondes courtes que la police utilisait pour ses voitures. C'était alors qu'il avait entendu cet appel urgent : « Individu du sexe masculin demande de l'aide au 1 Old Mill Lane. Dit qu'il a été blessé et sa femme assassinée. Les voisins déclarent avoir entendu des coups de feu. »

Il était environ une heure du matin, se rappela Jeffrey. Mes parents dormaient. J'ai pris ma bicyclette et roulé jusque là-bas, me postant avec quelques voisins des Barton au bord de la route. Bon sang, quelle nuit épouvantable. Il faisait froid. C'était un 28 octobre, il y a vingt-quatre ans. Quelques minutes plus tard, l'endroit grouillait de journalistes. J'ai vu la civière sur laquelle on transportait Ted Cartwright, avec deux infirmiers tenant les perfusions. Ensuite, ils ont emporté le sac qui contenait le corps d'Audrey Barton et l'ont placé dans le fourgon de la morgue. Je me souviens même de ce que j'ai pensé alors – que je l'avais vue au concours hippique, où elle avait remporté le premier prix.

Il était resté jusqu'au moment où la voiture de police avec Liza Barton était partie à toute vitesse. À ce moment-là, déjà, je me demandais quelles pensées pouvaient l'habiter, se souvint Jeffrey.

Et il se posait toujours la même question aujourd'hui. D'après ce qu'il savait, après avoir remercié Clyde Earley de l'avoir enveloppée dans la couverture, elle n'avait plus desserré les dents pendant des mois.

En passant devant le 3 Old Mill Lane, il aperçut un homme et une femme dans l'allée. C'est la voisine, pensa-t-il, celle qui avait tant à dire aux journalistes, et c'est Ted Cartwright à côté d'elle. Qu'est-ce qu'il fiche dans le coin ?

Jeffrey fut tenté de s'arrêter et d'aller leur parler, mais il préféra n'en rien faire. Il suffisait d'avoir entendu ses déclarations aux médias pour savoir que Marcella Williams était une pipelette. Je n'ai pas envie qu'elle répande le bruit que je m'intéresse personnellement à cette affaire.

Il ralentit, roula au pas en arrivant à la hauteur de la maison Barton. La Maison de la Petite Lizzie. Une camionnette était stationnée dans l'allée et un ouvrier en salopette sonnait à la porte.

À première vue, cette jolie demeure du XVIIIe, avec son mélange inhabituel de bois et de pierres de taille, ne semblait pas avoir été endommagée. Mais après avoir arrêté sa voiture et être descendu, Jeffrey constata qu'une couche de peinture recouvrait de nombreux bardeaux vandalisés, et que des éclaboussures écarlates étaient encore visibles sur les soubassements de pierre. La plaque de gazon posée de frais tranchait sur le reste de la pelouse, et Jeffrey eut un mouvement de surprise devant son étendue. Elle donnait la mesure du message qui avait été peint.

Il vit la porte s'ouvrir et une femme apparaître sur le seuil. Grande et mince. Sans doute Celia Nolan. Elle s'entretint pendant un moment avec l'ouvrier, puis referma la porte et l'homme regagna la camionnette et commença à en sortir une bâche et des outils.

Jeffrey n'avait pas eu l'intention de s'attarder devant la maison vandalisée, mais il résolut soudain de s'engager dans l'allée pour aller constater les dégâts restants avant qu'on ne les répare. Cette décision l'obligeait naturellement à se présenter aux nouveaux propriétaires. Il regrettait sincèrement d'avoir à les déranger, mais le procureur du Morris County ne pouvait pas circuler sur leur propriété sans leur fournir une explication.

L'ouvrier était un maçon engagé par l'agence immobilière pour nettoyer la pierre. Maigre, le visage tanné, avec une pomme d'Adam proéminente, il dit s'appeler Jimmy Walker.

« Comme le maire de New York dans les années 1920 », ajouta-t-il avec un rire sonore. « On a même écrit une chanson sur lui. »

Jimmy Walker était du genre loquace. « Au moment de Halloween l'an passé, Mme Harriman, c'était la propriétaire d'alors, m'avait fait venir aussi. Vous l'auriez entendue, elle était folle de rage ! La peinture utilisée par les gamins était partie sans mal, mais c'est la poupée avec son pistolet assise dans un fauteuil de la galerie qui lui avait fichu les jetons. C'était la première chose qu'elle avait vue en ouvrant la porte le matin. »

Jeffrey s'apprêta à monter les marches qui menaient à la galerie, mais Walker continuait à parler. « À mon avis, toutes les femmes qui habitent ici n'en peuvent plus au bout d'un moment. J'ai lu les journaux ce matin. On nous livre le *Daily Record* à la maison. C'est bien d'avoir le journal local. Comme ça, vous savez ce qui se passe dans le coin. Il y a un grand article sur la maison. Vous l'avez lu ? »

Je me demande s'il est payé à l'heure, se demanda Jeffrey. Dans ce cas, les Nolan se font arnaquer. Je parie que s'il n'a personne à qui parler, il rumine tout seul.

« Je reçois la presse », dit-il sèchement en gravissant les dernières marches de la galerie.

Il avait vu les photos de la tête de mort dans les journaux, mais l'impression était différente lorsque vous vous trouviez face à elle. Quelqu'un avait creusé le bel acajou de la porte, quelqu'un d'assez habile pour avoir sculpté le crâne avec une remarquable symétrie, et gravé les lettres « L » et « B » au beau milieu des orbites.

Mais dans quel but ? Il appuya sur la sonnette et entendit le faible écho d'un carillon résonner à l'intérieur.

14

Après le départ d'Alex, je tentai de retrouver mon calme et de rassurer Jack. Je voyais bien que les récents événements l'avaient perturbé : l'arrivée dans une maison inconnue, l'irruption de la police et des journalistes, le poney, mon évanouissement, l'entrée à la maternelle et, récemment, la tension qu'il avait perçue entre Alex et moi.

Au lieu de faire un tour sur Lizzie – Dieu, que je détestais ce prénom ! –, il accepta de venir s'étendre sur le canapé du bureau pendant que je lisais une histoire. « Lizzie a sûrement envie de faire la sieste elle aussi », ajoutai-je, pour le convaincre. Il m'aida à la desseller et alla ensuite chercher un de ses livres préférés. Il ne mit pas longtemps à s'endormir. Je l'enveloppai d'une couverture légère et le regardai dormir.

Je me remémorai les erreurs que j'avais commises au cours de la journée.

Trouvant cette photo dans l'écurie, une épouse normale aurait appelé son mari et lui en aurait parlé. Une mère normale n'aurait pas essayé d'inciter un enfant de quatre ans à laisser son père ou son beau-père dans l'ignorance. Comment s'étonner qu'Alex ait été à la fois furieux et déçu ? Et que pouvais-je lui donner comme explication sensée ?

La sonnerie du téléphone dans la cuisine ne fit

même pas tressaillir Jack. Il était plongé dans ce sommeil profond auquel succombent si facilement les petits enfants lorsqu'ils sont fatigués. Je me précipitai dans la cuisine. Pourvu que ce soit Alex, implorai-je en moi-même.

C'était Georgette Grove. Hésitante, elle me dit qu'au cas où j'aurais décidé de ne plus habiter cette maison, elle pouvait m'en faire visiter d'autres dans les environs. « Si l'une d'entre elles vous plaît, je suis prête à abandonner ma commission, proposa-t-elle. Et je ferai l'impossible pour vendre la vôtre, également sans commission. »

C'était une offre très généreuse. Elle impliquait que nous avions les moyens d'acheter une deuxième maison sans avoir au départ l'argent qu'Alex avait investi dans celle-ci, mais je suis certaine que Mme Grove savait que je disposais de ressources personnelles, étant la veuve de Laurence Foster. J'acceptai sa proposition et perçus un réel soulagement dans sa voix.

Après avoir raccroché, je me sentis rassérénée. Je rapporterais à Alex ma conversation avec Georgette Grove et, si elle trouvait quelque chose qui nous convenait, j'insisterais pour avancer les fonds. Alex avait un cœur d'or, mais j'avais grandi auprès de parents adoptifs soucieux d'économiser, et vécu avec un mari riche qui ne jetait jamais l'argent par les fenêtres, je pouvais donc comprendre qu'Alex n'ait peut-être pas envie d'acheter une autre propriété avant que celle-ci ne soit vendue.

Trop énervée pour lire, je parcourus toutes les pièces du rez-de-chaussée. La veille, les déménageurs avaient déposé à la va-vite les meubles destinés au salon, et rien n'était à sa place. Je n'étais certes pas une adepte du Feng Shui, mais la décoration intérieure était mon métier. Sans même m'en rendre compte, je me retrouvai en train de pousser le canapé en travers de la pièce, d'arranger fauteuils, chaises, tables et tapis de manière à ce que le salon n'ait plus l'air d'un magasin d'antiquités. Heureusement, les déménageurs avaient mis la commode ancienne que chérissait Larry à l'endroit adéquat contre le mur. Je n'aurais pu la déplacer seule.

Après le brusque départ d'Alex au milieu du repas, je n'avais pas pris la peine de manger. J'avais recouvert nos deux assiettes et les avais mises dans le réfrigérateur. Sentant un début de migraine me gagner, je décidai qu'une tasse de thé me ferait du bien.

La sonnette de la porte résonna avant même que j'aie fait un pas en direction de la cuisine. Je me figeai sur place. Et si c'était un journaliste ? Mais je me souvins qu'avant de raccrocher, Georgette Grove m'avait prévenue de la venue d'un maçon qu'elle avait engagé pour remettre en état le soubassement de pierre. Je regardai par la fenêtre et vis avec soulagement la camionnette garée dans l'allée.

J'ouvris la porte. L'homme se présenta : « Jimmy Walker, comme le maire de New York dans les années 1920. On a même écrit une chanson sur lui. » Je lui indiquai ce qu'il devait faire et refermai la porte, mais non sans avoir vu de tout près l'horrible sculpture qui abîmait le battant de la porte.

Je refermai, gardant un moment la main posée sur la poignée. J'aurais voulu l'ouvrir à nouveau, hurler à l'adresse de Jimmy et du monde entier que j'étais Liza Barton, la fillette de dix ans qui avait si peur pour sa mère, j'aurais voulu leur dire qu'il y avait eu une fraction de seconde pendant laquelle Ted Cartwright m'avait regardée, avait vu le pistolet dans ma main et *décidé de projeter ma mère dans ma direction, sachant que le coup pourrait partir.*

Cette fraction de seconde avait décidé de la vie ou de la mort de ma mère. J'appuyai ma tête contre la porte. Bien que la maison fût agréablement fraîche, la transpiration perlait à mon front. Ce moment infinitésimal était-il une réalité dont j'avais gardé le souvenir, ou quelque chose que je voulais me rappeler ? Je restai sans bouger, paralysée. Jusqu'à présent, mon seul souvenir était d'avoir vu Ted se retourner et hurlant : « D'accord », avant de pousser violemment ma mère en avant.

Le carillon de la porte retentit à nouveau. Le maçon, sans doute. J'attendis trente secondes, le temps nécessaire pour laisser supposer que je me trouvais dans la pièce voisine, puis j'ouvris la porte. Un homme se tenait sur le seuil, il avait entre trente-cinq et quarante ans et dégageait une impression d'autorité. Il se présenta : Jeffrey MacKingsley, procureur du comté. Morte d'inquiétude, je l'invitai à entrer.

« Je vous aurais prévenue si j'avais prévu de m'arrêter, mais je me trouvais dans le voisinage et j'ai subitement décidé de vous présenter personnellement mes regrets pour le malheureux incident survenu hier », dit-il en me suivant dans le salon.

Tandis que je marmonnais un « Merci, monsieur MacKingsley », je vis ses yeux faire rapidement le tour de la pièce et me félicitai d'avoir réagencé les meubles. Les chauffeuses se faisaient face de chaque côté du canapé. La causeuse était placée devant la cheminée. Le soleil de l'après-midi soulignait les nuances sourdes des tapis dont les motifs avaient passé avec le temps. La pièce n'était pas assez meublée, il n'y avait pas de rideaux aux fenêtres, aucun tableau ni objet de décoration, mais l'atmosphère générale laissait supposer que les nouveaux propriétaires étaient en train de s'installer normalement.

Cette constatation me calma et je parvins à sourire en entendant Jeffrey MacKingsley déclarer : « Cette pièce est charmante et j'espère que vous allez surmonter ce qui s'est passé hier et profiter de votre maison. Je puis vous assurer que mes services et la police locale vont travailler de concert pour découvrir le ou les coupables. Ces incidents ne se reproduiront plus, madame Nolan, croyez-moi.

– Je l'espère. »

Je me tus. Que ferais-je si Alex rentrait maintenant et parlait de la photo que j'avais trouvée dans l'écurie ? « En fait... » J'hésitai. Je ne savais quoi dire.

L'expression du procureur changea. « Y a-t-il eu autre chose, madame Nolan ? »

Je plongeai ma main dans la poche de mon pantalon et en tirai la photo du journal. « Cette feuille était affichée sur un poteau de l'écurie. Mon petit garçon l'a découverte en allant voir son poney ce matin. » La gorge nouée, honteuse de la comédie que je me forçais à jouer, je demandai : « Savez-vous qui sont ces gens ? »

MacKingsley prit la photo que je lui tendais. Je notai qu'il la tenait avec précaution par le bord. Il l'examina et puis me regarda. « Oui, je le sais. » Il avait pris un ton faussement détaché. « C'est une photo de la famille qui a restauré cette maison.

– La famille Barton ! »

Je détestais ma mine faussement étonnée.

« Oui. » Il observait visiblement ma réaction.

« C'est bien ce que je pensais. »

Ma voix était tendue, nerveuse.

« Madame Nolan, nous parviendrons peut-être à relever des empreintes digitales sur cette photo. Qui d'autre que vous l'a eue en main ?

– Personne. Mon mari était déjà parti ce matin lorsque je l'ai trouvée. Elle était placée trop haut sur le poteau pour que mon petit garçon puisse l'atteindre.

– Bien. Je voudrais l'emporter à mon bureau et faire relever les empreintes. Auriez-vous un sac en plastique ?

– Bien sûr. »

J'étais soulagée de pouvoir m'activer. Je n'avais pas envie que cet homme scrute mon visage plus longtemps.

Il me suivit dans la cuisine. Je pris un sac dans un tiroir et la lui tendis.

Il plaça la photo à l'intérieur. « Je ne veux pas vous déranger davantage, madame Nolan, dit-il. Mais il y a une autre question que j'aimerais vous poser : aviez-vous, votre mari ou vous, l'intention d'avertir la police de cette nouvelle intrusion dans votre propriété ? »

Je ne répondis pas directement. « Cela paraissait si peu important.

– J'admets que ce n'est pas comparable avec ce qui s'est passé hier. Il n'en reste pas moins que quelqu'un s'est introduit à nouveau chez vous. Il existe peut-être des empreintes sur cette photo qui pourront nous aider à découvrir qui est responsable de toute cette affaire. Nous aurons besoin de vos empreintes à titre de comparaison. Je sais que vous avez eu beaucoup d'émotions et je ne veux pas vous obliger à venir à mon bureau. Je vais demander à un officier de police de Mendham de venir chez vous avec le matériel nécessaire pour les relever. Il sera là dans quelques minutes. »

Une inquiétude me saisit. Se contenteraient-ils d'utiliser mes empreintes pour les distinguer d'autres pouvant se trouver sur la photo ou examineraient-ils toutes celles qui figuraient dans leurs fichiers ? Un gosse du voisinage avait admis être l'auteur du vandalisme de Halloween. Supposons que la police vérifie les empreintes des jeunes délinquants de la région. Les miennes étaient consignées dans les archives.

« Madame Nolan, si vous découvrez des indices de la présence d'un intrus dans votre propriété, *s'il vous plaît* appelez-nous. Je vais également demander à une voiture de patrouille de passer régulièrement devant votre maison. »

« Voilà une idée qui me paraît excellente. »

Ni moi ni MacKingsley n'avions entendu Alex entrer. Nous nous retournâmes brusquement pour le voir dans l'embrasure de la porte de la cuisine. Je fis les présentations, et MacKingsley lui répéta qu'il allait examiner la photo que j'avais trouvée dans l'écurie.

À mon grand soulagement, Alex ne demanda pas à la voir. MacKingsley se serait sans doute étonné que je ne l'aie pas montrée à mon mari. Il partit aussitôt après, puis Alex et moi nous regardâmes. Il passa ses bras autour de moi. « On fait la paix, Ceil, dit-il. Je suis désolé de m'être mis en colère. Mais tu ne dois rien me cacher. Je suis ton mari, sais-tu ? Ne me traite pas comme un étranger qui n'est pas tenu de savoir ce qui se passe autour de lui. »

Je proposai de servir pour dîner le saumon que nous n'avions pas mangé ce matin. Nous nous installâmes dans le patio et je lui parlai de l'offre de Georgette Grove. « Bien sûr, commence à regarder ce qu'elle te propose. Peut-être nous retrouverons-nous avec deux maisons. » Puis il ajouta : « Qui sait si nous ne finirons pas par avoir besoin des deux. »

Je savais qu'il plaisantait. Mais nous ne sourîmes pas et un vieux dicton me revint en mémoire. « D'un mot d'esprit jaillit souvent la vérité. » On sonnait à la porte. J'allai ouvrir et fis entrer l'officier de police de Mendham qui venait relever mes empreintes. En appuyant le bout de mes doigts dans l'encre, je répétais un geste que j'avais déjà fait – la nuit où j'avais tué ma mère.

15

En arrivant à son bureau, Georgette Grove perçut une tension dans l'air entre Henry et Robin. L'habituelle pusillanimité d'Henry avait cédé la place à une agressivité presque palpable et ses lèvres minces étaient crispées en une ligne obstinée.

Robin le fusillait du regard et on eût dit qu'elle était prête à bondir de sa chaise et à lui envoyer un coup de poing.

« Que se passe-t-il ? » demanda Georgette brusquement, espérant que son ton suffirait à leur signifier qu'elle n'était pas d'humeur à supporter les crêpages de chignons entre collègues.

« C'est très simple, répliqua sèchement Robin, Henry joue les prophètes de malheur, et je lui ai dit que vous en aviez assez comme ça sur les bras sans qu'il s'amuse à mettre les drapeaux en berne et à se tordre les mains.

— Si vous appelez "prophétie de malheur" l'éventualité d'une action judiciaire qui achèverait cette agence, vous ne devriez pas faire le métier d'agent immobilier », rétorqua Henry tout aussi sèchement. « Et n'oubliez pas que je possède aussi une part de la société.

— Une participation de 20 pour cent, dit Georgette

d'un ton égal. Ce qui, si je sais bien compter, signifie que j'en détiens 80 pour cent.

— Je possède aussi 20 pour cent du terrain de la Route 24 et je veux en tirer de l'argent, continua Henry. On nous a fait une offre. Vendez, ou rachetez ma part.

— Henry, vous savez parfaitement que les gens qui sont acheteurs de ce terrain servent de couverture à Ted Cartwright. S'il met la main dessus, il pourra faire classer toute la parcelle en zone commerciale. Nous avions décidé ensemble que nous ferions don de cette propriété à la commune.

— Ou que vous me rachèteriez ma part, s'obstina Henry. Georgette, laissez-moi vous dire une chose. La maison d'Old Mill Lane est maudite. Vous êtes le seul agent immobilier de la ville qui ait accepté d'en avoir l'exclusivité. Vous avez gaspillé l'argent de la société pour en faire la publicité. Quand Alex Nolan a demandé à la voir, vous auriez dû lui dire la vérité sur-le-champ. Le matin où j'ai montré la maison à Celia Nolan, il régnait une atmosphère à vous glacer le sang dans la pièce où le meurtre a eu lieu. Elle l'a perçue comme moi. Et, je vous l'ai dit, cet endroit sentait le funérarium.

— C'est son mari qui a commandé les fleurs, pas moi, répliqua vivement Georgette.

— J'ai vu dans le journal la photo de cette pauvre jeune femme en train de tomber dans les pommes, et c'est *vous* qui en êtes responsable. J'espère que vous vous en rendez compte.

— Très bien, Henry, vous avez dit ce que vous aviez à dire, l'interrompit Robin, d'un ton ferme et posé. Calmez-vous un peu maintenant. » Elle regarda Georgette. « J'espérais vous épargner ce discours. »

Georgette jeta un regard reconnaissant à la jeune

femme. J'avais son âge lorsque j'ai ouvert cette agence, se souvint-elle. Elle a les qualités requises pour susciter chez les gens l'envie d'acheter la maison qu'elle leur fait visiter. Henry se fiche désormais comme d'une guigne de vendre ou non. Il désire visiblement prendre sa retraite. « Écoutez, Henry, dit-elle, il existe une solution. Alex Nolan a reconnu en public m'avoir interrompue lorsque j'ai essayé de le mettre au courant de l'histoire de la maison. Les Nolan veulent vivre dans la région. Je vais étudier la liste des maisons à vendre et en proposer certaines à Celia Nolan. S'il y en a une qui lui plaît, j'abandonnerai ma commission. Alex Nolan n'a même pas déposé plainte contre l'auteur présumé de ce vandalisme. J'ai l'impression qu'ils seraient tous les deux prêts à régler cette affaire à l'amiable. »

Henry Paley haussa les épaules et, sans dire un mot, tourna les talons et emprunta le couloir qui menait à son bureau.

« Je parie qu'il sera déçu si vous arrivez à tirer ce lapin de votre chapeau, fit observer Robin.

— Je crains que vous n'ayez raison, mais ça ne m'empêchera pas d'essayer. »

La matinée fut inhabituellement occupée par l'arrivée d'un jeune couple désireux d'acheter une propriété aux environs de Mendham. Georgette passa plusieurs heures à leur montrer les offres disponibles dans leur gamme de prix, puis à téléphoner aux propriétaires de celles qui leur plaisaient pour obtenir l'autorisation de les visiter. Les deux jeunes gens partirent après avoir promis de revenir avec leurs parents pour voir une maison qui leur plaisait particulièrement.

Georgette avala un sandwich et un café sur place et consacra les deux heures suivantes à éplucher la liste des résidences proposées conjointement par plusieurs

agences, dans l'espoir d'en trouver une pouvant intéresser Celia Nolan.

Elle finit par réduire la liste à quatre possibilités.
Elle mettrait en avant deux résidences dont l'agence
détenait l'exclusivité, mais elle était prête si nécessaire
à montrer les autres à Celia. Elle était en bons termes
avec son collègue qui les proposait et espérait trouver
un arrangement concernant sa commission.

Croisant les doigts, elle composa le numéro des
Nolan et se réjouit de trouver Celia prête à visiter
d'autres maisons dans la région. Ensuite, elle téléphona à leurs propriétaires et leur demanda l'autorisation de venir les voir immédiatement.

À quatre heures elle se mit en route. « Je repas-
serai au bureau, dit-elle à Robin. Souhaitez-moi bonne
chance. »

Elle élimina immédiatement les trois premières maisons. Elles étaient charmantes dans leur genre, mais
n'intéresseraient sans doute pas Celia Nolan. Celle
qu'elle avait gardée pour la fin semblait d'après sa
description plus proche de ses goûts. C'était un bâtiment de ferme restauré, que son propriétaire mettait
en vente parce qu'il venait d'être muté dans une autre
ville. Elle se souvenait d'avoir entendu dire que la
maison faisait très bon effet car elle avait été récemment redécorée. Elle était située sur la commune de
Peapack, non loin de l'endroit où Jackie Kennedy
avait habité à une époque. Je n'ai jamais pu la voir car
elle était sur le point d'être vendue le mois dernier,
mais la vente a été annulée, se souvint Georgette.

C'est une belle propriété, pensa-t-elle en se dirigeant vers le portail. Cinq hectares, un espace suffisant
pour le poney de Jack. Elle s'arrêta pour ouvrir la barrière de bois refendu. Ce genre de clôture s'harmonise
à la perfection avec le paysage, se dit-elle en la repous-

sant. Ils installent des grilles et des barrières dans certains lotissements qui sont une véritable insulte au bon goût.

Elle remonta dans sa voiture, suivit la longue allée et s'arrêta devant la porte d'entrée de la maison. Elle ouvrit la boîte aux lettres dont elle détenait le code et y prit la clé, entra et parcourut les lieux. Tout était dans un état parfait. Chaque pièce avait été repeinte depuis peu. La cuisine était équipée d'un matériel ultramoderne, tout en gardant le charme ancien d'une cuisine de campagne.

On peut y emménager tout de suite, jugea-t-elle. Elle est un peu plus chère que la maison d'Old Mill Lane, mais si elle plaît à Celia Nolan, j'ai le sentiment que le prix ne sera pas un problème.

Saisie d'un optimisme grandissant, Georgette inspecta la maison du grenier à la cave. Dans le sous-sol aménagé, un placard près de l'escalier était verrouillé. Mais la clé était invisible. Henry a fait visiter cette maison l'autre jour, se souvint Georgette avec un soupçon d'irritation. Pourvu qu'il n'ait pas fourré la clé dans sa poche par inadvertance. La semaine dernière il avait égaré celle du bureau, puis celle de sa voiture. Ce n'est peut-être pas sa faute, après tout, j'ai tendance à l'accuser de tout, se reprocha-t-elle.

Il y avait une éclaboussure rouge sur le sol devant le placard. Georgette s'agenouilla pour l'examiner. C'était de la peinture, sans aucun doute. La salle à manger était peinte d'un beau rouge profond, éclatant. Les pots étaient probablement entreposés dans la réserve, conclut-elle.

Elle regagna le rez-de-chaussée, ferma la porte et remit la clé dans la boîte aux lettres. Dès qu'elle eut regagné l'agence, elle téléphona à Celia Nolan et lui fit une description dithyrambique de la propriété.

« Cela vaut vraiment la peine d'aller y jeter un coup d'œil. »

Celia ne montra pas grand enthousiasme, mais accepta néanmoins de la visiter. « Elle ne restera pas longtemps sur le marché, madame Nolan, lui assura Georgette. Je peux passer vous prendre demain à dix heures du matin.

– Je préférerais y aller de mon côté en voiture, répondit Celia. Ainsi je suis certaine d'être à l'heure pour aller rechercher Jack à l'école.

– Je comprends. » Georgette communiqua l'adresse à Celia qui la répéta après elle. Elle s'apprêtait à lui donner les indications pour s'y rendre, mais Celia la coupa : « Le téléphone sonne sur l'autre ligne. Je vous retrouve demain à dix heures précises. »

Georgette referma son téléphone mobile d'un coup sec et haussa les épaules. Celia va rappeler pour me demander le chemin, pensa-t-elle. Cette maison n'est pas facile à trouver. Elle attendit en vain son coup de téléphone. Sa voiture devait être équipée d'un système de navigation.

« Georgette, je voudrais m'excuser. » Henry Paley se tenait dans l'embrasure de la porte de son bureau.

Georgette leva la tête.

Sans lui laisser le temps de répondre, Paley continua : « Je ne retire pas ce que je vous ai dit, mais je m'excuse pour la manière dont je me suis exprimé.

– N'en parlons plus, lui dit Georgette, qui ajouta : Henry, j'ai l'intention d'emmener Celia visiter la maison de Holland Road. Je sais que vous y étiez la semaine dernière. Vous souvenez-vous si la clé du placard du sous-sol était sur la serrure ?

– Il me semble que oui.

– Avez-vous jeté un coup d'œil à l'intérieur ?

– Non. Le couple auquel je la faisais visiter n'était

visiblement pas intéressé. Trop cher pour eux. Nous ne nous sommes pas attardés. Bien, je pars, maintenant. Bonsoir, Georgette. »

Georgette demeura assise pendant de longues minutes après son départ. J'ai toujours dit que j'étais capable de répérer un menteur, pensa-t-elle, mais pour quelle raison Henry a-t-il besoin de mentir ? Et pourquoi après avoir visité cette maison ne m'a-t-il pas dit qu'elle ne resterait pas longtemps sur le marché ?

16

Après avoir vu la maison vandalisée d'Old Mill Lane, Dru Perry regagna directement les bureaux du *Star-Ledger* et rédigea son papier. Elle constata avec satisfaction que la photo choisie pour l'accompagner était celle qu'elle avait prise au moment où Celia Nolan s'était évanouie.

« Tu essaies de me piquer mon job ? la taquina Charlie, le photographe du journal, qui était accouru sur les lieux.

– Non. J'ai juste eu la chance d'être là au bon moment. »

C'était alors que Dru avait déclaré à son rédacteur en chef, Ken Sharkey, qu'elle voulait écrire un article de fond sur l'affaire Barton. « C'est le sujet rêvé pour ma série "L'Affaire derrière l'affaire". »

– Vous n'avez aucune idée de l'endroit où Liza Barton pourrait se trouver actuellement ? demanda Sharkey.

– Non, pas le moindre indice.

– Le vrai coup de chance serait de retrouver Liza Barton et d'obtenir sa version des événements de cette nuit-là.

– C'est mon intention.

– Allez-y. Vous connaissant, vous allez dégoter quelque chose d'intéressant. »

Le rapide sourire de Ken Sharkey était une invitation à prendre congé.

« Au fait, Ken, j'ai l'intention de travailler à la maison demain.

– Pas d'inconvénient. »

Lorsqu'elle était arrivée de Washington cinq ans plus tôt, Dru avait déniché l'endroit parfait où habiter. Une petite maison dans Chestnut Street, à Montclair, d'où elle pouvait se rendre facilement au *Star-Ledger*, à Newark. Contrairement aux gens qui achetaient des appartements et des maisons de ville pour éviter d'avoir à entretenir un jardin et à déneiger, Dru aimait tondre sa pelouse et s'occuper de son petit jardin.

L'avantage supplémentaire était que la gare se trouvait à cent mètres de chez elle et qu'elle pouvait être à Manhattan en vingt minutes sans avoir à subir les encombrements et les problèmes de parking. Fan de théâtre et de cinéma, Dru sortait trois ou quatre fois par semaine.

Tôt le matin, confortablement vêtue d'un sweat-shirt et d'un jean, la cafetière électrique branchée à côté d'elle, elle s'installa à son bureau dans la pièce qui aurait pu servir de seconde chambre. Le mur en face d'elle était recouvert d'un panneau de liège. Pendant qu'elle rédigeait un article, Dru y punaisait la documentation qu'elle avait téléchargée sur l'Internet. À la fin, le mur était recouvert de photos, coupures de presse et notes griffonnées qui n'avaient de sens que pour elle.

Elle avait téléchargé tout ce qui concernait l'affaire Liza Barton. Vingt-quatre ans auparavant, le drame avait occupé l'actualité pendant des semaines. Puis, comme dans toute histoire à sensation, les choses s'étaient calmées jusqu'au procès. Lorsque le verdict était tombé, l'histoire avait fait les gros titres à nouveau. Psychiatres, psychologues et pseudo-spécialistes de la santé mentale avaient été invités à commenter l'acquittement de Liza.

« Les psychiatres de service », marmonna Dru en lisant les citations de professionnels qui se disaient tous très préoccupés par le verdict et pour lesquels Liza Barton était un de ces enfants capables de préméditer et d'exécuter un meurtre de sang-froid.

Elle trouva une interview particulièrement vicieuse. « Laissez-moi vous donner un exemple, avait dit le psychiatre interrogé. L'année dernière j'ai soigné une enfant de neuf ans qui avait étouffé sa petite sœur. "Je voulais qu'elle soit morte, m'a-t-elle dit, mais je ne voulais pas qu'elle reste morte." C'est la différence entre ma patiente et Liza Barton. Ma patiente ne comprenait pas le caractère irrémédiable de la mort. Ce qu'elle voulait, c'était que le bébé cesse de pleurer. D'après les indications que j'ai, Liza Barton voulait que sa mère soit morte. Elle pensait que sa mère avait trahi son père décédé en se remariant. Les voisins ont confirmé qu'elle était sans cesse en opposition avec son beau-père. Je ne serais pas étonné qu'elle ait su feindre ce soi-disant traumatisme quand elle est demeurée sans parler pendant des mois. »

C'était des gens de cette sorte qui avaient contribué à perpétuer le mythe de la Petite Lizzie, pensa Dru.

Dès qu'elle commençait la rédaction d'un de ses reportages, Dru inscrivait toujours sur son tableau les noms mentionnés au cours de l'affaire. Elle avait déjà rempli deux colonnes. La liste commençait par Liza, Audrey Barton et Ted Cartwright. Le nom suivant était celui du père de Liza, Will Barton. Il était mort d'une chute de cheval. Son mariage avec Audrey avait-il été aussi idyllique qu'on le disait ? Dru avait l'intention de le découvrir.

Un nom éveilla son attention. Celui de Diane Wesley. Mannequin, ex-petite amie de Ted Cartwright, elle avait posé pour les photographes lors du procès et rapporté sans se faire prier ce qu'elle avait dit à la barre bien qu'elle fût tenue au secret. Elle avait raconté aux journalistes qu'elle avait dîné avec Ted Cartwright le soir de la tragédie, qu'il lui avait confié qu'il voyait sa femme en secret et que la haine que lui portait l'enfant était la cause de leur rupture.

Le témoignage de Diane aurait accéléré la condamnation de Liza si l'une des amies de la jeune femme n'avait déclaré à la cour avoir entendu Diane se plaindre que Ted l'avait brutalisée durant leur liaison. Dans ce cas, pourquoi avait-elle si complaisamment soutenu la version de Ted lors du procès ? se demanda Dru. J'aimerais bien l'interviewer maintenant.

Benjamin Fletcher, l'avocat commis d'office pour défendre Liza, intéressait également Dru. En cherchant des informations à son sujet, elle avait découvert qu'il avait été inscrit au barreau à l'âge de quarante-six ans, avait pratiqué l'assistance judiciaire pendant deux ans, avant d'ouvrir un cabinet spécialisé dans les affaires de divorce, de testaments et de signatures d'actes immobiliers. Il exerçait toujours à Chester, une ville proche de Mendham. Dru calcula qu'il avait aujourd'hui dans les soixante-dix ans. Elle décida de commencer par lui. Il est probable que le tribunal ne me laissera pas consulter les dossiers des délinquants mineurs. Mais il était clair qu'il n'avait aucune expérience dans les affaires de délinquance juvénile. Pourquoi un avocat relativement inexpérimenté avait-il été nommé pour défendre une enfant accusée de meurtre ?

Les questions étaient plus nombreuses que les réponses. Elle se renfonça dans son fauteuil inclinable, ôta ses lunettes et commença à les tourner entre ses doigts, signe, selon ses amis, qu'elle flairait une piste.

Marcella n'a pas changé, réfléchit Ted Cartwright en buvant un scotch dans son bureau de Morristown. Toujours aussi fouineuse, cancanière, potentiellement dangereuse. Il prit le presse-papiers en verre posé sur son bureau et le lança à travers la pièce. Avec satisfaction, il le vit atterrir en plein milieu du fauteuil de cuir placé dans l'angle de la pièce. Je ne rate jamais mon coup, pensa-t-il en imaginant la tête des gens qu'il aurait aimé voir assis dans le siège au moment où son projectile les atteignait.

Qu'est-ce que Jeffrey MacKingsley était venu faire dans Old Mill Lane aujourd'hui ? La question tournait dans sa tête depuis qu'il avait vu la voiture du procureur passer devant la maison de Marcella. Ce n'était pas dans ses habitudes d'enquêter sur des affaires de vandalisme. Il devait y avoir une autre raison.

Le téléphone sonna. C'était sa ligne directe. À son brusque « Ted Cartwright » répondit une voix familière.

« Ted, j'ai vu les journaux. Tu es formidable en photo et tu sais raconter ton histoire. Je peux témoigner que tu as été un mari inconsolable. Je peux aussi le prouver. Et, comme tu l'as probablement deviné, j'appelle parce que je suis un peu à court de fric. »

Lorsque Georgette Grove m'avait téléphoné pour me proposer de visiter d'autres maisons, je n'avais pas été longue à lui répondre. Dès que nous aurons quitté Old Mill Lane et que nous serons installés ailleurs, pensais-je, les gens nous considéreront simplement comme de nouveaux arrivants en ville. Cette pensée me soutint tout au long de l'après-midi.

Alex avait demandé aux déménageurs de placer son bureau, son ordinateur et ses cartons de livres dans la bibliothèque, une grande pièce qui donnait sur le jardin à l'arrière de la maison. Le jour de mon anniversaire, quand Henry Paley et lui m'avaient fait faire le tour du propriétaire, Alex avait déclaré qu'il installerait son bureau dans cette pièce, soulignant que son piano à queue y aurait sa place. Je n'avais pas osé lui demander depuis s'il avait annulé la livraison du piano, qui était prévue la semaine suivante.

Après notre déjeuner tardif, Alex s'était réfugié dans la bibliothèque et avait entrepris de déballer ses livres, à commencer par ceux qu'il désirait avoir sous la main. Quand Jack s'était réveillé, je l'avais emmené avec moi au premier étage. Heureusement que cet enfant savait s'amuser tout seul. Dans sa joie d'être un père tardif, Alex l'avait inondé de cadeaux, mais c'était son jeu de construction qui avait sa préférence.

Jack pouvait passer des heures à édifier des maisons et des ponts, parfois un gratte-ciel. Je me souvenais de cette réflexion de Larry : « Ton père était architecte, Celia. C'est sans doute dans ses gènes. »

Il ne me déplaît pas qu'il ait les gènes d'un architecte, me dis-je, en le regardant assis en tailleur dans un coin de mon ancienne salle de jeux. Pendant qu'il jouait, j'examinai les dossiers que j'avais eu l'intention de trier avant de déménager.

À cinq heures, Jack se lassa de ses cubes et nous descendîmes. Je jetai en passant un coup d'œil dans la bibliothèque. Le bureau d'Alex était jonché de papiers. Il apportait souvent à la maison le dossier d'une affaire en cours, mais j'aperçus aussi une pile de journaux sur le sol. Il leva les yeux et sourit en nous voyant. « Bonsoir, vous deux, je commençais à me sentir seul en bas. Jack, nous n'avons jamais fait de vraie promenade avec ton poney. Si nous allions faire un tour maintenant ? »

Jack n'espérait rien d'autre. Il se précipita vers la porte de derrière. Alex se leva, s'approcha de moi et prit mon visage entre ses mains, de ce geste plein de tendresse qui me donnait toujours le sentiment d'être protégée.

« Ceil, j'ai relu tous ces journaux. Je commence à comprendre ce que tu ressens à la pensée de vivre ici. Il y a peut-être un sort sur cette maison. En tout cas, c'est ce que semblent penser quantité de gens. Pour ma part, je ne crois pas à ces sornettes, mais mon premier et unique désir est que tu sois heureuse. Tu le sais, n'est-ce pas ?

— Oui », murmurai-je, la gorge nouée, refoulant mes larmes.

Alex n'avait pas besoin d'une autre séance de pleurs.

Le téléphone sonnait dans la cuisine. Je me dépêchai d'aller répondre. C'était Georgette Grove. Il y avait une ravissante ferme restaurée qu'elle voulait me montrer. J'acceptai de la retrouver et raccrochai rapidement parce que j'avais entendu le signal d'un « appel en attente ». Je pris l'autre appel au moment où Alex franchissait la porte. Il m'entendit sans doute étouffer un cri, car il se retourna vivement, mais je secouai la tête et raccrochai. « Encore un démarcheur », mentis-je.

J'avais oublié de demander à la compagnie du téléphone de nous mettre sur liste rouge. Ce que j'avais entendu était une voix rauque, visiblement déguisée, chuchotant : « Puis-je parler à la Petite Lizzie, je vous prie ? »

Nous sortîmes tous les trois dîner en ville ce soir-là, mais j'étais hantée par ce coup de téléphone. Quelqu'un m'avait-il reconnue ou s'agissait-il d'une mauvaise plaisanterie ? Je fis de mon mieux pour paraître enjouée, mais je savais qu'Alex n'était pas dupe. De retour à la maison, je prétextai un violent mal de tête pour me coucher tôt.

Au milieu de la nuit, Alex me réveilla.

« Ceil, tu pleures dans ton sommeil. »

J'étais en larmes. Je pleurais sans pouvoir m'arrêter, comme l'autre jour, après mon évanouissement. Alex me prit contre lui et je finis par me rendormir, la tête sur son épaule. Le lendemain matin, il nous attendait, Jack et moi, pour le petit-déjeuner. Puis, profitant de ce que Jack montait s'habiller dans sa chambre, il me dit doucement : « Ceil, tu devrais consulter un médecin, celui que tu voyais à New York ou quelqu'un qui exerce dans le coin. Cet évanouissement et ces crises de larmes cachent peut-être un problème de santé. Et, s'il s'agit d'autre chose, il faut que tu prennes rendez-vous avec un psychiatre ou un psychologue. J'ai une cousine qui souffrait de dépression. Un des premiers symptômes était des crises de larmes. »

Je protestai : « Je ne suis pas déprimée, c'est seulement... » Ma voix s'étrangla. Quand mes parents adoptifs m'avaient emmenée en Californie, j'avais été traitée par un psychologue, le Dr Moran, durant sept ans, jusqu'à ce que je parte à New York suivre les cours du Fashion Institute. Le Dr Moran m'avait incitée à poursuivre le traitement avec quelqu'un d'autre, mais j'avais refusé. Je ne voulais pas ressasser mon passé avec un nouveau psy. Je me contentais de lui téléphoner de temps en temps.

« Je me ferai faire un bilan de santé, si cela doit te rassurer, promis-je. Il y a sûrement un médecin dans le coin, mais je t'assure que je vais très bien.

– Je préfère en être certain, Ceil. Je demanderai au club de me recommander un ou deux praticiens. À présent, il faut que je m'en aille. Bonne chance avec tes visites de maisons. »

Quoi de plus normal qu'un mari un peu pressé qui embrasse sa femme et court vers sa voiture ? Je restai debout à la fenêtre, à regarder Alex partir, ses épaules carrées mises en valeur par sa veste de bonne coupe. Il me fit un dernier signe, m'envoya un baiser et s'éloigna.

Je rangeai la cuisine, montai à l'étage, pris ma douche, m'habillai et fis les lits. Il faudra que je trouve une femme de ménage, pensai-je, et une baby-sitter. Après avoir déposé Jack à l'école, j'achetai la presse et m'arrêtai à nouveau à la cafétéria. Je feuilletai rapidement les journaux, n'y trouvai rien concernant le vandalisme à l'exception d'une brève information déclarant que la police poursuivait son enquête. Soulagée, je finis mon café et partis aussitôt pour être à l'heure à mon rendez-vous avec Mme Grove.

Je savais exactement où se trouvait Holland Road dans Peapack. Une cousine de ma grand-mère habitait cette rue autrefois, et j'allais souvent lui rendre visite lorsque j'étais enfant. C'était un quartier agréable. Avec d'un côté une vue plongeante sur la vallée ; de l'autre, des propriétés bâties à flanc de coteau. Dès que j'aperçus la propriété où je devais retrouver Georgette Grove, je me dis : « Voilà peut-être la solution. » De l'extérieur, je vis immédiatement que c'était le genre de maison qui plairait à Alex, située dans un endroit qui lui conviendrait.

La barrière de bois était ouverte et j'aperçus la BMW gris argent de Georgette Grove dans l'allée. Je consultai ma montre. Dix heures moins le quart. Je garai ma voiture derrière la sienne, gravis les marches de la galerie, sonnai à la porte et attendis. Sonnai à nouveau. Peut-être se trouvait-elle au sous-sol ou au grenier, peut-être ne m'entendait-elle pas. Hésitante, je tournai la poignée de la porte et m'aperçus qu'elle n'était pas verrouillée. J'entrai et appelai Georgette, allant d'une pièce à l'autre.

La maison était plus spacieuse que celle d'Old Mill Lane. Outre la salle de séjour et la bibliothèque, elle possédait une deuxième petite salle à manger et un bureau. Je regardai partout, frappai même à la porte des trois cabinets de toilette, sans obtenir de réponse.

Georgette Grove n'était pas au rez-de-chaussée. Je me tins au pied de l'escalier principal et l'appelai à nouveau, mais aucun son ne me parvint du premier étage. Le soleil matinal s'était dissipé et le ciel était couvert. La maison parut soudain très sombre. Un sentiment d'appréhension me saisit, mais je le repoussai aussitôt. Georgette se trouvait certainement quelque part.

En traversant la cuisine, j'avais remarqué que la porte de l'escalier conduisant au sous-sol n'était pas complètement fermée. Georgette était peut-être en bas. Je regagnai la cuisine, ouvris la porte toute grande et allumai la lumière. Avec son escalier lambrissé de chêne, cette partie de la maison ne ressemblait pas à un sous-sol ordinaire. Sans cesser d'appeler, je descendis les marches lentement, mon inquiétude grandissant à chaque pas. J'avais l'obscur pressentiment d'un danger. Georgette avait-elle eu un accident ?

J'actionnai l'interrupteur en bas des marches et les néons du plafond éclairèrent la salle de jeux. Le mur du fond était vitré, muni de portes coulissantes qui donnaient sur un patio. Je me dirigeai vers elles, pensant que Georgette était peut-être sortie, mais elles étaient verrouillées. C'est alors que je perçus une vague odeur âcre qui ne m'était pas inconnue : celle de l'essence de térébenthine.

Elle était de plus en plus forte à mesure que j'avançais, traversais la pièce, longeais un couloir, passais devant un autre cabinet de toilette. À l'angle du couloir, je trébuchai sur un pied qui dépassait.

Georgette était étendue de tout son long sur le sol, les yeux grands ouverts, du sang à peine séché maculant son front. Près d'elle était renversé un bidon de térébenthine, dont le contenu se répandait sur le tapis. Elle tenait encore un chiffon à la main. Le pistolet qui l'avait tuée était posé au milieu de la tache de peinture rouge sur le sol.

Je me souviens d'avoir hurlé.

Je me souviens de m'être enfuie, d'avoir couru jusqu'à ma voiture.

Je me souviens d'avoir pris la route de la maison.

Je me souviens d'avoir appelé le 911, mais d'avoir été incapable d'articuler un mot quand l'opérateur avait décroché.

À l'arrivée de la police, j'étais assise dans le salon, le téléphone toujours serré dans ma main, et je me souviens ensuite de m'être réveillée à l'hôpital et d'avoir entendu le sergent Earley me demander pourquoi j'avais appelé le 911.

19

Jarrett Alberti, serrurier de son état, fut la deuxième personne à découvrir le corps de Georgette Grove. Il avait rendez-vous avec elle dans la propriété de Holland Road à onze heures trente. À son arrivée, il gara sa voiture derrière celle de Georgette, vit que la porte d'entrée était ouverte et, tout comme Celia Nolan, entra et se mit à sa recherche. Ignorant qu'il reproduisait les gestes de Celia, il parcourut toutes les pièces en appelant le nom de Georgette.

Dans la cuisine, voyant que la lumière du sous-sol était allumée, il descendit l'escalier. Il sentit l'odeur de térébenthine et la suivit, jusqu'à ce que, comme Celia une heure plus tôt, il découvre le corps dans un angle du couloir.

Ex-Marine, cet homme de vingt-huit ans n'était pas une mauviette, il avait servi deux ans en Irak avant d'être libéré à la suite d'une blessure qui lui avait fracassé la cheville. Il était habitué au spectacle de la mort. Mais cette mort-là était différente, car Georgette Grove était une amie de sa famille depuis toujours.

Il demeura immobile pendant une longue minute, à contempler la scène. Puis, mû par un esprit méthodique, il tourna les talons, sortit, appela le 911 et attendit dans la galerie l'arrivée de la police.

Une heure plus tard, il observait d'un œil détaché

l'activité intense qui régnait autour de lui. Le cordon jaune tendu pour garder à l'écart les journalistes et les voisins, le médecin légiste penché sur le corps tandis que les enquêteurs fouillaient la maison à la recherche d'indices. Jarrett leur avait assuré qu'il n'avait touché ni au corps ni à rien d'autre.

Jeffrey MacKingsley, accompagné de Lola Spaulding, une inspectrice de police, l'interrogeaient. « Je suis serrurier, leur expliqua Jarrett. Hier soir Georgette m'a appelé à mon domicile.

— À quelle heure ?

— Environ neuf heures.

— N'est-ce pas un peu tard pour un appel professionnel ?

— Georgette était la meilleure amie de ma mère. Elle se considérait comme quelqu'un de la famille. C'est moi qu'elle appelait s'il fallait réparer ou remplacer une serrure dans une des maisons qu'elle avait à vendre. »

Jarrett se souvint de Georgette, assise auprès de lui au chevet de sa mère mourante.

« Que vous a-t-elle demandé ?

— Elle m'a dit qu'on avait perdu la clé d'un placard du sous-sol. Elle voulait que je me rende sur place à neuf heures pour remplacer la serrure. Je ne pouvais pas y aller avant dix heures, alors elle m'a dit de venir à onze heures trente.

— Pourquoi ? demanda Jeffrey.

— Elle ne souhaitait pas que j'installe la serrure pendant qu'elle faisait visiter la maison à une cliente, et elle pensait que cette dernière serait partie à onze heures trente.

— Georgette Grove a parlé d'une cliente ?

— Oui. » Jarrett hésita avant d'ajouter : « J'ai insisté, dit que dix heures m'arrangeait mieux, mais elle n'a pas cédé. Elle ne voulait pas que sa cliente soit présente quand on ouvrirait le placard. Cela m'a paru un peu bizarre et je lui ai demandé si elle croyait trouver de l'or caché à l'intérieur. J'ai même plaisanté : "Tu peux me faire confiance, je ne le volerai pas."

– Et... »

Le choc qu'avait éprouvé Jarrett en découvrant le corps de sa vieille amie s'estompait. Il était remplacé par un sentiment douloureux de perte. Georgette Grove avait fait partie de sa vie pendant vingt-huit ans, et quelqu'un venait de l'assassiner.

« Et Georgette a ajouté qu'elle savait pouvoir me faire confiance, qu'elle n'en aurait pas dit autant de certaines personnes.

– Elle n'a pas donné davantage de détails ?

– Non.

– Savez-vous d'où elle vous téléphonait ?

– Oui. Elle m'a dit qu'elle était encore à son agence.

– Jarrett, quand le corps aura été enlevé, pourrez-vous nous ouvrir cet étrange placard ?

– C'est pour cette raison que je suis ici, non ? répondit Jarrett. Si vous n'y voyez pas d'inconvénient, j'attendrai dans ma camionnette jusqu'à ce que vous ayez besoin de moi. »

Il ne cachait pas son émotion.

Quarante minutes plus tard, il vit les hommes du coroner transporter le corps de Georgette enveloppé dans un sac jusqu'au fourgon de la morgue. L'inspectrice Lola Spaulding s'approcha de lui. « Nous vous attendons en bas », dit-elle.

Démonter la serrure fut un jeu d'enfant. Jarrett ouvrit la porte. Il ne savait à quoi s'attendre, mais présumait que le contenu du placard était responsable de la mort de son amie.

La lumière s'alluma automatiquement. Il contempla les rayonnages où s'alignaient les pots de peinture, la plupart fermés et étiquetés avec l'indication de la pièce à laquelle ils étaient destinés.

« Il n'y a rien d'autre que des pots de peinture là-dedans ! s'exclama-t-il. On n'a quand même pas tué Georgette pour de la peinture, non ? »

Jeffrey MacKingsley ne lui répondit pas. Il examinait les pots du rayon inférieur. C'étaient les seuls qui avaient été ouverts. Trois d'entre eux étaient vides. Le quatrième était à moitié plein. Le couvercle manquait. La tache sur le sol que Georgette avait tenté de nettoyer provenait sans doute de ce dernier, pensa-t-il. Tous les pots ouverts étaient marqués « salle à manger ». Tous avaient contenu de la peinture rouge. Ce n'était pas bien sorcier de deviner que les vandales s'étaient servis ici pour peinturlurer la propriété des Nolan. Était-ce la raison pour laquelle Georgette avait été assassinée ? Fallait-il la tuer pour qu'elle garde le silence ?

« Est-ce que je peux partir maintenant ? demanda Jarrett.

– Bien sûr. Nous aurons besoin d'une déclaration de votre part, mais ce n'est pas urgent. Merci pour votre aide. »

Jarrett hocha la tête et se dirigea vers l'escalier, prenant soin d'éviter le tracé à la craie marquant l'endroit où Georgette avait été abattue. Clyde Earley apparut au même moment, l'air crispé. Il traversa la salle de jeu et s'approcha de MacKingsley.

« Je reviens de l'hôpital. Nous y avons emmené Celia Nolan en ambulance. À dix heures dix du matin, elle a appelé le 911, mais elle est restée muette, à haleter dans l'appareil. Les types du 911 nous ont alertés et nous nous sommes présentés à son domicile. Elle était en état de choc. Incapable de répondre à nos questions. Nous l'avons conduite à l'hôpital. Aux urgences, elle a commencé à reprendre ses esprits. Elle dit être venue ici ce matin. Elle a découvert le corps et est rentrée chez elle.

— Elle a découvert le corps et est rentrée chez elle ! s'exclama le procureur.

— Elle dit se souvenir d'avoir vu le corps, d'être sortie en courant de la maison, d'être montée dans sa voiture et rentrée chez elle. Elle se souvient d'avoir essayé de nous appeler. Elle ne se rappelle rien d'autre, jusqu'au moment où elle a commencé à reprendre conscience à l'hôpital.

— Comment va-t-elle maintenant ? demanda MacKingsley.

— On lui a filé un calmant, mais elle va bien. Le mari a été prévenu. Il est en route pour l'hôpital et elle insiste pour rentrer chez elle avec lui. Il y a eu une scène à l'école quand elle n'est pas venue chercher son fils. L'enfant a fait une crise. Il l'a vue s'évanouir l'autre jour et a peur de la voir mourir. Une des maîtresses l'a amené auprès d'elle.

— Il faut que nous lui parlions, dit MacKingsley. C'est sans doute elle que Georgette Grove attendait.

— Je ne pense pas qu'elle ait une envie folle d'acheter cette maison à présent, fit remarquer Earley. C'est à croire qu'elle est condamnée à habiter des endroits qui deviendront des scènes de crime.

— A-t-elle mentionné à quelle heure elle est arrivée ici ?

— À dix heures moins le quart. Elle était en avance. »

Nous avons donc un intervalle de plus d'une heure

entre le moment où elle a découvert le corps et celui où Jarrett Alberti nous a appelés, pensa Jeffrey.

« Jeffrey, on a trouvé quelque chose dans le sac de la victime qui pourrait être intéressant. » Lola Spaulding tenait dans ses mains gantées une coupure de journal. Elle la lui tendit. C'était la photo de Celia Nolan, prise au moment où elle s'était évanouie, parue la veille dans le journal. « On dirait que quelqu'un l'a placée intentionnellement dans le sac de Georgette après l'avoir tuée, dit Spaulding. Nous avons déjà cherché des empreintes ; en vain, il n'y en a aucune. »

20

C'est l'effroi inscrit sur le visage de Jack qui me fit retrouver mon calme. Il sanglotait en arrivant dans le box des urgences où on m'avait installée. Il allait volontiers dans les bras d'Alex en général mais, en ne me voyant pas à l'école, sa frayeur avait été telle qu'il se cramponnait à moi.

Nous nous installâmes tous les deux à l'arrière de la voiture pour rentrer à la maison. Alex semblait navré. « Mon Dieu, Ceil, quelle expérience épouvantable ! Que se passe-t-il donc dans cette ville ? »

Que se passait-il en effet ? pensai-je.

Il était presque deux heures et nous mourions de faim. Alex ouvrit une boîte de soupe pour nous deux et prépara le sandwich préféré de Jack, au beurre de cacahuètes et à la confiture. Le potage brûlant dissipa un peu l'impression de brouillard provoquée par le sédatif que le médecin m'avait administré.

Nous avions à peine fini de dîner que des journalistes sonnaient déjà à la porte. Jetant un coup d'œil par la fenêtre, je reconnus parmi eux une femme d'un certain âge. Je me souvenais de l'avoir vue s'élancer vers moi au moment où je m'étais évanouie.

Alex sortit. Pour la deuxième fois en quarante-huit heures, il fit une déclaration à la presse. « Après les actes de vandalisme qui ont marqué notre arrivée dans cette maison mardi dernier, nous avons pensé qu'il serait préférable de nous installer ailleurs. Georgette Grove avait donné rendez-vous à ma femme dans une propriété à vendre dans Holland Road. Lorsque Celia est arrivée, elle a découvert le corps de Mme Grove et est rentrée précipitamment chez nous pour avertir la police. »

Quand il eut terminé, je vis les journalistes l'interroger. « Quelles questions t'ont-ils posées ? lui demandai-je lorsqu'il rentra.

— Celles auxquelles il fallait s'attendre, je suppose. Pourquoi n'as-tu pas appelé la police immédiatement ? N'avais-tu pas emporté un téléphone mobile avec toi ? J'ai fait remarquer que l'assassin risquait d'être sur place et que tu avais eu la seule réaction possible : t'enfuir. »

Quelques minutes plus tard, Jeffrey MacKingsley téléphona et demanda à venir s'entretenir avec moi. Alex voulut l'éconduire, mais j'acceptai de le recevoir. J'étais intimement persuadée que je devais me montrer prête à coopérer.

Le procureur arriva accompagné d'un homme d'une cinquantaine d'années. Joufflu, la calvitie précoce, l'air sérieux, il nous fut présenté comme l'inspecteur de police Paul Walsh. MacKingsley m'informa qu'il était chargé de l'enquête sur la mort de Georgette Grove.

Alex resta assis près de moi sur le canapé pendant que je répondais à leurs questions. J'expliquai que nous souhaitions rester dans la région, mais que le passé attaché à cette maison et les récents actes de vandalisme étaient trop inquiétants pour que nous désirions continuer de l'habiter. Je leur dis que Georgette avait proposé d'abandonner sa commission si elle nous trouvait une autre résidence et de faire l'impossible pour revendre celle-ci, également sans commission.

« Vous ne connaissiez donc pas l'histoire de cette maison avant de la visiter le mois dernier ? » demanda l'inspecteur Walsh.

Je sentis mes paumes devenir moites. Je choisis mes mots : « Je n'étais pas au courant de sa réputation avant de la voir.

— Madame Nolan, savez-vous qu'une loi dans le New Jersey oblige un agent immobilier à informer un acquéreur potentiel de tout "stigma" attaché à un lieu, comme un crime, un suicide, voire la réputation d'être hanté ? »

Je n'eus pas besoin de feindre l'étonnement. « Je l'ignorais, dis-je. Ainsi Georgette ne se montrait pas aussi généreuse qu'elle le prétendait en offrant d'abandonner sa commission ?

— Elle a tenté de me prévenir qu'une sorte de maléfice pesait sur la maison, mais je l'ai interrompue, rectifia Alex. Je lui ai dit que ma famille avait l'habitude de louer une sorte de bâtisse quelque peu délabrée au cap Cod, et que les gens du coin la disaient hantée.

— Toutefois, d'après ce que j'ai lu hier dans la presse, vous avez fait cadeau de cette maison à votre femme. Elle est enregistrée à son nom, donc Mme Grove était tenue légalement de la mettre au courant, déclara MacKingsley.

— Je comprends pourquoi Mme Grove a été tellement bouleversée par cet acte de vandalisme, dis-je. Lorsque nous sommes arrivés mardi matin, elle se démenait pour sortir le tuyau d'arrosage du garage afin d'ôter la peinture. »

Une rage soudaine m'envahit. On aurait dû m'épargner l'horreur de revenir m'installer ici. Puis je repensai à Georgette Grove telle que je l'avais vue pendant une fraction de seconde avant de prendre la fuite, le sang coagulé sur son front, le chiffon dans sa main. Elle avait voulu effacer la tache de peinture rouge sur le sol.

La peinture rouge comme du sang. Qui jaillit, s'épaissit, durcit...

« Madame Nolan, aviez-vous déjà rencontré Georgette Grove avant de vous installer ici ? »

La peinture rouge sur le sol, près du corps de Georgette...

« Celia », murmura Alex. Je m'aperçus que l'inspecteur Walsh avait répété sa question. Avais-je rencontré Georgette Grove lorsque j'étais enfant ? Ma mère aurait pu la connaître, mais je n'en conservais aucun souvenir.

« Non, répondis-je.

— Vous ne l'avez donc vue que le jour où vous avez emménagé et pendant peu de temps.

— C'est exact », dit Alex d'un ton où perçait l'irritation. « Madame Grove ne s'est pas attardée mardi. Elle souhaitait retourner au plus vite à son bureau pour s'occuper de faire réparer les dégâts. Hier matin, Celia m'a dit qu'elle avait proposé de lui faire visiter d'autres maisons et, tard dans l'après-midi, j'étais présent quand elle a appelé pour fixer le rendez-vous de ce matin. »

Walsh prenait des notes. « Madame Nolan, si vous le voulez bien, reprenons point par point. Vous aviez rendez-vous avec Mme Grove ce matin. »

Je me rappelai ma décision d'être le plus coopérative possible. Je ne devais pas avoir l'air de chercher mes réponses, je devais décrire exactement les faits. « Elle a proposé de venir me chercher, mais je lui ai dit que je préférais prendre ma propre voiture pour arriver à l'heure à la sortie de l'école. J'ai déposé Jack à St. Joe à neuf heures moins le quart, puis j'ai pris un café à la cafétéria du centre commercial, et je suis allée ensuite à mon rendez-vous avec Georgette Grove.

– Vous avait-elle donné des indications pour trouver Holland Road ?

– Non. Je veux dire OUI, bien entendu ! »

Je surpris une lueur d'étonnement dans leurs yeux. Je venais de me contredire. Ils essayaient de lire dans mes pensées, soupesant et évaluant mes réponses.

« Avez-vous eu du mal à trouver la maison ? demanda Walsh. Holland Road est assez mal indiquée.

– J'ai roulé lentement. »

Je leur racontai ensuite que j'avais trouvé la barrière ouverte, vu la voiture de Mme Grove, parcouru le rez-de-chaussée, appelé Georgette. Je racontai comment j'étais descendue au sous-sol, comment j'avais senti l'odeur de térébenthine et découvert le corps.

« Avez-vous touché à quelque chose, madame Nolan ? » Cette fois la question était posée par Mac-Kingsley.

Mentalement, je refis le trajet. Y avait-il seulement quelques heures que je m'étais trouvée dans cette maison ? « J'ai tourné la poignée de la porte d'entrée, dis-je. Je crois n'avoir touché rien d'autre avant de pousser la porte de l'escalier qui mène au sous-sol. Dans la salle de jeux, je me suis dirigée vers la double porte vitrée qui ouvre sur le patio. J'ai pensé que Mme Grove était peut-être dehors. Mais la porte était verrouillée. Il est possible que je l'aie touchée, sinon je n'aurais pas su qu'elle était fermée à clé. Ensuite, j'ai longé le couloir, guidée par l'odeur de térébenthine, et j'ai trouvé le corps.

« – Possédez-vous un pistolet, madame Nolan ? » demanda abruptement l'inspecteur Walsh.

La question était inattendue. Je savais qu'elle avait pour but de me surprendre. Je protestai. « Non. Bien sûr que non.

– Avez-vous jamais tiré avec une arme ? »

J'examinai l'homme qui me faisait subir cet interrogatoire. Derrière ses lunettes rondes, ses yeux étaient d'un marron indistinct. Ils avaient une expression intense, inquisitrice. Quelle étrange question à poser à un innocent qui a eu la malchance de découvrir la victime d'un crime sanglant ! Walsh avait probablement relevé un détail dans ce que j'avais dit, ou omis de dire, qui avait éveillé son instinct d'enquêteur.

Je mentis une fois de plus. « Non, jamais. »

Il finit par tirer d'une pochette de plastique une coupure de journal. C'était la photo me représentant en train de m'évanouir.

« Avez-vous une idée de la raison pour laquelle cette photo se trouvait dans le sac de Mme Grove ? »

Je fus reconnaissante à Alex de répondre à ma place : « Pour l'amour du ciel, comment ma femme pourrait-elle savoir ce que Georgette Grove trimballait dans son sac ? » Il se leva. Sans attendre de réponse de leur part, il ajouta : « Je suis certain que vous comprendrez notre besoin de nous reposer après cette seconde journée traumatisante. »

Les deux hommes se levèrent sur-le-champ. « Nous aurons peut-être besoin d'avoir un nouvel entretien avec vous, madame Nolan, dit le procureur. Vous n'envisagez pas de vous absenter dans les prochains jours, n'est-ce pas ? »

134

Je partirais volontiers à l'autre bout du monde, aurais-je voulu lui crier, mais je répondis seulement, avec une amertume que je ne pus dissimuler : « Bien sûr que non, monsieur MacKingsley. Vous me trouverez chez moi. »

21

Le visage tanné de Zach Willet, son corps musclé et ses mains calleuses témoignaient d'une existence passée au grand air. Zach avait soixante-deux ans et travaillait au Washington Valley Riding Club depuis l'âge de douze ans. Il avait commencé par nettoyer les écuries pendant les week-ends. À seize ans, il avait abandonné l'école pour travailler au club à plein temps.

« Je sais tout ce que j'ai besoin de savoir », avait-il déclaré au professeur qui protestait qu'un garçon aussi intelligent méritait de poursuivre ses études. « Je comprends les chevaux et ils me comprennent », avait-il ajouté.

Un manque d'ambition congénital l'avait empêché de dépasser le stade d'homme à tout faire au Washington Valley. Il aimait soigner et entraîner les chevaux et il s'en contentait. Il pansait les maux mineurs dont souffraient ses amis chevalins, et il savait entretenir et réparer leur harnachement. En complément, il faisait un petit commerce d'accessoires d'occasion à l'intention du milieu du cheval. Il avait deux types de clients : ceux qui remplaçaient leur équipement et ceux dont l'enthousiasme pour l'équitation avait faibli et qui étaient heureux de se débarrasser de l'attirail nécessaire à ce sport coûteux.

Lorsque les moniteurs du club n'étaient pas libres, il arrivait à Zach de donner des leçons d'équitation à leur place, mais ce n'était pas son activité préférée. Il s'irritait à la vue de ces gens qui n'avaient rien à faire sur un cheval et tiraient comme des malheureux sur les rênes, terrorisés dès que leur monture s'ébrouait.

Trente ans auparavant, Ted Cartwright avait mis ses chevaux en pension au Washington Valley. Deux ans plus tard, il avait préféré le Peapack Riding Club, le club voisin plus prestigieux.

Tôt dans l'après-midi du jeudi, la nouvelle de la mort de Georgette Grove s'était répandue au club. Zach aimait bien Georgette. Elle l'avait parfois recommandé à des propriétaires qui cherchaient où mettre leur cheval en pension. « Allez trouver Zach au Washington Valley. Soyez généreux avec lui et il soignera votre cheval comme un enfant », leur disait-elle.

« Pourquoi quelqu'un aurait-il voulu tuer une femme aussi gentille ? » Cette question était sur toutes les lèvres.

C'était à cheval que Zach réfléchissait le mieux. Le sourcil froncé, l'air songeur, il sella l'un des chevaux dont il avait la garde et s'engagea sur la piste cavalière qui montait dans les collines derrière le club. À l'approche du sommet, il obliqua vers un chemin où peu de gens s'aventuraient. La descente était trop raide et il fallait être un cavalier expérimenté pour l'emprunter, mais ce n'était pas la seule raison qui poussait Zach à l'éviter habituellement. Ce qui lui tenait lieu de conscience préférait oublier ce qui s'y était passé de nombreuses années auparavant.

Un type capable de faire ça à celui qui se met en travers de son chemin peut très bien recommencer, se disait-il, tout en maintenant le cheval au pas. Il savait de qui il s'agissait, ça ne faisait aucun doute, il était suffisamment au courant de ce qui se disait en ville pour savoir que Georgette s'était mise en travers de son chemin. Il a besoin du terrain dont elle était propriétaire sur la Route 24 pour construire sa zone commerciale, songea-t-il. Parions que les flics ne mettront pas longtemps à s'accrocher à ses basques. Si c'est lui qui a fait le coup, je me demande s'il a été assez stupide pour utiliser la même arme.

Zach songea à la douille tordue qu'il gardait cachée dans son appartement, au premier étage d'un petit immeuble à Chester. La veille au soir, lorsque Ted Cartwright lui avait glissé une enveloppe au Sammy's Bar, la menace qu'il avait murmurée ne laissait pas de doute : « Fais gaffe, Zach. Ne tire pas trop sur la corde. »

C'est Ted qui tire sur la corde, pensa Zach en contemplant la vallée à ses pieds. À l'endroit précis où la piste tournait brusquement, il serra les rênes et le cheval s'arrêta. Zach tira son téléphone mobile de la poche de son gilet, visa et appuya sur le déclic. Rien ne vaut une bonne photo, pensa-t-il avec un sourire satisfait en pressant ses genoux contre les flancs de sa monture qui se remit docilement au pas sur la piste hasardeuse.

22

Parce qu'elle couvrait un procès au tribunal du Morris County, Dru Perry n'apprit pas immédiatement la mort de Georgette Grove. Durant une interruption de séance à l'heure du déjeuner, elle consulta les messages sur son téléphone mobile et rappela aussitôt Ken Sharkey, son rédacteur en chef. Cinq minutes plus tard, elle était en route pour Holland Road, à Peapack, où le crime venait d'avoir lieu.

Elle était déjà arrivée quand Jeffrey MacKingsley tint une brève conférence de presse au cours de laquelle il confirma que Georgette Grove, établie à Mendham où elle exerçait le métier d'agent immobilier, avait été trouvée assassinée par balle dans le sous-sol d'une ferme rénovée qu'elle s'apprêtait à faire visiter.

L'information inattendue était que Celia Nolan, et non le serrurier, avait été la première personne à découvrir le corps. S'ensuivit une véritable salve de questions. Dru eut envie de se battre en entendant un autre journaliste demander des précisions sur une loi obligeant une agence immobilière à révéler à un acquéreur potentiel tout événement malheureux pouvant nuire à la réputation de la maison. J'aurais dû être au courant de cette loi, se dit-elle, comment ai-je pu l'ignorer ?

Les éléments que MacKingsley communiqua étaient minces : Celia Nolan était arrivée à dix heures moins le quart pour un rendez-vous fixé à dix heures. Elle avait trouvé la porte ouverte et était entrée en appelant Georgette Grove. Après avoir découvert son corps, elle avait couru jusqu'à sa voiture, était rentrée chez elle, avait composé le 911. L'émotion l'avait empêchée d'articuler un mot.

Le procureur précisa ensuite que le serrurier avait appelé la police peu après onze heures trente. « Nous continuons l'enquête. Il est possible que Georgette Grove ait été suivie à l'intérieur de la maison ou que quelqu'un l'ait attendue sur place. On a trouvé l'arme qui l'a tuée près de son corps. »

Sentant qu'il n'y avait rien de plus à apprendre à Holland Road, Dru se dirigea vers la maison des Nolan. Une fois encore, elle arriva à temps, quelques minutes seulement avant qu'Alex Nolan ne fît sa déclaration.

« Connaissiez-vous la loi concernant les maisons à vendre dans le New Jersey ? » lança Dru, mais Nolan avait déjà tourné les talons.

Cédant à une impulsion, Dru ne partit pas avec les autres journalistes, mais attendit dans sa voiture à une centaine de mètres de la propriété. Elle s'y trouvait encore quand apparurent le procureur MacKingsley et l'inspecteur Walsh ; elle les vit se garer derrière la voiture de Nolan, sonner à la porte et entrer.

Elle sortit aussitôt de sa voiture, remonta l'allée et attendit. Les deux hommes restèrent à peine vingt minutes. Quand ils ressortirent, ils avaient l'air sombre et refusèrent d'ouvrir la bouche. « Dru, je donne une conférence de presse à dix-sept heures, lui dit Mac-Kingsley d'un ton ferme. Je répondrai alors aux questions dans la mesure du possible. Je suppose que vous serez présente.

– Comptez sur moi », dit-elle, tandis que MacKingsley et l'inspecteur Walsh disparaissaient.

Elle avait prévu de s'arrêter ensuite à l'agence Grove dans East Main Street. Elle s'attendait à trouver porte close, mais en s'approchant elle distingua trois personnes dans le hall de réception, bien qu'un écriteau indiquât que les bureaux étaient fermés.

Elle ne s'étonna pas en reconnaissant Marcella Williams parmi elles. C'est *normal*, pensa-t-elle. Cette femme était toujours aux premières loges pour les ragots. Cependant, elle pouvait être utile, reconnut-elle un moment plus tard, quand Marcella lui ouvrit la porte, l'invita à entrer et la présenta aux associés de Georgette Grove.

L'homme et la femme parurent contrariés et s'apprêtaient visiblement à refuser l'interview qu'elle leur demandait en prenant son air le plus innocent : « Je voudrais écrire un hommage à Georgette Grove qui était l'un des piliers de cette communauté. »

Marcella intervint en sa faveur. « Vous devriez accorder cet entretien à Dru, dit-elle à Robin Carpenter et Henry Paley. Dans l'article qu'elle a écrit hier dans le *Star-Ledger*, elle a parlé en termes très chaleureux de Georgette, soulignant combien elle avait été bouleversée par l'acte de vandalisme, et qu'elle avait tenté de réparer les dégâts avant l'arrivée des Nolan. »

C'était avant d'apprendre que Georgette avait peut-être violé la loi en vendant cette maison aux Nolan sans leur dire ce qui s'y était passé, pensa Dru. « Georgette Grove comptait pour Mendham, dit-elle. Je pense qu'elle mérite qu'on se souvienne d'elle. »

Tout en parlant elle observait Robin et Henry.

Malgré ses yeux gonflés et son visage rougi par les

larmes, Robin était une très jolie femme. Naturellement blonde, avec quelques mèches plus claires qui étaient l'œuvre d'un coiffeur. Un visage ravissant. De grands yeux écartés. Un nez droit, peut-être un peu arrangé, se dit Dru. Des lèvres pulpeuses. Une silhouette de rêve. Elle aurait pu être mannequin et faire fortune dans la mode si elle avait été un peu plus grande. Elle sait s'habiller, nota-t-elle encore en admirant le tailleur-pantalon en gabardine crème, parfaitement coupé, et le profond décolleté de son chemisier imprimé rose et beige.

Si elle essaye de séduire quelqu'un, c'est peine perdue avec ce type-là, décréta Dru en examinant Henry Paley. Le sexagénaire maigre et nerveux qui lui faisait face semblait plus inquiet qu'attristé, s'étonna-t-elle, se promettant d'y réfléchir plus tard.

Ils l'invitèrent à prendre un café. Sa tasse à la main, Dru suivit Robin jusqu'au canapé et aux fauteuils rassemblés autour d'un poste de télévision.

« Lorsque je suis arrivée l'année dernière, Georgette m'a dit qu'elle avait redécoré l'espace de la réception pour accueillir la clientèle dans une ambiance amicale et lui montrer les vidéos des maisons inscrites à notre catalogue, expliqua tristement Robin.

– Avait-elle une vidéo de la maison de Holland Road ? » demanda Dru, espérant que sa question ne paraîtrait pas trop directe.

« Non, répondit Henry Paley. La maison a été vendue dès l'instant où elle a été mise sur le marché. Nous n'avions même pas eu l'occasion de la visiter. Mais la vente est tombée à l'eau et elle est revenue sur le marché. Elle a été confiée à plusieurs agences voilà seulement huit jours.

– L'avez-vous visitée depuis ? »

Dru espérait qu'ils pourraient répondre à certaines

questions concernant l'endroit où Georgette Grove avait été assassinée.

« J'y suis allé la semaine dernière, répondit Paley. Je l'ai montrée à des clients, mais ils ont déclaré que son prix dépassait leur budget.

– J'étais sur place voilà deux heures, envoyée par mon journal, dit Dru. Nous sommes restés à l'extérieur, bien sûr, mais c'est visiblement une très belle maison. Je me demande pourquoi Georgette Grove l'a si vite proposée à Celia Nolan. Celia lui avait-elle dit qu'elle ne voulait pas rester à Old Mill Lane, ou a-t-elle eu connaissance de la fameuse "stigma law" propre au New Jersey ? Si les Nolan avaient poursuivi Georgette en justice, n'aurait-elle pas été obligée de les rembourser ? »

Elle vit les lèvres d'Henry Paley se crisper. « Les Nolan voulaient rester dans cette région, dit-il d'un ton cassant. Georgette m'a dit qu'elle avait téléphoné à Mme Nolan pour lui proposer de visiter d'autres propriétés, ajoutant qu'elle renoncerait à sa commission. »

Dru décida de pousser un peu plus loin le bouchon. « Mais après que Georgette Grove les eut trompés, d'une certaine manière, en ne leur dévoilant pas la vérité, n'aurait-il pas été sensé de leur part de réclamer leur argent et de s'adresser à une autre agence ? »

Robin répondit à la place de Henry avec véhémence. « J'ai entendu Georgette, ici même, essayer de raconter à Alex Nolan l'histoire de la maison. Il n'a pas voulu l'écouter. Aurait-elle dû ou non insister, c'est une autre affaire. Je vais être franche : à la place de Celia Nolan, je me serais mise dans une colère noire en voyant les déprédations, mais je ne me serais pas évanouie. Georgette savait qu'elle était vulnérable sur le plan légal, c'est pourquoi elle était tellement pressée de trouver une autre solution pour Celia Nolan. Et cette hâte lui a coûté la vie.

– Que s'est-il passé à votre avis ?

– Je pense que quelqu'un s'était s'introduit dans les lieux et a été surpris par son arrivée. À moins qu'un individu l'ait suivie dans l'intention de la voler et ait ensuite été pris de panique.

– Georgette était-elle venue au bureau dans la matinée ?

– Non, et nous ne l'attendions pas. Au moment où nous sommes partis Henry et moi, elle nous a prévenus qu'elle avait l'intention de se rendre directement à son rendez-vous le lendemain matin.

– Georgette est-elle restée à l'agence après votre départ parce qu'elle devait y rencontrer quelqu'un d'autre ?

– L'agence était son second domicile. Elle y restait souvent tard le soir. »

Dru avait obtenu plus d'informations qu'elle ne l'espérait. Elle avait senti la réticence de Henry Paley devant ses questions et la réponse de Robin lui fournit la diversion dont elle avait besoin.

« Vous dites que c'était son deuxième domicile. Parlons du genre de personne qu'était Georgette. Je sais qu'elle jouait un rôle important dans cette ville.

– Elle avait un album de souvenirs, dit Robin. Je pourrais vous le montrer si vous le désirez. »

Un quart d'heure plus tard, son carnet noirci de notes, Dru s'apprêtait à partir. Marcella Williams se leva en même temps qu'elle. À la porte de l'agence, alors que Dru lui disait au revoir, Marcella proposa : « Je vous accompagne à votre voiture. »

« C'est terrible, n'est-ce pas ? commença-t-elle en marchant à côté d'elle. Je n'arrive pas à croire que Georgette soit morte. Je pense que la plupart des gens en ville ne le savent pas encore. Le procureur et un inspecteur sortaient de l'agence lorsque je suis arrivée. Ils étaient sans doute venus interroger Robin et Henry. Je les ai rejoints dans l'intention de les aider, passer quelques coups de fil pour avertir les gens, ce genre de chose.

— C'est gentil de votre part, fit Dru.

— Vous savez, tout le monde n'appréciait pas Georgette. Elle avait des opinions tranchées sur ce qu'on pouvait ou non construire dans cette ville. Vous vous souvenez de la remarque de Ronald Reagan ? Il disait que si on laissait faire les écologistes, ils mettraient des cages à oiseaux dans la Maison-Blanche. Certains ici pensent que si l'on avait laissé faire Georgette, nous roulerions sur des routes pavées et lirions à la lumière des lampes à pétrole. »

Dru se demandait où Marcella voulait en venir.

« Robin m'a raconté qu'Henry s'est mis à pleurer comme une Madeleine quand il a appris la nouvelle, continua Marcella. Depuis la mort de sa femme, voilà quelques années, on dit qu'il avait le béguin pour Georgette, mais elle n'y prêtait pas attention, apparemment. J'ai aussi entendu dire que son attitude n'était plus la même depuis qu'il envisageait de prendre sa retraite. Il a confié à beaucoup de gens qu'il aimerait vendre l'agence et fermer le bureau. C'était une charmante habitation à l'origine mais, aujourd'hui que toute la rue est devenue très commerçante, elle a pris beaucoup de valeur. En outre, Henry a acheté du terrain sur la Route 24, un investissement qu'il a fait avec Georgette, il y a des années. Il désirait le vendre, mais elle voulait le léguer à l'État.

— Que va-t-il se passer maintenant ?

— Vous en savez autant que moi. Georgette a des cousins en Pennsylvanie dont elle était proche, et je

parie qu'elle ne les a pas oubliés dans son testament. »
Marcella eut un rire sardonique. « En tout cas, je peux
vous assurer une chose : si elle lègue ce terrain à ses
cousins, l'État peut toujours courir. Ils le vendront en
un clin d'œil. »

Dru s'était garée dans le parking voisin de Robin-
son's, la pharmacie du XIXᵉ qui était un des plus jolis
témoins architecturaux de Mendham. Arrivée à sa voiture, elle dit au revoir à Marcella et convint de rester
en contact avec elle. En s'éloignant, elle jeta un coup
d'œil à la pharmacie et songea que la vue de cette
architecture surannée avait dû réjouir Georgette
Grove.

Pourquoi Marcella s'était-elle donné tout ce mal
pour insinuer qu'Henry Paley tirerait profit de la mort
de Georgette Grove ? A-t-elle une raison particulière
de lui en vouloir, se demanda-t-elle, ou essaie-t-elle
de protéger quelqu'un d'autre ?

23

Charley Hatch habitait l'une des maisons les plus modestes de Mendham, un cottage de quatre pièces du XIXe siècle. Il l'avait acheté après son divorce. Son principal intérêt était de posséder une grange attenante dans laquelle il pouvait entreposer son équipement de paysagiste et les outils nécessaires pour déblayer la neige. À quarante-quatre ans, avec ses cheveux blond foncé et sa peau mate, Charley était plutôt séduisant et gagnait correctement sa vie tout en éprouvant une profonde rancœur à l'encontre de ses riches clients.

Il tondait leurs pelouses, taillait leurs haies du printemps à l'automne, dégageait la neige de leurs allées en hiver, et se demandait pourquoi les situations n'étaient pas inversées, pourquoi ce n'était pas lui qui jouissait de leur fortune et de leurs privilèges.

Certains de ses plus anciens clients lui confiaient leurs clés et le payaient pour vérifier l'état de leur maison après de fortes chutes de pluie ou de neige survenues en leur absence. S'il en ressentait l'envie, il emportait son sac de couchage dans une de ces maisons et passait la nuit devant la télévision de la salle de séjour, se servait à son gré dans l'armoire à liqueurs. Agir ainsi lui donnait un sentiment réconfortant de supériorité. Le genre de sensation qu'il avait éprouvée en acceptant de vandaliser la maison d'Old Mill Lane.

Le jeudi soir, Charley était installé dans son fauteuil inclinable en skaï, les jambes allongées sur le repose-pieds, lorsque son téléphone mobile sonna. Il regarda sa montre en prenant l'appareil dans sa poche et constata avec surprise qu'il était onze heures trente. *Je me suis endormi pendant les informations*, se dit-il. Il avait voulu les regarder, sachant qu'on ferait probablement tout un plat du meurtre de Georgette Grove. Il reconnut le numéro de son correspondant et marmonna un « allô » revêche.

La voix familière, à ce moment coupante et furieuse, dit sèchement : « Charley, tu es un imbécile d'avoir laissé ces pots de peinture vides dans le placard. Pourquoi ne t'en es-tu pas débarrassé ?

— Tu es cinglé ? Avec tout ce ramdam, tu crois que des pots de peinture rouge seraient passés inaperçus dans les poubelles ? Écoute, tu as ce que tu voulais, non ? J'ai fait du beau boulot.

— Personne ne t'avait demandé de sculpter une tête de mort sur la porte d'entrée. L'autre soir, je t'ai dit de cacher le bazar de sculpteur qui traîne chez toi. Tu l'as fait ?

— Je ne pense pas...

— C'est bien le problème ! *Tu ne penses pas !* Tu vas être interrogé par la police. Ils vont découvrir que tu étais chargé de l'entretien du jardin de cette baraque. »

Sans répondre, Charlie referma d'un coup sec son mobile, coupant la conversation. Complètement réveillé à présent, il repoussa le repose-pieds et se leva. Inquiet, il parcourut du regard la pièce encombrée et compta six de ses figurines sculptées exposées à la vue de tous sur la cheminée et la table. Jurant à voix basse, il les ramassa, alla dans la cuisine, prit un rouleau de plastique, les enveloppa et les plaça soigneusement dans un sac-poubelle. Il hésita un instant, puis emporta le sac dans la grange et le cacha derrière un sac de vingt-cinq kilos de sel.

L'air renfrogné, il regagna la maison, prit son téléphone et composa un numéro. « Juste pour que tu puisses dormir cette nuit, j'ai mis mon *bazar* de côté.

— Bon.

— Je me demande dans quel pétrin tu m'as foutu », dit-il, élevant le ton. « Pourquoi la police voudrait-elle m'interroger ? Je connaissais à peine la femme de l'agence immobilière. »

Cette fois, ce fut l'interlocuteur qui avait perturbé le somme de Charley qui coupa la communication.

24

L'heure de la mort est proche. Il est temps de lever le masque... J'ignore pourquoi cette citation me poursuivit pendant tout le reste de la journée. Alex avait dû annuler des rendez-vous quand il était revenu précipitamment à la maison et, après le départ du procureur et de l'inspecteur, il alla dans son bureau pour y donner des coups de téléphone. J'emmenai Jack dehors et le laissai monter son poney. Je m'épargnai le ridicule de demander son aide à Alex pour le seller. Il avait vu que j'étais tout à fait capable de le faire.

Après avoir fait quelques tours d'enclos en le tenant par la bride, je cédai aux prières de Jack et lui permis de tenir seul les rênes. « Assieds-toi sur la barrière et regarde-moi, maman, dit-il. Je suis grand. »

N'avais-je pas fait la même prière à ma mère à l'âge de Jack ? J'avais à peine trois ans lorsqu'elle m'avait mise sur un poney. C'était curieux qu'un tel souvenir me revienne subitement à l'esprit. Je m'étais toujours efforcée de ne plus penser à mon ancienne vie, d'effacer même les moments les plus heureux. Les évoquer m'était trop douloureux. Mais aujourd'hui, dans la maison où j'avais vécu les dix premières années de mon existence, j'avais l'impression que le passé se ruait à ma rencontre.

Le Dr Moran m'avait expliqué que les images

refoulées ne le demeurent jamais définitivement. Mais il y avait quelque chose que je tentais désespérément de reconstituer à propos de cette nuit et qui semblait enfoui au plus profond de ma mémoire. Lorsque je m'étais réveillée cette nuit-là, j'avais cru à tort que la télévision marchait. C'était la voix de ma mère que j'entendais, et j'étais certaine qu'elle prononçait le nom de mon père. *Que disait-elle à Ted ?*

Puis, comme si j'avais appuyé sur le bouton d'une télécommande, le visage de Georgette Grove surgit dans mon esprit. Je revis son expression, telle qu'elle m'était apparue à notre première rencontre. Elle paraissait en plein désarroi, près de fondre en larmes. Je sais aujourd'hui qu'elle était désolée pour elle et non pour moi. Elle craignait de perdre la vente. Voilà pourquoi elle s'était hâtée de prendre ce rendez-vous ce matin.

Ce rendez-vous lui avait-il coûté la vie ? Quelqu'un l'avait-il suivie à l'intérieur ou était-il déjà caché à l'attendre ? Elle ne s'était doutée de rien. Elle devait être à genoux en train d'effacer la tache de peinture quand elle avait été abattue.

C'est alors, au moment où Jack passait devant moi sur son poney avec un sourire triomphant, lâchant la bride une seconde pour esquisser un signe de la main, que je fis le rapprochement. La peinture répandue sur le sol de cette maison était-elle la même que celle qui avait été utilisée ici ?

C'était la même. J'en étais sûre. Et j'étais certaine aussi que la police arriverait à cette conclusion et serait en mesure de le prouver. Ensuite ils m'interrogeraient, non seulement parce que j'avais découvert le corps de Georgette, mais parce que sa mort était sans doute liée à l'acte de vandalisme qui avait été commis dans notre propriété.

Celui qui avait tué Georgette avait placé avec soin le pistolet au milieu de la tache de peinture. La peinture était censée avoir un rapport avec sa mort. Et avec moi, pensai-je.

L'heure de la mort est proche. Il est temps de lever le masque.

L'heure de la mort est arrivée, pensai-je. La mort de Georgette Grove. Malheureusement, je ne peux pas lever le masque. Je ne peux pas chercher à obtenir les minutes de mon procès. Je ne peux pas obtenir une copie du rapport d'autopsie de ma mère. À quel titre pourrais-je me présenter au tribunal du Morris County et demander de tels renseignements ?

S'ils découvrent qui je suis, en déduiront-ils que j'étais armée en entrant dans la maison, et qu'en voyant Georgette nettoyer la peinture j'avais fait le rapprochement entre elle et l'acte de vandalisme et l'avais tuée ?

La Maison de la Petite Lizzie...
Lizzie Borden avait une hache...

« Maman, hein que Lizzie est une ponette formidable ? disait Jack.

– Ne l'appelle pas Lizzie, hurlai-je. Ne l'appelle pas Lizzie. Je ne le supporte pas ! »

Effrayé, Jack se mit à pleurer. Je me précipitai vers lui, l'entourai de mes bras, m'efforçant de le consoler. Au bout d'un moment, Jack s'écarta. Je l'aidai à descendre. « Tu m'as fait peur, maman », dit-il, et il courut vers la maison.

25

Le vendredi matin, le lendemain du jour où Georgette Grove avait été trouvée assassinée, Jeffrey Mac-Kingsley réunit dans son bureau les inspecteurs chargés de l'enquête. Outre Paul Walsh il y avait deux vétérans de la police, Mort Shelley et Angelo Ortiz. Tous trois comprirent immédiatement que le patron était préoccupé.

Après un accueil des plus brefs, le procureur en vint aux faits.

« La peinture rouge employée pour dégrader la maison des Nolan provenait de la quincaillerie Tannon, à Mendham, elle avait été spécialement préparée pour les Carroll, les propriétaires de Holland Road. Je n'aurais pas dû avoir besoin de téléphoner à Mme Carroll à San Diego pour le savoir. »

Se sentant attaqué, Ortiz répondit : « Je m'en étais occupé. Rick Kling, de la police de Mendham, a été chargé d'interroger les marchands de peinture de la ville. Le gosse qui tenait la quincaillerie Tannon est un nouveau, il n'a pas su s'y retrouver dans les registres des ventes de peinture. Sam Tannon était en voyage d'affaires, il n'est rentré qu'hier. Rick avait prévu de le rencontrer en personne, mais entre-temps nous avons trouvé les pots vides dans la maison de Holland Road.

— Nous savions dès mardi après-midi que le ou les responsables des dégradations avaient utilisé de la peinture Benjamin Moore, répliqua Jeffrey. La quincaillerie Tannon étant le seul magasin de la région à vendre cette marque, Kling aurait pu se donner la peine de joindre Sam Tannon, où qu'il fût, pour savoir s'il se souvenait d'une commande de peinture rouge Benjamin Moore mélangée à de la terre d'ombre. Je me suis entretenu avec Tannon il y a une heure. Il se souvenait de cette commande, bien sûr. Il a travaillé en personne avec le décorateur pour faire les mélanges destinés à cette maison.

— Kling sait qu'il a raté le coche, reconnut Ortiz. Si nous avions su que la peinture rouge était un reste de celle qui avait été utilisée pour cette rénovation, nous nous serions pointés à Holland Road dès mercredi. »

Un silence suivit sa déclaration. « Ce qui ne veut pas dire que nous aurions pu sauver Georgette Grove, dit Jeffrey. Elle a peut-être été victime d'un cambrioleur, mais si l'inspecteur Kling avait fait son boulot, nous aurions ouvert ce foutu placard et confisqué les pots dès le mercredi. Nous avons eu l'air fin de déclarer, lors de la conférence de presse, que nous ne pouvions déterminer l'origine de la peinture rouge, quand elle avait été achetée à deux pas d'ici.

— Jeffrey, à mon avis l'important n'est pas *quand* nous avons trouvé la peinture, mais le fait qu'elle a été utilisée dans la Maison de la Petite Lizzie. C'est pour ça que l'arme du crime a été placée au centre de la tache, pour souligner précisément ce fait, ce qui nous ramène à Celia Nolan, une dame qui d'après moi mériterait qu'on enquête sérieusement sur elle. »

Le ton de Paul Walsh frisait l'insolence.

« Le pistolet a été placé délibérément sur la tache de peinture, c'est une évidence », admit Jeffrey. Il s'interrompit, puis reprit d'un ton moins conciliant : « En revanche, contrairement à vous, je ne crois pas que Mme Nolan cache quelque chose. Cette femme a subi deux chocs émotionnels consécutifs durant ces trois derniers jours, et il est naturel qu'elle soit nerveuse et angoissée. Clyde Earley était dans la voiture de patrouille qui a foncé chez elle quand elle a appelé le 911 et, à l'entendre, elle n'aurait pas pu feindre l'état de commotion dans lequel ils l'ont trouvée. Elle a été incapable de prononcer un mot jusqu'à son arrivée à l'hôpital.

– On a relevé ses empreintes sur la photo qu'elle a trouvée dans la grange et qu'elle vous a donnée. Je veux les comparer à celles de notre base de données, s'obstina Walsh. Je ne serais pas étonné de découvrir chez cette femme un passé qu'elle préférerait tenir secret.

– Allez-y, dit sèchement Jeffrey. Mais si c'est vous qui êtes chargé de l'enquête, je veux que vous vous concentriez sur la découverte de l'assassin, plutôt que de perdre votre temps avec Celia Nolan.

– Jeffrey, ne trouvez-vous pas étrange qu'elle nous ait dit que son gosse allait à *St. Joe* ? s'obstina Walsh.

– Où voulez-vous en venir ?

– Elle l'a dit comme quelqu'un qui a l'habitude d'employer ce diminutif. J'aurais pensé qu'à peine débarquée dans cette ville, elle aurait appelé l'école "St. Joseph". Je pense aussi qu'elle a menti en disant que Georgette lui avait indiqué comment atteindre Holland Road. Souvenez-vous, elle s'est contredite quand je lui ai posé la question. Elle a d'abord dit "non", puis a rectifié aussitôt en affirmant que "oui, naturellement". Elle s'est rendu compte qu'elle avait fait une bourde. Au passage, j'ai vérifié l'heure à laquelle elle a appelé le 911 de chez elle. Il était dix heures dix.

– Et alors... ?

– Alors, d'après son témoignage, elle est arrivée dans la maison de Holland Road à dix heures moins le quart et a fait le tour de toutes les pièces du rez-de-chaussée en appelant Georgette. La maison est grande, Jeffrey. Mme Nolan nous a dit qu'elle avait hésité à monter à l'étage, mais qu'elle s'était souvenue que la porte qui menait au sous-sol était ouverte, avait alors rebroussé chemin, était descendue, avait vérifié les portes du patio qu'elle avait trouvées fermées à clé, puis avait longé le couloir et découvert le corps. Elle a ensuite regagné en courant sa voiture et est rentrée chez elle. »

Paul Walsh savait qu'il était pratiquement en train de faire remarquer à son patron qu'il avait négligé les faits marquants d'une affaire d'homicide, mais il n'en continua pas moins : « Je suis retourné sur place hier au soir et j'ai mesuré la durée du trajet entre Holland Road et Old Mill Lane. Parvenir jusqu'à Holland Road et en revenir n'est pas évident. Je me suis gouré à un embranchement, j'ai rebroussé chemin et continué. En conduisant normalement, c'est-à-dire pour moi dix miles au-dessus du maximum autorisé, il m'a fallu dix-neuf minutes depuis Holland Road jusqu'à Old Mill Lane. Faisons un peu d'arithmétique. »

Il jeta un coup d'œil à Shelley et Ortiz, comme pour s'assurer qu'ils suivaient son raisonnement. « Si Celia Nolan est bien arrivée à la maison de Holland Road à dix heures moins le quart, il a fallu qu'elle en reparte dès dix heures moins neuf pour être rentrée chez elle à dix heures dix, compte tenu de la durée du trajet. Cela signifie qu'elle n'est pas restée dans la maison plus de quatre à six minutes.

156

– Ce qui est possible, dit Jeffrey calmement. Rapide, mais possible.

– Cela suppose qu'elle est rentrée d'une traite chez elle, empruntant sans hésiter un itinéraire mal connu et compliqué alors qu'elle était en état de choc.

– J'admets que votre démonstration tient la route, fit Jeffrey à contrecœur.

– Selon moi, soit elle est arrivée sur place beaucoup plus tôt qu'elle ne le dit et attendait Georgette, soit elle s'était déjà rendue dans cette maison et était familière des routes qu'il lui faudrait emprunter à l'aller et au retour.

– Et dans ce cas ?

– Je crois Celia Nolan quand elle a dit qu'elle ne connaissait pas la loi qui aurait pu lui permettre de faire résilier la vente. Son généreux mari a acheté la maison pour elle ; elle n'en voulait pas, mais n'a pas osé le lui dire. Elle a appris d'une manière ou d'une autre que des gosses avaient vandalisé la maison à Halloween l'an dernier et s'est mis en tête de faire mieux. Elle trouve quelqu'un pour tout saccager, arrive, joue la scène de l'évanouissement, et la voilà avec une bonne raison de partir. Elle quitte une maison dont elle n'a jamais voulu, et son aimable mari se montre compréhensif. C'est alors que Georgette a vent de la supercherie. Elle a dans son sac la photo de Celia jouant *La Mort du cygne*. Je pense qu'elle avait l'intention de la lui montrer et de lui dire qu'elle n'allait pas s'en tirer comme ça.

– Alors comment se fait-il qu'on n'ait trouvé aucune empreinte sur la photo, ni les siennes ni celles de Georgette ? demanda Ortiz.

– Celia Nolan l'a peut-être tenue entre ses doigts, mais elle a eu peur de l'emporter avec elle au cas où d'autres personnes auraient vu Georgette en sa possession. Elle a donc essuyé les empreintes qui pouvaient s'y trouver et l'a replacée dans le sac de Georgette.

– Vous avez raté votre vocation, Paul », fit remarquer Jeffrey sans aménité. « Vous auriez dû être avocat au pénal. Votre argumentation est convaincante, mais pleine de trous. Celia Nolan est une femme riche. Elle aurait pu acheter une nouvelle maison d'un simple claquement de doigts et persuader son mari d'accepter. Il est évident qu'il est fou d'elle. Allez-y, vérifiez ses empreintes et ensuite passons à autre chose. Que se passe-t-il de votre côté, Mort ? »

Mort Shelley tira un calepin de sa poche. « Nous dressons une liste des gens qui ont pu avoir accès à la maison afin de les interroger. Comme les autres agents immobiliers en possession du code de la boîte aux lettres, les personnes chargées de l'entretien, le paysagiste. Nous cherchons à savoir si Georgette Grove avait des ennemis, si elle avait des dettes, un petit ami. Nous n'avons toujours pas trouvé l'origine de la poupée qui a été placée dans la galerie. C'est un objet d'un certain prix, mais je suppose qu'elle a été achetée dans une brocante et est restée des années dans un grenier.

– Et le pistolet dont elle était armée ? Il avait l'air suffisamment réel pour effrayer n'importe qui, même moi si je m'étais trouvé face à lui, dit Jeffrey.

– Nous avons cherché la société qui les fabriquait. Elle n'existe plus. Elle avait acquis une mauvaise réputation car ses jouets avaient l'air trop vrais. Le propriétaire a détruit toutes les archives. Rien à tirer de ce côté-là.

– Bon. Tenez-moi au courant. »

MacKingsley se leva, signifiant que la réunion était terminée. Tandis qu'ils partaient, il demanda à Anna, sa secrétaire, de ne lui passer aucun message pendant une heure.

Dix minutes plus tard, le téléphone intérieur sonna. « Jeffrey, j'ai en ligne une femme qui dit qu'elle était au Black Horse hier soir et qu'elle a entendu Ted Cartwright menacer Georgette Grove. J'ai pensé que vous voudriez la prendre.

— Passez-la-moi. »

26

Après avoir quitté Marcella Williams, Dru Perry se rendit directement au *Star-Ledger* pour écrire son compte rendu sur l'homicide de Holland Road. Elle s'entendit ensuite avec son rédacteur en chef pour rester chez elle le matin suivant afin de rédiger l'article de fond sur Georgette Grove qui paraîtrait dans l'édition du week-end.

C'est pourquoi, sa tasse de café à portée de main, encore en pyjama et robe de chambre, elle était à sa table de travail le vendredi matin et regardait les nouvelles sur Channel 12, au moment où le présentateur interviewait le cousin de Georgette Grove, Thomas Madison, qui venait d'arriver de Pennsylvanie. Madison, un homme d'une cinquantaine d'années, exprimait d'une voix sourde le chagrin de la famille et l'horreur qu'il éprouvait devant un tel meurtre commis de sang-froid. Il décrivit les dispositions qu'il avait prises pour les funérailles. Georgette serait incinérée dès que le médecin légiste leur aurait remis le corps, et ses cendres seraient déposées dans la concession familiale au cimetière du Morris County. Un service religieux serait célébré le lundi à dix heures du matin à l'église presbytérienne de Hilltop, qui était la paroisse de Georgette.

Un service religieux si tôt, se dit Dru. C'est la

preuve que le cousin veut en avoir terminé au plus vite et rentrer chez lui. En appuyant sur la télécommande pour éteindre la télévision, elle décida d'assister à la cérémonie.

Elle alluma son ordinateur et commença à chercher sur l'Internet des renseignements concernant Georgette Grove. Elle aimait particulièrement dans ce genre de recherches les informations inattendues sur lesquelles on tombait parfois.

« Bingo ! » s'exclama-t-elle une heure plus tard en découvrant une photo de classe de Georgette Grove et de Henry Paley quand ils étaient en dernière année de lycée à Mendham. La légende disait qu'ils avaient remporté une course de fond dans le championnat annuel du comté. Ils brandissaient leurs trophées. Le bras maigre d'Henry était passé autour de Georgette, et tandis qu'elle souriait directement à l'appareil, son sourire à lui ne s'adressait qu'à elle.

Il a l'air drôlement mordu, pensa Dru. Il avait probablement déjà le béguin pour Georgette.

Elle essaya de trouver davantage d'informations sur Henry Paley. Ses recherches lui apprirent qu'en sortant de l'université, il avait travaillé dans une agence immobilière, avait épousé Constance Liller à vingt-cinq ans et, à l'âge de quarante ans, avait rejoint l'agence Grove. Une notice nécrologique lui apprit que Constance Liller Paley était décédée six ans plus tôt.

Puis, à en croire Marcella Williams, il avait tenté de nouer une idylle avec Georgette. Mais elle n'avait pas voulu en entendre parler et ils s'étaient récemment querellés parce qu'il voulait vendre sa participation dans l'agence et le terrain de la Route 24. Je n'imagine pas Henry en assassin, pensa-t-elle, mais l'amour et l'argent sont les deux raisons principales pour lesquelles les gens tuent et sont tués. Intéressant.

Elle se cala dans son vieux fauteuil de bureau et contempla le plafond. Quand elle l'avait rencontré la veille, Henry Paley avait-il précisé son emploi du temps ? Elle n'en avait pas le souvenir. Son sac était posé par terre à ses pieds. Dru fouilla à l'intérieur, en sortit son carnet et nota les questions et les observations qui lui venaient à l'esprit.

Où se trouvait Henry Paley le matin du meurtre ? Était-il venu au bureau à l'heure habituelle ou avait-il des rendez-vous avec des clients ? Les serrures des boîtes aux lettres sont informatisées. Ce qui devrait permettre de savoir combien de fois Paley y était venu. Était-il au courant de la présence des pots de peinture dans le placard ? Il voulait fermer l'agence. Aurait-il délibérément vandalisé la propriété d'Old Mill Lane pour mettre Georgette dans l'embarras, ou pour faire capoter la vente aux Nolan ?

Dru referma son carnet, le remit dans son sac et reprit ses recherches concernant Georgette Grove sur l'Internet. Se dessina alors clairement le portrait d'une femme indépendante qui, à en juger par ses nombreuses distinctions, était non seulement très impliquée dans la communauté, mais menait une action dynamique pour y préserver une certaine qualité de vie, telle qu'elle l'entendait.

J'imagine que beaucoup de ceux qui déposaient des demandes de modification du plan d'occupation des sols l'auraient volontiers étranglée, réfléchit Dru en découvrant la lutte efficace qu'elle avait menée contre les atteintes aux règles d'urbanisme.

L'un d'eux avait peut-être eu envie de la tuer. Georgette avait gêné bon nombre de gens, surtout au cours des dernières années, mais son activisme communautaire n'avait affecté personne aussi directement qu'Henry Paley. Elle décrocha son téléphone et composa le numéro de l'agence, s'attendant à la trouver fermée.

Henry Paley répondit.

« Henry, je suis contente de vous joindre. Je n'étais pas sûre que l'agence soit ouverte aujourd'hui. Je rédige mon article sur Georgette, et je pensais y inclure quelques-unes de ces merveilleuses photos qui sont contenues dans l'album que vous gardez à l'agence. J'aurais aimé vous l'emprunter, ou du moins faire des copies de certaines d'entre elles. »

Paley se fit prier avant d'accepter qu'elle fasse des photocopies. « Je ne veux pas que l'album sorte du bureau, dit-il, et je ne veux pas qu'on en retire quoi que ce soit.

— Henry, vous resterez à côté de moi pendant que je ferai ces copies. Merci beaucoup. Je passerai vers midi. Je ne vous dérangerai pas longtemps. »

Dru raccrocha et se leva, repoussant sa frange sur son front. Il faut que je la fasse couper, se dit-elle. Je commence à ressembler à un chien de berger. Elle alla jusqu'à sa chambre et entreprit de s'habiller. Une question lui traversa l'esprit, dictée en partie par son intuition, par ce genre de prémonitions qui faisaient d'elle une remarquable journaliste d'investigation. Henry faisait-il encore de la course à pied et, si c'était le cas, comment ce fait s'intégrait-il au scénario ?

Autre chose à vérifier.

27

Martin et Kathleen Kellogg de Santa Barbara, Californie, étaient les cousins éloignés qui m'avaient adoptée. À la mort de ma mère, ils vivaient en Arabie Saoudite où Martin travaillait dans une entreprise d'ingénierie. Ils n'apprirent ce qui s'était passé que lorsque la société les rapatria à Santa Barbara. Le procès avait déjà eu lieu et je vivais dans un foyer de jeunes délinquants en attendant que les services sociaux de l'État décident où me placer.

D'une certaine manière, il était préférable qu'ils n'aient eu aucun contact avec moi jusqu'alors. Euxmêmes n'avaient pas d'enfants. Ils avaient entendu parler du drame, étaient venus discrètement dans le comté et avaient fait une demande officielle d'adoption. Leur demande avait été acceptée. Le tribunal les avait rapidement estimés capables de devenir les tuteurs et parents adoptifs d'une mineure qui avait à peine prononcé quelques mots en un an.

Approchant de la cinquantaine, les Kellogg n'étaient pas trop âgés pour élever une enfant de onze ans. Mais, surtout, c'étaient des gens emplis d'une sincère bienveillance. Dès notre première rencontre, Kathleen m'avait dit qu'elle espérait que je m'entendrais bien avec elle et que, le temps passant, je finirais par l'aimer. Elle avait ajouté : « J'ai toujours voulu avoir une petite fille. Je veux te rendre le reste de ton enfance, Liza. »

J'avais accepté volontiers de partir avec eux. Bien sûr, personne ne peut vous rendre quelque chose qui a été détruit. Je n'étais plus une enfant – j'étais une meurtrière acquittée. Ils désiraient de tout leur cœur que j'oublie la tragédie de la « Petite Lizzie », et j'avais fini par faire mienne l'histoire qu'ils racontaient à tous ceux qui les avaient connus avant leur départ pour l'Arabie Saoudite.

J'étais la fille d'une amie veuve qui, ayant appris qu'elle souffrait d'un cancer en phase terminale, leur avait demandé de m'adopter. Ils choisirent mon nouveau prénom, Celia, parce que ma grand-mère s'appelait Cecelia. Ils étaient assez sages pour comprendre que j'avais besoin de maintenir un lien avec le passé, même secret.

J'avais vécu avec eux pendant sept ans. Durant toute cette période, j'avais vu le Dr Moran une fois par semaine. J'avais eu confiance en lui dès le début. Je crois que, plus que Martin, il avait représenté pour moi la figure du père. Quand j'étais incapable de parler, il me faisait dessiner. Je refaisais sans cesse les mêmes dessins : le salon de ma mère, une silhouette féroce, semblable à un singe, qui me tournait le dos, plaquait une femme contre le mur. Je dessinais un pistolet, en suspens dans l'air, d'où jaillissaient des balles, un pistolet qu'aucune main ne tenait. Je faisais un dessin qui était l'inverse d'une pietà. Le mien représentait l'enfant soutenant la forme morte de la mère.

J'avais perdu une année de primaire, mais je la rattrapai rapidement et entrai ensuite au lycée de Santa Barbara. J'étais une élève « silencieuse et sage ». J'avais des amis, mais je ne laissais personne devenir trop intime avec moi. Quelqu'un qui vit dans le mensonge doit éviter la vérité, et j'étais constamment obligée de tenir ma langue. Je devais aussi dissimuler mes émotions. Je me souviens d'un cours d'anglais en deuxième année, où nous avions dû écrire un essai sur le jour le plus mémorable de notre vie.

Cette nuit de cauchemar m'était alors apparue dans toute son horreur. J'avais l'impression de regarder un film. J'essayais de tenir mon stylo, mais mes doigts refusaient de s'en saisir. J'essayais de respirer, mais je ne pouvais faire entrer l'air dans mes poumons. Et je m'étais évanouie...

On inventa alors que j'avais failli me noyer dans ma petite enfance et que j'avais parfois de brefs flash-back. J'avais raconté au Dr Moran que ce qui s'était passé cette nuit-là m'était apparu clairement et que, pendant une fraction de seconde, je m'étais souvenue de ce que ma mère avait crié à Ted. Puis, tout s'était effacé.

L'année où je partis habiter New York pour suivre les cours du Fashion Institute, Martin atteignit l'âge de la retraite obligatoire dans sa société et ils allèrent s'installer à Naples, en Floride, où il obtint un poste dans une autre société d'ingénierie. Il avait ensuite pris définitivement sa retraite et, à plus de quatre-vingts ans, il était devenu ce que Kathleen appelait « distrait », terme qui, je le craignais, évoquait les premiers stades de la maladie d'Alzheimer.

Alex et moi nous nous étions mariés discrètement dans la Lady Chapel de la cathédrale St. Patrick, en la seule présence de Jack, de Richard Ackerman, l'associé principal du cabinet d'Alex, et de Joan Donlan, qui était mon bras droit dans ma société de décoration et était restée ma plus fidèle amie.

Peu de temps après, Alex, Jack et moi étions allés

à Naples rendre visite à Martin et à Kathleen pendant quelques jours. Nous séjournions à l'hôtel et je m'en félicitais car l'état de Martin empirait. Un jour que nous nous attardions après le déjeuner dans la cour intérieure, il m'appela « Liza ». Par chance Alex était parti se baigner à la plage, mais Jack l'entendit. Il fut si surpris que le mot se grava dans sa mémoire, et il lui arrivait encore de me demander : « Pourquoi grand-père t'a-t-il appelée Liza, maman ? »

Alex était dans notre chambre à New York lorsque Jack me posa cette question, et ce fut lui qui expliqua à Jack que les vieilles personnes perdent parfois la mémoire et mélangent les noms. « Rappelle-toi, ton grand-père m'a appelé "Larry" à une ou deux reprises. Il m'a confondu avec ton premier papa. »

Après ma sortie à propos du nom de sa ponette, j'avais suivi Jack dans la maison. Il avait couru se réfugier auprès d'Alex et était assis sur ses genoux, en larmes, racontant que maman lui avait fait peur. « Tu sais, elle me fait peur à moi aussi quelquefois », disait Alex, et je sais qu'il feignait de plaisanter, mais la vérité perçait sous ses mots. Mon évanouissement, mes crises de larmes, mon abattement après la découverte du corps de Georgette Grove, tous ces symptômes l'avaient effrayé. Et une crainte était inscrite sur son front : la peur que je ne fasse une dépression.

Il écouta ce que lui racontait Jack – que je m'étais fâchée contre lui, que je ne voulais pas qu'on appelle sa ponette Lizzie – et essaya de lui expliquer : « Écoute, Jack, il y a longtemps une petite fille du nom de Lizzie vivait dans cette maison et elle a fait quelque chose de très mal. Personne ne l'aimait et on l'a obligée à partir. Ce nom nous fait penser à cette vilaine petite fille. Que détestes-tu par-dessus tout ?

– Les piqûres chez le docteur.

– Eh bien, regardons les choses ainsi. Quand nous entendons le nom de Lizzie, ta maman et moi pensons à cette vilaine fille. Aurais-tu appelé ton poney "Piqûre" ? »

Il se mit à rire. « Oh, nooon !

– Alors, tu sais maintenant ce que ressent maman. Nous allons trouver un autre nom pour ta jolie ponette.

– Maman a dit que nous devrions l'appeler Star, parce qu'elle a une étoile sur le front.

– C'est un nom épatant, et nous devrions l'adopter officiellement. Demandons à maman si nous avons du papier-cadeau.

– Je crois que oui », dis-je hâtivement.

J'étais reconnaissante à Alex d'avoir calmé Jack, mais, Seigneur, quelle explication lui avait-il donnée !

« Tu devrais fabriquer une grande étoile et nous irons la mettre sur la porte de l'écurie pour que tout le monde sache qu'un poney appelé Star occupe les lieux. »

L'idée enthousiasma Jack. Je traçai le contour d'une étoile sur du papier d'emballage brillant et la découpai. Nous collâmes solennellement l'étoile sur la porte de l'écurie, puis je récitai une comptine qui avait bercé mon enfance :

> *Star light, star bright,*
> *First star I see tonight,*
> *I wish I may, I wish I might,*
> *Have the wish I wish tonight*[1].

Il était six heures et les ombres du couchant commençaient à s'épaissir.

---

1. Pâle étoile du soir / qui brilles au firmament / Astre de l'espoir / Exauce mon souhait.

« Qu'est-ce que tu souhaites le plus, maman ? demanda Jack.

– Je souhaite que nous restions toujours ensemble tous les trois.

– Et toi, Alex ?

– Je souhaite que tu m'appelles bientôt papa et que, l'an prochain à la même époque, tu aies un petit frère ou une petite sœur. »

Le soir, lorsque Alex voulut m'attirer contre lui, il sentit ma réticence et me relâcha aussitôt. « Ceil, dit-il, tu devrais prendre un somnifère. Tu as besoin de te détendre. Je n'ai pas sommeil. Je vais descendre dans la bibliothèque. »

Je ne prends jamais plus d'un demi-somnifère en général, mais la journée avait été tellement éprouvante que j'en avalai un entier, grâce à quoi je dormis d'un sommeil de plomb pendant les huit heures suivantes. Il était presque huit heures lorsque je me réveillai. Alex n'était plus dans la chambre. J'enfilai une robe de chambre et descendis à la cuisine. Déjà levé et habillé, Jack prenait son petit-déjeuner avec Alex.

Alex se leva de table et vint vers moi. « C'est ce qui s'appelle dormir, dit-il. Tu n'as pas remué de toute la nuit. » Il m'embrassa tendrement, prenant mon visage dans ses deux mains. « Il faut que je me sauve. Tu te sens bien ?

– En pleine forme. »

Et c'était vrai. Tandis que se dissipaient les dernières traces de sommeil, je me sentais physiquement plus forte que je ne l'avais été depuis notre arrivée. J'avais pris ma décision. Après avoir déposé Jack à l'école, j'irais consulter une des autres agences immobilières de la ville et j'essayerais de trouver une maison à louer ou acheter immédiatement. Peu importait qu'elle ne corresponde pas tout à fait à ce que je cherchais. M'en aller d'ici serait le premier pas vers le retour à une sorte de normalité.

C'était, me semblait-il, la meilleure chose à faire. Mais plus tard dans la matinée, quand je frappai à la porte de l'agence Mark W. Grannon et que Mark Grannon en personne vint m'ouvrir, il m'apprit sur Georgette Grove quelque chose qui me stupéfia. « Georgette avait l'exclusivité de votre propriété », me dit-il tandis que nous roulions dans Hardscrabble Road. « Aucun d'entre nous n'aurait voulu s'en occuper. Mais Georgette éprouvait une sorte de culpabilité à l'égard de cette maison. Audrey Barton et elle avaient été amies autrefois. Elles avaient fait leurs études ensemble au lycée de Mendham, bien que Georgette fût de deux ans l'aînée d'Audrey. »

J'étais tout ouïe, espérant que Grannon ne percevrait pas la tension qui s'était emparée de moi.

« Audrey était une cavalière accomplie, vous savez ? Son mari, Will, avait une peur bleue des chevaux et en avait honte. Il voulait pouvoir accompagner Audrey dans ses balades à cheval. Georgette lui avait suggéré de demander à Zach, qui était déjà employé au centre d'équitation du Washington Valley, de lui donner des leçons. Ils étaient convenus de n'en rien dire à Audrey. Elle ne s'est jamais doutée de rien, jusqu'au jour où la police est venue lui annoncer la mort de Will. Elle et Georgette ne s'adressèrent plus jamais la parole. »

Zach !

Le nom me frappa comme une décharge électrique. C'était l'un des mots que ma mère avait hurlés à Ted la nuit où je l'avais tuée.

Zach ! C'était une des pièces du puzzle !

28

Le vendredi après-midi, la secrétaire de Ted Cartwright l'informa que l'inspecteur de police Paul
Walsh, de la brigade du procureur du Morris County,
était dans l'entrée et désirait lui poser certaines questions.

Ted s'était attendu plus ou moins à cette visite,
néanmoins, il sentit ses paumes devenir moites. D'un
geste nerveux, il les essuya à sa veste, ouvrit le tiroir
de son bureau, et d'un rapide coup d'œil s'examina
dans le miroir qu'il y conservait. Rassuré par son
apparence, il décida qu'un accueil trop cordial pourrait
être pris pour un signe de faiblesse.

« Je ne savais pas que ce M. Walsh avait rendez-
vous », dit-il sèchement dans l'interphone. « Mais
puisqu'il est là, faites-le entrer. »

La vue du costume de confection froissé de Paul
Walsh lui inspira le plus grand mépris et eut pour effet
de le mettre à l'aise. Les larges lunettes rondes de
l'inspecteur n'arrangeaient rien. Il choisit donc de se
montrer condescendant à son égard.

« Je n'apprécie pas les visites à l'improviste, dit-il,
et je dois participer à une conférence téléphonique
dans dix minutes, aussi vous serais-je reconnaissant
d'en venir sans attendre à la raison qui vous amène,

monsieur Walsh. C'est bien monsieur Walsh, n'est-ce pas ?

– En effet. »

Le ton incisif de Walsh contrastait avec son apparence bonhomme. Il prit place sans y être invité dans le fauteuil qui faisait face à Cartwright et lui tendit sa carte.

Sentant qu'il avait un peu perdu le contrôle de la situation, Cartwright se rassit. « Que puis-je pour vous ? demanda-t-il brusquement.

– J'enquête, sans doute l'avez-vous deviné, sur le meurtre de Georgette Grove qui a été commis hier à Peapack. Je présume que vous en avez entendu parler.

– Il faudrait être sourd, idiot et aveugle pour ne pas en avoir entendu parler, répliqua Cartwright.

– Connaissiez-vous Mme Grove ?

– Naturellement. Elle et moi avons toujours vécu dans cette région.

– Étiez-vous amis ? »

Il a eu vent de ce qui s'est passé mercredi soir, pensa Ted. Espérant désarmer Walsh, il répondit : « Nous étions plutôt en bons termes. » Il s'interrompit, pesa ses mots. « Récemment Georgette était devenue intransigeante. Lorsqu'elle siégeait au Comité d'urbanisme, elle s'opposait à la moindre modification. Et même après, quand son mandat n'a pas été renouvelé, elle n'a jamais manqué une seule réunion, continuant à faire de l'obstruction. C'est pour cette raison que, comme beaucoup d'autres, j'avais mis fin à notre prétendue amitié.

– Quand l'avez-vous vue pour la dernière fois ?

– Mercredi soir, au Black Horse.

– Quelle heure était-il, monsieur Cartwright ?

– Entre neuf heures quinze et neuf heures trente. Georgette dînait seule.

172

— Vous êtes-vous approché d'elle ?

— Nos regards se sont croisés. Elle m'a fait signe et je suis allé la saluer. C'est avec stupéfaction que je l'ai entendue pratiquement m'accuser d'être l'instigateur des actes de vandalisme commis dans la maison d'Old Mill Lane.

— Maison que vous avez habitée à une époque.

— C'est exact.

— Que lui avez-vous répondu ?

— Je lui ai dit qu'elle perdait la tête et j'ai voulu savoir pourquoi elle pensait que j'étais pour quelque chose dans cette affaire. Elle m'a alors accusé de comploter avec Henry Paley pour la mener à la faillite et la forcer à vendre le terrain de la Route 24. Elle m'a dit que je pouvais aller en enfer, qu'elle ne vendrait jamais.

— Je vois. Où étiez-vous hier matin entre huit et dix heures, monsieur Cartwright ?

— À huit heures j'étais au Peapack Riding Club. J'ai fait du cheval jusqu'à neuf heures, j'ai pris une douche au club et suis revenu ici en voiture, je suis arrivé vers neuf heures trente.

— Derrière la maison de Holland Road où Mme Grove a été tuée, il y a des bois qui font partie de la propriété. Ne sont-ils pas traversés par une allée cavalière qui rejoint Peapack ? »

Cartwright se leva. « Sortez, ordonna-t-il d'un ton furieux. Et ne revenez pas. Si je dois vous revoir, vous ou quelqu'un de votre service, ce sera en présence de mon avocat. »

Paul Walsh se leva et se dirigea vers la porte. En tournant la poignée, il dit calmement : « Nous nous reverrons, monsieur Cartwright. Et si vous parlez à votre ami, monsieur Paley, dites-lui qu'il me reverra aussi. »

Le vendredi à quatre heures de l'après-midi, Charley Hatch engagea sa camionnette sur le chemin de terre derrière sa grange, puis décrocha la remorque qu'il utilisait pour transporter sa tondeuse à gazon et ses autres outils. Certains soirs il ne s'en donnait pas la peine, mais aujourd'hui il allait dîner avec des copains dans un bar où ils regarderaient jouer les Yankees à la télévision. Il attendait ce moment avec impatience.

La journée avait été pénible. Le système d'arrosage automatique de l'une des maisons dont il s'occupait avait cessé de fonctionner et le gazon avait roussi. La panne n'était pas sa faute, mais le propriétaire devait rentrer prochainement de vacances et serait furieux si sa pelouse n'était pas impeccable. C'était un de ses boulots les moins pénibles, et il n'avait pas envie de le perdre. Il avait d'abord dû attendre que le spécialiste vienne réparer le système et, ensuite, il était resté sur place pour s'assurer que l'herbe était convenablement arrosée.

Encore contrarié par sa conversation de la veille avec Ted Cartwright, il avait profité du moment où il attendait le réparateur pour inspecter ses vêtements. C'étaient les mêmes que ceux qu'il portait le lundi soir quand il était allé à Old Mill Lane. Il repéra trois gouttes de peinture rouge sur le genou droit de son jean et des traces à l'arrière de la camionnette. Le jean était vieux, mais très confortable, et il hésitait à le jeter. Il pourrait peut-être ôter les taches avec de la térébenthine.

Il devait se montrer particulièrement prudent depuis qu'on avait tiré sur Georgette Grove pendant qu'elle essayait de nettoyer la peinture qu'il avait renversée en rangeant les pots le lundi soir.

Toujours d'humeur maussade, Charley finit de ranger la remorque, rentra dans la maison et se dirigea droit vers le réfrigérateur. Il en sortit une bière, fit sauter la capsule et porta la canette à ses lèvres. Un coup d'œil jeté par la fenêtre l'arrêta. Une voiture de police s'engageait dans l'allée. Les flics. Il savait qu'ils finiraient par venir lui poser des questions. C'était lui qui entretenait la propriété de Holland Road !

Charley baissa les yeux. Les trois gouttes de peinture rouge sur son genou droit lui semblèrent soudain énormes. Il courut dans sa chambre, retira ses baskets, et constata avec consternation que la semelle de sa chaussure gauche était également barbouillée de rouge. Il ramassa un pantalon de velours côtelé sur le plancher de la penderie, enfila une paire de mocassins usagés, et parvint à ouvrir la porte au deuxième coup de sonnette.

Le sergent Clyde Earley se tenait devant lui. « Tu permets que j'entre une minute, Charley ? demanda-t-il. Je voudrais juste te poser une ou deux questions.

— Bien sûr, entrez, sergent. »

Charley s'effaça et vit le regard d'Earley parcourir la pièce. « Asseyez-vous, sergent. Je viens de rentrer. M'apprêtais à boire une bière. Fait chaud dehors. C'est drôle, l'autre jour on sentait une petite fraîcheur dans l'air, et puis tout d'un coup, vlan, l'été est de retour. Vous voulez une bière ?

– Merci, mais je suis en service, Charley. »

Earley choisit l'une des deux chaises droites qui se trouvaient devant le billot de boucher où Charley prenait ses repas.

Charley s'assit au bord du fauteuil club défraîchi qui provenait du salon de la maison qu'il partageait avec sa femme avant leur divorce.

« C'est terrible, ce qui est arrivé hier à Holland Road, commença Earley.

– Sûr. Ça fait froid dans le dos, pas vrai ? »

Charley but une gorgée de bière et s'en voulut immédiatement. Le visage d'Earley était congestionné. Il avait retiré sa casquette d'uniforme et ses cheveux blonds étaient humides. Je parie qu'il meurt de soif, pensa Charley. Je dois l'horripiler à boire ainsi devant lui. Il posa sa canette sur le sol.

« Tu viens de rentrer, Charley ?

– Exact.

– Y a-t-il une raison pour que tu aies enfilé ce pantalon de velours et des mocassins ? Tu ne travailles pas dans cette tenue d'habitude ?

– Un problème avec un arrosage automatique. Mon jean et mes baskets étaient trempés. Je venais de les enlever et je m'apprêtais à prendre une douche quand j'ai aperçu votre voiture. J'ai enfilé ce qui me tombait sous la main.

– Je comprends. Bon, désolé de retarder ta douche, mais j'ai besoin de quelques renseignements. C'est toi qui entretiens le jardin du 10 Holland Road, n'est-ce pas ?

– Ouais. J'ai commencé quand les Carroll ont acheté la maison, il y a huit ou neuf ans. Lorsque

M. Carroll a été muté ailleurs, ils m'ont demandé de continuer à m'en occuper jusqu'à ce qu'elle soit vendue.

— Que veux-tu dire par "m'en occuper", Charley ?

— Prendre soin du jardin, tondre la pelouse, tailler les buissons, balayer la galerie et l'allée d'accès, ce genre de trucs.

— Tu as une clé de la maison ?

— Oui, j'y vais tous les deux jours pour passer la serpillière et m'assurer que les choses sont en ordre. Les agents immobiliers amènent parfois des gens quand il pleut, et ils laissent des traces de boue. Je vérifie tout, si vous voyez ce que je veux dire.

— Quand t'es-tu rendu pour la dernière fois dans la maison ?

— Lundi. J'y passe toujours après le week-end. C'est à ce moment-là qu'il y a le plus de visites.

— Qu'as-tu fait dans la maison ce dernier lundi ?

— La même chose que d'habitude. C'est par là que j'ai commencé ma journée parce que j'ai pensé que la maison devait être impeccable si jamais un agent immobilier s'amenait avec un client.

— Savais-tu qu'il y avait de la peinture rouge dans le placard du sous-sol ?

— Bien sûr. Il y a une quantité de pots là-dedans, pas seulement du rouge. Quand ils ont refait les peintures, le décorateur a dû commander plus de couleurs qu'il n'en fallait.

— Donc tu ignorais que de la peinture rouge avait été volée dans ce placard et utilisée pour barbouiller la maison d'Old Mill Lane ?

— J'ai lu que la Maison de la Petite Lizzie avait été salopée, mais je ne savais pas que la peinture venait de Holland Road. Qui peut avoir fait un truc pareil, sergent ?

177

– J'espérais que tu aurais une idée, Charley. »

Charley haussa les épaules.

« Vous feriez mieux de vous adresser à tous ces agents qui entrent et sortent comme dans un moulin. Y en a peut-être un qui avait une raison d'en vouloir à Georgette Grove, ou aux nouveaux propriétaires de la Maison de Lizzie.

– C'est une hypothèse intéressante, Charley. Encore deux questions, et je te laisse prendre ta douche. La clé du placard où était entreposée la peinture a disparu. Tu étais au courant ?

– Elle y était la semaine dernière. Je n'ai pas remarqué qu'elle n'y était plus lundi. »

Earley sourit. « Je n'ai pas dit qu'elle n'y était plus lundi. Je ne sais pas quand elle a disparu.

– C'est la dernière fois que j'y suis allé, dit Charley sur la défensive. C'est ce que je voulais dire.

– Dernière question, Charley. Est-il possible que quelqu'un, un agent immobilier peut-être, ait fait preuve de négligence et oublié de refermer la porte à clé après avoir fait visiter la maison ?

– Sûr que ça peut arriver, et c'est déjà arrivé. Un jour j'ai trouvé la porte de la cuisine ouverte. Même chose avec les baies vitrées coulissantes qui donnent sur le patio au sous-sol. Certains agents sont tellement excités à l'idée de conclure une vente qu'ils en oublient tout. Ils font tout un foin pour verrouiller la porte d'entrée et refermer la boîte aux lettres et, pendant ce temps, un escadron pourrait entrer par une autre porte.

– Toi-même, es-tu certain de toujours verrouiller les portes quand tu t'en vas, Charley ?

– Écoutez, sergent, c'est mon métier de m'occuper des propriétés d'un tas de gens. Vous croyez qu'il y en a un seul qui me ferait travailler si je faisais l'imbécile ? Je peux vous répondre : pas un. Ils me feraient la peau si je faisais pas mon boulot correctement. »

Clyde Earley s'apprêta à partir. « On dirait que quelqu'un a fait la peau à Georgette Grove, Charley. Préviens-moi si une idée te traverse l'esprit. À mon avis, c'est peut-être le même individu qui a salopé la Maison de la Petite Lizzie et tué Mme Grove parce qu'elle l'avait repéré. C'est stupide. La peine la plus lourde dont on puisse écoper pour vandalisme est un an de taule et, en l'absence de casier, une condamnation avec sursis et quelques travaux d'intérêt général. Mais si ce vandale a tué cette femme pour la faire taire, il risque la peine de mort. Bon, à bientôt, Charley. » Earley se leva et sortit.

Charley retint sa respiration jusqu'à ce que la voiture de police soit partie, puis il prit son téléphone mobile et composa nerveusement un numéro. Une voix numérisée lui annonça que la ligne était en dérangement.

30

À cinq heures de l'après-midi, Thomas Madison poussa la porte de l'agence Grove. En arrivant dans son motel, il avait troqué le costume bleu marine qu'il portait quand il avait été interviewé sur Channel 12 contre un pantalon de sport et un pull léger qui le rajeunissaient. Sa silhouette élancée n'était pas le seul trait génétique qu'il partageait avec Georgette, sa cousine. Comme elle, il savait très précisément ce qu'il voulait.

Henry et Robin étaient sur le point de fermer les bureaux quand il se présenta. « Je suis content de vous trouver, leur dit-il. J'avais prévu de rester pendant le week-end, mais c'est vraiment inutile. Je reviendrai donc dimanche soir. Nous serons tous présents à la cérémonie religieuse – je veux dire, ma femme, mes sœurs et leurs maris.

– Nous serons ouverts demain, lui dit Henry. Comme par un fait exprès, nous devons conclure plusieurs ventes. Êtes-vous déjà allé chez Georgette ?

– Non. La police n'a pas fini d'inspecter les lieux. Je me demande ce qu'ils cherchent.

– Sans doute de la correspondance personnelle qui pourrait les mettre sur la piste de son assassin, dit Robin. Ils sont aussi venus fouiller son bureau.

– C'est une histoire drôlement moche, dit Madison.

Ils m'ont demandé si je voulais voir le corps. Franchement, je n'en avais pas envie, mais il m'était impossible de refuser. Je suis donc allé à la morgue. Croyez-moi, j'ai failli vomir. La balle l'a atteinte en plein entre les deux yeux. »

Il remarqua que Robin avait sursauté. « Je suis désolé, dit-il. C'est seulement... » Il haussa les épaules, geste qui trahissait son désarroi. « Je dois absolument rentrer chez moi, poursuivit-il. J'entraîne l'équipe de football de mon fils, et nous avons un match demain. » Un sourire flotta sur ses lèvres. « Sans me vanter, nous avons la meilleure équipe de tout Philadelphie dans notre division. »

Henry sourit poliment. Il se souciait comme d'une guigne que le cousin de Georgette ait la meilleure ou la plus minable équipe de football de Philadelphie, voire des États-Unis. Son seul souci était de régler divers détails avec l'héritier de Georgette. « Monsieur Madison, dit-il, d'après ce que je sais, vous et vos deux sœurs êtes les seuls héritiers de Georgette.

— C'est exact. Ce matin, je me suis rendu chez son notaire, Orin Haskell. Son cabinet se trouve à deux pas, comme vous savez. Il détient une copie du testament. Il va la faire authentifier. Mais c'est bien ce qui est stipulé. » Madison haussa à nouveau les épaules. « Mes sœurs sont déjà en train de se disputer. Georgette avait quelques beaux objets et meubles de famille anciens. Nos arrière-grands-mères étaient sœurs. »

Il regarda Henry. « Je sais que vous possédez 20 pour cent de l'agence et du terrain situé en bordure de la Route 24. Sachez une chose : nous n'avons *aucune* intention de reprendre l'agence. Je vous propose de faire faire trois estimations. Vous pourrez ensuite en racheter la totalité ou, si vous n'avez pas envie de continuer à gérer l'affaire, nous fermerons l'agence et vendrons tout, y compris la maison de Georgette, qui est bien sûr entièrement à son nom.

— Vous savez que Georgette avait l'intention de faire don du terrain de la Route 24 à l'État », dit Robin, ignorant le regard noir que lui lançait Henry.

« Je suis au courant. Mais, heureusement, elle ne l'a jamais fait, peut-être parce que vous n'étiez pas d'accord, Henry. Franchement, nous vous remercions de l'avoir empêchée de jouer la dame au grand cœur au profit de l'État du New Jersey. J'ai trois gosses, mes sœurs en ont chacune deux, et ce que nous pourrons tirer de l'héritage de Georgette sera bienvenu pour payer leur éducation.

— Je vais faire faire les estimations dès que possible, dit Henry.

— Le plus tôt sera le mieux. Je vous laisse. » Madison tourna les talons, puis s'arrêta. « La famille donne un déjeuner après la cérémonie. Nous aimerions vous y inviter. En ce qui me concerne, vous étiez tous les deux l'autre famille de Georgette. »

Henry attendit que la porte se fût refermée. « Sommes-nous vraiment son autre famille ? » demanda-t-il d'un ton ironique.

« J'aimais beaucoup Georgette, dit doucement Robin. Comme vous à une certaine époque, d'après ce qu'on raconte, ajouta-t-elle.

— L'aimiez-vous au point d'oublier que mercredi soir, en rentrant tard à l'agence, elle a fouillé votre bureau ? demanda Henry.

— Je n'avais pas l'intention d'en faire état. Vous voulez dire qu'elle a fouillé le vôtre aussi ?

— Ce n'est pas tout, elle a dérobé un dossier qui m'appartenait. A-t-elle pris quelque chose chez vous ?

— Je n'ai rien remarqué. Il n'y a rien dans mon bureau qui ait pu l'intéresser, à moins qu'elle n'ait voulu m'emprunter ma bombe de laque ou mon parfum.

— Vous en êtes certaine, Robin ? »

Ils étaient encore dans la réception. Henry n'était pas grand et les huit centimètres de talons de Robin mettaient leurs yeux au même niveau. Ils se dévisagèrent pendant un long moment. *« À quoi jouez-vous ? »* demanda-t-il.

Le week-end fut radieux. Il fit très chaud. Alex partit à son club tôt dans la matinée du samedi et, à son retour, je suggérai d'aller jusqu'à Spring Lake. Une de mes clientes s'y était mariée en juillet. Nous avions assisté à son mariage et passé la nuit au Breakers Hotel. Puisque nous y étions allés ensemble, je ne courrais pas le risque de laisser échapper que l'endroit m'était familier.

« Maintenant que Labor Day est passé, je pense que nous pourrons réserver sans mal. »

Cette perspective parut plaire à Alex. Jack sauta de joie. Alex téléphona au club et demanda à l'un des jeunes gens qui y travaillaient le week-end de venir prendre soin de Star le samedi soir et le dimanche matin.

Tout se passa comme je l'avais espéré. Au Breakers, nous eûmes deux chambres communicantes face à la mer. Nous restâmes à la plage pendant tout l'après-midi du samedi. Après le dîner, nous fîmes une longue promenade sur les planches du bord de mer, respirant la brise chargée des effluves de l'océan. L'océan savait si bien apaiser mon âme ! Je pus même penser au temps où je venais ici au même âge que Jack, donnant la main à ma mère, comme lui me donnait la sienne.

Le dimanche matin, nous assistâmes à la première messe de Ste Catherine, la jolie église qui m'a toujours apporté le même réconfort. Je priai Dieu de m'aider à laver mon nom, à réhabiliter Liza Barton dans l'estime d'autrui. Je priai pour que nous puissions un jour ressembler aux autres familles que je voyais autour de moi. J'enviais leur existence.

Sur le banc devant nous se tenait un couple avec deux petits garçons de trois et quatre ans, et un bébé de moins d'un an. Les garçons se tinrent tranquilles au début, puis ils commencèrent à se chamailler. Le plus petit se mit à donner des coups de coude à son aîné, qui réagit en s'appuyant lourdement sur lui. Leur père les sépara. Ensuite le bébé, visiblement impatient de marcher, se tortilla pour descendre des bras de sa mère.

Je souhaitais donner à Alex la famille qu'il désirait, avec tous les soucis merveilleux qui en font partie.

Alex et Jack avaient remarqué le manège des enfants devant nous. Lorsque nous regagnâmes notre voiture après la messe, Alex demanda à Jack ce qu'il ferait si un petit frère lui donnait des coups de coude.

Jack ne se démonta pas. « Je lui flanquerais un coup de poing.

— Jack, tu ne ferais pas ça ! me récriai-je. Ce n'est pas digne d'un grand frère.

— Moi aussi, je lui flanquerais un coup de poing », dit Alex. Ils eurent un sourire de connivence. Je m'efforçai de repousser la pensée qu'Alex pourrait nous quitter et disparaître de notre vie s'il apprenait la vérité sur mon passé sans que je puisse lui prouver que j'étais innocente.

Nous passâmes le reste de la journée sur la plage, allâmes dîner tôt à la Rod's Olde Irish Tavern, puis, agréablement fatigués, nous reprîmes la route de Mendham. En chemin, j'annonçai à Alex que j'allais m'inscrire au Washington Valley Riding Club.

« Pourquoi pas au Peapack ?

— Parce qu'il y a un dénommé Zach au Washington Valley qui a la réputation d'être un excellent instructeur.

— Qui t'en a parlé ?

— Georgette. » Le mensonge me noua la gorge. « Je lui ai parlé au téléphone vendredi après-midi. Il m'a dit qu'il n'était pas très chargé et a accepté de me donner des leçons. Je crois l'avoir un peu amadoué. Je lui ai dit que mon mari était un cavalier hors pair et que je n'avais pas envie de débuter dans un club où ses amis pourraient constater à quel point j'étais inexpérimentée. »

Mensonges, mensonges. La vérité, bien sûr, était tout autre. Comme pour la bicyclette, une fois que vous avez appris à monter à cheval, vous n'oubliez jamais. Je craignais que ce soit mon expérience, et non mon inexpérience, qui me trahisse.

Mais surtout, prendre des leçons avec Zach était le moyen le plus naturel d'approcher un homme dont ma mère avait prononcé le nom quelques secondes avant de mourir.

32

Le lundi matin, Paul Walsh fut l'un des premiers à arriver à l'église presbytérienne de Hilltop où aurait lieu le service funèbre à la mémoire de Georgette Grove. Voulant s'assurer de ne manquer personne parmi l'assistance, il avait pris place au dernier rang. La nuit précédente, des caméras de surveillance avaient été installées à l'intérieur de l'église et à ses abords. Ils examineraient ensuite les bandes vidéo. L'assassin de Georgette ne serait pas le premier qui assisterait à la cérémonie d'adieu donnée en l'honneur de sa victime, et il était possible qu'il – ou elle – décide d'apparaître.

Walsh avait totalement exclu la possibilité que Georgette Grove ait été assassinée par un étranger qui l'aurait suivie dans la maison pour la voler. Pour lui, la présence de la photo de Celia Nolan dans son sac éliminait cette hypothèse. Ce n'était pas sans raison que les empreintes digitales en avaient été effacées.

Plus il y pensait, plus il était convaincu que Celia Nolan était une femme déséquilibrée, et qu'elle portait une arme lorsqu'elle s'était rendue à Holland Road. Il l'imaginait cherchant Georgette, allant d'une pièce à l'autre, un pistolet à la main. On pouvait être certain qu'elle ne l'appelait pas. Elle l'avait trouvée à genoux avec le chiffon imbibé de térébenthine, l'avait tuée, et s'était ensuite donné la peine de placer la photo du journal dans le sac de Georgette. Comme si elle voulait signer son crime. Et, selon lui, le fait d'avoir déposé le pistolet au centre de la tache de peinture était une preuve supplémentaire d'un esprit déséquilibré.

La fouille de la maison de Georgette pendant le week-end s'était avérée fructueuse. Un des policiers de Mendham avait trouvé un dossier caché dans le placard de sa chambre. Il contenait les échanges d'e-mails entre Henry Paley et Ted Cartwright. Dans l'un d'eux, Cartwright promettait une prime à Paley s'il incitait Georgette à céder le terrain de la Route 24. Dans plusieurs de ses e-mails, Paley avait écrit que l'agence était au bord de la faillite et qu'il faisait son possible pour rebuter les clients afin de la maintenir dans cette situation.

Charmant individu, pensa Walsh, qui s'évertue à pousser son associée à la faillite. Je ne serais pas surpris que Paley ait engagé quelqu'un pour vandaliser la Maison de la Petite Lizzie. Selon MacKingsley, Paley serait l'assassin, il aurait tué Georgette dans un accès de panique parce qu'elle avait mis la main sur son dossier concernant Cartwright. Mais Walsh n'était pas convaincu.

Il était de notoriété publique que Jeffrey MacKingsley avait l'intention de présenter sa candidature au poste de gouverneur de l'État dans deux ans, et nombreux étaient ceux qui pensaient qu'il allait l'emporter. Ce type de procès très médiatisé était une aubaine pour lui. Résoudre cette affaire ne me ferait pas de mal non plus, pensa Paul Walsh. Il rêvait depuis longtemps d'être nommé procureur du comté.

À dix heures moins dix, l'orgue retentit et l'église se remplit de fidèles. Walsh reconnut plusieurs reporters des médias régionaux qui, comme lui, se tenaient sur les bancs du fond. Il n'eut aucun mal à repérer Dru Perry avec sa crinière grise. Bien que trop insistante à son goût, il devait reconnaître que c'était une excellente journaliste. Il se demanda si, comme Samson, elle tirait sa force de sa chevelure.

Il vit Marcella Williams, la voisine qui habitait Old Mill Lane, prendre place au quatrième rang. Elle ne veut pas en perdre une miette, pensa Walsh. Je m'étonne qu'elle ne se soit pas avancée davantage, quitte à s'asseoir sur l'autel.

À dix heures moins cinq, la famille arriva. Walsh se souvint qu'ils étaient trois : un frère, Thomas Madison, et ses deux sœurs. Ce sont sans doute les maris des sœurs et la femme de Madison qui les accompagnent, se dit-il. Ils remontèrent l'allée centrale et s'installèrent au premier rang.

Les membres de la famille n'avaient pas été retenus parmi les « gens intéressants ». Une enquête rapide avait confirmé qu'il s'agissait de citoyens respectés de Philadelphie. Walsh aimait cette expression « gens intéressants ». On pouvait la traduire par : Nous pensons que vous êtes coupables et nous faisons tout pour le prouver.

Henry Paley, avec un air attristé de circonstance, et Robin Carpenter s'avancèrent ensuite le long de l'allée et prirent place au premier rang. Robin portait une robe blanc et noir moulante. La cravate noire d'Henry, seule concession aux conventions, était plutôt mal assortie à sa veste de sport beige et à son pantalon marron. Parions que la cravate disparaîtra à la minute où sera prononcé le dernier « Amen », pensa Walsh.

Quand on parle de gens intéressants..., pensa-t-il encore, en voyant, au moment où le prêtre s'avançait vers l'autel, Celia et Alex Nolan pénétrer dans l'église et s'asseoir à quelques rangs devant lui. Celia portait un élégant tailleur gris clair rayé de jaune pâle. Ses yeux étaient abrités derrière des lunettes noires. Ses longs cheveux bruns étaient négligemment ramassés en un chignon bas. Quand elle se tourna pour murmurer quelque chose à l'oreille de son mari, Walsh découvrit son profil.

Elle avait de la classe, c'était indéniable, un assassin au visage d'ange.

Il observa Alex qui, d'un geste protecteur, posait sa main dans le dos de sa femme comme pour la calmer ou la réconforter.

Une soliste entonnait : « Le Seigneur est mon berger », et l'assistance se leva.

Le prêtre, dans son éloge funèbre, parla d'une femme qui s'était dévouée aux autres : « Jour après jour, durant des années, ceux qui désiraient vivre dans cette agréable communauté m'ont raconté que Georgette avait toujours fini par leur trouver une maison à la mesure de leurs moyens. Nous connaissons tous ses efforts désintéressés pour préserver la beauté et la tranquillité de notre ville... »

À la fin de la cérémonie, Paul Walsh s'attarda sur son banc, à étudier les expressions de chacun tandis que la foule sortait lentement de l'église. Beaucoup se tamponnaient les yeux, et l'une des cousines paraissait bouleversée. Durant ces quelques jours après sa mort, il avait eu l'impression que, si Georgette était unanimement respectée, peu de gens étaient proches d'elle. Au dernier instant de sa vie, elle avait levé les yeux vers quelqu'un qui la haïssait assez pour la tuer. Il espérait néanmoins qu'elle avait ressenti l'affection de ceux qui étaient présents aujourd'hui pour la pleurer.

Lorsque Celia Nolan passa devant lui, Walsh vit qu'elle était très pâle et s'agrippait à la main de son mari. Durant une seconde, leurs yeux se croisèrent. J'espère que vous lisez dans mes pensées, ma petite dame, aurait-il aimé lui dire. J'espère que vous avez peur de moi. Sachez bien que j'ai hâte de vous passer les menottes.

En quittant l'église, il trouva Robin Carpenter qui l'attendait à l'extérieur. « Inspecteur Walsh, dit-elle avec hésitation, je n'ai cessé de penser à Georgette pendant la cérémonie, naturellement, et je me suis soudain souvenue d'une phrase qu'elle a prononcée mercredi soir. Il était environ six heures, et j'étais allée lui dire bonsoir avant de quitter l'agence. Son album de souvenirs était ouvert sur son bureau et elle le regardait avec attention. Elle ne m'a même pas entendue pousser la porte, qui n'était pas complètement fermée, elle ne s'est pas rendu compte de ma présence. Et pendant que je me tenais devant elle, elle a dit ces mots dont il faut sans doute que je vous fasse part. »

Walsh attendit.

« Georgette se parlait à elle-même, mais j'ai bien saisi ce qu'elle disait : "Mon Dieu, jamais je ne dirai à personne que je l'ai reconnue." »

Walsh comprit qu'il était sur une piste. De quoi s'agissait-il, il n'en savait encore rien, mais son instinct lui disait que l'information de Robin Carpenter était capitale. « Où est cet album ? demanda-t-il.

— Henry l'a prêté à Dru Perry pour l'article qu'elle a écrit sur Georgette et qui est paru hier dans le *Star-Ledger*. Il ne voulait pas le lui laisser, mais elle a su le persuader. Elle a promis de le rendre cet après-midi.

— Je passerai le prendre. Merci, mademoiselle Carpenter. »

Songeur, il se dirigea vers sa voiture. « Cette information concerne Celia Nolan, marmonna-t-il. J'en suis sûr. »

33

Sue Wortman, la jeune employée du club qui avait pris soin du poney de Jack pendant notre absence, était dans l'écurie lorsque nous rentrâmes le dimanche soir. Elle expliqua qu'elle était venue s'assurer que Star allait bien, au cas où nous aurions été retardés.

C'était une fille ravissante avec des cheveux dorés, un teint clair et des yeux bleu-vert. Aînée de quatre frères et sœurs, elle était habituée aux jeunes enfants et Jack l'avait tout de suite adoptée. Il lui expliqua que sa ponette s'était d'abord appelée Lizzie, mais que c'était un nom qui n'était pas bien et que maintenant c'était Star. Sue dit à Jack que c'était beaucoup plus joli et que Jack allait sûrement devenir un champion en montant un poney nommé Star.

À notre retour de Spring Lake, Alex avait suggéré que nous assistions aux funérailles de Georgette. « Elle a passé beaucoup de temps à me faire visiter des maisons avant de me montrer celle-ci », dit-il.

Je ne lui en savais aucun gré, mais je fus d'accord avec lui et lorsque Sue me dit qu'elle était disponible pour faire du baby-sitting, je lui demandai de venir garder Jack. J'avais prévu de me rendre au Washington Valley pendant que Jack était à l'école, mais puisque Sue pouvait s'occuper de lui, je déplaçai l'heure de ma leçon d'équitation avec Zach de dix heures du matin à deux heures de l'après-midi.

Cela me laissait un peu de temps avant de rencontrer Zach. J'avais fait des rêves pénibles dans la nuit du dimanche. Des rêves pleins de frayeur. Dans l'un, je me noyais, et j'étais trop faible pour lutter. Dans un autre, Jack avait disparu. Il était dans l'eau près de moi et je ne pouvais pas l'atteindre. Dans un autre encore, des personnages sans visage pointaient leur index vers moi, mais leurs doigts avaient la forme de pistolets. Ils psalmodiaient *« J'accuse ! J'accuse ! »* dans le français que j'avais appris au lycée.

Je me réveillai moulue le lundi matin. J'avais les yeux lourds et fatigués, les épaules et le cou raidis et douloureux. Je pris une douche chaude, laissant l'eau couler sur mon visage et mon corps, comme pour éliminer mes mauvais rêves et la peur qui me hantait d'être un jour démasquée.

J'avais imaginé que nous irions à l'enterrement chacun dans sa voiture, afin qu'Alex puisse se rendre ensuite directement à son bureau, mais il en décida autrement, préférant me raccompagner à la maison à la fin de la cérémonie.

Cependant, assise dans l'église, je revoyais Georgette le jour de notre première rencontre, s'évertuant à tirer le tuyau d'arrosage pour tenter d'éliminer les marques de peinture. Je me remémorais le désarroi inscrit sur son visage, ses yeux pleins de larmes contenues, ses excuses éperdues. Puis me revint brusquement à l'esprit ce moment dans la maison de Holland Road où, au détour du couloir, j'avais failli trébucher sur son corps. Il me semblait encore sentir l'odeur de la térébenthine qu'elle avait renversée sur le sol.

Ma détresse n'échappa guère à Alex. « Je suis

désolé, Ceil, murmura-t-il, c'était une très mauvaise idée. »

En sortant de l'église, ma main dans la sienne, nous passâmes devant l'inspecteur Walsh. Nos regards se croisèrent et je vis la haine sur son visage. Son dédain et son mépris étaient presque palpables, et je compris qu'il *voulait* me les faire sentir. Il était le Grand Inquisiteur. Il représentait toutes les voix de mon cauchemar : *J'accuse ! J'accuse !*

Alex et moi regagnâmes la voiture. Il était pressé, craignant d'arriver en retard à son bureau, et tout en hâtant le pas je lui dis que je regrettais de ne pas être venue par mes propres moyens. Marcella Williams marchait derrière nous dans le parking et surprit notre conversation. « Je peux raccompagner Celia, proposa-t-elle, cela nous donnera l'occasion de bavarder. J'avais envie de passer vous voir de toute façon, mais je crains toujours de déranger. »

Alex et moi échangeâmes un regard. Je savais que le mien reflétait la consternation, mais je me consolai à la pensée que le trajet ne durerait que dix minutes.

J'imagine que mon expérience de décoratrice, qui me permet d'évaluer du premier coup d'œil les aspects d'une pièce, s'applique également à l'impression immédiate que me produisent les personnes que je rencontre. J'avais connu Marcella Williams lorsque j'étais enfant, et l'avais revue le jour où nous avions emménagé, mais j'étais bouleversée alors. Assise à côté d'elle aujourd'hui, bouclant ma ceinture, je me surpris à l'étudier.

Marcella était une jolie femme, un peu fragile d'apparence. Elle avait des cheveux blond foncé qu'éclaircissaient quelques mèches habilement décolorées, des traits agréables et une silhouette parfaite. Il était visible que la chirurgie esthétique était passée par là.

La bouche un peu trop étirée, résultat d'un lifting, un front et des joues absolument lisses, preuves de quelques injections de Botox. Dans ce visage où l'on avait gommé les traces de l'âge, les yeux et la bouche retenaient toute l'attention. Des yeux intelligents, pénétrants, interrogateurs, une bouche entrouverte sur des dents pointues et très blanches. Elle portait un tailleur Chanel de couleur crème mêlé de vert d'eau, bordé d'une ganse d'un vert plus soutenu. Il était évident qu'elle était venue à l'enterrement dans le but d'être vue et admirée.

« Je suis heureuse de pouvoir bavarder avec vous, Celia », dit-elle avec chaleur tout en sortant du parking au volant de sa BMW décapotable. « Il y avait beaucoup de monde, n'est-ce pas ? C'était très gentil de votre part d'assister à la cérémonie. Vous connaissiez à peine Georgette. Elle a vendu cette maison à votre mari sans lui préciser son passé, puis vous avez eu cette horrible surprise de découvrir son corps. Et, malgré ces épreuves, vous avez tenu à lui dire un dernier adieu.

— Georgette Grove avait consacré beaucoup de son temps à Alex quand il recherchait une maison. Il lui a semblé normal que nous soyons présents.

— J'aurais aimé que d'autres aient la même attitude. Je pourrais vous dresser une longue liste de résidents de Mendham qui auraient dû être présents eux aussi, mais qui ont eu à un moment ou un autre un différend avec Georgette. Passons. »

Marcella remontait Main Street. « Il paraît que vous cherchez une autre maison et que c'était la raison de votre présence dans la propriété de Holland Road. Je vous comprends, même si je dois regretter de ne plus vous avoir comme voisins. Je connais bien Ted Cartwright. C'était le beau-père de Liza Barton. Elle lui a tiré dessus après avoir tué sa mère. Je pense que vous n'ignorez plus rien de cette tragédie.

— En effet.

— Je me demande où elle est à présent. Certes, ce n'est plus une enfant. Elle doit avoir une trentaine d'années. Ce serait intéressant de savoir ce qu'elle est devenue. Ted prétend ne pas s'en soucier. Il espère qu'elle a disparu dans un trou noir. »

À quel jeu jouait-elle ? « Il me paraît normal qu'il veuille oublier, dis-je.

— Il ne s'est jamais remarié. Oh, il ne manque pas de petites amies. Ted n'est pas du genre ermite, loin de là. Mais il est certain qu'il était très amoureux d'Audrey. Quand elle l'a laissé tomber pour Will Barton, il a eu littéralement le cœur brisé. »

Ma mère avait abandonné Ted pour mon père ! Première nouvelle. Elle avait vingt-quatre ans lorsqu'elle avait épousé papa. Je me forçai à prendre un ton détaché. « Que voulez-vous dire ? Audrey était-elle sérieusement éprise de Ted Cartwright avant d'épouser Will Barton ?

— Et comment ! Grosse bague de fiançailles, grand mariage prévu, tout le bazar. En tout cas, elle semblait aussi éprise que lui. Puis elle a été demoiselle d'honneur au mariage d'une de ses amies de collège dans le Connecticut. Will Barton était témoin. Le reste est littérature, comme on dit. »

Pourquoi ne l'avais-je jamais su ? Mais, à la réflexion, je comprenais qu'elle ne m'en ait pas parlé. J'adorais mon père et j'aurais encore plus mal supporté le remariage de ma mère avec Ted si j'avais su qu'il avait fait partie de sa vie auparavant et reprenait simplement le rôle dont il avait été écarté pendant quelques années.

Dans ce cas, pourquoi ma mère avait-elle eu si peur

de lui ? Et pourquoi l'avait-il poussée vers moi alors que je pointais une arme dans sa direction ?

Nous nous engagions dans Old Mill Lane. Marcella me proposa de venir prendre un café chez elle et je prétextai que j'avais des coups de téléphone à passer avant d'aller chercher Jack. Promettant vaguement que nous nous reverrions bientôt, je parvins à sortir de sa voiture. Poussant un soupir de soulagement, je franchis la porte de la cuisine. La lumière du répondeur clignotait. Je décrochai, écoutai.

C'était la même voix mystérieuse que l'autre jour.

« Suite de la Petite Lizzie...

« Et lorsqu'elle eut accompli son acte,

« En donna quarante et un à son père.

« Puis le jeudi prit un pistolet

« Tira sur Georgette et prit la fuite. »

34

Jeffrey MacKingsley avait convoqué les inspecteurs chargés d'enquêter sur la mort de Georgette Grove. À quatorze heures tapantes, Paul Walsh, Mort Shelley et Angelo Ortiz se présentèrent, prêts à faire leur rapport.

Shelley fut le premier à prendre la parole : « Huit agents immobiliers de la région, dont Georgette Grove et Henry Paley, avaient un code informatisé d'accès à la boîte aux lettres de Holland Road. Un ordinateur contrôlait les allées et venues de chaque agent. Paley a dit ne s'être rendu qu'une seule fois sur place. En réalité, il y est allé trois fois. La dernière voilà huit jours, dans l'après-midi du dimanche. Et c'est la peinture rangée dans le placard qui a été utilisée pour détériorer la maison des Nolan dans la nuit de lundi à mardi. »

Il jeta un regard à ses notes. « J'ai vérifié auprès des autres agents qui ont fait visiter la maison dans le courant de la semaine passée. Tous jurent qu'ils ont refermé à clé les portes de la cuisine et du patio. Mais ils ont reconnu que quelqu'un aurait pu oublier – ce n'aurait pas été la première fois. Le système d'alarme est programmé pour détecter un incendie ou une fuite de gaz, pas pour les entrées et les sorties, afin d'éviter à la police de se précipiter sur place à la moindre alarme due à une erreur de code. Puisque la maison était vide et que Charley Hatch se chargeait de son entretien, les propriétaires avaient décidé que cette alarme était davantage une gêne qu'une protection.

– Aucun des agents auxquels vous vous êtes adressés ne se souvient d'avoir vu la clé sur la porte du placard ? demanda Jeffrey.

– L'un d'eux, de l'agence Mark Grannon, a fait visiter la maison dans la matinée du dimanche. Il affirme que la clé s'y trouvait. Il se souvient d'avoir ouvert la porte et d'avoir constaté à l'intérieur la présence des pots de peinture, intacts. Il a ensuite refermé la porte à clé.

– Reprenons depuis le début, proposa Jeffrey. Nous savons que la clé du placard se trouvait en place le dimanche matin. Paley a fait visiter la maison le dimanche après-midi et déclare ne pas avoir remarqué si la clé s'y trouvait. Mercredi, au Black Horse, Georgette a publiquement accusé Ted Cartwright d'être de connivence avec Paley pour la forcer à vendre son terrain sur la Route 24. Maintenant que nous avons découvert le dossier d'Henry dans le placard de Georgette, nous savons pourquoi elle a lancé cette accusation. Elle avait la preuve qu'ils travaillaient de concert.

– J'ai eu l'impression que tout le monde dans le pub avait compris le message, fit remarquer Mort Shelley.

– Sans doute, fit Jeffrey. Suivez mon raisonnement. Je n'imagine pas Henry Paley en train de peindre lui-même la pelouse ou de sculpter cette tête de mort sur la porte, mais il est concevable que lui ou Cartwright ait payé quelqu'un pour s'en charger. Je conçois aussi qu'Henry ait été pris de panique si Georgette détenait la preuve qu'il avait un rapport avec ce vandalisme. Je ne vois pas un juge le condamnant à une simple réprimande sachant que son dessein était la ruine de son associée. Il risquait la prison. »

MacKingsley croisa les doigts et s'inclina en arrière dans son fauteuil. « Henry savait que la peinture se trouvait à cet endroit. Il voulait tirer de l'argent de ses parts dans l'agence. Il voulait aussi vendre le terrain de la Route 24. Cartwright lui avait promis une prime conséquente s'il persuadait Georgette de le céder. Si elle en a eu vent, d'après ce que nous savons, elle était le genre de femme à mourir de faim plutôt que de laisser Ted Cartwright mettre la main dessus. Je dirais donc que Paley et Cartwright sont nos principaux suspects dans la mort de Georgette Grove, et c'est sur eux que nous devons mettre la pression. Cartwright ne craquera pas, mais nous pourrons sans doute tirer quelque chose de Paley.

– Jeffrey, avec tout le respect que je vous dois, vous faites fausse route. »

La voix de Paul Walsh était dénuée de son habituelle ironie.

« Pour moi, la mort de Georgette Grove est entièrement liée à la charmante propriétaire du 1 Old Mill Lane.

– Vous deviez vérifier les empreintes de Celia Nolan dans la base de données », dit Jeffrey. Malgré son ton calme, il était manifeste que la colère bouillait en lui. « Je suppose que vous l'avez fait. Qu'avez-vous trouvé ?

– Oh, rien sur elle, reconnut Walsh. Elle n'a jamais commis aucun délit à notre connaissance. Mais il y a quelque chose de louche dans toute cette affaire. Celia Nolan meurt de peur, c'est clair. Elle est sur la défensive. Je suis sûr qu'elle cache quelque chose. Après la cérémonie funèbre ce matin, Robin Carpenter m'a abordé à la sortie de l'église.

200

– C'est une jolie nana », fit Ortiz.

Un regard de MacKingsley le fit taire.

« Nous savons que Georgette a travaillé tard à l'agence le mercredi soir, poursuivit Walsh. À mon avis, elle avait des soupçons concernant Henry Paley, a fouillé dans son bureau et trouvé le dossier. Puis elle s'est rendue au Black Horse où elle a aperçu Ted Cartwright et n'a pas mâché ses mots. Mais ces éléments sont peu de chose comparés à ce que l'autre associée de Georgette, Robin Carpenter, m'a rapporté ce matin. »

Il fit une pause, désireux de mettre l'accent sur ce qu'il allait révéler : « Le mercredi soir, Mlle Carpenter est allée dire bonsoir à Georgette. La porte de son bureau était entrouverte. Robin l'a poussée. Georgette regardait l'album où elle conservait les coupures de presse. Sans savoir qu'elle n'était pas seule, elle s'est exclamée : *Mon Dieu, je ne dirai jamais à personne que je l'ai reconnue."*

– De qui parlait-elle ? demanda Jeffrey.

– Je parie qu'il y a une photo de Celia Nolan dans cet album.

– Vous l'avez eu en main ?

– Non. Henry l'a prêté à Dru Perry, du *Star-Ledger*. Robin Carpenter dit qu'elle a promis de le rapporter dans l'après-midi, vers seize heures. J'irai le chercher. Je n'ai pas appelé Dru Perry, je ne veux pas qu'elle sache que nous nous intéressons à cet album.

– Une fois encore, Paul, ne soyez pas aussi buté, sinon vous risquez de passer à côté d'une évidence pour la seule raison qu'elle ne colle pas avec votre théorie, lui dit sèchement MacKingsley. Nous en avons déjà discuté vendredi. Passons à la suite. Les empreintes ?

– On en a trouvé dans tous les endroits habituels,

dit Mort Shelley. Sur les poignées de portes, les interrupteurs, les tiroirs de la cuisine, partout où l'on s'attend à en trouver. Nous les avons toutes comparées à celles que nous avons dans la base de données, sans résultat. Pas de casier judiciaire, chez aucun de ceux qui les ont laissées.

— Et l'arme ?

— On pouvait s'y attendre, lui dit Shelley. Du travail de pro, impossible d'en retrouver la trace. »

C'était le tour d'Angelo Ortiz. « Clyde Earley a parlé avec le paysagiste, Charley Hatch, vendredi après-midi. Il a eu l'impression que Hatch était nerveux – pas comme on l'est en général quand un flic commence à poser des questions, non, il a paru anxieux, sur la défensive, comme s'il avait quelque chose à cacher.

— Est-ce que Earley a vérifié les dires de Hatch ? demanda Jeffrey.

— Oui. Je lui ai parlé ce matin. Il n'a rien dégoté qui puisse prouver que Hatch en voulait à Georgette Grove. Il est rémunéré par les propriétaires des maisons, pas par l'agent immobilier. Mais Earley a l'intuition que le bonhomme n'est pas clair. Il continue à garder un œil sur lui.

— Bon, dites-lui de ne pas se lancer dans un de ses trucs du style "à la vue de tous". Souvenez-vous que avons perdu dans une affaire de cocaïne il y a deux ans parce que le juge n'a pas cru Earley quand il lui a dit que le type trimballait de la cocaïne "à la vue de tous" sur le siège avant de la voiture.

— Earley a une vue perçante, dit Mort Shelley sans se démonter. Si je me souviens bien, il avait modifié son histoire en disant au juge qu'il avait relevé des traces de drogue sur la boîte à gants.

— Dites-lui de faire attention, ordonna MacKingsley. L'ennui avec Clyde, c'est que depuis qu'il s'est fait remarquer au moment de l'affaire Barton, il y a vingt-quatre ans, il essaye de revenir sur le devant de la scène. » Il se leva. « OK, les gars, c'est terminé. »

À dix miles de là, le sergent Clyde Earley se tenait posté devant la grange de Charley Hatch. Il savait que Charley était absent, il avait vu sa camionnette stationnée devant une des maisons de Kahdena Road. Dommage qu'il ne soit pas là, pensa-t-il, je voulais juste vérifier avec lui ses heures de passage dans la maison de Holland Road.

Les poubelles à l'extérieur de la grange étaient pleines. Rien ne m'empêche de jeter un coup d'œil, non ? se dit Clyde. D'ailleurs, il y a un couvercle qui n'est même pas fermé. Je n'obtiendrai jamais de mandat de perquisition à ce stade puisque je n'ai pas de motif plausible concernant Charley Hatch. Conclusion : je n'ai qu'à m'en passer. Je préférais l'époque où les tribunaux considéraient que les ordures étaient des biens abandonnés et où aucun mandat n'était nécessaire pour les fouiller. Maintenant qu'ils ont changé de point de vue, il ne faut pas s'étonner que les malfaiteurs arrivent à s'en tirer aussi facilement !

La conscience en paix, Clyde Earley fit sauter le couvercle de la première poubelle. Deux gros sacs de plastique noir l'occupaient, chacun soigneusement fermé par une ficelle. Clyde ouvrit le premier. Il contenait les restes peu ragoûtants des récents repas de Charley. Jurant entre ses dents, Clyde le remit dans la poubelle, saisit le second sac et l'ouvrit. Il était bourré de vieux vêtements. Visiblement, Charley avait mis de l'ordre dans sa penderie.

Clyde en secoua le contenu sur le sol. En tombèrent

en dernier des baskets, un jean et un sac de figurines sculptées. Avec un sourire satisfait, il examina soigneusement le jean et les baskets et y découvrit ce qu'il cherchait : des gouttes de peinture rouge sur le jean, une trace du même rouge sur la semelle de la chaussure gauche. Charley a sans doute enfilé en vitesse son pantalon de velours quand il m'a vu arriver. Je ne me serais douté de rien s'il avait été assez malin pour s'envelopper simplement dans une serviette.

La demi-douzaine de statuettes représentaient des animaux et des oiseaux, toutes sculptées avec habileté, toutes d'une quinzaine de centimètres. Pas mal, jugea Clyde ; si elles sont l'œuvre de Charley, il nous a caché son talent. Pourquoi a-t-il voulu s'en débarrasser ? Pas besoin d'être grand clerc pour le deviner. Il préfère qu'elles ne traînent pas dans le coin, car il n'a pas fait que des travaux de peinture dans la Maison de la Petite Lizzie, il a aussi gravé la tête de mort sur la porte. C'est comme ça que je vais le coincer. Quelqu'un est sûrement au courant de son petit hobby, conclut-il.

Content de son travail de détective, le sergent Clyde Earley plaça soigneusement les statuettes, le jean et les baskets dans la voiture de police.

Les éboueurs auraient enlevé tout ça si je n'avais pas eu l'idée de rôder par là, pensa-t-il. Au moins savons-nous maintenant qui a vandalisé la Maison de la Petite Lizzie. La prochaine étape sera de savoir pourquoi il l'a fait et de découvrir pour qui il travaillait.

Maintenant qu'il avait trouvé ce qu'il cherchait, Earley était impatient de partir. Il remit le reste des vêtements dans le sac-poubelle, qu'il abandonna délibérément par terre. Qu'il ait des sueurs froides en voyant que quelqu'un est passé par là et a emporté les pièces à conviction dont il espérait se débarrasser. J'aimerais voir sa bobine.

Earley remonta dans la voiture et tourna la clé de contact. Je n'ai pas à m'inquiéter de voir Charley Hatch faire une déclaration de vol, se dit-il. Il démarra en ricanant.

35

Ma première réaction fut d'effacer le message mais, à la réflexion, je changeai d'avis. Je sortis la cassette de l'appareil, l'emportai dans mon bureau, ouvris mon secrétaire et composai le code qui donnait accès au compartiment secret. Les doigts presque brûlants à son contact, je déposai la cassette dans le dossier où elle rejoignit les autres documents concernant la Petite Lizzie Borden. Une fois que j'eus refermé le panneau, je demeurai assise là, les mains pressées sur mes genoux pour en contenir le tremblement.

J'étais frappée de stupeur. Quelqu'un savait que j'étais Liza Barton et m'accusait d'avoir assassiné Georgette Grove. J'avais passé vingt-quatre années à redouter que soit dévoilée ma véritable identité, mais la peur n'était rien en comparaison de cette accusation. Comment pouvait-on croire que j'avais tué une femme que je n'avais rencontrée qu'une seule fois dans ma vie, et pendant moins d'une heure ?

L'inspecteur Walsh. Son nom me vint soudain à l'esprit. « *Avez-vous jamais utilisé une arme ?* » C'est le genre de question que vous posez à une personne que vous suspectez, pas à une femme innocente qui vient d'éprouver le choc de sa vie en découvrant la victime d'un meurtre. Se pourrait-il que Walsh en personne ait laissé ce message et joue au chat et à la souris avec moi ?

Mais en admettant qu'il sache que j'étais Liza Barton – et *comment* le saurait-il ? –, qu'est-ce qui le poussait à croire que j'avais assassiné Georgette Grove ? Imaginait-il que je lui en voulais à ce point d'avoir vendu cette maison à Alex ? Croyait-il que j'avais l'esprit assez dérangé pour, de retour dans la maison, face aux souvenirs du drame que j'y avais vécu, l'avoir tuée ? Cette possibilité me terrifia.

Et s'il ne savait pas que j'étais Liza Barton, il avait néanmoins des soupçons. Je lui avais déjà menti. Lorsqu'il reviendrait, je serais obligée de mentir à nouveau.

La semaine précédente, à la même heure, j'étais dans mon appartement de la Cinquième Avenue. Tout allait pour le mieux dans mon univers. Il me semblait qu'un siècle s'était écoulé depuis.

C'était l'heure d'aller chercher Jack à l'école. Il représentait ce que j'avais de plus cher. Je me levai, allai à la salle de bains et m'aspergeai le visage d'eau froide, m'efforçant de reprendre mes esprits. Soudain, sans raison particulière, je me souvins qu'Henry Paley avait souligné les avantages d'avoir deux salles de bains séparées attenantes à la chambre principale. À ce moment-là, étrangement, j'avais regretté de ne pouvoir lui dire que mon propre père avait conçu les plans de la maison.

Je troquai le tailleur que je portais à l'église contre un jean et un pull de coton. En montant dans ma voiture, je me promis d'acheter une nouvelle cassette pour le répondeur. Alex s'étonnerait que celle qui était encore en place ce matin ait disparu.

Après avoir été chercher Jack à St. Joe, je l'emmenai déjeuner à la cafétéria. J'étais consciente qu'un nouveau facteur d'angoisse était venu s'ajouter au fait d'habiter cette maison : à partir de maintenant, je serais saisie de panique dès que j'entendrais la sonnerie du téléphone.

Je persuadai Jack de remplacer le beurre de cacahuètes et la confiture par un sandwich grillé au fromage. Il brûlait de me raconter sa journée à l'école, surtout le moment où une fille avait essayé de l'embrasser.

« Et tu l'as laissée faire ? demandai-je.

— Non, c'est dégoûtant.

— Tu me permets bien de t'embrasser.

— C'est pas la même chose.

— Alors tu ne laisseras jamais une fille de ta classe t'embrasser ?

— Oh, si ! Je permettrai à Maggie. Un jour, je me marierai avec elle. »

C'était son quatrième jour d'école et son avenir était déjà tracé. Mais, pour le moment, dans cette cafétéria, son sandwich au fromage à la main, ma compagnie semblait lui suffire.

Et la sienne me comblait. C'était à cause de lui que je m'étais mariée avec Alex. J'avais rencontré Alex à l'enterrement de Larry deux ans auparavant. Larry était de ces hommes dont les collaborateurs sont la seconde famille. Je voyais à de rares occasions quelques-uns de ses parents, mais seulement, comme il le disait lui-même, quand il était « impossible d'échapper à leurs maudites réunions ».

Même devant le cercueil de mon mari, je n'avais pu m'empêcher de remarquer Alex Nolan. Je ne l'avais pas revu avant le jour où il s'était présenté à moi au cours d'un gala de bienfaisance un an plus tôt. Nous avions déjeuné ensemble la semaine suivante et, quelques jours plus tard, il m'invitait au théâtre. Il était manifeste que je lui plaisais. Cependant, je n'avais pas l'intention, à l'époque, de me lier à qui que ce soit. J'avais aimé Larry, mais je m'étais sentie profondément blessée en apprenant qu'il avait honte de mon passé.

Larry était l'homme qui m'avait dit que sa vie avait commencé le jour où il m'avait connue. Qui m'entourait de ses bras et disait : « Mon Dieu, mon pauvre chou », quand je lui montrais les articles à sensation concernant la Petite Lizzie. Qui avait pleuré de joie le jour où je lui avais annoncé que j'étais enceinte, et qui ne m'avait pas quittée une minute durant mon long et difficile accouchement. C'était l'homme qui, dans son testament, m'avait légué le tiers de sa fortune et nommée usufruitière des biens de Jack jusqu'à sa majorité.

Larry était aussi l'homme qui, sur son lit de mort, sa main affaiblie serrant la mienne, les yeux vitreux à l'approche de la fin, m'avait fait promettre de ne pas déshonorer son fils en lui révélant mon passé.

Lorsque Alex et moi avions commencé à sortir ensemble, j'étais convaincue que notre relation ne déboucherait sur rien, qu'elle resterait platonique, un mot certainement risible dans le langage d'aujourd'hui. « Je resterai platonique aussi longtemps que vous le désirerez, Ceil, disait-il en riant, mais ne croyez pas une seconde que mes pensées le soient. » Puis il se tournait vers Jack. « Dis donc, mon garçon, il faut que tu m'aides à persuader ta mère. Comment faire pour que je lui plaise ? »

Nous nous en étions tenus à cette attitude pendant quatre mois, jusqu'au soir où tout avait basculé. La baby-sitter de Jack était en retard. Elle était arrivée à l'appartement à huit heures moins dix, alors que j'étais attendue à un dîner à huit heures dans le West Side. Le portier était occupé à chercher un taxi pour quelqu'un d'autre. J'en avais aperçu un qui descendait la Cinquième Avenue et m'étais précipitée pour le héler. Sans voir la limousine qui déboîtait du trottoir au même moment.

Je m'étais réveillée à l'hôpital deux heures plus tard, meurtrie et contusionnée, souffrant de commotion, mais sans rien de grave. Alex était à mon chevet. Il avait répondu à ma question muette : « Jack va bien. La baby-sitter m'a appelé quand la police a essayé de contacter quelqu'un chez vous. Ils n'ont pas réussi à joindre vos parents en Floride. »

Il avait passé sa main sur ma joue. « Ceil, vous auriez pu être tuée ! » Puis il avait répondu à une autre question informulée. « La baby-sitter m'attendra chez vous. Je resterai avec Jack cette nuit. S'il se réveille, vous savez qu'il sera en confiance avec moi. »

Nous nous étions mariés deux mois plus tard. La différence, naturellement, c'est que je lui devais la vérité maintenant que j'étais sa femme.

Ces pensées m'occupaient l'esprit pendant que je regardais Jack finir la dernière miette de son sandwich, un léger sourire sur les lèvres. Pensait-il à Maggie, la petite fille de quatre ans qu'il avait l'intention d'épouser ?

Comment, alors que ma vie s'enfonçait dans le chaos, pouvais-je encore trouver des moments de paix, des moments où tout paraissait naturel comme ce déjeuner avec Jack ? Lorsque je demandai l'addition, il m'annonça qu'il était invité le lendemain à jouer chez un ami après l'école. Est-ce que je pouvais appeler la maman de Billy ? demanda-t-il en cherchant dans sa poche le numéro de téléphone. « Billy, n'est-ce pas le petit garçon qui pleurait le premier jour ? demandai-je.

— Non. C'était un autre Billy. Et il pleure toujours. »

Sur le chemin du retour, je me souvins que je n'avais pas acheté de cassette pour le répondeur. Je fis demi-tour et il était deux heures moins vingt lorsque nous arrivâmes à la maison. Sue était déjà là et je courus échanger mes tennis contre des bottines qui feraient l'affaire pour ma première leçon d'équitation.

Dans mon trouble, je n'avais même pas songé à annuler mon rendez-vous. Une double menace pesait sur moi, que quelqu'un me reconnaisse et que l'inspecteur Walsh, même s'il ignorait mon identité, ait des soupçons à mon égard.

Cependant, j'avais l'intuition qu'en faisant la connaissance de Zach j'apprendrais pourquoi ma mère avait crié son nom la nuit où Ted et elle avaient eu cette altercation.

Alors que j'étais en route pour le Washington Valley Riding Club, des images de ma mère me submergèrent. Je la revoyais vêtue de cette veste noire et de ces jodhpurs beiges qui lui seyaient si bien, ses cheveux blonds et lisses noués en un chignon en partie dissimulé sous sa bombe, tandis que mon père et moi la regardions monter lors d'un concours hippique à Peapack.

Je me souvins de mon père disant : « Maman a l'air d'une princesse, n'est-ce pas ? », tandis qu'elle passait devant nous au petit galop. C'était vrai, elle avait l'air d'une princesse. Avait-il déjà commencé à prendre des leçons d'équitation alors ?

Je garai ma voiture dans le parking du club et annonçai à la réceptionniste que j'avais rendez-vous avec Zach Willet. Je surpris le regard désapprobateur qu'elle lança à ma tenue improvisée et me promis de m'habiller selon les règles à l'avenir.

Zach Willet vint me chercher à la réception. Je lui donnai une soixantaine d'années. Son visage était buriné par la vie au grand air et la couperose qui marquait ses joues et son nez trahissait un penchant pour la bouteille. Ses épais sourcils faisaient ressortir ses yeux d'une couleur noisette inhabituelle, tirant sur le vert, très pâle, comme si eux aussi avaient souffert de longues expositions au soleil.

Je décelai dans le regard qu'il posait sur moi une trace d'insolence. Je savais ce qu'il pensait : que je faisais partie de ces bonnes femmes qui croyaient que monter à cheval était le comble du chic, et que j'allais rapidement m'effondrer et abandonner au bout de deux ou trois leçons.

Les présentations faites, il dit : « Suivez-moi. J'ai sellé un cheval pour débutants à votre intention. » Tandis que nous nous dirigions vers les écuries, il demanda : « Avez-vous déjà fait de l'équitation, et je ne parle pas des balades à poney que vous faisiez peut-être quand vous étiez gosse ? »

J'avais préparé ma réponse qui, après cette sortie, me parut stupide : « Une de mes amies avait un poney. Elle me laissait le monter de temps en temps.

– Ouais. »

Il était manifestement sceptique.

Il y avait deux chevaux sellés attachés à un poteau. La grande jument était visiblement la sienne. Un hongre plus petit, à l'air doux, m'était destiné. J'écoutai avec attention ses premières instructions : « Ne l'oubliez pas, vous devez toujours enfourcher votre cheval du côté gauche. Allez-y, je vais vous aider. Mettez votre pied dans l'étrier, puis poussez le talon vers le bas. Passez les rênes entre vos doigts et, surtout, ne les tirez jamais brutalement. Vous lui abîmeriez la bouche. Il s'appelle Biscuit, le diminutif de Sea Biscuit. Son premier propriétaire a trouvé très drôle de lui donner le nom du légendaire cheval de course. »

Je n'étais pas montée sur un cheval depuis des lustres, mais je me sentis vite à l'aise. Je pris les rênes d'une main et flattai l'encolure de Biscuit, puis me tournai vers Zach, cherchant ses encouragements. Il hocha la tête et les chevaux partirent au pas côte à côte dans la carrière.

Nous passâmes une heure ensemble et, bien qu'il fût peu loquace, je parvins à le faire parler. Il me raconta qu'il travaillait au club depuis l'âge de douze ans, qu'il trouvait la compagnie des chevaux beaucoup plus agréable que celle de la plupart des gens qu'il côtoyait. Il me raconta aussi que les chevaux étaient des animaux grégaires qui aimaient la proximité de leurs semblables, et que la présence d'un compagnon dans son box pouvait calmer un cheval de course trop nerveux.

Soucieuse de commettre les erreurs communes aux débutants, je lâchai les rênes et poussai un cri quand Biscuit accéléra l'allure.

De son côté, Zach était curieux d'en savoir davantage sur moi. Apprenant que j'habitais Old Mill Lane, il fit aussitôt le rapprochement avec la Maison de la Petite Lizzie. « C'est donc vous qui avez découvert le corps de Georgette !

— Oui, c'est moi.

— Vous avez dû avoir un drôle de choc. Georgette était une chic fille. J'ai su que votre mari vous avait acheté la maison pour votre anniversaire. Pas mal comme cadeau ! Ted Cartwright, le beau-père sur qui la gosse a tiré cette nuit-là, mettait ses chevaux au club autrefois. Nous sommes de vieux amis. Me demande ce qu'il va dire quand il saura que je vous donne des leçons. Vous avez déjà vu des fantômes dans la maison ? »

Je me forçai à sourire. « Aucun, et je ne m'attends

pas à en voir. » Puis, mine de rien, j'ajoutai : « On m'a dit que Liza – ou Lizzie comme on l'appelle –, on m'a dit que son père était mort en faisant une chute de cheval dans les environs ?

– C'est exact. La prochaine fois que vous viendrez, je vous montrerai l'endroit. Pas l'endroit exact. Il se trouve sur une piste que seuls les cavaliers expérimentés empruntent. Personne n'a jamais compris pourquoi Will Barton s'y était aventuré. Il savait que c'était dangereux. J'étais censé être avec lui ce jour-là.

– Ah, oui ? » Je feignis un intérêt poli : « Que s'est-il passé ?

– Il avait pris environ une dizaine de leçons et savait seller son cheval. Le mien s'était coincé un caillou dans son sabot et j'essayais de l'ôter. Will a voulu partir devant. Je crois qu'il était tout excité à l'idée de faire trois pas tout seul, mais croyez-moi, cet homme avait une frousse bleue des chevaux et les chevaux le sentent toujours. Ils deviennent nerveux. Malgré tout, Will a décidé de ne pas m'attendre. Bref, je suis parti cinq minutes après lui, et j'ai commencé à m'inquiéter en voyant que je ne le rattrapais pas. Je n'ai pas eu l'idée d'aller le chercher sur cette foutue piste. Comme je l'ai dit, Will en savait assez pour ne pas s'y aventurer. C'est ce que je croyais en tout cas. Je ne l'ai pas trouvé et, quand je suis revenu aux écuries, tout le monde connaissait la nouvelle. Son cheval et lui étaient tombés du haut de la falaise. Will était mort sur le coup, et le cheval avait les jambes brisées. Il était fini lui aussi.

– Pourquoi était-il parti de ce côté-là, à votre avis ?

– Il s'était égaré.

– N'y avait-il aucun panneau ?

– Bien sûr qu'il y en avait, mais je pense que son

cheval a commencé à devenir nerveux et que Will a eu tellement peur qu'il ne les a pas vus. Et quand le cheval a pris cette piste et que Will s'est rendu compte de la difficulté, je parie qu'il a tiré sur les rênes comme un dingue et que le cheval s'est cabré. Le sol, caillouteux, n'est pas stable à cet endroit. Quoi qu'il en soit, ils sont passés par-dessus bord et je me le suis toujours reproché. J'aurais dû obliger Will Barton à m'attendre. »

C'était donc arrivé ainsi. La séquence commençait par un caillou dans le sabot d'un cheval. Connaissant cette histoire, ma mère avait peut-être accusé Zach Willet d'avoir laissé mon père partir seul, mais pourquoi avait-elle crié son nom à Ted ?

À moins que Ted Cartwright n'ait conseillé à mon père de prendre des leçons avec Zach, leçons qui avaient causé sa mort.

« Retournons à l'écurie, dit Zach. Vous vous débrouillez plutôt bien. Avec un peu de pratique, vous serez une bonne cavalière. »

La réponse vint sans que j'aie besoin de poser la question. « Vous savez, continua Zach, vous m'avez dit que c'est Georgette Grove qui vous avait adressée à moi. C'est elle aussi qui avait amené Will Barton au club pour que je lui donne des leçons. Et maintenant vous habitez sa maison. C'est une curieuse coïncidence, ou le destin, ou ce qu'on veut. »

Sur le chemin du retour, une pensée me frappa de terreur. Si l'inspecteur Walsh savait, ou finissait par apprendre que j'étais Liza Barton, il aurait une raison supplémentaire de croire que je haïssais Georgette Grove. En recommandant Zach Willet à mon père, elle avait indirectement contribué à sa mort.

Il était hors de question que je continue à répondre aux questions de Walsh, décidai-je. Je ne voulais plus être piégée par mes mensonges. Je devais engager un avocat.

Mais comment l'expliquer à mon avocat de mari ?

36

Dru Perry Rédigea une brève sur les funérailles de Georgette Grove, la remit à son patron, puis se remit à travailler à sa chronique : « L'Affaire derrière l'affaire ». C'était le genre de reportage qui la passionnait et elle était tout excitée à la perspective d'obtenir un éclairage nouveau sur l'affaire Liza Barton/Petite Lizzie Borden.

Elle avait laissé un message sur le répondeur de Benjamin Fletcher, l'avocat qui avait défendu Liza à son procès. Il l'avait rappelée sur son téléphone mobile au moment où elle montait les marches de l'église de Hilltop. Ils étaient convenus de se retrouver à son cabinet à seize heures.

Elle avait l'intention de l'interroger sur Diane Wesley, l'ex-petite amie de Ted Cartwright, qui avait accordé une interview aux journalistes dès le début du procès. Selon elle, au cours d'un dîner, Ted lui avait confié que la haine de Liza à son égard était la cause de sa séparation d'avec sa femme.

Dru était également tombée sur une interview parue dans un journal à scandale à l'occasion du deuxième anniversaire de la tragédie. Julie Brett, une autre petite amie de Ted, révélait qu'elle avait été citée par la défense pour réfuter l'affirmation de Ted qui prétendait n'avoir jamais commis de violences sur une femme. « Je me suis avancée à la barre des témoins, avait-elle dit au journaliste, et je leur ai clairement expliqué que Ted Cartwright se montre brutal et dangereux quand il est ivre. Il commence à parler des gens qu'il déteste et bientôt la colère le submerge. Il lance à travers la pièce ce qui lui tombe sous la main ou envoie un coup de poing à la personne la plus proche. Croyez-moi, si j'avais eu une arme le soir où il m'a tabassée, il ne serait pas ici en ce moment. »

Dommage qu'elle ne l'ait pas raconté aux médias deux ans plus tôt au moment du procès. Mais le juge avait probablement prononcé à son endroit une interdiction de s'exprimer publiquement.

Benjamin Fletcher, Diane Wesley et Julie Brett – elle voulait les interroger tous les trois. Ensuite, elle chercherait à rencontrer des gens qui avaient connu Audrey Barton au Peapack Riding Club avant et après son mariage avec Will Barton.

D'après tout ce qu'elle avait lu, ils formaient un couple heureux. Mais je connais la chanson, soupira-t-elle. Elle pensait à ses proches amis qui s'étaient séparés après quarante-deux ans de mariage. Par la suite, Natalie, la femme, lui avait confié : « Dru, j'ai su au moment même où je gravissais les marches de l'autel que je faisais une erreur. Il m'a fallu tout ce temps pour avoir le courage de réagir. »

À une heure et demie, Dru descendit à la cafétéria acheter un sandwich fromage-jambon et un café. Ayant remarqué Ken Sharkey dans la queue, elle alla le retrouver à son bureau. « Le boss accepterait-il que je déjeune en sa compagnie ? demanda-t-elle.

– Quoi ? Oh, bien sûr, Dru. »

À voir son expression, Dru n'était pas certaine qu'il était enchanté de la voir, mais elle aimait confronter ses idées aux siennes, et le moment lui semblait oppor-

tun. « Paul Walsh assistait à la cérémonie aujour-
d'hui », commença-t-elle.

Ken haussa les épaules. « Rien de surprenant. Il
dirige l'enquête sur le meurtre de Georgette Grove.

— Je me trompe ou ai-je décelé certaines frictions
entre Jeffrey MacKingsley et lui ? »

Sharkey, un grand échalas dont les traits semblaient
refléter une permanente interrogation teintée d'ironie,
fronça les sourcils. « Si vous les avez décelées, c'est
qu'elles existent. Walsh est jaloux de Jeffrey. Il aurait
aimé être dans la course pour le poste de gouverneur.
À défaut, il accepterait volontiers un job juteux
comme chef de la sécurité quelque part. Il va bientôt
atteindre l'âge de la retraite et élucider une affaire
importante comme celle qui nous occupe le propulse-
rait sur le devant de la scène. Mais quoi qu'il se passe
en coulisses, on dit que MacKingsley et lui sont effec-
tivement à couteaux tirés, et que ça devient visible.

— Il faudrait que j'interviewe la secrétaire du procureur, dit Dru. Ce n'est pas une commère, mais elle a
une manière de dire les choses qui m'en apprendrait
sûrement beaucoup. »

Elle croqua dans son sandwich, but une gorgée de
café et continua de penser à voix haute :

« Ken, je suis entrée en contact avec Marcella Williams ou, plus exactement, c'est elle qui est entrée en
contact avec moi. Elle habite la maison voisine des
Nolan et s'en est donné à cœur joie avec les médias
à propos des actes de vandalisme commis dans leur
propriété. Elle m'a dit avoir vu Jeffrey MacKingsley
passer en voiture devant chez elle mercredi dernier.
Fidèle à elle-même, elle s'est postée dans la rue et l'a
vu s'arrêter dans l'allée des Nolan. Il est plutôt inhabituel que le procureur du Morris County s'intéresse à
une affaire de vandalisme, non ? Je précise que Geor-

gette Grove n'avait pas encore été assassinée à ce moment-là.

– Dru, réfléchissez, dit Sharkey. MacKingsley est ambitieux et il ne va pas tarder à crier sur tous les toits qu'il a assuré la sécurité de façon exceptionnelle dans le comté depuis qu'il est procureur. Cette dernière affaire de vandalisme a fait les gros titres. C'est pourquoi il s'est rendu sur place. D'après mes informations, les gens commencent à croire qu'un malade mental obsédé par l'histoire de la Petite Lizzie a barbouillé la maison, puis assassiné Georgette parce qu'elle s'était occupée de la vente. L'intérêt du procureur est que les deux affaires soient résolues au plus vite. J'espère que ce sera le cas. S'il se présente au poste de gouverneur, je voterai pour lui. »

Sharkey termina son sandwich. « Je n'aime pas Paul Walsh. Il méprise les médias, mais nous utilise en laissant filtrer des rumeurs d'arrestations imminentes dans le seul but de mettre la pression sur des gens qu'il soupçonne de ne pas tout dire. Vous vous souvenez de l'affaire Hartford ? Lorsque la femme de Jim Hartford a disparu, Walsh a tout fait pour l'incriminer, tout juste s'il ne l'a pas accusé de l'avoir tuée à coups de hache. En définitive, la pauvre femme était sortie de la route parce qu'elle avait eu un malaise au volant. L'autopsie a montré qu'elle était morte d'une crise cardiaque. Mais jusqu'au jour où quelqu'un a repéré la voiture, Hartford n'a pas souffert uniquement de la disparition de sa femme avec laquelle il était marié depuis quarante ans ; il lisait tous les jours dans la presse que la police soupçonnait une agression criminelle et qu'il faisait partie des suspects, voire qu'il l'avait carrément tuée. »

Sharkey leva les yeux au ciel, replia l'emballage de son sandwich et le jeta dans la corbeille à ses pieds.

« Walsh est intelligent, mais il ne joue franc jeu avec personne – ni avec les innocents ni avec les médias, ni même avec les hommes de son équipe. Si j'étais MacKingsley, il y a longtemps que je l'aurais mis à la porte. »

Dru se leva. « Bon, moi aussi je vais prendre la porte, dit-elle. J'ai des coups de téléphone à passer et à quatre heures j'ai rendez-vous avec Benjamin Fletcher, l'avocat qui a défendu Liza Barton à son procès. »

Le visage de Sharkey refléta son étonnement. « Vingt-quatre ans ont passé et, d'après mes souvenirs, Fletcher avait la cinquantaine à l'époque. Vous croyez qu'il est toujours en activité ?

– Il a soixante-quinze ans et il est toujours avocat, mais ce n'est pas une vedette du barreau. Son site Internet ne le présente pas comme un spécialiste des assises.

– Tenez-moi au courant. »

Dru ne put réprimer un sourire en traversant la salle de rédaction. « Je me demande si Ken a jamais dit à quelqu'un : "À plus tard", ou "Soyez prudent" ou "Amusez-vous bien", ou même "Au revoir". Lorsqu'il part de chez lui le matin, je parie qu'il embrasse sa femme en lui disant : "Tiens-moi au courant." »

Deux heures plus tard, assise dans le réduit qui lui servait de bureau, elle contemplait Benjamin Fletcher derrière un amoncellement de dossiers et de photos de famille. Elle s'était attendue à tout sauf à se trouver face à un colosse d'un mètre quatre-vingt-dix pesant à première vue quarante kilos de plus que la normale. Ses quelques rares mèches de cheveux étaient humides de sueur et son front dégoulinait.

Sa veste était suspendue au dossier de sa chaise, il avait défait le bouton du col de sa chemise et desserré sa cravate. Des lunettes sans monture agrandissaient encore davantage ses yeux gris-vert. « Avez-vous une idée du nombre de fois où des journalistes sont venus m'interroger à propos de l'affaire Barton durant toutes ces années ? demanda-t-il à Dru. Je me demande ce que des gens comme vous croient pouvoir raconter sur le sujet qui n'a pas déjà été dit auparavant. Liza pensait que sa mère était en danger. Elle a pris le pistolet de son père. Elle a dit à Cartwright de lâcher sa mère... on connaît la suite.

— Je crois, en effet, que nous connaissons les éléments principaux de l'affaire, reconnut Dru. Mais j'aimerais parler de vos rapports avec Liza.

— J'étais son avocat.

— Elle n'avait pas de parents proches. Se sentait-elle en confiance avec vous ? Après avoir été nommé d'office pour la défendre, combien de fois l'avez-vous rencontrée ? Est-il vrai qu'elle ne parlait à personne ?

— Elle a remercié ce policier qui l'avait enveloppée dans une couverture et, ensuite, elle n'a plus prononcé un mot pendant pratiquement deux mois. Même par la suite, les psychiatres n'en ont pas tiré grand-chose, et ce qu'elle leur a dit n'a pas joué en sa faveur. Elle a mentionné le professeur d'équitation de son père et a paru bouleversée en le faisant. Ils lui ont demandé ce qu'elle pensait de son beau-père et elle a répondu : "Je le hais."

— N'était-ce pas compréhensible, étant donné qu'elle le tenait pour responsable de la mort de sa mère ? »

Fletcher sortit un mouchoir froissé de sa poche et s'essuya le visage. « Je transpire comme si j'étais dans un bain de vapeur avec leur nouveau médicament, dit-il d'un ton détaché. Depuis que j'ai soixante-dix ans, je suis devenu une pharmacie ambulante. Mais je suis toujours là, ce qui n'est pas le cas pour un tas de types de mon âge. »

Ses manières affables s'évanouirent. « Madame Perry, je vais vous dire une chose. Cette petite fille était extrêmement maligne. Elle n'avait jamais eu l'intention de tuer sa mère. En ce qui me concerne, c'est une évidence. Mais pour Ted Cartwright, le beau-père, c'est différent. Je me suis toujours étonné que la presse ne creuse pas davantage les relations qu'Audrey Barton entretenait avec lui. Oh, bien sûr, on savait qu'ils avaient été fiancés, qu'elle avait rompu pour épouser Will Barton, et que l'ancienne flamme s'était rallumée après qu'elle fut devenue veuve. Ce que tout le monde a négligé, c'est ce qui s'était passé pendant son mariage. Barton était un intellectuel, un bon architecte, mais pas particulièrement brillant. L'argent ne coulait pas à flots à la maison, c'était surtout celui d'Audrey qui faisait bouillir la marmite. Elle venait d'une famille fortunée. Elle montait à cheval depuis sa plus tendre enfance. Elle avait continué après son mariage avec Barton, et qui donc montait avec elle au club de Peapack ? Ted Cartwright. Son mari ne l'accompagnait jamais parce qu'il avait peur des chevaux.

— Insinuez-vous qu'Audrey aurait eu une liaison avec Cartwright pendant son mariage ? le coupa Dru.

— Non, je ne dis pas ça, parce que je l'ignore. Je *dis* qu'elle le voyait au club presque tous les jours, qu'ils empruntaient souvent les mêmes allées cavalières ou participaient ensemble à des concours hippiques. À cette époque, les affaires de Ted se développaient, il commençait à gagner beaucoup d'argent.

— Vous suggérez qu'Audrey regrettait son mariage avec Barton ?

– Je ne le suggère pas. Je *l'affirme*. Je l'ai entendu dire par une demi-douzaine de membres du club à l'époque où je préparais la défense de Liza. S'il s'agissait d'un tel secret de polichinelle, comment une petite fille aussi intelligente que Liza l'aurait-elle ignoré ? »

Fletcher reprit le cigare éteint dans le cendrier près de lui, le coinça entre ses lèvres pour le retirer aussitôt. « Je tente d'arrêter », fit-il. Puis il poursuivit ses explications : « Dès qu'Audrey eut enterré son mari, elle se remit à sortir avec Ted Cartwright. Elle a attendu deux ans avant de se remarier parce que la gamine l'avait pris en grippe dès le début.

– Pourquoi, dans ces conditions, Audrey avait-elle demandé le divorce ? Pourquoi avait-elle une telle peur de lui ?

– On ne le saura jamais avec certitude, mais mon avis est que ces trois-là ne pouvaient pas vivre sous le même toit, et Audrey n'était pas prête à abandonner son enfant. N'oubliez pas qu'un autre point a été constamment évoqué. »

Benjamin Fletcher jeta à Dru un regard perçant, testant sa connaissance de l'affaire Barton.

« Je sais qu'il a été question du système d'alarme.

– C'est exact, l'alarme, madame Perry. L'une des rares informations que nous soyons arrivés à obtenir de Liza fut que sa mère avait branché l'alarme avant qu'elles montent toutes les deux se coucher. Mais, à l'arrivée des flics, l'alarme était débranchée. Cartwright n'était donc pas entré par effraction. S'il avait débranché le système depuis l'extérieur, il y aurait eu un rapport de défaillance technique. Je l'ai cru quand il a dit qu'Audrey l'avait fait venir parce qu'elle voulait se réconcilier avec lui. Et maintenant, madame Perry, je dois vous dire que j'avais l'intention de quitter mon bureau un peu plus tôt aujourd'hui.

— Une dernière question, monsieur Fletcher. J'ai lu un article qui est paru dans une de ces feuilles de chou à scandale environ deux ans après le procès. C'était une interview de Julie Brett. Elle avait certifié lors du procès qu'elle avait subi des violences de la part de Ted Cartwright. »

Fletcher eut un petit rire. « C'est certainement vrai, mais la violence qu'il lui a fait subir a surtout été de la plaquer pour une autre. Ne vous méprenez pas. Ce type a un sale tempérament et il est réputé avoir lancé son poing dans la figure de certains, mais pas de Julie.

— Vous voulez dire qu'elle a menti ?

— Je ne crois pas avoir dit ça. Je pense que la vérité est qu'ils s'étaient disputés. Il était sur le point de partir. Elle l'a agrippé et il l'a repoussée. Mais par compassion pour Liza, Julie a un peu arrangé son histoire. C'est une fille qui a bon cœur. Cela reste entre nous, naturellement. »

Dru dévisagea Fletcher. Le vieil avocat arborait un sourire satisfait. Il était clair que le souvenir de Julie Brett l'amusait. Puis son visage s'assombrit. « Madame Perry, Julie a fait impression sur le juge. Croyez-moi, sans elle Liza Barton aurait été enfermée dans un centre de détention pour délinquants juvéniles jusqu'à l'âge de vingt et un ans.

— Et Diane Wesley, cette autre petite amie de Cartwright ? demanda Dru. Elle a raconté aux médias qu'elle avait dîné avec Ted la veille du drame et qu'il avait accusé Liza d'être à l'origine de ses problèmes avec Audrey.

— Elle l'a raconté à la presse, mais n'a pas été amenée à le dire devant le tribunal. Quoi qu'il en soit, elle n'était pas la seule à affirmer que Liza était la cause de la discorde. » Fletcher se leva et tendit la main à Dru. « Ravi de vous avoir rencontrée, madame Perry.

Quand vous écrirez votre article, ayez quelques mots aimables pour un ancien défenseur sous-payé de la veuve et de l'orphelin. J'ai assuré à cette petite fille une défense sans faille. »

Dru lui serra la main. « Merci de m'avoir consacré tout ce temps, monsieur Fletcher. Avez-vous une idée de l'endroit où peut se trouver Liza aujourd'hui ?

— Non. Je pense à elle quelquefois. J'espère seulement qu'elle a bénéficié de l'aide psychologique dont elle avait besoin. Sinon, je ne serais pas étonné qu'elle revienne rôder par ici un de ces jours et n'envoie Ted ad patres. Bonne chance, madame Perry. »

37

Le lundi en fin d'après-midi, Charley Hatch était
assis dans son séjour et buvait une bière en attendant
nerveusement l'appel qu'il devait recevoir d'une
minute à l'autre. Il réfléchissait à la manière dont il
expliquerait le problème.

« Je n'y peux rien, pensa-t-il. Après le départ de
ce flic, Clyde Earley, vendredi après-midi, j'ai essayé
d'appeler le numéro habituel, mais la ligne avait été
interrompue et je n'avais pas la moindre idée de ce
qui se passait. Ensuite, une minute plus tard, mon téléphone a sonné. On m'a dit d'aller acheter un de ces
téléphones mobiles à carte qu'on ne peut pas repérer.

Puis, pour montrer que je prends mes précautions,
j'ai mentionné que j'avais remarqué des taches de
peinture sur mon jean et mes baskets et que je m'étais
donné la peine de me changer avant de faire entrer ce
flic. J'ai pensé que ça prouverait que je ne laissais rien
au hasard, mais j'ai reçu l'ordre de me débarrasser du
jean et des baskets et de m'assurer qu'il n'y avait
aucune trace de peinture sur le camion. Finalement, je
me suis fait traiter de crétin pour avoir taillé cette
sculpture sur la porte.

Donc, pendant le week-end, j'ai fait un ballot du
jean et des baskets que j'ai rangé avec toutes mes
petites statuettes sur une étagère de la grange. Puis,

par précaution, j'ai décidé de m'en débarrasser pour de bon. J'ai même pris la peine de sortir quelques-unes des vieilles fringues que j'avais l'intention de jeter, et je les ai fourrées en même temps que le jean et le reste dans un grand sac-poubelle. J'ai refermé le sac, bien serré, et l'ai mis dans la benne des ordures ménagères. J'ai même vidé le réfrigérateur et rajouté sur le dessus un sac plein de détritus, des restes de cuisine chinoise, une vieille pizza desséchée, du marc de café et des oranges pourries.

Le ramassage a lieu le mardi et le vendredi. J'ai cru bon de mettre mes sacs dans la poubelle dès le dimanche soir. Comment aurais-je pu savoir qu'un imbécile irait fouiller dans mes ordures ? Je parie que c'était ce fouineur de flic, le sergent Earley, et qu'il a trouvé mon jean, mes baskets et mes sculptures. En tout cas, ils ont disparu. Je dois avouer que c'était nul d'avoir enfilé un pantalon de velours côtelé par cette chaleur. Earley l'a remarqué tout de suite. Il m'a même dit quelque chose à ce sujet. »

Le téléphone de Charley sonna. La gorge soudain serrée, il prit une profonde inspiration et répondit : « Allô.

— As-tu acheté un autre téléphone ?

— Tu m'as dit de l'acheter. Je l'ai acheté.

— Donne-moi le numéro.

— 973-555-0347.

— Je te rappelle. »

Charley avala une longue gorgée de bière, vida la bouteille. Lorsque son nouveau téléphone sonna, il le saisit. Au lieu de donner son explication soigneusement préparée, il dit tout à trac : « J'ai jeté mes baskets, mon jean et mes sculptures dans la poubelle. Quelqu'un les a récupérés. Je crois que c'est ce flic qui est venu me voir vendredi. »

Le long silence qui suivit fut pire que l'engueulade à laquelle il avait eu droit précédemment pour avoir sculpté la tête de mort sur la porte de la maison d'Old Mill Lane.

Lorsque son interlocuteur parla enfin, sa voix était calme et unie : « Je peux savoir pourquoi tu avais mis ces affaires dans la poubelle ?

— Les ordures étaient censées être ramassées demain. J'étais trop nerveux à l'idée de les garder dans la grange, répondit Charley sur la défensive.

— Je ne t'ai pas demandé l'horaire du ramassage des ordures. Fourrer ces trucs dans ta poubelle plus d'un jour avant était débile. Tu aurais dû les foutre dans une décharge derrière un supermarché, et on n'en aurait plus entendu parler. Écoute et essaye de piger ce que je te dis. Je ne sais pas qui a tué Georgette Grove, mais si les flics ont une preuve que c'est toi qui t'es chargé du boulot sur la maison des Nolan, ils t'accuseront.

— Ils *nous* accuseront, rectifia Charley.

— Ne me menace pas, Charley. Je suis pratiquement certain que ce flic n'avait pas le droit de fouiller dans tes ordures et d'en retirer quoi que ce soit sans un mandat de perquisition, donc, même s'ils ont trouvé quelque chose de compromettant, ils ne peuvent pas l'utiliser contre toi. Ils peuvent essayer de te faire cracher le morceau, cependant. Prends un avocat et refuse de répondre à toutes leurs questions.

— Un avocat ! Qui va me payer un avocat ?

— Tu le sais très bien, c'est moi qui paierai. »

Il y eut un silence, puis son interlocuteur dit : « Charley, tu n'auras plus à te soucier d'argent si tu te sors de là sans tout bousiller.

— C'est le genre de nouvelle que j'aime entendre. »

Charley referma brutalement son mobile. Soulagé,

il se dirigea vers le réfrigérateur et y prit une autre bière. S'ils ne pouvaient pas utiliser le jean et les baskets contre lui, qu'est-ce qu'il leur restait ? Ses petites figurines montraient sans doute qu'il avait du talent, mais elles ne faisaient pas de lui la seule personne au monde à avoir pu sculpter la tête de mort sur la porte.

Il emporta sa bière à l'extérieur, fit le tour de la grange et contempla son matériel de jardinier – la tondeuse, le taille-haie, les râteaux et les pelles, tous représentaient des heures, des jours, des mois, des années de travail harassant.

Bientôt, je payerai quelqu'un pour tondre ma pelouse, se promit-il.

38

Le lundi soir, Zach avala un hamburger et deux verres au Marty's Bar et hésita à appeler Ted Cartwright. La photo qu'il lui avait adressée devait être parvenue à son bureau à cette heure. Directement à son destinataire, pensa-t-il. Aucune chance qu'une secrétaire puisse décider de son propre chef de ne pas la transmettre au patron.

Dans le coin gauche, en bas de l'enveloppe, Zach avait inscrit PERSONNEL.

Il s'était particulièrement amusé à ajouter cette mention. C'était tellement chic. Voilà deux ans, une des femmes auxquelles il donnait des leçons d'équitation lui avait envoyé un chèque au club avec la même mention sur l'enveloppe. Depuis, Zach l'ajoutait à tous ses courriers : PERSONNEL, même sur la facture du téléphone.

Les policiers avaient certainement interrogé Ted Cartwright à propos de Georgette Grove, se dit-il. Tout le monde en ville savait qu'il lui en voulait à mort de bloquer ses projets immobiliers. Les charges contre lui seraient sacrément plus fortes si un dénommé Zach Willet avait un sursaut de conscience et décidait de partager un certain souvenir avec la police.

Mais il ne le ferait qu'après avoir obtenu du procureur la garantie de l'impunité, comme on disait.

Je suis le petit poisson qui peut les mener au requin, pensa Zach, savourant son pouvoir.

Il évita de prendre un troisième scotch et monta dans sa voiture pour rentrer chez lui. *Chez lui !* Il aimait vraiment cet endroit. Ce n'était pas grand, mais cela lui suffisait. Trois pièces et une galerie à l'arrière où, par beau temps, quand il ne travaillait pas, il pouvait s'installer avec le journal et son poste de télévision portable. Mais la vieille Potters était morte l'année précédente, et sa fille s'était installée dans l'appartement du rez-de-chaussée. Elle avait quatre mômes dont l'un jouait de la batterie. Le raffut le rendait dingue. Parfois, il la soupçonnait de payer le gosse pour jouer. Elle voulait récupérer son appartement, mais le bail de Zach courait encore sur deux ans, si bien qu'elle ne pouvait pas se débarrasser de lui maintenant.

Ted construisait des maisons individuelles à Somerset. Son nom figurait partout sur ses chantiers. Elles étaient presque terminées et franchement chouettes. Il y en avait soixante-dix ou quatre-vingts. Un peu plus de place ne serait pas de refus. Avec un endroit pour me garer, ajouta-t-il in petto en s'engageant dans sa rue et en s'apercevant qu'il ne restait plus un seul emplacement libre. Il était clair que les gosses de la propriétaire avaient invité une bande de copains.

Zach finit par trouver une place une rue plus loin et fit en maugréant le trajet à pied jusque chez lui. La soirée était chaude et, lorsqu'il gravit les marches de la galerie, ça fourmillait d'ados. Quelques-uns lui lancèrent un « Salut, Zach » qu'il ignora. Il était sûr d'avoir humé une bouffée de marijuana en ouvrant la porte qui menait à l'appartement du premier étage. Il monta l'escalier d'un pas lourd. Il s'était réjoui à la pensée de s'asseoir dehors et de fumer en paix un cigare, mais il y avait encore plus de gamins dans la cour, plus bruyants les uns que les autres.

La certitude que l'un des voisins allait bientôt prévenir les flics ne calma pas Zach. Il ne se sentait pas dans son assiette. Il sortit son téléphone mobile et le posa sur la table, hésitant à passer son coup de fil. Il avait déjà tapé Ted une semaine auparavant, en principe il n'aurait pas dû recommencer aussi rapidement. Mais c'était avant que Georgette ne prenne une balle dans la tête. Ted devait être plutôt nerveux en ce moment, se rassura Zach.

Le martèlement soudain de la batterie au rez-de-chaussée le fit sursauter. Jurant entre ses dents, il composa le numéro du téléphone mobile de Ted.

« L'abonné que vous essayez de joindre n'est pas disponible actuellement... si vous désirez laisser un message... »

Zach attendit impatiemment que la voix informatisée eût terminé son discours, puis dit : « Désolé de te rater, Ted. Je sais que tu dois être bouleversé par la mort de Georgette. Sans doute un coup dur pour toi. J'espère que tu peux m'entendre. Le raffut en bas me rend dingue. Il faut que je trouve un autre endroit où loger, une de ces maisons individuelles que tu es en train de construire, par exemple. J'espère que tu as reçu la jolie photo que je t'ai envoyée. »

Il allait raccrocher quand une pensée lui vint : « À propos, j'ai une nouvelle cliente qui prend des leçons d'équitation. Elle s'appelle Celia Nolan, c'est elle qui habite ton ancienne maison. Elle a posé une quantité de questions au sujet de l'accident de Will Barton. J'ai pensé que tu aimerais le savoir. »

39

Pendant toute la soirée du lundi, j'avais essayé de dire à Alex que je voulais engager un avocat, mais les mots étaient restés coincés dans ma gorge. Le week-end à Spring Lake nous avait un peu détendus, et j'avais envie de prolonger cette impression de paix conjugale.

En revenant de ma leçon d'équitation, j'avais fait quelques courses pour le dîner. Kathleen, ma mère adoptive, était le genre de cuisinière capable d'élaborer un festin avec tout ce qui traîne dans un réfrigérateur. Je ne me comparais pas à elle, mais j'aimais faire la cuisine et j'y trouvais un certain apaisement.

Jack et Sue s'étaient entendus à merveille pendant mon absence. Elle lui avait fait faire un tour sur sa ponette et il me raconta qu'il avait rencontré des enfants dans la rue voisine. L'un d'eux était dans sa classe. « Le Billy qui ne pleure pas. Tu te souviens, maman, tu dois téléphoner à sa maman pour lui demander si je peux aller jouer chez lui demain après l'école. »

Jack m'aida à mélanger la farine, le beurre et le lait pour confectionner les biscuits, il tourna l'essoreuse à salade, étala la sauce à la moutarde sur le saumon et mit tout seul les asperges à pocher.

Quand Alex rentra à six heures trente, il nous trouva

installés dans la salle de séjour. Alex me servit un verre de vin et Jack eut droit à un jus de fruits. Puis, pour la première fois, nous allâmes dîner dans la salle à manger. Alex me parla de sa cliente qui s'était finalement décidée à changer son testament. « Cette fois, c'est sa petite-nièce qui hérite de la maison dans les Hamptons, et ce sera le début de la Troisième Guerre mondiale dans la famille. Je crois réellement que cette vieille peste s'amuse à torturer ses proches. Mais si elle est d'accord pour me payer des honoraires, je ne vois pas d'inconvénient à l'assister dans son petit jeu. »

Alex avait enfilé une chemise de sport et un pantalon de toile. Comme toujours, je fus frappée par sa beauté et son élégance. J'aimais la délicatesse de ses mains, ses longs doigts sensibles. Je savais pourtant combien ils étaient forts. Si je m'évertuais en vain à ouvrir un bocal, il me suffisait de le lui tendre pour voir le couvercle se dévisser comme par miracle.

Le dîner fut agréable, un dîner familial normal. Quand Alex m'annonça qu'il devait aller à Chicago le lendemain après-midi pour recueillir une déposition et qu'il resterait absent pendant un ou deux jours, je me sentis presque soulagée. Si ces appels menaçants devaient se renouveler, il ne serait pas là pour répondre. J'aurais voulu téléphoner au Dr Moran qui m'avait soignée autrefois. Il était à la retraite aujourd'hui, mais j'avais conservé son numéro. J'avais besoin de ses conseils. Je lui avais parlé quand j'avais décidé d'épouser Alex. Il m'avait prévenue que je prenais un grand risque en lui cachant la vérité sur mon passé. « Larry n'avait pas le droit d'exiger de vous une chose pareille, Celia », avait-il dit.

Si je n'arrivais pas à le joindre, je pourrais sans risque lui laisser un message en le priant de me rappeler. Il me dirait comment m'y prendre pour expliquer à Alex que j'avais besoin d'un avocat.

Telles étaient les pensées qui me tracassaient tandis que je couchais Jack. Je lui lus une histoire puis le laissai jouer tout seul dans son lit en attendant l'heure d'éteindre la lumière.

Cette chambre avait été la mienne avant d'être celle de Jack. Bien qu'elle fût de grandes dimensions, il n'y avait qu'un seul emplacement pour le lit, le long du mur entre les deux fenêtres. Lorsque les déménageurs avaient monté le lit, je leur avais demandé de le placer le long du mur opposé, mais l'endroit ne s'y prêtait pas.

Les meubles blancs de mon enfance convenaient parfaitement à une petite fille, ainsi que le couvre-lit et les rideaux blanc et bleu. Le mobilier de Jack, en érable robuste, était plus adapté à un garçon. Son lit était recouvert d'un quilt que j'avais confectionné lorsque j'étais enceinte de lui. Il était de couleurs vives, dans des tons de rouge, jaune, vert et bleu. En le bordant autour de lui quand il s'était endormi, je me rappelai le plaisir avec lequel je l'avais cousu. Je croyais alors en avoir définitivement fini avec mon ancienne vie.

Avant de redescendre, je m'attardai sur le seuil de la pièce, jetai un dernier coup d'œil à la chambre, me revoyant au même âge, en train de lire mon livre, confiante, heureuse, inconsciente de ce que me réservait l'avenir.

Quel sera l'avenir de Jack ? me demandai-je. Dans mes rêves les plus tordus, aurais-je pu à son âge, imaginer que je serais bientôt l'instrument, sinon la cause de la mort de ma propre mère ? C'était un accident, bien sûr, mais je l'avais tuée malgré tout, et je savais à quoi ressemble l'instant où la vie prend fin. Les yeux de ma mère étaient devenus fixes. Son corps s'était affaissé. Elle avait eu une sorte de hoquet, un gargouillement. Et ensuite, tandis que le pistolet se déchargeait, que Ted rampait, essayant de m'atteindre, elle s'était effondrée sur le tapis, sa main reposant sur mon pied.

C'étaient là de très sombres pensées et, tout en descendant l'escalier, j'eus le sentiment que je devais protéger Jack. Il aimait répondre au téléphone, se précipitait à la première sonnerie. Qu'arriverait-il s'il entendait cette voix étouffée prononcer le nom de la Petite Lizzie ? Nous lui avions dit que Lizzie était une vilaine petite fille. Il savait ce qu'impliquaient ces mots. Le vandalisme, l'arrivée de la police, les médias, l'ambulance, tout cela avait fait une forte impression sur lui. Il avait l'air d'un petit garçon bien dans sa peau, mais je devais être attentive aux idées qui pouvaient traverser ce jeune esprit intelligent.

Désireuse de retrouver l'atmosphère chaleureuse du dîner, je m'efforçai de chasser mes idées noires et pénétrai dans la cuisine. Alex avait débarrassé la table et mis les assiettes dans le lave-vaisselle pendant que je couchais Jack.

« Tu arrives à temps, dit-il avec un sourire. Le café est prêt. Allons le prendre au salon. À quelle heure as-tu dit à Jack d'éteindre la lumière ?

— À huit heures et demie. Mais tu le connais, il sera endormi avant.

— Je suis toujours étonné par la façon dont un enfant réclame toujours un peu plus de temps avant d'éteindre et s'endort dès qu'il a la tête sur l'oreiller. » Alex tourna alors la tête vers moi et je sus que quelque chose se préparait. « Ceil, on doit livrer mon piano samedi », dit-il.

Il ne me laissa pas le temps de protester. « Ceil, ce

piano me manque. Voilà six mois que j'ai quitté mon appartement et qu'il est au garde-meubles. Tu peux trouver une autre maison demain, ou dans un an. Et, même si tu en trouves une, il est probable qu'elle ne sera pas habitable tout de suite.

— Tu aimerais rester ici, n'est-ce pas ? fis-je.

— Oui, sans doute. Je sais qu'avec ton talent tu es capable de faire de cet endroit une maison ravissante et confortable. Nous pourrions même l'entourer d'une clôture de protection contre les intrus afin que ne se reproduise jamais l'épisode du vandalisme.

— Mais ce sera toujours "la Maison de la Petite Lizzie" dans l'esprit des gens !

— Ceil, je connais un moyen de faire cesser les rumeurs. J'ai parcouru un certain nombre d'ouvrages sur l'histoire de cette région. La plupart des propriétaires donnaient un nom à leur maison. Celle-ci s'appelait Knollcrest à l'origine. Nous pourrions lui redonner ce nom et l'inscrire sur un panneau à l'entrée. Ensuite, une fois prêts, nous donnerions une grande réception, avec une photo de la maison sur l'invitation. Knollcrest. Les gens s'habitueraient vite à ce nom. Qu'en penses-tu ? »

Mon visage dut refléter ma réponse. « Bon, n'en parlons plus, dit Alex. C'était probablement une mauvaise idée. » Il se leva en ajoutant : « Mais j'ai quand même l'intention de faire livrer mon piano samedi. »

Le lendemain matin, Alex m'embrassa rapidement avant de s'en aller. « Je vais faire un tour à cheval. Je prendrai une douche et m'habillerai au club. Je te téléphonerai de Chicago. »

S'était-il aperçu que j'étais restée éveillée une grande partie de la nuit ? Il était monté dans la chambre une heure après moi, prenant soin de se déplacer le plus doucement possible, supposant sans doute que j'étais endormie, et il s'était glissé dans le lit sans déposer sur ma joue l'habituel baiser du soir.

Après avoir conduit Jack à l'école, je retournai prendre un café à la cafétéria. Cynthia Granger, la femme qui m'avait abordée la semaine précédente, était assise à une table voisine en compagnie d'une autre femme. Elle se leva en me voyant et m'invita à me joindre à elles. J'aurais préféré être seule, mais Cynthia m'avait été tout de suite sympathique, et c'était peut-être l'occasion de savoir ce que les gens disaient à propos de la mort de Georgette Grove et du fait que c'était moi qui avais découvert son corps.

Après m'avoir manifesté toute sa sympathie pour ce nouveau choc, Cynthia me dit que l'impression générale était que Ted Cartwright était impliqué dans la mort de Georgette Grove.

« On a toujours dit qu'il avait des méthodes de mafieux, m'expliqua-t-elle. Non qu'il fasse partie de la Mafia, bien sûr, mais, sous ses dehors affables, vous sentez bien que vous avez affaire à un dur à cuire. J'ai appris qu'un inspecteur de la brigade du procureur s'était rendu à son bureau vendredi après-midi. »

Pendant un court instant, j'eus l'espoir que tout allait s'arranger. Si le procureur pensait que Ted Cartwright était lié à la mort de Georgette Grove, je m'étais peut-être trompée en croyant que l'inspecteur Walsh concentrait ses soupçons sur moi. Après tout, peut-être n'étais-je à ses yeux que l'innocente victime d'un acte de vandalisme, la pauvre New-Yorkaise qui a l'incroyable malchance d'acheter une maison maudite et qui, de surcroît, découvre la victime d'un meurtre.

Lee Woods, la femme qui était à la table de Cynthia,

avait quitté Manhattan pour s'installer à Mendham l'année précédente. Or il se trouvait qu'elle avait une amie, Jean Simons, dont j'avais décoré l'appartement avant d'épouser Larry. « Ainsi, vous êtes Celia Kellogg, dit-elle. J'aime beaucoup ce que vous avez fait pour Jean, et je sais qu'elle apprécie chaque jour davantage l'atmosphère que vous avez su créer. Quelle coïncidence ! Je voulais faire rénover mon appartement à l'époque et lui ai demandé votre nom. Je vous ai téléphoné, mais votre assistante m'a répondu que vous veniez d'avoir un enfant et que vous ne preniez plus de nouveaux clients. Est-ce toujours le cas ?

— Plus pour très longtemps, répondis-je. J'ai l'intention d'ouvrir bientôt une agence de décoration dans la région. »

C'était tellement agréable d'être à nouveau Celia Kellogg, architecte d'intérieur. Cynthia et Lee me recommandèrent ensuite une femme de ménage dont l'employeur devait partir en Caroline du Nord. Je les remerciai, notai son nom, et m'apprêtais à partir quand j'eus l'impression d'être surveillée. Je me retournai et vis l'homme assis à une table voisine.

L'inspecteur Paul Walsh.

40

Le mardi, à trois heures de l'après-midi, de mauvaise humeur et mal à son aise, Jeffrey MacKingsley ordonna à sa secrétaire de prendre ses appels. Paul Walsh était revenu au bureau à midi et lui avait rapporté qu'il avait suivi Celia Nolan pendant toute la matinée. « Elle a eu un choc en me voyant à la cafétéria, dit-il. Ensuite je l'ai suivie jusqu'à Bedminster, où elle est entrée dans cet endroit superchic où ils vendent des vêtements d'équitation. Elle ne s'est pas rendu compte que je la filais. Lorsqu'elle est sortie du magasin avec une quantité de boîtes, j'ai cru qu'elle allait avoir une attaque en apercevant ma voiture stationnée derrière la sienne. Comme je savais qu'elle allait chercher le gosse, j'ai cessé de la suivre. Mais demain, je compte rôder autour d'elle à nouveau. »

Il me regarde comme s'il me mettait au défi de lui enlever l'affaire, pensa Jeffrey, mais ce n'est pas mon intention, du moins pas tout de suite. Autant que je sache, l'enquête concernant Georgette Grove et le vandalisme d'Old Mill Lane n'a abouti nulle part.

Même la prétendue « menace » que Ted Cartwright aurait prononcée à l'encontre de Georgette Grove au Black Horse était davantage une réaction à ses attaques verbales qu'une véritable mise en garde. Cela ne signifie pas pour autant que Cartwright est innocent, se dit encore MacKingsley. Loin s'en faut.

Il prit le carnet de notes à spirale qui ne le quittait pas et commença à noircir une page vierge. Établir les faits dès le début l'aidait toujours à avoir les idées plus claires au cours d'une enquête.

Qui avait intérêt à tuer Georgette ? Deux personnes – et Ted était l'une d'elles. Henry Paley était l'autre. Jeffrey écrivit leurs noms dans son carnet et les souligna. Cartwright était monté à cheval dans la matinée du jeudi et pouvait tout à fait avoir emprunté l'allée cavalière qui passait à travers bois derrière la maison de Holland Road. Il aurait pu attendre Georgette et la suivre dans la maison. Après tout, elle avait laissé la porte ouverte à l'intention de Celia Nolan.

Le hic dans ce scénario, constata Jeffrey, c'était qu'il supposait que Cartwright était au courant des plans de Georgette et savait qu'elle faisait visiter la maison ce matin-là. Bien sûr, son copain Henry Paley aurait pu le renseigner, mais comment Cartwright pouvait-il être certain que Celia Nolan n'aurait pas fait la route avec Georgette au lieu de la retrouver sur place ? Si Celia Nolan et Georgette Grove étaient arrivées ensemble, Ted Cartwright les aurait-il tuées toutes les deux ? C'était peu vraisemblable.

La culpabilité d'Henry Paley était plus plausible, pensa-t-il en encerclant le nom d'Henry. Lui-même avait reconnu être au courant du rendez-vous de Georgette avec Mme Nolan dans la maison de Holland Road. Il aurait pu attendre que Georgette arrive, la suivre, la tuer et s'enfuir avant l'arrivée de Celia Nolan. L'argent était son principal mobile, auquel s'en ajoutait un autre : la peur d'être démasqué. Si Georgette Grove parvenait à prouver qu'il était lié à l'affaire de vandalisme, il risquait la prison et le savait.

Henry avait donc à la fois un mobile et l'occasion, conclut Jeffrey. Mettons qu'il ait fait vandaliser la maison des Nolan pour mettre Georgette dans l'embarras, en espérant que les Nolan la poursuivraient, ce qui la mettrait sur la paille. Il savait qu'elle avait manqué à son obligation de prévenir son client de la fâcheuse réputation de la maison. Puis, lorsqu'elle avait vu cette éclaboussure de peinture rouge sur le plancher du sous-sol de Holland Road, elle avait commencé à se poser des questions. Jeffrey souligna à nouveau le nom de Henry.

Henry Paley reconnaît s'être trouvé dans les parages de Holland Road le jeudi matin, réfléchit-il. C'était une journée portes ouvertes pour les agents immobiliers de la région à partir de neuf heures. Les autres agents auxquels Angelo a parlé se souviennent de l'avoir vu vers neuf heures quinze. Celia Nolan est arrivée dans la maison de Holland Road à dix heures moins le quart. Cela signifie que Henry a disposé de quinze à vingt minutes pour quitter l'agence, couper à travers bois, tuer Georgette, regagner sa voiture là où il l'avait laissée, et filer.

Mais si Henry était l'assassin, qui avait-il engagé pour vandaliser la maison des Nolan ? Je ne le crois pas capable d'avoir agi seul, pensa Jeffrey. Les pots de peinture pesaient lourd. Les éclaboussures sur les murs étaient trop hautes. En outre, la sculpture sur la porte n'avait rien d'une œuvre d'amateur.

Dans l'esprit de MacKingsley, le plus déconcertant dans cette histoire était la photo de Celia Nolan qu'on avait trouvée dans le sac de Georgette. Pour quelle raison l'y avait-on mise ? Pourquoi ne portait-elle aucune empreinte digitale ? Je comprendrais que Georgette l'ait découpée dans le journal, pensa-t-il. Peut-être culpabilisait-elle à cause de la réaction de

Celia Nolan à la vue du saccage de sa maison. Mais elle n'aurait pas effacé les empreintes digitales. Quelqu'un d'autre l'avait fait, délibérément.

Et que dire de la photo que Celia Nolan avait trouvée dans l'écurie, celle de la famille Barton qu'elle avait voulu cacher ? Admettons qu'elle ait souhaité fuir la publicité, soit, mais elle aurait dû s'inquiéter qu'un détraqué ait pu s'introduire dans la propriété. À moins que cette pensée ne lui soit même pas venue à l'esprit. Elle n'avait trouvé la photo que le matin même et son mari n'en savait encore rien.

Deux photos. Une de la famille Barton, l'autre de Celia Nolan. L'une punaisée sur un poteau à la vue de tout le monde. L'autre vierge d'empreintes – ce qui, tout amateur de films policiers le savait, attirait l'attention du premier détective venu.

Il jeta un coup d'œil à son carnet et s'aperçut que la page était noircie de gribouillis d'où se détachaient trois mots : Ted, Henry, photos. Le téléphone sonna. Il avait dit à Anna de prendre les appels à moins d'une urgence. Il souleva le récepteur. « Oui, Anna.

— Le sergent Earley est au téléphone. Il dit que c'est très important. Il a la voix du chat qui a avalé le canari.

— Passez-le-moi. » Jeffrey entendit un déclic et dit : « Salut, Clyde, que se passe-t-il ?

— Jeffrey, j'ai pensé à celui qui pourrait s'être chargé du boulot dans la Maison de la Petite Lizzie. »

S'attend-il à ce que je joue aux devinettes avec lui ? se demanda Jeffrey. « Où voulez-vous en venir, Clyde ?

— J'y arrive. Je me suis demandé qui, outre les agents immobiliers, aurait pu sans mal se procurer de la peinture rouge, la peinture Benjamin Moore, rouge flamme mélangée de terre de Sienne brûlée. »

Il tient une piste, pensa Jeffrey, mais qu'il ne

compte pas sur moi pour faire durer le plaisir. Il savait que Clyde s'attendait à l'entendre manifester son intérêt, pourtant il ne dit rien.

Après un silence qui ne produisit pas la réaction escomptée, Earley poursuivit d'un ton plus froid : « J'ai pensé au paysagiste, le dénommé Charley Hatch. Il a accès en permanence à la maison de Holland Road. Il est chargé d'y faire le ménage. Il aurait dû savoir que les pots de peinture se trouvaient dans le placard. »

Le récit de Clyde commençait à intéresser Jeffrey. « Continuez, dit-il.

— Quoi qu'il en soit, j'ai eu une petite conversation avec lui vendredi après-midi et, quand il m'a fait entrer chez lui, j'ai eu l'impression qu'il était nerveux. Vous vous souvenez de la chaleur qu'il faisait ce jour-là, Jeffrey ?

— Je m'en souviens. Pourquoi pensez-vous que Charley Hatch était nerveux ? »

Maintenant qu'il avait retenu l'attention du procureur, le sergent Clyde Earley n'avait plus envie de se presser. « D'abord, j'ai remarqué que Charley portait un pantalon de velours côtelé très épais, et ça m'a paru bizarre. Il portait aussi ce qu'on pourrait appeler des chaussures de ville, une paire de mocassins qui avaient vu des jours meilleurs. Il a essayé d'expliquer qu'il venait de se déshabiller pour prendre une douche quand il m'a vu arriver et qu'il avait pris le premier pantalon qui lui était tombé sous la main et enfilé les mocassins. Franchement, je n'y ai pas cru. Je me suis demandé où il avait fourré ses chaussures et sa tenue de travail. »

Les doigts de Jeffrey se crispèrent sur l'appareil. Le pantalon et les chaussures de Hatch étaient peut-être tachés de peinture, pensa-t-il.

« Donc ce matin j'ai traîné autour de la maison de

Charley Hatch jusqu'à ce que les éboueurs se ramènent. Je savais que c'était le premier ramassage depuis ma petite visite du vendredi, et je me suis dit qu'il était peut-être assez stupide pour laisser une preuve comme celle-là dans sa propre poubelle. Le camion des ordures a fini par apparaître il y a une demi-heure. J'ai attendu que l'éboueur ait ramassé la poubelle de Charley et je l'ai suivi jusqu'à qu'il soit loin de la maison. Il s'apprêtait à jeter les sacs dans la benne. Je pense qu'à partir de là, sur le plan légal, ses ordures n'appartenaient plus à Charley. Alors j'ai demandé au responsable du ramassage des ordures ménagères, comme il s'intitule lui-même, d'ouvrir les sacs de Charley. Il les a ouverts. Et qu'est-ce qu'on a trouvé dans le second, sous un paquet de vieux pulls et de sweat-shirts ? Un jean taché de peinture rouge, des baskets avec de la peinture rouge sur la semelle du pied gauche, et une collection de jolies petites statuettes avec les initiales CH gravées dessous. Apparemment Charley Hatch s'adonne à la sculpture à ses moments perdus. J'ai ramené le tout à mon bureau. »

À l'autre bout de la ligne, à son bureau au commissariat de Mendham, Clyde sourit en lui-même. Il ne croyait pas nécessaire d'informer le procureur que le matin même, à quatre heures, alors qu'il faisait encore nuit, il était retourné chez Charley et avait remis les pièces à conviction qu'il avait subtilisées dans leur sac-poubelle, avec tous les vieux vêtements qu'il n'avait pas emportés et qui attendaient le ramassage du matin. Le plan avait marché comme sur des roulettes. Il avait récupéré les affaires de Charley sous les yeux d'un témoin parfaitement fiable : monsieur le Responsable du ramassage des ordures ménagères.

« L'éboueur vous a vu ouvrir le sac-poubelle et il sait que son contenu appartenait à Charley ? »

demanda Jeffrey, d'un ton qui reflétait enfin l'excitation qu'Earley attendait depuis le début.

« Absolument. Comme je l'ai dit, il a emporté les sacs jusqu'au camion qui était stationné dans la rue, juste devant la maison de Charley. J'ai aussi pris soin de lui montrer deux statuettes afin qu'il voie bien les initiales CH qui y sont gravées.

— Excellent, Clyde. Du bon travail de policier. Où est Charley en ce moment ?

— En train de jardiner quelque part.

— Nous allons envoyer les vêtements au labo, je parie que les traces de peinture correspondent à celles qu'on a trouvées sur la maison des Nolan. Mais ça peut prendre un ou deux jours et je n'ai pas envie d'attendre. Je pense que nous avons assez de présomptions. Je vais déposer une plainte pour malveillance criminelle et on ira le cueillir. Clyde, je ne vous remercierai jamais assez.

— À mon avis, quelqu'un a payé Charley pour vandaliser la maison, Jeffrey. C'est pas le genre de type à faire un truc pareil de son propre chef.

— C'est aussi ce que je pense. » MacKingsley raccrocha et appela sa secrétaire. « Pouvez-vous venir, Anna ? J'ai une demande de mandat d'arrêt à vous dicter immédiatement. »

Elle était à peine installée sur la chaise en face de son bureau que le téléphone sonna à nouveau. « Prenez le message, dit Jeffrey. Je veux obtenir ce mandat aussi vite que possible. »

L'appel provenait de Clyde Earley. « On vient d'avoir un appel du 911. Une femme qui habite Sheep Hill Road leur a téléphoné, affolée. Elle vient de trouver son paysagiste, Charley Hatch, étendu de tout son long au nord de sa propriété. Il a été atteint en plein visage, elle pense qu'il est mort. »

41

Le mardi, à midi trente, Henry Paley alla à pied de son bureau au Black Horse pour y retrouver Ted Cartwright qui avait insisté pour l'inviter à déjeuner. En arrivant, il parcourut du regard la salle du restaurant, s'attendant à moitié à trouver Shelley ou Ortiz à une table. Durant le week-end, les deux inspecteurs étaient venus séparément lui demander une fois de plus ce que Georgette lui avait dit la veille de sa mort. Et, surtout s'il savait ce que Georgette voulait dire lorsque Robin l'avait entendue s'exclamer : « Je ne dirai à personne que je l'ai reconnue. »

Je leur ai répondu à tous les deux que je n'en avais pas la moindre idée, se souvint-il. Et j'ai eu l'impression qu'ils ne me croyaient pas.

Comme à l'accoutumée, la plupart des tables étaient occupées et, à son grand soulagement, Henry ne vit ni Shelley ni Ortiz. Ted Cartwright était déjà installé à une table d'angle. Il tournait le dos à la salle mais ses cheveux blancs permettaient de le repérer facilement. Il doit en être à la moitié de son premier scotch, pensa Henry Paley en se frayant un passage dans sa direction.

« Crois-tu vraiment que cette rencontre soit une bonne idée ? demanda-t-il en s'asseyant en face de lui.

— Salut, Henry. Pour répondre à ta question, oui, je

pense que c'est une excellente idée, répondit Ted. En tant que propriétaire de 20 pour cent du terrain de la Route 24, tu as le droit de rester en contact avec un éventuel acquéreur. J'aurais préféré que tu n'aies pas mis noir sur blanc notre arrangement financier, une note que Georgette et après elle le procureur ont découverte, mais on n'y peut plus rien maintenant.

— Tu sembles moins inquiet de cette note que tu ne l'étais l'autre jour », fit remarquer Paley. Puis il s'aperçut de la présence du serveur à côté de lui. « Un verre de merlot, je vous prie, dit-il.

— Apportez-m'en un second par la même occasion », ordonna Cartwright, désignant son scotch. Puis, comme le serveur prenait son verre, il ajouta d'un ton irrité : « Laissez ça. Je n'ai pas encore terminé. »

Il boit trop vite, même pour quelqu'un qui a la descente rapide, pensa Paley. Il n'est pas aussi calme qu'il veut bien le faire croire.

Cartwright dévisagea Paley. « Je me sens un peu mieux, et je vais te dire pourquoi. J'ai engagé un avocat et la raison de ce déjeuner est non seulement de montrer aux yeux de tous que nous n'avons rien à cacher, mais de te conseiller d'en prendre un toi aussi. Le bureau du procureur veut résoudre cette affaire, et ils vont essayer de prouver que nous nous sommes mis d'accord pour nous débarrasser de Georgette et que l'un de nous l'a tuée – ou a engagé quelqu'un pour le faire. »

Paley regarda Cartwright sans rien dire jusqu'à ce que le serveur réapparaisse avec leurs verres. Puis il but une gorgée de merlot et dit d'un air songeur : « Je n'avais pas pensé que le procureur pourrait me considérer comme un éventuel suspect. Non, pour être franc, que je sois accablé de chagrin. J'ai été très attaché à elle à une époque, mais plus elle vieillissait, plus elle devenait butée, comme tu le sais. Cependant, ce n'est tout simplement pas dans ma nature de faire du mal à quelqu'un. Je n'ai même jamais tenu une arme de ma vie.

– Est-ce que tu prépares ta défense ? demanda Cartwright. Dans ce cas, tu perds ton temps avec moi. Je connais les types de ton espèce, Henry. Tu es un faux jeton. Est-ce toi qui as organisé le saccage de la maison d'Old Mill Lane ? C'est le genre de sale tour dont tu es capable, non ?

– Est-ce qu'on peut commander ? éluda Paley. J'ai rendez-vous avec des clients cet après-midi. Curieusement, la mort de Georgette a donné une sorte de coup de fouet à notre agence. On voit affluer des visiteurs qui ont envie d'acheter une maison dans la région. »

Les deux hommes restèrent à nouveau silencieux jusqu'à ce que fussent servis les steaks qu'ils avaient commandés. Puis, sur le ton de la conversation, Paley reprit : « Ted, maintenant que j'ai persuadé le cousin de Georgette de vendre le terrain de la Route 24, j'aimerais toucher la commission que tu m'as proposée. La somme dont nous étions convenus est de cent mille dollars, n'est-ce pas ? »

Interdit, Cartwright resta la fourchette en l'air. « Tu plaisantes ou quoi ?

– Non, je ne plaisante pas. Nous avons conclu un marché, et j'attends que tu t'y tiennes.

– Le marché était que tu devais persuader Georgette de vendre ce terrain au lieu de la transférer à l'État.

– Le marché était – et est – que le terrain soit mis en vente. Or j'ai prévu que tu refuserais sans doute de payer la prime que tu me dois. Pendant le week-end, donc, j'ai rencontré le cousin de Georgette, Thomas Madison. Je lui ai fait remarquer que si ton offre était raisonnable, d'autres offres nous avaient été faites au cours des années précédentes. Je lui ai conseillé d'en prendre connaissance, de contacter les gens qui les avaient faites et de voir s'ils seraient prêts à négocier avec l'agence.

— Tu bluffes, dit Cartwright, le visage soudain rouge de colère.

— Je ne bluffe pas, Ted. C'est toi qui bluffes. Tu crèves de trouille d'être accusé du meurtre. Tu faisais du cheval près de la maison de Holland Road. Tu es un membre bien connu de la National Rifle Association et tu as un permis de port d'arme. Tu t'es disputé avec Georgette ici même la veille de sa mort. Alors, dois-je me mettre en contact avec les les gens qui s'intéressent à ce fameux terrain, ou dois-je attendre ton chèque dans les quarante-huit heures ? »

Sans attendre de réponse, Henry se leva. « Il faut que je retourne à l'agence, Ted. Merci pour le déjeuner. Oh, à propos, à titre de simple curiosité : est-ce que tu vois toujours Robin, ou était-elle seulement une toquade de l'année dernière ? »

42

Lorraine Smith, cinquante ans et mère de jumelles de dix-huit ans, était la femme dont l'appel affolé au 911 avait mis en branle non seulement la police de Mendham, mais une ambulance, le médecin légiste, les médias et la brigade du bureau du procureur du Morris County, y compris Jeffrey MacKingsley en personne.

Lorraine retrouva peu à peu son sang-froid et alla rejoindre le procureur, Paul Walsh, Angelo Ortiz et Mort Shelley qui s'étaient réunis dans la petite salle à manger de sa maison fin XVIIIe dans Sheep Hill Road. « Charley est arrivé vers une heure, leur dit-elle. Il vient tous les mardis tondre la pelouse.

– Lui avez-vous parlé ? demanda Jeffrey.

– Aujourd'hui, oui. Mais je pouvais très bien ne pas le rencontrer pendant un mois entier. Il arrivait dans le jardin, déchargeait ses outils et se mettait au travail. Dans quinze jours, il devait, je veux dire, il *aurait dû* ôter les impatiens et les autres annuelles et planter les fleurs d'automne, et en général je faisais toujours un tour du jardin avec lui à cette occasion. Mais quand il venait seulement tondre la pelouse, je ne m'entretenais pas nécessairement avec lui. »

Lorraine savait qu'elle parlait trop vite et trop. Elle

avala une gorgée de café et se calma, décidée à se contenter de répondre aux questions du procureur.

« Pourquoi êtes-vous allée lui parler aujourd'hui ?

— Parce que j'étais contrariée qu'il soit arrivé en retard. Charley était censé arriver à neuf heures du matin et j'avais invité des amis pour déjeuner. Nous étions dans le patio et le raffut de sa tondeuse était insupportable. J'ai fini par aller lui dire de revenir terminer son travail demain.

— Comment a-t-il réagi ?

— C'était le genre de bonhomme à vous rire au nez en répliquant : "Vous savez, madame Smith, je peux très bien me reposer de temps en temps. Vous feriez mieux de profiter de mes services tant que vous en avez encore l'occasion."

— Que s'est-il passé alors ?

— Son téléphone mobile a sonné. » Lorraine Smith s'interrompit. « Je devrais plutôt dire un de ses deux téléphones mobiles a sonné.

— Il en avait *deux* ? demanda vivement Paul Walsh.

— Cela m'a surprise aussi. Il a sorti le premier de sa poche de poitrine, puis, comme la sonnerie continuait, il a pris l'autre dans sa poche arrière.

— Avez-vous entendu le nom de la personne qui l'appelait ?

— Non. En réalité, il préférait visiblement ne pas parler devant moi. Il a prié son interlocuteur d'attendre une minute, et m'a dit : "Je vais remballer mon attirail et m'en aller maintenant, madame Smith."

— Il était alors une heure et demie ?

— Deux heures moins vingt-cinq maximum. Ensuite, je suis rentrée dans la maison. Nous avons fini de déjeuner et mes amis sont partis vers deux heures et quart. Ils s'étaient garés dans l'allée circulaire devant la maison, si bien que je n'ai pas vu que le pick-up de Charley était toujours stationné près du garage. Lorsque je m'en suis aperçue, je suis allée à sa recherche.

— Vos amis étaient partis depuis combien de temps, madame Smith ? demanda Angelo Ortiz.

— À peine quelques minutes. Constatant qu'il n'était pas dans le jardin derrière la maison, je me suis dirigée vers l'enclos où se trouvent la piscine et le court de tennis. Non loin de là, nous avons planté une haie de buis qui délimite notre propriété à l'endroit où elle longe Valley Road. C'est là que j'ai trouvé Charley. Il gisait sur le dos dans un espace entre deux buis. Il avait les yeux grands ouverts, fixes, et le côté droit du visage ensanglanté. »

Elle passa sa main sur son front comme pour effacer ce souvenir.

« Madame Smith, lorsque vous avez appelé le 911, vous avez dit que vous *pensiez* qu'il était mort. Aviez-vous une raison de croire qu'il était peut-être en vie au moment où vous l'avez trouvé ?

— Je crois que je ne savais pas très bien ce que je disais.

— C'est compréhensible. Je voudrais revenir à un point précis. Vous avez dit que Charley Hatch vous avait conseillé de profiter de ses services tant que vous en aviez l'occasion. Savez-vous ce qu'il entendait par là ?

— Charley était très susceptible. Il travaillait bien, mais je n'ai jamais eu l'impression qu'il aimait ce qu'il faisait. Certains jardiniers adorent les plantes. Pour Charley, c'était un job comme un autre, et je crois que son retard et mon mécontentement à ce sujet signifiaient qu'il s'apprêtait à cesser de travailler chez nous.

— Je comprends. » Jeffrey se leva. « Nous vous

demanderons de signer une déclaration plus tard, mais je tiens à vous remercier de votre coopération. Vous facilitez notre travail. »

« Maman, que se passe-t-il ? »

Deux jeunes filles semblables, avec les mêmes cheveux auburn, la même silhouette mince et sportive que leur mère, venaient d'entrer dans la pièce. Lorraine Smith se leva brusquement en les voyant s'élancer vers elle. Elles étaient en larmes. « Quand on a vu les voitures de police et tous ces gens devant la maison, on a cru qu'il t'était arrivé quelque chose », dit l'une d'elles en sanglotant.

« Elle a eu de la chance de ne pas se trouver avec Charley Hatch au moment où on lui a tiré dessus », fit remarquer Mort Shelley à Jeffrey tandis qu'ils se dirigeaient vers la porte d'entrée. « Qu'en pensez-vous ?

— Je pense que celui qui a payé Charley pour vandaliser la maison d'Old Mill Lane est devenu nerveux, a eu peur que Charley parle et nous dise pour qui il travaillait si nous faisions pression sur lui. »

L'inspectrice du service médico-légal, Lola Spaulding, vint à la rencontre des quatre hommes. « Jeffrey, le portefeuille de Charley est dans sa camionnette. À première vue, personne n'y a touché. On n'a retrouvé aucun téléphone mobile. Mais il y avait quelque chose dans sa poche qui pourrait vous intéresser. Nous n'avons pas encore relevé les empreintes digitales éventuelles. »

La photographie qu'elle lui présentait, comme celle qu'ils avaient trouvée dans le sac de Georgette, avait été découpée dans un journal. La femme qui y figurait était d'une beauté à vous couper le souffle. Âgée d'une trentaine d'années, elle portait une tenue d'équitation et brandissait un trophée en argent.

« Elle était dans la poche du gilet de Charley Hatch, dit Lola. Vous savez de qui il s'agit ?

– Oui, dit Jeffrey. C'est la mère de Liza Barton, Audrey, et c'est l'une des photos que les journaux ont publiées la semaine dernière quand ils ont rapporté l'histoire du vandalisme. »

Il rendit la photo à Lola et se dirigea vers le cordon jaune qui délimitait le périmètre du crime et tenait les médias à l'écart. Audrey Barton a vécu dans la maison d'Old Mill Lane, songeait-il. Tout ce qui se passe aujourd'hui a un rapport avec cette maison. Le psychopathe qui a tué deux personnes a laissé ces photos à dessein. Soit il joue à cache-cache avec nous, soit il demande qu'on l'arrête.

Qu'est-ce que tu veux nous faire comprendre ? demanda Jeffrey, s'adressant mentalement au meurtrier tandis que le gyrophare de sa voiture se mettait en marche à son approche. Et comment t'arrêter avant que tu recommences à tuer ?

43

En rentrant à la maison après avoir fait mes achats à Bedminster, je ne cessai de regarder dans le rétroviseur, craignant d'être suivie par l'inspecteur Walsh. Mais il n'y avait aucune Chevrolet noire en vue. J'allai ensuite chercher Jack à l'école, le ramenai à la maison et le conduisis au coin de la rue chez son ami Billy qui ne pleure jamais.

J'avais fait la connaissance de la mère de Billy, Carolyn Browne, qui m'avait plu dès le premier regard. Plus ou moins de mon âge, un casque de boucles noires, des yeux bruns et un sourire chaleureux. « Billy et Jack s'entendent comme larrons en foire depuis la semaine dernière, avait-elle dit. Je suis heureuse que Billy ait un ami qui habite tout près de chez nous. Il n'y a aucun autre enfant de son âge dans la rue. »

Carolyn m'invita à prendre un café pendant qu'elle faisait déjeuner les enfants, mais je refusai son offre, prétextant plusieurs coups de fil à passer. Contrairement à la veille où j'avais donné la même excuse à Marcella Williams, j'étais sincère cette fois. Il fallait que je m'entretienne avec le Dr Moran. Il était environ dix heures en Californie, une heure convenable pour le joindre. Et je voulais aussi téléphoner à Kathleen. En dehors du Dr Moran, maintenant que Martin déclinait mentalement, elle était la seule à qui je pouvais me confier. Et, à l'opposé de ce qu'il pensait, elle avait toujours été absolument persuadée que je ne devais rien dire à Alex de mon passé.

Jack me donna un baiser rapide et, après lui avoir promis de venir le rechercher à seize heures, je regagnai la maison. Mon premier geste fut de courir écouter les messages sur le répondeur. Lorsque j'étais passée en coup de vent avec Jack après l'école, j'avais remarqué que la lumière clignotait, mais je n'avais pas voulu écouter le message en sa présence, de peur d'entendre encore des horreurs et le nom de Lizzie Borden.

Le message provenait de l'inspecteur Walsh. Il voulait revoir ma déclaration avec moi. Il pensait que je m'étais trompée sur l'heure où j'avais découvert le corps de Georgette. À son avis il était impossible que quelqu'un ne connaissant pas la route entre Old Mill Lane et Holland Road puisse avoir fait le trajet aussi rapidement. « Vous étiez certainement bouleversée, et je le comprends, madame Nolan, disait-il de sa voix tranquille et ironique, mais je pense maintenant que nous pourrions examiner ensemble tous ces éléments avec un peu plus de précision. Voulez-vous avoir l'amabilité de me rappeler ? »

J'effaçai le message, mais supprimer la voix de Walsh sur le répondeur ne supprimait pas ce qu'impliquaient ses propos. Ils impliquaient que j'avais menti soit sur l'heure de mon arrivée à Holland Road, soit en niant connaître précisément le chemin pour revenir jusqu'ici.

Il était urgent que je parle au Dr Moran. Il m'avait dit de l'appeler à n'importe quelle heure du jour ou de la nuit, mais je ne l'avais jamais fait depuis mon mariage. Je n'avais pas voulu lui avouer qu'il avait raison – que je n'aurais pas dû épouser Alex sans lui dire toute la vérité.

Je décrochai le téléphone de la cuisine, puis le reposai aussitôt, préférant utiliser mon mobile. Lorsque nous habitions New York, c'était moi qui payais les factures domestiques, mais Alex avait décidé de les transférer à son bureau depuis que nous avions déménagé. Que lui dirais-je s'il jetait un regard sur la note de téléphone et me demandait négligemment qui j'avais appelé en Californie ? Les communications sur mon mobile étaient encore débitées sur mon compte.

Le Dr Moran répondit dès la deuxième sonnerie. « Celia, dit-il de sa voix chaude et rassurante. J'ai souvent pensé à vous récemment. Comment allez-vous ?

– Pas très bien, docteur. »

Je lui racontai comment Alex avait acheté la maison pour mon anniversaire, comment nous l'avions trouvée saccagée, je lui parlai de la mort de Georgette, des étranges coups de téléphone, de l'attitude menaçante de l'inspecteur Walsh.

Sa voix devenait plus grave à mesure qu'il me questionnait. « Celia, vous devriez faire confiance à Alex et lui avouer la vérité à présent, conclut-il.

– C'est impossible, pas maintenant, pas encore, pas avant que je puisse lui prouver que tout ce qu'on dit sur moi est faux.

– Celia, si cet inspecteur essaye de faire le lien entre vous et l'assassinat de cet agent immobilier, ils vont s'intéresser à votre passé et découvrir qui vous êtes. Vous devriez prendre un avocat pour vous défendre.

– Les seuls que je connaisse sont, comme Alex, des avocats d'affaires.

– Celui qui vous a défendue lorsque vous étiez enfant est-il toujours en activité ?

« – Je n'en sais rien.

– Vous rappelez-vous son nom ? Sinon, je suis sûr de l'avoir dans votre dossier.

– Il s'appelait Benjamin Fletcher. Je ne l'aimais pas.

– Mais il vous a fait acquitter. D'après ce que je sais, il s'est bien débrouillé face au témoignage de votre beau-père. Avez-vous un annuaire des professions ?

– Oui.

– Allez le chercher et vérifiez son adresse. »

Les annuaires étaient rangés dans un meuble sous le téléphone. Je feuilletai les pages jaunes, cherchai la section des avocats. « Je l'ai trouvé, dis-je enfin au Dr Moran. Il pratique à Chester. À vingt minutes d'ici.

– Ceil, vous devriez aller le consulter. Il sera lié par le secret professionnel. Et, au minimum, il pourra toujours vous recommander un bon avocat.

– Je vais lui téléphoner, je vous le promets.

– Et tenez-moi au courant.

– Oui. »

J'appelai ensuite Kathleen. Elle avait depuis toujours compris qu'il m'était difficile de l'appeler « maman ». Elle n'avait pas pu remplacer ma mère, mais m'était toujours restée très chère. Nous bavardions une fois par semaine au téléphone. Elle s'était inquiétée en apprenant l'histoire de la maison, mais avait admis que je pourrais sans doute amener Alex à déménager. « Quant à Mendham, dit-elle, tes ancêtres maternels en sont originaires. L'un d'eux y a combattu pendant la guerre d'Indépendance. C'est là que sont tes racines, même si c'est une réalité que tu ne peux pas encore révéler. »

Lorsque Kathleen répondit, j'entendis la voix de Mar-

260

tin derrière elle. « C'est Celia », lui dit-elle. J'entendis sa réponse qui me glaça.

« Elle s'appelle Liza, dit-il. Elle a inventé l'autre nom.

— Kathleen, murmurai-je d'une voix étranglée. En a-t-il *parlé* à d'autres gens ?

— Son état empire, murmura-t-elle à son tour. Je ne peux jamais prévoir ce qu'il va dire. Je n'en peux plus. Je l'ai emmené visiter une maison de retraite vraiment parfaite tout près d'ici, mais il a compris que j'envisageais de l'y mettre. Il s'est mis à hurler contre moi et, une fois à la maison, il a pleuré comme un bébé. Redevenu parfaitement lucide pendant un moment, il m'a suppliée de le garder. »

Le désespoir perçait dans sa voix. « Oh, Kathleen ! » m'exclamai-je. Puis j'insistai pour qu'elle se mette en quête d'une aide à domicile, ajoutant que je serais heureuse de prendre les frais à ma charge. Je pensais lui avoir remonté un peu le moral. Mais je ne lui parlai pas de mes propres ennuis. Elle avait suffisamment de problèmes de son côté sans avoir à écouter les miens. Et si Martin racontait mon histoire à quelqu'un qui aurait lu celle de la Petite Lizzie Borden, qui à son tour en parlerait à des amis ou interviendrait dans une discussion sur l'Internet ?

J'entendais d'ici la conversation : « Il y a un pauvre vieux qui habite près de chez nous. Il a une fille adoptive. Il est atteint de la maladie d'Alzheimer, mais il affirme que c'est la Petite Lizzie Borden, la gamine qui a tué sa mère il y a des années. »

Je pris la seule décision qui s'offrait à moi. Je composai le numéro de Benjamin Fletcher. Il me répondit en personne. Je lui dis que j'étais Celia Nolan, qu'il m'avait été recommandé et que je désirais avoir un rendez-vous avec lui.

« Qui donc m'a recommandé, madame Nolan ? » Il posa la question avec un rire sonore, comme s'il ne me croyait pas.

« Je préfère vous répondre lorsque nous nous verrons.

— Très bien. Demain vous convient-il ?

— À partir de neuf heures, après que j'aurai accompagné mon petit garçon à l'école.

— Entendu. Neuf heures. Avez-vous mon adresse ?

— Si c'est celle qui est inscrite sur l'annuaire, je l'ai.

— C'est ça. À demain. »

Le déclic du téléphone résonna à mon oreille. Je raccrochai, craignant d'avoir fait une erreur. En entendant sa voix, devenue un peu plus sourde avec l'âge, il m'avait semblé le revoir – une sorte de géant dont la taille m'avait apeurée lorsqu'il était venu me voir au centre de détention.

Je restai un instant sans bouger, hésitante, au milieu de la cuisine. Durant mes heures d'insomnie, j'avais résolu de faire un effort pour rendre cette maison plus chaleureuse, même si nous devions déménager bientôt. Je le devais à Alex. À l'exception du piano, il avait vendu son appartement meublé, disant que lorsque nous achèterions une maison, il serait ravi de voir sa femme, une merveilleuse décoratrice, tout transformer de fond en comble.

J'avais donc décidé d'aller acheter des éléments pour la bibliothèque, quelques meubles supplémentaires pour le salon, et de faire confectionner des rideaux. Je m'efforcerais au moins d'aménager le rez-de-chaussée. Je savais qu'Alex avait raison : même si nous trouvions un autre endroit où habiter, il faudrait attendre plusieurs mois avant de pouvoir nous y installer.

Cependant, je n'avais pas envie de sortir faire du

shopping. Je savais qu'à la minute où je serais dans ma voiture, il me suffirait de regarder dans le rétroviseur pour y voir celle de l'inspecteur Walsh. Je me rappelai mon intention de téléphoner à la femme de ménage que m'avait chaudement recommandée Cynthia Granger. Nous convînmes de nous rencontrer la semaine suivante.

C'est alors que je pris la décision qui allait me plonger dans un cauchemar encore plus profond. J'appelai le Washington Valley Riding Club, joignis Zach et lui demandai s'il était libre pour me donner une autre leçon à quatorze heures.

Il accepta et je montai en vitesse enfiler la culotte de cheval, les bottes et le chemisier à manches longues que je venais d'acheter. Tout en décrochant ma veste d'équitation de son cintre dans la penderie, je pensai qu'elle ressemblait à celle que ma mère portait voilà des années. Je pensai aussi que Zach Willet avait été la dernière personne avec laquelle mon père avait parlé avant sa mort. D'un côté, j'admirais mon père d'avoir voulu surmonter sa peur des chevaux afin de partager la passion que ma mère nourrissait pour eux ; mais je lui en voulais aussi d'être parti sans attendre Zach. Personne ne saurait jamais pourquoi il avait agi ainsi, ni ce qui s'était réellement passé.

C'était la question qui était toujours restée sans réponse. Ma mère avait sûrement exigé de connaître les circonstances exactes de la mort de mon père. Elle pouvait difficilement rendre Zach Willet responsable du fait que mon père était parti sans lui, ni du fait qu'il avait emprunté cette piste réputée dangereuse. Alors pourquoi avait-elle crié le nom de Zach à Ted Cartwright moins d'une minute avant de mourir ?

J'avais l'intuition que si je passais assez de temps

avec Zach, ce que ma mère avait crié d'autre à Ted cette nuit-là finirait par me revenir.

Je pris la voiture pour aller au club, j'arrivai à deux heures moins dix et fus accueillie par un grognement approbateur devant ma nouvelle tenue. En chevauchant à côté de Zach, je me souvins combien ma mère aimait monter à cheval par de belles journées telles que celle-ci. Songeant à elle, je retrouvai instinctivement la bonne assiette que j'avais acquise dès mon plus jeune âge. Zach était plus silencieux aujourd'hui, mais manifestement de bonne humeur. En regagnant l'écurie, il s'excusa de son silence, mais ajouta que je promettais d'être une bonne cavalière et qu'il était fatigué car il avait peu dormi la nuit précédente parce que les gosses en bas de chez lui avaient fait un raffut d'enfer avec leurs copains.

Alors que je compatissais, le plaignant d'avoir des voisins bruyants, il sourit et m'annonça que ses problèmes seraient bientôt terminés car il avait l'intention d'aller s'installer dans une autre résidence. Puis, comme nous atteignions la prairie et arrivions en vue du club, il dit : « Allons-y », et partit au petit galop. Biscuit le suivit aussitôt, et nous franchîmes rapidement la prairie avant de nous arrêter devant l'écurie.

Zach avait un air soupçonneux lorsque nous descendîmes de cheval. Il me regarda et dit de but en blanc : « Vous avez fait beaucoup d'équitation, pourquoi me l'avoir caché ?

— Je vous ai dit que mon amie avait un poney.

— Mettons. En tout cas, à moins que vous ne vouliez jeter l'argent par les fenêtres, pourquoi ne pas faire exactement le point sur votre niveau et reprendre à partir de là ?

— Ça me convient tout à fait, Zach », dis-je vivement.

« Ted, tu as avoué que Zach... »

Il me semblait soudain entendre la voix de ma mère – c'était une partie des mots que je l'avais entendue crier en me réveillant cette nuit-là.

Qu'est-ce que Ted lui avait avoué ? M'efforçant de ne pas trahir mon émotion devant Zach, je promis rapidement de lui téléphoner et me hâtai vers ma voiture.

En longeant Sheep Hill Road, je vis un attroupement devant la maison à l'angle de la rue. Lorsque j'étais passée dans les parages, un peu plus d'une heure auparavant, je n'avais remarqué aucune agitation. À présent, des voitures de police étaient stationnées dans l'allée et des policiers fourmillaient alentour. Préférant éviter ce genre de spectacle, j'accélérai et voulus tourner sur ma droite et emprunter Valley Road. La voie était fermée à la circulation et j'aperçus un fourgon mortuaire et des gens rassemblés devant une ouverture dans la haie. Je continuai tout droit, sans me soucier de la direction. Ce que je voulais, c'était éviter la vue des voitures de police et tout ce qui me rappelait la mort.

Il était quatre heures moins le quart lorsque j'arrivai à la maison. J'avais hâte de prendre une douche et de me changer, mais je ne voulais pas être en retard pour aller chercher Jack. Encore vêtue de ma tenue d'équitation, j'allai à pied jusqu'à la rue voisine, remerciai Carolyn, invitai Billy à venir faire un tour de poney quand il voudrait et rentrai en tenant Jack par la main.

Nous prenions une boisson dans la cuisine quand la sonnette de l'entrée retentit. Le cœur serré, j'allai ouvrir. Je savais que j'allais me trouver nez à nez avec l'inspecteur Paul Walsh.

J'avais raison. Mais cette fois, il était accompagné non seulement du procureur mais de deux autres policiers, l'inspecteur Ortiz et l'inspecteur Shelley.

Leur regard en me voyant apparaître dans ma tenue de cheval trahit leur stupéfaction. Comme je devais l'apprendre plus tard, ils avaient été frappés par ma ressemblance avec la photo de ma mère qu'ils venaient de trouver dans la poche de poitrine de Charley Hatch.

44

Dru Perry arriva tard dans la matinée du mardi au département des archives du tribunal du Morris County. Elle crut d'abord qu'elle perdait son temps. Les dossiers de l'adoption de Liza Barton n'étaient pas accessibles au public. Et les minutes du procès de Liza au tribunal pour enfants ne l'étaient pas davantage. Elle s'y attendait, mais elle voulait savoir s'il y avait une chance que le *Star-Ledger* puisse faire jouer la loi concernant le droit à l'information du public.

« Pas la peine d'insister, lui répondit-on carrément. Les affaires de délinquance juvénile et d'adoption échappent à cette loi. »

Puis, alors qu'elle quittait le tribunal, une femme d'un certain âge la rejoignit à la porte. « Je m'appelle Ellen O'Brien, se présenta-t-elle. Vous êtes Dru Perry, n'est-ce pas ? Je voudrais vous dire que j'apprécie particulièrement votre chronique "L'Affaire derrière l'affaire" dans le *Star-Ledger*. Avez-vous l'intention de poursuivre cette série d'articles ?

— J'aimerais en écrire un sur l'affaire Liza Barton, répondit Dru. J'espérais faire des recherches ici, mais je me heurte à un mur.

— Cette histoire ferait un sujet formidable, s'enthousiasma O'Brien. Je travaille dans ce tribunal depuis trente ans et j'ai assisté à des centaines de procès, mais aucun comme celui-là. »

Trente ans, songea Dru. Elle travaillait donc ici quand le procès a eu lieu. Il était midi. « Par hasard, Ellen, vous apprêtiez-vous à aller déjeuner ? demanda-t-elle.

– En effet. J'avais l'intention d'avaler un morceau à la cafétéria. On n'y mange pas trop mal.

– Dans ce cas, à moins que vous n'ayez d'autres projets, acceptez-vous que je me joigne à vous ? »

Quinze minutes plus tard, tout en mangeant de bon appétit une salade de maïs, Ellen O'Brien évoquait les souvenirs qu'elle avait gardés de l'époque où Liza Barton avait été mise en détention provisoire. « Vous n'imaginez pas la curiosité que son cas avait suscitée parmi nous, raconta-t-elle. Mon fils était un jeune adolescent alors, et vous connaissez les enfants. Si je me fâchais contre lui pour une raison ou une autre, il disait : "Fais gaffe, maman, ou tu finiras comme Audrey Barton..." »

Ellen jeta un coup d'œil à Dru assise en face d'elle, s'attendant manifestement à l'entendre pouffer devant l'humour macabre de son fils. N'obtenant pas la réaction escomptée, elle poursuivit avec plus de retenue : « En tout cas, le nuit où elle a tiré sur sa mère et sur son beau-père, Liza a été emmenée au commissariat local. C'est-à-dire à Mendham, bien entendu. Ils l'ont photographiée et ont pris ses empreintes digitales. Elle était complètement impassible. N'a pas posé une seule question sur sa mère ou son beau-père. Je suis certaine que personne ne lui a dit que sa mère était morte. Ensuite, ils l'ont emmenée au centre de détention pour déliquants juvéniles où elle a été examinée par un psychiatre appointé par l'État. »

Ellen O'Brien rompit son petit pain et en beurra un

morceau. « Je me promets toujours de ne pas manger de pain aux repas, mais c'est tellement bon. Les soi-disant nutritionnistes pondent des quantités d'ouvrages sur les régimes, mais ils changent d'avis comme de chemise. Dans mon enfance, j'avais droit à un œuf tous les matins. Ma mère pensait me donner un bon départ pour la journée. Eh bien non, c'est très mauvais pour la santé, décident soudain les experts. Les œufs donnent du cholestérol. Vous risquez une crise cardiaque si vous en mangez. Aujourd'hui, les œufs reviennent à la mode. La fois suivante, ils vous disent qu'une alimentation pauvre en glucides vous gardera en vie jusqu'à cent ans, alors oubliez les pâtes et le pain. Pendant ce temps quelqu'un d'autre affirme que nous avons besoin de glucides. Mangez du poisson, mais n'oubliez pas que le poisson contient du mercure, aussi n'en mangez pas si vous attendez un enfant. Bref, plus personne ne sait quoi manger. »

Feignant d'approuver ce flot de remarques sur la diététique, Dru tenta de ramener la conversation sur le sujet qui l'intéressait. « D'après les rapports que j'ai pu lire, je crois savoir que Liza n'a pas prononcé un mot pendant les premiers mois de sa détention.

— En effet. Mais j'ai une amie qui connaissait une des employées du centre de détention, et celle-ci lui a raconté que Liza prononçait parfois le nom de "Zach". Puis qu'elle se mettait à secouer la tête et à se balancer d'avant en arrière. Vous avez déjà entendu parler du *keening* ?

— Oui, c'est une sorte de lamento, un chant de douleur, dit Dru, comme une longue complainte. On retrouve cette sorte de lamentation dans la tradition irlandaise.

— Exact. Je suis irlandaise et j'ai entendu ma grand-mère utiliser ce mot. Quoi qu'il en soit, mon amie dit qu'elle a entendu le psychiatre utiliser ce terme pour décrire les émotions de Liza quand elle prononçait ce nom. »

Voilà enfin une information importante, pensa Dru. Très importante. Elle inscrivit un seul mot dans son cahier : « Zach ».

« Elle a été examinée par plusieurs psychiatres, continua Ellen O'Brien. S'ils avaient décidé qu'elle ne présentait aucun danger pour elle-même ou pour les autres, ils auraient dû l'envoyer dans un foyer de réinsertion. Or ça n'a pas été le cas. Ils l'ont enfermée dans un centre de détention juvénile. On a dit qu'elle souffrait de dépression profonde et risquait de se suicider.

— Son procès a eu lieu six mois après la mort de sa mère, dit Dru. Comment était-elle traitée dans ce centre ?

— Elle avait droit à une assistance psychiatrique. Une assistante sociale s'est probablement arrangée pour qu'elle suive des cours par correspondance. Ensuite, lorsque Liza a été acquittée, la DYFS – vous connaissez certainement la Division of Youth and Family Services – a entrepris de lui trouver une famille d'accueil. On l'a mise dans un foyer en attendant. Vous savez, une gamine qui a tiré sur deux personnes et tué l'une d'elles n'est pas précisément le genre d'enfant que les gens ont envie de voir dormir sous leur toit. C'est alors que des parents se sont présentés et l'ont adoptée.

— Personne ne sait qui étaient ces gens ?

— C'est resté très secret. Ils ont décidé qu'il fallait enterrer le passé pour que Liza puisse avoir une vie normale. La cour en est convenue avec eux.

— Je pense que n'importe qui habitant les États voisins l'aurait immédiatement reconnue, dit Dru. Ces gens-là n'étaient donc pas de la région.

– D'après ce que je sais, ce n'étaient pas des parents très proches. Audrey et Will Barton étaient tous les deux enfants uniques. Les ancêtres d'Audrey s'étaient installés ici avant la guerre d'Indépendance. Le nom de jeune fille de la mère de Liza était Sutton. Vous retrouvez constamment ce nom dans les archives du Morris County. Mais la famille s'est éteinte. Dieu seul sait quel était le degré de parenté des gens qui l'ont adoptée. Une hypothèse en vaut une autre. J'ai toujours éprouvé une sorte de pitié pour Liza. Par ailleurs, vous rappelez-vous ce film, *La Mauvaise Graine* ? L'héroïne était une gamine dénuée de conscience. Est-ce que je me trompe ou avait-elle tué sa mère, elle aussi ? »

Ellen O'Brien avala une dernière gorgée de thé glacé et consulta sa montre. « L'État du New Jersey m'appelle, annonça-t-elle. J'ai été très heureuse de bavarder avec vous, Dru. Vous m'avez dit que vous alliez écrire un article sur cette affaire. Je préférerais que vous ne mentionniez pas mon nom. Comprenez-moi. Les gens de mon bureau aiment autant que nous ne divulguions pas les informations que nous avons recueillies.

– C'est normal, acquiesça Dru. Je vous remercie mille fois. Vous m'avez été très utile, Ellen.

– Je ne vous ai rien dit d'autre que ce que tout le monde aurait pu vous dire, protesta Ellen avec modestie.

– Ne croyez pas ça. Lorsque vous avez parlé des Sutton, vous m'avez donné une idée. Maintenant, si vous m'indiquez où sont conservés les registres des mariages, je vais retourner travailler. »

En remontant au moins trois générations en arrière je retrouverai les ancêtres de Liza, se promit la journaliste. Mon intuition me dit qu'il est plus vraisemblable qu'elle ait été adoptée par la famille de sa mère que par celle de son père. Je dois repérer les membres par alliance des Sutton et éplucher leur descendance. Il y a peut-être une fille de trente-quatre ans parmi eux.

Il faut que je retrouve la trace de Liza Barton pour écrire mon article, conclut Dru en payant l'addition. Il y a autre chose qu'il me faut faire sans tarder, c'est obtenir un portrait informatisé de Liza la représentant telle qu'elle devrait être aujourd'hui. Et je vais trouver qui est ce Zach dont elle répétait le nom comme un lamento.

45

Je devais paraître sûre de moi. Je ne voulais pas que ces hommes pénètrent chez moi et m'interrogent sur la mort d'une femme que je n'avais rencontrée qu'une seule fois. Les inspecteurs du procureur ignoraient que j'étais Liza Barton. Ils essayaient de trouver un lien entre l'assassinat de Georgette Grove et moi uniquement parce que je n'avais pas composé le 911 depuis Holland Road et que j'étais rentrée précipitamment à la maison.

Jack m'avait suivie lorsque j'étais allée répondre au coup de sonnette. Il glissa timidement sa main dans la mienne. Je ne saurais dire s'il cherchait à se rassurer ou à me rassurer, mais ma colère à la pensée du mal que toute cette histoire pouvait lui causer me donna la force de me rebiffer.

Ma première question fut pour Jeffrey MacKingsley. « Monsieur MacKingsley, voulez-vous m'expliquer pourquoi l'inspecteur Walsh a passé la matinée à me suivre ?

— Madame Nolan, je vous prie de nous excuser pour ces désagréments, dit MacKingsley. Verriez-vous un inconvénient à ce que nous entrions vous parler pendant quelques minutes ? Laissez-moi vous expliquer de quoi il s'agit. L'autre jour, vous m'avez montré une photographie de la famille Barton qui était affichée sur le poteau de votre écurie. Elle ne comportait aucune empreinte à l'exception des vôtres, ce qui nous a paru inhabituel. Vous l'avez ôtée du poteau et me l'avez donnée, mais il a bien fallu que quelqu'un la tienne auparavant. Nous n'avons pas diffusé cette information, mais nous avons trouvé dans le sac de Georgette Grove une coupure de presse où figure une photo de vous au moment où vous vous êtes évanouie. Or cette coupure non plus ne portait pas d'empreintes. Et, aujourd'hui, nous avons trouvé une photo d'Audrey Barton sur les lieux d'un autre crime. »

Je faillis m'exclamer : « Une photo de ma mère sur les lieux d'un crime ! » J'étais à bout de nerfs. Je parvins tant bien que mal à me contrôler et demandai : « Quel rapport cela a-t-il avec moi ? »

Je me tenais toujours sur le pas de la porte et Jeffrey MacKingsley comprit que je n'avais l'intention ni de répondre à d'autres questions ni de les inviter à entrer. Il s'adressa à moi d'un ton dénué de la courtoisie et de la chaleur que j'avais cru y déceler au début. « Madame Nolan, le jardinier qui s'occupait de la maison de Holland Road vient d'être retrouvé mort il y a quelques heures, tué par balle. Nous avons la preuve qu'il était l'auteur des dégradations commises chez vous. Il avait une photo d'Audrey Barton dans sa poche et il ne l'y a pas mise lui-même. Ce que j'essaye de vous expliquer, c'est que le meurtre de Georgette Grove et cet homicide sont d'une manière ou d'une autre liés à votre maison.

— Connaissiez-vous Charley Hatch, madame Nolan ? me demanda brusquement l'inspecteur Walsh.

— Non, je ne le connaissais pas. » Je le regardai franchement. « Pouvez-vous me dire pourquoi vous vous trouviez à la cafétéria ce matin et pourquoi vous m'avez suivie jusqu'à Bedminster ?

– Madame Nolan, répondit-il, je vais vous dire ce que je crois : soit vous avez quitté la maison de Holland Road où vous avez découvert le corps de Georgette Grove beaucoup plus tôt que vous ne l'avez dit, soit vous êtes tellement habituée à ces routes que vous avez pu faire d'une traite ce trajet compliqué et arriver à temps pour composer le 911 à l'heure où nous avons reçu l'appel. »

Jeffrey MacKingsley ne me laissa pas le temps de répliquer. « Madame Nolan, Georgette Grove a vendu cette maison à votre mari. Charley Hatch l'a vandalisée. Vous y habitez. Georgette avait votre photo. Charley Hatch avait une photo d'Audrey Barton. Vous avez trouvé une photo de la famille Barton dans votre écurie. Il y a un rapport manifeste entre tous ces faits et nous essayons de résoudre deux homicides. Voilà pourquoi nous sommes ici.

– Êtes-vous *certaine* de n'avoir jamais rencontré Charley Hatch, madame Nolan ? demanda Walsh.

– Je n'ai même *jamais* entendu parler de cet homme. » La colère rendait ma voix glaciale.

« Maman. » Jack tirait sur ma main. Je savais qu'il était effrayé par mon ton et par les façons insinuantes de l'inspecteur Walsh.

« Tout va bien, Jack. Ces messieurs sont seulement venus nous dire qu'ils sont contents que nous nous soyons installés dans cette ville. » J'ignorai Walsh et les deux autres hommes et fixai mon regard sur Jeffrey MacKingsley. « Je suis arrivée ici la semaine dernière pour trouver ma maison vandalisée. J'avais un rendez-vous avec Georgette Grove, une femme que je n'avais vue qu'une seule fois auparavant, et que j'ai trouvée morte. Je crois que le médecin de l'hôpital peut certifier l'état de choc dans lequel je me trouvais à mon arrivée aux urgences. J'ignore ce qui se passe dans cette région, mais je vous suggère de consacrer vos efforts à trouver l'auteur de ces crimes, et d'avoir la décence de nous laisser en paix, moi et ma famille. »

Je commençai à refermer la porte, mais Walsh avança son pied dans l'embrasure pour m'en empêcher. « Une dernière question, madame Nolan. Où vous trouviez-vous cet après-midi, entre une heure trente et deux heures ? »

Je n'eus aucun mal à répondre : « J'avais rendez-vous à deux heures pour une leçon d'équitation au Washington Valley Riding Club. J'y suis arrivée à deux heures moins cinq. Pourquoi ne calculez-vous pas la distance qui nous sépare du club, monsieur Walsh ? Vous pourriez vérifier par vous-même à quelle heure j'ai quitté la maison. »

Je claquai la porte contre sa chaussure et il retira son pied. Mais, au moment où je fermais à clé, une pensée terrifiante me traversa l'esprit. La présence de la police autour de la maison qui faisait le coin entre Sheep Hill et Valley Road avait-elle un rapport avec la mort du paysagiste qui avait vandalisé la maison ? Et dans ce cas, en répondant à cette dernière question, j'avais avoué m'être trouvée à proximité de l'endroit où il était mort.

46

Le mardi après-midi à seize heures, Henry Paley regagna l'agence immobilière.« Comment ça s'est passé ? demanda Robin.

— Je crois qu'on a décroché une vente. C'est la troisième fois que les Mueller visitent la maison et, la seconde fois, ses parents à lui les ont accompagnés. Visiblement, c'est le père qui signe les chèques. Le propriétaire était sur place et il m'a pris à l'écart et m'a demandé de réduire ma commission.

— Tel que je vous connais, je parie qu'il a fait chou blanc », dit Robin.

Henry lui sourit. « C'est exact, mais c'était plutôt un ballon d'essai. Je parie que M. Mueller *senior* lui a parlé, cherchant à faire baisser le prix. C'est le genre de type qui marchanderait pour gagner un penny sur un litre de lait. »

Il s'avança jusqu'à son bureau. « Robin, vous ai-je dit que vous étiez très excitante aujourd'hui ? Je ne crois pas que Georgette aurait approuvé ce pull plutôt révélateur, et je ne crois pas non plus qu'elle aurait apprécié votre petit copain si elle avait su de qui il s'agissait, n'est-ce pas ?

— Henry, je n'aime pas beaucoup ce genre d'allusions, fit Robin d'un ton neutre.

— Bien sûr que vous n'aimez pas. C'était une

réflexion au passage, mais je me demande si Georgette n'avait pas des soupçons vous concernant. Peut-être pas, au fond. Elle n'a jamais su que vous sortiez avec Cartwright l'an passé. Sinon, elle vous aurait fichue dehors.

— Je connaissais Ted Cartwright avant de venir travailler à l'agence. Je n'ai jamais eu aucune relation personnelle avec lui. Le fait que je le connaissais n'a jamais ébranlé ma loyauté à l'égard de Georgette.

— Robin, c'est vous qui donniez au téléphone les renseignements concernant les propriétés à vendre. C'est vous qui receviez les visiteurs qui passaient à l'improviste. J'admets que je suis resté inactif pendant un certain temps, mais on ne peut pas en dire autant de vous. Ted vous payait-il pour décourager certains acquéreurs potentiels ?

— Vous voulez savoir s'il me donnait une prime comme celle qu'il vous avait promise pour inciter Georgette à vendre le terrain de la Route 24 ? demanda Robin d'un ton innocent. Non, il ne me payait pas. »

La porte qui donnait sur East Main Street s'ouvrit brusquement. Surpris, ils se retournèrent en même temps pour voir le sergent Clyde Earley pénétrer dans l'agence.

Clyde Earley se trouvait dans la première voiture de police qui était arrivée en fonçant chez Lorraine Smith dans Sheep Hill Road. Après l'avoir écoutée décrire avec épouvante comment elle avait découvert le corps de Charley Hatch, il avait ordonné à l'agent qui l'accompagnait de rester auprès d'elle et il avait traversé la pelouse en courant et fait le tour de la piscine. C'est alors qu'il avait trouvé le corps inanimé du paysagiste.

Il était resté une seconde planté devant lui, animé d'un sentiment de regret. Il n'avait pas l'intention d'admettre qu'il avait délibérément cherché à tourmenter Charley Hatch en laissant le sac-poubelle refermé devant sa maison afin qu'en rentrant de son travail ce dernier se rende compte que son jean, ses baskets et ses sculptures avaient disparu. Mais en contemplant le visage ensanglanté de l'homme qui gisait devant lui, Clyde avait compris que sa mort était devenue inévitable. Pris de panique, Charley avait dû appeler l'individu qui l'avait payé pour vandaliser la maison. Et ce dernier avait alors décidé que Charley représentait un risque inacceptable. Pauvre Charley, pensa Clyde. Ce n'était pas un mauvais bougre. C'était sans doute la première fois qu'il commettait un acte illégal. Il avait dû être bien payé pour ça.

Attentif à ne pas fouler l'herbe autour du corps de Charley, Earley avait examiné la scène. La tondeuse était derrière la maison. Charley s'était donc dirigé vers le fond du jardin pour y rencontrer quelqu'un. Mais qui et pourquoi ? Je suis sûr que Jeffrey va faire vérifier toutes les conversations téléphoniques de Charley. Ainsi que son compte en banque. À moins qu'on ne trouve un paquet de fric caché dans un placard.

Une malédiction pesait sur cette maison d'Old Mill Lane. Charley l'avait vandalisée et il était mort. Georgette l'avait vendue et elle était morte elle aussi. Mme Nolan semblait constamment au bord de la crise de nerfs. Où cela s'arrêterait-il ?

D'autres voitures de police étaient arrivées. Clyde s'était occupé d'interdire l'accès de Sheep Hill Road, de boucler le périmètre du crime et de poster un flic au portail afin d'empêcher toute voiture étrangère de pénétrer dans la propriété. « Ce qui inclut les médias », avait-il précisé.

Clyde aimait avoir les choses en main. Il avait été vexé de constater que, dès leur arrivée, les hommes du procureur avaient délibérément tenu la police locale à l'écart. Jeffrey MacKingsley s'était certes montré plus aimable que les autres et avait gardé Clyde dans le périmètre, cependant il ne faisait aucun doute que dans l'ordre hiérarchique, les locaux étaient perdants.

En arrivant sur place, le procureur avait sèchement salué Earley. Oubliées les félicitations sur mon beau travail de policier lorsque j'avais découvert les affaires de Charley tachées de peinture, songea-t-il, amer.

Après que l'équipe médico-légale eut terminé son examen et qu'on eut emporté le corps, Clyde avait décidé de regagner le commissariat, mais il avait changé d'avis en route et s'était garé en face de l'agence Grove dans East Main Street. Il avait vu Robin Carpenter à son bureau en discussion avec Henry Paley. Il voulait être le premier à leur annoncer la mort de Charley Hatch et leur demander s'ils avaient été en contact avec lui, pour une raison ou une autre.

Je ne serais pas surpris que Charley ait été en rapport avec Paley, pensait Clyde en ouvrant la porte d'un air sombre. Je n'aime pas ce type.

« Je suis content de vous trouver tous les deux, dit-il. Vous connaissez Charley Hatch, le paysagiste qui prenait soin de la propriété de Holland Road, n'est-ce pas ?

— Je l'ai vu parfois dans le coin, répondit Paley.

— Il a été assassiné cet après-midi, entre une heure trente et deux heures, alors qu'il travaillait dans une maison de Sheep Hill Road. »

Robin se leva d'un bond, le visage soudain d'une pâleur extrême. « Charley ! C'est impossible ! »

Les deux hommes la regardèrent d'un air surpris.

« Charley était mon demi-frère, gémit-elle. Je ne peux pas croire qu'il soit mort. »

47

Le mardi à cinq heures de l'après-midi, Zach Willet se rendit à Madison et se gara devant les bureaux de la Cartwright Town Houses Corporation. Il pénétra dans le hall où il trouva la responsable des ventes, une jeune femme d'une trentaine d'années, en train de ranger son bureau avant la fermeture. Il nota le nom inscrit sur la plaque posée sur son bureau : AMY STACK.

« Bonjour, Amy », dit-il en jetant un regard autour de lui. « Je vois que vous vous préparez à regagner vos pénates, je ne vous dérangerai pas longtemps. »

Sur les murs étaient affichés les plans des différents types de maisons et les illustrations qui les représentaient une fois meublées. Zach les examina avec attention. Sur la table basse, des brochures indiquaient les prix et les caractéristiques de chaque habitation. « Résidence de trois étages, quatre chambres, une chambre principale, cuisine ultramoderne, trois cheminées, quatre salles de bains, lave-linge et sèche-linge, garage pour deux voitures, patio privé et jardin, tous services. » Zach sourit d'un air appréciateur. « On ne risque pas de se tromper avec celle-là », dit-il en remettant la brochure à sa place. Il se dirigea vers la plus grande des maisons affichées sur le mur. « Bon, Amy, je sais que vous êtes pressée de rejoindre votre mari ou votre petit copain, mais vous pourriez peut-être accorder une faveur à un gentil garçon comme moi et lui montrer cette charmante propriété.

– Je vous y emmènerai volontiers, monsieur... » Amy hésita. « Je ne crois pas connaître votre nom.

– Vous avez raison, c'est un oubli de ma part. Je m'appelle Zach Willet et, à moins que vous n'ayez emprunté la plaque de quelqu'un d'autre, vous êtes Amy Stack.

– En effet. » Amy ouvrit le tiroir supérieur de son bureau et chercha son trousseau de clés. « Elle se trouve au 8, Pawnee Avenue. Je dois vous prévenir que c'est notre maison haut de gamme. Elle comporte tous les équipements disponibles en option, et naturellement son prix est en conséquence. C'est également notre maison témoin, entièrement meublée.

– De mieux en mieux, dit Zach d'un ton joyeux. Allons y jeter un coup d'œil. »

En traversant le lotissement, Amy Stack lui fit remarquer que l'aménagement paysager était presque terminé et qu'il serait plus tard reproduit dans un magazine international spécialisé dans l'art du jardinage, elle souligna que les allées étaient chauffées pour empêcher la glace de se former en hiver. « M. Cartwright a pensé à tout, dit-elle avec fierté. Il fait partie de ces promoteurs doués de sens pratique qui s'occupent de chaque détail, de chaque étape de la construction.

– Ted est un de mes bons amis », l'informa Zach en veine de confidences. « Nous nous connaissons depuis quarante ans, nous étions deux gamins en culottes courtes alors. »

Il regarda autour de lui. Certaines des élégantes maisons en briques rouges étaient déjà occupées. « Il y a quelques voitures de luxe dans les allées, fit-il remarquer. Un voisinage de qualité, à ce que je vois.

– Absolument, lui assura Amy. Vous ne pouvez

rêver mieux. » Elle avança de quelques pas : « Voilà le numéro 8. Comme vous le voyez, la maison est située en angle, c'est sans conteste la plus belle du lotissement. »

Le sourire de Zach s'élargit tandis qu'Amy tournait la clé, ouvrait la porte et le faisait entrer dans la grande salle de séjour du rez-de-chaussée. « Cheminée surélevée, bar incorporé, que demander de plus ? fit-il.

— Certaines personnes utilisent la pièce attenante comme salle de gymnastique et, bien sûr, il y a une salle de bains avec jacuzzi. Tout a été parfaitement conçu », dit Amy d'une voix pleine d'un enthousiasme professionnel.

Zach insista pour emprunter l'ascenseur qui desservait les étages. Comme un gosse qui ouvre ses cadeaux, il prenait un plaisir manifeste à examiner tous les détails. « Un tiroir chauffe-plats ! Mon Dieu, Je me souviens de ma maman mettant les assiettes directement sur la plaque du fourneau pour les garder au chaud. Elle finissait toujours par se brûler les doigts. Deux chambres d'amis », continua-t-il avec le même entrain. « Je n'ai pas de famille très proche, mais je pourrais reprendre contact avec mes cousins dans l'Ohio et les inviter en week-end. »

Ils redescendirent en ascenseur et ressortirent. Tandis qu'Amy refermait la porte d'entrée, Zach déclara : « Je la prends. Telle quelle. Meublée.

— C'est formidable ! s'exclama-t-elle. Désirez-vous verser un acompte tout de suite ?

— Ted Cartwright ne vous a-t-il pas informé qu'il me faisait cadeau de cette maison ? s'étonna Zach. Je lui ai sauvé la vie autrefois, et je suis obligé de quitter l'endroit où j'habite actuellement. Il m'a dit que je pouvais faire mon choix. Ted n'oublie jamais une dette. Vous devez vous réjouir d'être son employée. »

48

Alex téléphona peu après le départ du procureur et de ses hommes. Il était à l'aéroport de Chicago. « Je serai obligé de repartir demain pour deux jours encore, dit-il. Mais vous me manquez tous les deux, j'ai envie de passer la nuit à la maison. Regarde si Sue est libre pour garder Jack et réserve-nous une table pour dîner au Grand Café. »

Le Grand Café à Morristown était lui aussi un des restaurants du passé. Papa et maman y allaient souvent et ils m'emmenaient parfois avec eux le week-end. Je me réjouis à la pensée d'y aller avec Alex. « C'est une merveilleuse idée, lui dis-je. Jack a passé la journée chez un copain et il se couchera tôt, je vais appeler Sue. »

J'étais encore en tenue d'équitation. Je téléphonai à Sue. Elle était libre. Je réservai une table au restaurant, emmenai Jack faire un tour de poney, puis l'installai devant la télévision avec une cassette des Muppet et montai me changer. Depuis notre arrivée une semaine auparavant, je prenais toujours ma douche le matin. Mais ce jour-là, dans la salle de bains que mon père avait conçue pour ma mère, je me prélassai dans la grande baignoire anglaise, m'efforçant de chasser de mon esprit les événements pénibles de la journée. Tant de faits troublants s'étaient enchaînés : le fait que l'inspecteur Walsh m'avait suivie et que j'étais probablement passée devant la maison de Sheep Hill Road à l'heure où on avait tiré sur ce malheureux paysagiste. L'attitude du procureur, son ton froid et protocolaire lorsque j'avais refusé de le laisser entrer avec ses hommes. Et il y avait aussi mon rendez-vous avec Benjamin Fletcher fixé pour le lendemain.

Que devais-je révéler à Alex ? Était-il préférable de continuer à me taire et d'essayer de passer une soirée détendue avec lui ? Il avait prévu de repartir pour Chicago le lendemain matin. Ces deux crimes seraient peut-être résolus dans les deux jours à venir et le bureau du procureur cesserait alors de s'intéresser à moi. Je m'appliquais à croire que tout se déroulerait ainsi parce que je n'avais pas d'autre choix si je désirais rester saine d'esprit.

En sortant de l'eau, j'enfilai une robe de chambre, fis dîner Jack et lui donnai un bain avant d'aller me changer dans ma chambre. Un souvenir me revint subitement en mémoire, un souvenir qui n'avait rien d'agréable. J'étais allée dans cette chambre un soir pour embrasser ma mère qui devait sortir dîner avec Ted. Je le croyais en bas et je savais qu'elle était en train de s'habiller. La porte était ouverte et je l'avais vue dénouer sa robe de chambre. Puis, avant que je puisse dire un mot, Ted était sorti de la salle de bains en nouant sa cravate. Il s'était avancé dans son dos et avait fait glisser la robe de chambre de ses épaules. Elle s'était tournée vers lui, et le baiser qu'elle lui avait donné était aussi passionné que ceux dont il l'avait couverte.

C'était à peine quelques jours avant qu'elle le mette dehors.

Que s'était-il passé ? Qu'est-ce qui avait provoqué chez elle un changement aussi radical ? Depuis le jour où elle avait commencé à sortir avec lui jusqu'à celui où ils s'étaient séparés, elle m'avait toujours suppliée d'être gentille avec Ted. « Je sais combien tu aimais ton papa, Liza, et combien il te manque, mais il est permis d'aimer Ted d'une façon différente. Papa serait heureux de savoir que Ted prend soin de nous. »

Je n'ai jamais oublié ma réponse : « Tout ce que papa voulait, c'était vivre avec nous pour toujours. »

La situation est complètement différente avec Jack, pensai-je. Il se souvient très peu de son père et aime sincèrement Alex.

Je choisis un tailleur-pantalon de shantung vert sombre, élégant sans être trop habillé. Lorsque nous vivions à New York, Alex et moi avions coutume de dîner en ville une ou deux fois par semaine. La baby-sitter arrivait alors que je lisais son histoire à Jack, puis nous allions Chez Neary, notre restaurant irlandais préféré, ou, si j'avais envie de manger des pâtes, à Il Tennille. Nous sortions parfois avec des amis, mais nous étions le plus souvent seuls.

Nous n'avons plus l'impression d'être des jeunes mariés depuis notre arrivée ici, me dis-je d'un air songeur, tout en appliquant une touche d'ombre à paupières et du rouge à lèvres. Je m'étais lavé les cheveux et je décidai de les laisser flotter librement sur mes épaules, sachant qu'Alex les aimait coiffés ainsi. Je fixai mes boucles d'oreilles préférées en or et émeraudes, cadeau de Larry pour notre premier anniversaire de mariage. Larry – pourquoi fallait-il que le souvenir de ces quelques années de bonheur soit à jamais gâché par la promesse qu'il m'avait arrachée sur son lit de mort ?

Je n'avais pas entendu Alex rentrer et ne m'aperçus de sa présence qu'en sentant ses bras autour de moi. Il rit en entendant mon cri étouffé puis me tourna vers lui. Ses lèvres trouvèrent les miennes et je répondis avec ardeur à son étreinte.

« Tu m'as manqué, dit-il. Ces stupides dépositions n'en finissaient pas. Je n'ai pas pu résister à l'envie de rentrer, même pour une seule nuit. »

Je repoussai doucement ses cheveux sur son front. « Je suis si heureuse que tu sois là. »

Jack arrivait en courant. « Tu n'es même pas venu me dire bonsoir.

– Je croyais que tu dormais », dit Alex avec un éclat de rire, le soulevant en l'air, puis il nous serra tous les deux dans ses bras robustes.

C'était si bon, si naturel, et pendant quelques heures, je fus capable de prétendre que tout était normal.

Plusieurs personnes vinrent nous saluer à notre table au Grand Café. Des amis d'Alex du Peapack Riding Club. Tous se montrèrent navrés de ce qui nous était arrivé, les dégradations de la maison, la découverte du corps de Georgette Grove. Alex répliqua que nous avions l'intention de redonner à la maison son ancien nom, « Knollcrest », et promit : « Lorsque Ceil l'aura transformée par la magie de son talent, nous y donnerons une grande fête. »

Lorsque nous fûmes enfin seuls, Alex sourit. « Tu ne peux me reprocher d'espérer », dit-il.

C'est alors que je lui parlai de la venue du procureur à la maison et du fait que l'inspecteur Walsh m'avait suivie et accusée de cacher quelque chose, disant que la façon dont j'étais revenue si vite à la maison depuis Holland Road paraissait suspecte.

Je vis les muscles du visage d'Alex se contracter et ses pommettes s'empourprer. « Tu veux dire que ces gens n'ont rien de mieux à faire que de te reprocher d'avoir été prise de panique et d'être rentrée rapidement à la maison ?

– Il y a pire », ajoutai-je.

Et je lui parlai de l'assassinat du paysagiste et du fait que j'étais sans doute passée devant les lieux du crime à peu près à l'heure où il avait été tué. « Alex, je ne sais plus quoi faire. » Ma voix n'était qu'un murmure à présent. « Ils disent que toutes ces histoires ont un rapport avec notre maison et je te jure qu'ils me regardaient comme si j'étais responsable de la mort de cette femme.

– C'est grotesque », protesta Alex.

Puis il s'aperçut que j'étais à nouveau au bord des larmes. « Chérie, dit-il, je prendrai un avion plus tard pour Chicago demain. Je vais aller à Morristown dans la matinée m'entretenir avec le procureur. Il a un sacré culot de laisser un de ses inspecteurs te suivre. Et il a aussi un sacré culot de se présenter à ta porte et de te demander où tu étais lorsque ce paysagiste a été assassiné. Je vais leur dire leur fait à tous, et rapidement. »

Je me sentis soulagée. Mon mari était à mon côté. Mais que pensera-t-il quand, la prochaine fois que l'inspecteur Walsh ou Jeffrey MacKingsley se présenteront, je refuserai de répondre à leurs questions sous prétexte que mes déclarations pourraient être utilisées contre moi ? Je leur avais déjà menti en disant que je ne savais pas manier une arme, en disant que Georgette Grove m'avait expliqué comment atteindre Holland Road.

Je ne pouvais même pas répondre à des questions aussi simples que : « Madame Nolan, êtes-vous déjà venue à Mendham avant votre anniversaire le mois dernier ? Aviez-vous déjà fait le trajet jusqu'à Holland Road avant jeudi dernier ? » Répondre à ces questions en entraînerait d'autres.

« Ceil, ne t'inquiète pas à cause de tout ça. C'est ridicule », disait Alex.

Il tendit la main à travers la table pour prendre la mienne, mais je la lui retirai pour chercher mon mouchoir dans mon sac.

« Ce n'est peut-être pas le meilleur moment pour venir vous saluer, Celia. Vous paraissez bouleversée. »

Je levai la tête vers Marcella Williams. Sa voix était douce et bienveillante, mais ses yeux brillants de curiosité trahissaient son excitation à la pensée de tomber sur nous alors que nous étions tous les deux visiblement très émus.

L'homme qui l'accompagnait était Ted Cartwright.

49

À seize heures trente le mardi après-midi, Jeffrey MacKingsley venait de regagner son bureau lorsque le sergent Earley lui annonça au téléphone qu'il venait d'apprendre de Robin Carpenter qu'elle était la demi-sœur de Charley Hatch. « Je tiens une conférence de presse à dix-sept heures, lui dit le procureur. Demandez-lui de passer à mon bureau à dix-huit heures ou, mieux encore, vous pourriez peut-être aller la chercher. »

Comme prévu, la conférence de presse fut houleuse. « Il y a eu deux homicides dans le Morris County en moins d'une semaine, les deux commis dans des maisons valant plus d'un million de dollars. Ces crimes ont-ils un rapport entre eux ? » demanda le journaliste du *Record*.

« Charley Hatch était le paysagiste de la maison de Holland Road. L'éboueur chargé du ramassage des poubelles dans sa rue affirme que ce matin le sergent Earley a confisqué un sac qu'il avait subtilisé dans la poubelle de Hatch et en a sorti un jean, des baskets et des statuettes. Charley Hatch était-il suspect du meurtre de Georgette Grove ? »

Cette fois la question provenait d'un journaliste du *New York Post*.

« Ces homicides ont-ils un rapport quelconque avec

les déprédations dont a fait l'objet la Maison de la Petite Lizzie dans Old Mill Lane, et le bureau du procureur a-t-il des pistes ? » demanda le correspondant du *Asbury Park*.

MacKingsley s'éclaircit la voix. Choisit ses mots avec soin : « Charley Hatch, paysagiste de son état, a été tué entre une heure quarante et deux heures dix de l'après-midi. Nous croyons qu'il connaissait son agresseur et que ce dernier lui avait fixé un rendez-vous. Personne n'a rapporté avoir entendu un coup de feu, ce qui n'est pas étonnant, étant donné qu'il y avait une tondeuse en marche dans une propriété voisine. » Il n'avait pas l'intention d'en dire davantage, mais il changea d'avis, conscient qu'il ne pouvait pas s'arrêter là sans communiquer quelques informations supplémentaires aux médias. « Nous estimons que les assassinats de Charley Hatch et de Georgette Grove ont un lien entre eux et qu'ils sont peut-être liés au vandalisme de la maison d'Old Mill Lane. Nous suivons plusieurs pistes et vous tiendrons informés. »

Il regagna son bureau furieux contre Clyde Earley. Je parie qu'il n'a pas attendu d'être suffisamment éloigné de la maison pour fouiller dans les ordures de Charley Hatch. Et Charley a dû se rendre compte que le sac avait été fouillé et il s'est affolé. Si Earley avait des soupçons, il aurait mieux fait d'attendre que le sac-poubelle ait atterri dans la décharge pour aller le récupérer. Ensuite on aurait pu mettre le téléphone de Charley sur écoute et découvrir pour qui il travaillait. Ainsi, on aurait évité que l'éboueur répète l'histoire à qui veut l'entendre.

Et qu'est-ce que cette affriolante réceptionniste de l'agence de Georgette Grove, qui affirme être la demi-sœur de Charley Hatch, vient faire dans le tableau ?

À six heures, escortée par le sergent Earley, Robin

Carpenter pénétrait dans le bureau du procureur. Walsh, Ortiz et Shelley étaient présents à la réunion et tous purent constater que Robin était le genre de femme auquel pas un homme ne résistait. C'est curieux, pensa Jeffrey. Elle s'est montrée plutôt discrète la semaine dernière quand nous sommes allés lui parler après la découverte du corps de Georgette Grove. Aujourd'hui, elle ne cache plus son jeu. Et ils se laissent tous prendre, maugréa-t-il, remarquant qu'Ortiz la buvait des yeux.

« Mademoiselle Carpenter, j'aimerais vous présenter mes condoléances. La mort de votre demi-frère a sûrement été un choc pour vous.

– Merci, monsieur MacKingsley, mais je ne vous mentirai pas. Je suis sincèrement navrée pour Charley, mais je ne connaissais même pas son existence jusqu'à l'an passé. »

Jeffrey haussa les sourcils tandis que Robin expliquait qu'à l'âge de dix-sept ans sa mère avait donné naissance à un bébé. Par un acte d'adoption privée, elle l'avait confié à un couple sans enfants. « Ma mère est morte voilà dix ans. Et un jour, l'an dernier, Charley a frappé à la porte de mon père et s'est présenté. Il avait son certificat de naissance et des photos de lui dans les bras de ma mère, si bien qu'il n'y avait aucun doute sur son identité.

« Mon père s'était remarié et n'avait aucune envie de s'intéresser à Charley. En toute franchise, il était peut-être mon demi-frère, mais pour le peu que je l'ai connu, je ne me suis jamais sentie proche de lui. Il passait son temps à geindre. Il se plaignait d'avoir à verser une pension trop élevée à son ex-femme. Il disait qu'il détestait jardiner, mais qu'il était incapable de faire autre chose. Il ne supportait pas la plupart des gens pour lesquels il travaillait. Il n'était pas le genre de garçon dont on cherche à se faire un ami.

– Le voyiez-vous souvent ? demanda MacKingsley.

– Très franchement, je préférais l'éviter. Il m'appelait de temps en temps et m'invitait à prendre un café avec lui. Son divorce était assez récent et il n'avait pas grand-chose à faire le soir.

– Mademoiselle Carpenter, nous avons quelques raisons de croire que Charley Hatch est l'individu qui a vandalisé la maison d'Old Mill Lane.

– C'est impossible ! protesta Robin. Pourquoi aurait-il agi ainsi ?

– C'est exactement ce que nous voulons savoir, répliqua le procureur. Charley est-il jamais venu vous voir à l'agence ?

– Non, jamais.

– Georgette Grove savait-elle qu'il avait des liens de parenté avec vous ?

– Non. Je n'avais pas jugé utile de lui en parler.

– Georgette Grove ou Henry Paley auraient-ils pu le rencontrer ?

– Peut-être. Certains propriétaires mettent leur maison en vente et sont parfois absents, mais ils continuent à la faire entretenir. Charley était paysagiste et il proposait également un service de déneigement durant l'hiver. Si Georgette avait l'exclusivité de la vente d'une propriété, c'était à elle d'assurer son entretien, aussi est-il possible qu'elle ait connu Charley. Mais son nom n'a jamais été évoqué pendant l'année où j'ai travaillé avec elle.

– Et il pourrait en être de même pour Henry Paley, n'est-ce pas ? demanda Jeffrey. Il aurait pu connaître Charley ?

– Bien sûr.

– Quand avez-vous parlé pour la dernière fois à votre demi-frère, mademoiselle Carpenter ?

– C'était il y a au moins trois mois.

– Où vous trouviez-vous aujourd'hui entre une heure quarante et deux heures dix ?

– Au bureau. Henry devait déjeuner avec Ted Cartwright. Quand il est revenu un peu après une heure, j'ai couru au bar d'en face acheter un sandwich que j'ai rapporté au bureau. Henry avait un rendez-vous à une heure trente avec un client à l'extérieur.

– Est-il allé à ce rendez-vous ? »

Robin réfléchit un instant avant de répondre : « Oui, mais M. Mueller, le client en question, a téléphoné pour prévenir qu'il serait en retard, et qu'il ne pourrait pas être au rendez-vous avant deux heures trente.

– Henry est donc resté avec vous à l'agence jusqu'à ce moment-là ? »

Robin hésita à nouveau. Ses yeux s'emplirent de larmes, et elle se mordit la lèvre pour l'empêcher de trembler. « Je ne peux pas croire que Charley soit mort. Est-ce parce que... ? » Elle se tut.

MacKingsley attendit, puis avec une lenteur délibérée reprit : « Mademoiselle Carpenter, si vous avez une information susceptible d'être utile à cette enquête, il est de votre obligation de la révéler. Qu'alliez-vous dire ? »

Robin perdit son sang-froid. « Henry a essayé de me faire chanter, laissa-t-elle échapper. Avant de venir travailler à l'agence, j'étais sortie avec Ted Cartwright à plusieurs reprises. Bien sûr, quand j'ai su le mépris que Georgette éprouvait pour lui, j'ai préféré lui taire que je le connaissais. Henry essaye de tout déformer pour donner l'impression que je voulais créer des difficultés à Georgette. Ce n'était pas vrai, mais ce qui est vrai, en revanche, c'est qu'il a quitté l'agence à une heure quinze et qu'il est resté absent jusqu'à environ quatre heures. En réalité, il était rentré depuis à peine quelques minutes quand le sergent Earley est venu nous annoncer la mort de Charley.

— Son rendez-vous avait été reporté de une heure trente à deux heure trente, c'est bien ça ? demanda le procureur.

— C'est ça.

— Je vous remercie, mademoiselle Carpenter. Je sais que tout cela a été très éprouvant pour vous. Si vous voulez bien attendre quelques minutes que votre déposition soit prête, vous pourrez la signer et ensuite le sergent Earley vous reconduira chez vous.

— Merci. »

Jeffrey regarda ses hommes. Chacun avait pris des notes sans dire un mot. « L'un de vous a-t-il des questions à poser à Mlle Carpenter ?

— Une seule, dit Paul Walsh. Mademoiselle Carpenter, quel est le numéro de votre téléphone mobile ? »

50

À trois heures moins le quart, Dru Perry reçut un appel de Ken Sharkey l'informant de l'annonce qui avait été diffusée sur la fréquence de la police. Charley Hatch, le paysagiste qui s'occupait de la maison de Holland Road où Georgette Grove avait été assassinée venait d'être retrouvé mort d'une balle dans la tête. Ken envoyait un reporter sur place, mais il voulait que Dru assiste à la conférence de presse que MacKingsley ne manquerait pas de donner.

Dru lui promit de rester dans les environs en attendant la conférence, mais elle lui tut ce qu'elle venait de découvrir. Elle s'était plongée dans la recherche des ancêtres maternels de Liza Barton en remontant sur trois générations. La mère et la grand-mère de Liza étaient enfants uniques. Son arrière-grand-mère avait trois sœurs. L'une était restée célibataire. Une autre s'était mariée avec un dénommé James Kennedy et était morte sans descendance. La troisième arrière-grand-tante avait épousé un homme du nom de William Kellogg.

Le nom de jeune fille de Celia Foster Nolan est Kellogg, se rappela Dru. Un journaliste de New York l'a mentionné dans son article à propos du vandalisme. J'ai seulement écrit qu'elle était la veuve de Laurence Foster, l'ancien président de Bradford & Foster. Je

296

crois me souvenir que c'est le journaliste du *Post* qui a précisé qu'elle avait fait la connaissance de Foster alors qu'elle décorait son appartement et qu'elle avait sa propre agence de décoration, Celia Kellogg Interiors.

Dru descendit à la cafétéria du tribunal et commanda un thé. La salle était presque déserte, ce qui lui convenait. Elle avait besoin de calme pour réfléchir, elle commençait à peine à entrevoir les implications de sa découverte.

Tenant sa tasse à deux mains, elle regardait dans le vague. Le fait qu'elle s'appelle Kellogg n'est peut-être qu'une étrange coïncidence, pensa-t-elle. Non, je ne crois pas en ce genre de coïncidences. Celia Nolan a *exactement* l'âge qu'aurait Liza Barton aujourd'hui. Est-ce vraiment une coïncidence qu'Alex Nolan ait justement acheté cette maison-là pour son anniversaire ? Il y a une chance sur un million, mais c'est possible. Et s'il l'a achetée pour lui faire une surprise, cela signifie que Celia ne lui a jamais parlé de son passé. Seigneur, j'imagine le choc qu'elle a dû éprouver quand elle s'est retrouvée devant la maison, et qu'elle a dû feindre d'être folle de bonheur.

Et par-dessus le marché, le jour où elle emménage elle est accueillie par cette horrible inscription sur la pelouse, la maison barbouillée de peinture, une poupée armée d'un pistolet, sans compter une tête de mort gravée sur la porte. Pas étonnant qu'elle soit tombée dans les pommes en nous voyant tous nous ruer sur elle.

A-t-elle perdu la tête alors ? se demanda Dru. C'est Celia qui a découvert le corps de Georgette. Se peut-il qu'elle ait eu un accès de délire en se retrouvant dans cette maison, face à toute cette horrible publicité et qu'elle ait tué Georgette ?

C'était une éventualité que Dru préféra écarter pour l'instant.

Pendant la conférence de presse, elle resta inhabituellement silencieuse. Le fait que le sergent Earley ait confisqué le jean, les baskets et les statuettes du paysagiste assassiné ne signifiait qu'une chose à ses yeux : ils cherchaient à relier Charley Hatch au vandalisme.

Dru espéra que Celia avait un alibi en béton pour les trente minutes qui s'étaient écoulées entre une heure quarante et deux heures dix cet après-midi, mais elle était de plus en plus convaincue qu'elle n'en aurait pas.

Après la conférence, elle regagna son bureau. Sur l'Internet elle trouva un certain nombre d'informations concernant Celia Kellogg. Il y avait une interview publiée dans *Architectural Digest*, sept ans plus tôt. Lorsque le décorateur pour lequel elle travaillait avait pris sa retraite, Celia avait fondé sa propre agence et le magazine déclarait qu'elle était l'une des décoratrices les plus inventives et les plus talentueuses de la nouvelle génération.

L'article précisait qu'elle était la fille de Martin et Kathleen Kellogg. Elle n'a pas mentionné qu'elle était leur fille adoptive, nota Dru. Elle avait grandi à Santa Barbara. Poursuivant sa lecture, Dru trouva l'information qu'elle recherchait. Peu après que Celia était venue s'installer sur la côte Est pour suivre les cours du Fashion Institute of Technology, les Kellogg s'étaient établis à Naples, en Floride.

Dru n'eut aucun mal à trouver leur numéro de téléphone dans l'annuaire. Elle le recopia dans son agenda, préférant attendre avant de les appeler. Le moment n'était pas encore venu. Ils nieraient à coup sûr que leur fille adoptive était Liza Barton. L'étape suivante serait d'obtenir une photo de Liza vieillie par un traitement informatique. Ensuite, conclut-elle, il faudra décider si je mets ou non MacKingsley au courant de mes soupçons. Car si j'ai raison, la Petite Lizzie Borden n'est pas seulement de retour, elle est très probablement cinglée et prise de folie meurtrière. Son propre avocat a dit que si jamais elle revenait il ne serait pas étonné qu'elle envoie Ted Cartwright ad patres.

Et je dois découvrir qui est Zach. Si son nom provoquait chez elle de telles crises de désespoir quand elle était en détention, peut-être éprouve-t-elle le désir de se venger de lui aussi.

51

À l'instant où Ted Cartwright me fut présenté, je sus que j'éveillais un souvenir en lui. Il semblait incapable de détacher son regard de mon visage, et je compris que je lui rappelais ma mère. Pour une raison quelconque, je lui ressemblais sans doute plus ce soir qu'à l'accoutumée.

« Très heureux de faire votre connaissance, madame Nolan », dit-il.

Il avait une voix sonore, impérieuse, assurée. C'était la voix qu'avait accompagnée un rire atroce quand il avait projeté ma mère vers moi.

Au cours des vingt-quatre années qui s'étaient écoulées depuis, j'avais maintes fois entendu cette voix dans mon esprit à des moments où j'aurais tout donné pour l'oublier, et à d'autres, aussi, quand je cherchais désespérément à me souvenir des derniers mots que lui et ma mère avaient échangés avant que je n'entre dans le petit salon de maman.

Ceux que je lui avais adressés n'avaient jamais cessé de résonner en moi : « Lâchez ma mère ! »

Je le regardai attentivement. Je ne pris pas la main qu'il me tendait, mais je ne voulais pas éveiller les soupçons en me montrant grossière. Je murmurai un banal « Comment allez-vous ? » et me tournai vers Alex. Inconscient de ce qui se passait, Alex fit ce que font la plupart des gens pour dégeler l'atmosphère. Il engagea une conversation polie, m'apprit que Ted était lui aussi membre du Peapack Club, et qu'ils s'y rencontraient à l'occasion.

Bien entendu, Marcella Williams ne put résister à l'envie de savoir pourquoi j'avais les yeux rougis. « Celia, puis-je faire faire quelque chose pour vous ?

— Vous pourriez peut-être vous occuper de vos affaires pour commencer », répondis-je.

Le sourire compatissant de Marcella se figea. Avant qu'elle n'ajoute un mot, Ted la prit par le bras et s'éloigna avec elle.

Je regardai Alex. Il semblait stupéfait.

« Ceil, qu'est-ce qui t'a pris ? Tu n'avais aucune raison de te montrer aussi désagréable.

— Je ne suis pas de ton avis, répliquai-je. Nous avions une conversation intime, toi et moi. Cette femme a vu que j'étais bouleversée et elle n'a pu s'empêcher de satisfaire sa curiosité, de chercher à connaître la raison de mon trouble. Quant à ce M. Cartwright, tu as lu aussi bien que moi l'interview qu'il a donnée à la presse, remuant à plaisir l'histoire sinistre de la maison où tu aimerais tant que nous vivions.

— Ceil, j'ai lu ce qu'il a dit, protesta Alex. Il a répondu à quelques questions que lui posait un journaliste, c'est tout. Je connais à peine Cartwright, mais il est très estimé au club. Je pense que Marcella avait sincèrement envie de t'aider. Souviens-toi, c'est elle qui t'a raccompagnée hier quand elle a appris que j'étais en retard. »

« *Tu m'as avoué que Zach t'avait vu !* »

J'eus soudain l'impression d'entendre ma mère crier. J'étais sûre que ma mère avait prononcé ces mots cette nuit-là. La voix de Ted avait fait revivre le bref souvenir qui m'avait traversée l'autre jour. Ma mère avait prononcé le nom de Zach, plus ces quelques mots : « *Tu m'as avoué que Zach t'avait vu !* »

Qu'est-ce que Zach avait vu ?

Je m'exclamai soudain : « Oh, non !

– Ceil, qu'y a-t-il ? Tu es horriblement pâle. »

Les paroles de ma mère prenaient soudain un sens. Le jour de sa mort, mon père était parti à cheval sans attendre Zach et s'était aventuré sur une piste dangereuse. C'était du moins le récit qu'avait fait Zach, la version que tout le monde avait reprise. Mais Zach s'était aussi vanté d'être un ami de longue date de Ted. Celui-ci avait-il fait du cheval dans les environs ce jour-là ? Avait-il quelque chose à voir avec la mort de mon père ? Zach l'avait-il vu ?

« Ceil, que se passe-t-il ? » insista Alex.

Sentant que je devais avoir l'air décomposé, je cherchai rapidement une explication. Au moins pouvais-je fournir à Alex une moitié de vérité. « Avant que Marcella vienne nous interrompre, j'allais te dire que ma mère m'avait appelée. Elle m'a annoncé que mon père n'allait pas bien.

– Son état a empiré ? »

Je hochai la tête.

« Oh, Ceil, je suis vraiment désolé. Pouvons-nous faire quelque chose ? »

Ce *nous* me réconforta. « J'ai convaincu Kathleen d'engager une aide à plein temps. Je lui ai dit que je prenais les frais à ma charge.

– Laisse-moi m'en occuper. »

Je secouai la tête. « Ce n'est pas nécessaire, mais je te remercie du fond du cœur de vouloir m'aider.

– Ceil, tu sais que je t'offrirais le monde sur un plateau si tu le désirais. »

Il prit mes mains entre les siennes, entrelaçant nos doigts.

« Je ne veux qu'un tout petit morceau du monde, dis-je, un morceau ordinaire, avec toi et Jack.

– Et les autres », dit Alex avec un large sourire.

On nous apporta l'addition. En se levant, Alex suggéra que nous nous arrêtions à la table de Marcella et de Ted. « Autant avoir de bonnes relations avec elle, dit-il. Marcella est notre voisine et elle voulait bien faire. Et lorsque nous irons aux réceptions du Peapack Club, que tu le veuilles ou non, nous tomberons sur Ted. »

Je m'apprêtais à répondre vertement quand une pensée me traversa l'esprit. Si Ted m'avait reconnue, il pourrait craindre que je me souvienne de ce que ma mère lui avait crié. Si, en revanche, il ne m'avait pas reconnue, mais que ma vue avait éveillé quelque chose dans son subconscient, je pourrais peut-être susciter une réaction de sa part.

« Tu as raison », dis-je simplement.

J'étais certaine que Marcella et Ted nous observaient, mais en nous voyant venir dans leur direction, ils feignirent d'être plongés dans une conversation animée. Je m'approchai de leur table. Il portait son café à ses lèvres et la tasse paraissait minuscule dans sa main droite. Sa main gauche était posée sur la table, ses longs doigts épais étalés sur la nappe blanche. J'avais mesuré la force de ces mains quand il avait lancé ma mère vers moi.

Je souris à Marcella malgré le mépris que j'éprouvais à son égard. Je gardais le souvenir de la façon dont elle tournait autour de Ted alors qu'il était marié avec ma mère, puis de son empressement à appuyer sa version de la mort de ma mère. « Marcella, dis-je, je vous prie de m'excuser. J'ai reçu de mauvaises nou-

velles de mon père aujourd'hui. Il est très malade. »
Je me tournai vers Ted. « Je prends des leçons d'équitation avec un homme qui dit être un de vos amis ; il s'appelle Zach. C'est un excellent professeur. Je suis heureuse d'être tombée sur lui. »

Une fois que nous fûmes rentrés et prêts à nous coucher, Alex dit : « Ceil, tu étais ravissante ce soir, mais je dois t'avouer qu'en te voyant devenir si pâle, j'ai cru que tu allais t'évanouir à nouveau. Je sais que tu dors mal depuis quelque temps. Est-ce cet inspecteur Walsh qui te tourmente, en plus de la maladie de ton père ?

— L'inspecteur Walsh n'arrange rien, en effet, fis-je.

— J'ai l'intention de me rendre chez le procureur demain à neuf heures. J'irai ensuite directement à l'aéroport, mais je t'appellerai pour te raconter notre entrevue.

— Bien.

— Tu sais que je ne suis pas un adepte des somnifères, mais il me semble que tu devrais en prendre un ce soir. Une bonne nuit de sommeil vous fait parfois regarder le monde d'un autre œil.

— Tu as raison », admis-je. Puis j'ajoutai : « Je n'ai pas été une épouse très agréable ces temps derniers, n'est-ce pas ? »

Alex m'embrassa. « Nous avons une éternité de jours devant nous. » Il m'embrassa à nouveau. « Et de nuits. »

Le somnifère fit son effet. Il était presque huit heures lorsque je me réveillai. Mon premier souvenir en sortant du sommeil fut d'avoir entendu en rêve la première partie de ce que ma mère avait crié à Ted cette nuit-là :

« *Tu l'as dit quand tu étais ivre.* »

52

Jeffrey MacKingsley arriva à son bureau à huit heures le mercredi matin. Il avait l'intuition que la journée serait longue et n'apporterait rien de bon. Ses deux grands-mères, l'Écossaise et l'Irlandaise, disaient que toutes les choses vont par trois, surtout la mort.

D'abord Georgette Grove, ensuite Charley Hatch. Son ascendance celtique avertissait Jeffrey que le spectre de la mort rôdait toujours au-dessus du Morris County, prêt à revendiquer une troisième victime.

Au contraire de Paul Walsh, qui s'obstinait à croire Celia Nolan détraquée au point d'avoir tué Georgette, et disait qu'elle avait pu tout aussi bien assassiner Charley Hatch, Jeffrey pensait que Celia Nolan était uniquement victime des circonstances.

C'est pour cette raison qu'en voyant Anna entrer dans son bureau pour lui annoncer qu'un certain M. Nolan était à la réception et insistait pour le rencontrer, MacKingsley saisit l'occasion d'avoir un entretien avec le mari de Celia Nolan. Toutefois, il ne voulait pas prendre le risque de voir ses propos déformés. « Mort Shelley est-il dans son bureau ? demanda-t-il à Anna.

— Je viens de le voir passer avec un café à la main.

— Dites-lui de venir immédiatement. Demandez à

M. Nolan d'attendre cinq minutes puis faites-le entrer. »

Comme Anna s'apprêtait à partir, il ajouta : « Si jamais vous voyez Walsh dans les parages, je ne veux pas qu'il sache que Nolan est ici. Compris ? »

Pour toute réponse, Anna haussa les sourcils et posa un doigt sur ses lèvres. Jeffrey savait qu'elle ne portait pas Walsh dans son cœur. Une minute plus tard, Mort Shelley pénétrait dans son bureau.

« Désolé de vous arracher à votre café, mais le mari de Celia Nolan est ici, et j'ai besoin d'un témoin à notre entretien, lui dit Jeffrey. Ne prenez pas de notes devant lui. J'ai le sentiment que l'entrevue ne va pas être amicale. »

Dès qu'Alex Nolan entra dans la pièce, il apparut clairement qu'il était furieux et prêt à attaquer. Sans prêter attention aux paroles de bienvenue du procureur ni écouter Shelley se présenter, il demanda : « Est-ce que je peux savoir pourquoi l'un de vos inspecteurs passe son temps à filer ma femme ? »

MacKingsley reconnut que, s'il avait été le mari de Celia Nolan, il aurait réagi exactement de la même manière. Même s'il soutenait mordicus que Celia Nolan était coupable, Paul Walsh avait dépassé les limites en la suivant ouvertement pendant qu'elle faisait ses courses. Il imaginait qu'en lui laissant comprendre qu'elle était surveillée, il finirait par la fragiliser et lui faire avouer qu'elle avait tué Georgette Grove. En réalité, il était surtout parvenu à susciter son hostilité, et maintenant c'était son avocat de mari qui prenait l'offensive.

« Monsieur Nolan, asseyez-vous, je vous prie, et laissez-moi vous expliquer la situation, commença Jeffrey. Votre maison a été vandalisée. La directrice de l'agence immobilière qui vous l'a vendue a été assassinée. Nous avons en notre possession des éléments semblant indiquer que l'homme retrouvé mort hier avait commis ces dégradations. Je vais jouer cartes sur table avec vous. Vous connaissez, naturellement, les événements qui se sont déroulés jadis dans votre maison – c'est-à-dire que Liza Barton y a tué sa mère et blessé son beau-père voilà vingt-quatre ans. Le lendemain de votre arrivée, votre femme a trouvé une photo de la famille Barton affichée à l'intérieur de l'écurie.

– La photo où ils sont représentés sur une plage ? demanda Alex.

– Oui. Elle ne portait aucune empreinte sauf celles de votre femme, ce qui n'est pas surprenant puisque c'est elle qui l'a décrochée et me l'a donnée.

– C'est impossible ! protesta Alex Nolan. L'individu qui l'a placée là a sûrement laissé ses empreintes.

– C'est tout le problème. Les empreintes ont été effacées. Georgette Grove avait dans son sac une photo de votre femme prise à l'instant où elle s'est évanouie. Cette photo avait été découpée dans le *Star-Ledger*. Et elle non plus ne porte pas d'empreintes. Pour finir, Charley Hatch, le paysagiste qu'on a retrouvé mort dans le jardin d'une maison située à quelques mètres du Washington Valley Riding Club où votre femme prend des leçons d'équitation, avait une photo d'Audrey Barton dans sa poche. Comme les autres, elle ne porte pas trace d'empreintes digitales.

– Je n'arrive toujours pas à voir quel est le rapport avec ma femme, dit Alex Nolan sèchement.

– Cela n'a peut-être aucun rapport avec votre femme, mais certainement tout à voir avec votre maison, et nous devons trouver le lien entre ces éléments. Je peux vous assurer que nous poursuivons notre enquête sur une très large échelle, et que nous interrogeons un grand nombre de gens.

– Celia a l'impression que vous attachez beaucoup d'importance au fait qu'elle est rentrée d'une traite chez elle après avoir découvert le corps de Georgette Grove. Monsieur MacKingsley, vous savez certainement que des personnes soumises à un stress aigu sont capables de véritables exploits physiques. Je me souviens d'un homme qui avait soulevé une voiture pour venir au secours de son enfant coincé sous le châssis. Mon épouse a été bouleversée par cet acte de vandalisme. Deux jours plus tard, elle a découvert le corps d'une femme qu'elle connaissait à peine dans une maison où elle n'avait jamais mis les pieds. Elle a pensé que l'assassin de Georgette Grove se trouvait peut-être encore dans la maison. Dans l'état de choc où elle se trouvait, avec le sentiment de courir un terrible danger, ne croyez-vous pas que son subconscient ait pu lui dicter le chemin du retour ?

– J'accepte vos arguments, répondit sincèrement MacKingsley. Mais il n'en reste pas moins que deux personnes sont mortes, et nous interrogeons tous ceux qui pourraient fournir des informations permettant d'élucider ces crimes. Nous savons que Mme Nolan a dû passer devant la maison de Sheep Hill Road où Charley Hatch a été tué. Nous savons qu'elle se trouvait sur cette route approximativement à l'heure de sa mort. Nous sommes allés au centre d'équitation. Elle y est arrivée à deux heures moins huit. Elle a peut-être vu une autre voiture circulant sur cette route. Ou quelqu'un à pied. Hier, elle nous a dit qu'elle n'avait jamais rencontré Charley Hatch. Vous opposeriez-vous à ce que nous l'interrogions sur des impressions que son subconscient aurait pu mémoriser ?

– Je suis certain que Celia ne refusera pas de coopérer à votre enquête. Elle n'a rien à cacher. Écoutez, elle n'était jamais venue dans cette ville avant son dernier anniversaire, et la seconde fois c'était le jour où nous avons emménagé. Mais j'insiste pour que vous rappeliez cet inspecteur Walsh. Je ne tolérerai pas qu'elle soit ainsi harcelée. Hier soir nous sommes sortis dîner en ville, et Celia a failli s'effondrer. Je me sens coupable, bien sûr, d'avoir acheté cette maison sans la lui montrer auparavant. C'était de la pure bêtise de ma part.

– C'est en tout cas une curieuse façon d'agir, à notre époque », fit remarquer MacKingsley.

Le sourire à peine esquissé d'Alex Nolan ne traduisait aucune gaieté. « Peut-être romantique plutôt que curieuse, dit-il. Celia a traversé des moments difficiles durant ces dernières années. Son mari a succombé à une maladie incurable après de longs mois de souffrance. Il y a huit mois elle a été renversée par une voiture et a souffert d'une commotion cérébrale. Son père est atteint de la maladie d'Alzheimer et elle a appris aujourd'hui même qu'il déclinait rapidement. Elle se réjouissait de quitter New York et de venir s'installer dans cette région, mais elle remettait toujours au lendemain la recherche d'une maison. Elle préférait que je m'en charge. Quand j'ai vu celle que j'ai achetée, j'ai cru qu'elle correspondrait à ses goûts. Elle a tout ce que nous recherchons – c'est une jolie maison ancienne, avec de grandes pièces, en bon état, et entourée d'un grand terrain. »

Jeffrey nota que le regard de Nolan s'adoucissait quand il parlait de sa femme.

« Ceil m'avait parlé d'une belle maison qu'elle avait visitée des années plus tôt, et celle-ci lui ressemblait. Aurais-je dû la lui montrer avant de l'acheter ? C'est certain. Aurais-je dû me renseigner sur l'histoire de cette maison ? C'est tout aussi certain. Mais je ne suis pas dans votre bureau pour me poser des questions après coup, ni pour expliquer pourquoi nous nous sommes installés ici. Je suis là pour m'assurer que les hommes de votre bureau ne chercheront plus à intimider ma femme. »

Il se leva et tendit la main. « Monsieur MacKingsley, ai-je votre parole que l'inspecteur Walsh laissera ma femme tranquille ? »

Jeffrey se leva à son tour. « Vous l'avez, dit-il. J'ai seulement besoin de l'interroger sur sa présence sur la route qui passe devant la maison où Charley Hatch a trouvé la mort, mais je le ferai moi-même.

— Considérez-vous ma femme comme suspecte dans l'une ou l'autre de ces deux affaires ?

— Si je me fonde sur les indices dont nous disposons à l'heure actuelle, non.

— Dans ce cas, je lui conseillerai d'accepter de s'entretenir avec vous.

— Merci. Cela nous sera très utile. Je vais essayer d'organiser un rendez-vous aujourd'hui même. Serez-vous dans les parages, monsieur Nolan ?

— Je dois m'absenter pendant quelques jours. Je pars à Chicago où j'ai des dépositions à recueillir dans le cadre d'une succession dont je m'occupe. Je suis juste revenu pour la soirée et la nuit et je retourne directement là-bas. »

La porte s'était à peine refermée sur Alex Nolan qu'Anna entra dans le bureau. « Ce type est vraiment séduisant, dit-elle. Toutes les femmes de moins de cinquante ans m'ont demandé s'il était célibataire. Je leur ai dit de renoncer à leurs espoirs. Il semblait plus calme en partant que lorsqu'il est arrivé.

— J'en ai l'impression », dit MacKingsley, tout en se demandant si lui-même avait joué franc jeu avec le mari de Celia Nolan. Il se tourna vers Mort Shelley. « Qu'est-ce que vous pensez de tout ça, Mort ?

— Je suis d'accord avec vous. Je ne la considère pas comme suspecte, mais je pense qu'elle sait quelque chose qu'elle nous cache. Hier, au moment où elle nous a ouvert la porte dans sa tenue d'équitation, je vous jure que j'ai pensé un instant que c'était elle qui avait posé pour la photo que nous avons trouvée dans la poche de Charley Hatch.

— J'ai eu la même réaction, mais quand on compare la photo d'Audrey Barton à Mme Nolan, la différence saute aux yeux. Mme Nolan est beaucoup plus grande, ses cheveux sont plus foncés, la forme de son visage est différente. Il se trouve simplement qu'elle portait exactement la même tenue que celle d'Audrey Barton sur la photo – même veste, même culotte de cheval, mêmes bottes. Même la coiffure était semblable. »

La différence sautait aux yeux, se dit Jeffrey, mais il y avait quand même quelque chose chez Celia Nolan qui rappelait Audrey Barton. Et c'était plus que le fait qu'elles étaient toutes les deux de jolies jeunes femmes en tenue d'équitation.

53

Le mercredi matin, Ted Cartwright fit une halte à la Ted Cartwright Town Houses Corporation à Madison. À dix heures trente, il ouvrit la porte et trouva Amy Stack à la réception. Elle l'accueillit avec un sourire joyeux. « Alors comment ça va au pôle Nord, Père Noël ?

— Amy, la reprit sèchement Cartwright, j'ignore ce que votre plaisanterie est censée signifier, mais je n'ai pas envie de le savoir. Une journée chargée m'attend et j'ai dû prendre le temps de venir parler une fois de plus à Chris Brown. Il ne semble pas comprendre que je n'ai pas l'intention de payer davantage d'heures supplémentaires à son équipe.

— Excusez-moi, monsieur Cartwright, dit Amy d'un air contrit. C'est que je ne puis m'empêcher de penser que peu de gens se montreraient aussi généreux, même envers quelqu'un qui leur a sauvé la vie. »

Cartwright s'apprêtait à passer devant elle pour entrer dans son bureau. Il s'immobilisa. « De quoi parlez-vous ? »

Amy leva les yeux vers lui et sentit sa gorge se serrer. Elle appréciait son travail à la Cartwright Corporation, mais elle avait toujours l'impression de marcher sur des œufs dans ses relations avec son patron. Il pouvait parfois se montrer détendu et drôle, pourtant ce matin elle comprit qu'elle aurait mieux fait de s'abstenir de plaisanter. Il était en général satisfait d'elle, mais les rares fois où elle avait fait une erreur, il avait eu vite fait de la reprendre de manière cinglante.

Et voilà qu'il exigeait une explication pour cette réflexion qu'elle venait de lui faire.

« Je suis vraiment désolée », dit-elle. Quoi qu'elle lui dise, elle était sûre de le fâcher. Peut-être eût-il préféré que M. Willet ne raconte pas pourquoi il lui avait fait cadeau de cette résidence. « M. Willet ne m'a pas dit de garder pour moi que vous lui faisiez cadeau de la maison témoin parce qu'il vous avait sauvé la vie autrefois.

— *Il m'a sauvé la vie et je lui ai fait cadeau de la maison témoin ! Ne me dites pas qu'il vous a raconté ça !*

— Si, et si ce n'est pas vrai, nous avons peut-être déjà raté une vente. Les Matthew, ce couple de Basking Ridge qui l'a visitée, ont téléphoné voilà quelques minutes et je leur ai dit qu'elle était vendue. »

Cartwright continuait à regarder Amy, son visage naturellement coloré blême de colère, ses yeux vrillés sur elle.

« M. Willet vient d'appeler, il a dit qu'il avait l'intention de s'installer pendant le week-end », poursuivit-elle, tâchant de se persuader qu'elle n'était pas fautive. « Étant donné qu'il s'agit de notre maison témoin, je lui ai demandé d'attendre quelques mois, le temps que nous ayons tout vendu, mais il m'a répondu que c'était impossible. »

Penché en avant, Ted Cartwright continuait de fixer Amy. Soudain, il se redressa et resta un moment parfaitement silencieux. « Je vais parler à M. Willet », dit-il d'un ton très calme.

Depuis qu'elle était attachée commerciale de la société de Ted Cartwright, Amy avait vu son patron se mettre en fureur à propos de retards de livraison et de dépassements de devis. Jamais au cours de ces accès de rage elle n'avait vu son visage devenir aussi pâle.

Mais Cartwright eut soudain un sourire inattendu. « Amy, je dois vous dire que, pendant quelques minutes, j'ai été aussi surpris que vous. C'est le genre de plaisanterie dont Zach est tout à fait capable. Une plaisanterie d'un goût douteux, je vous l'accorde. Nous sommes amis depuis de nombreuses années. La semaine dernière, nous avons parié sur le match Yankees-Red Sox. C'est un inconditionnel des Red Sox. Je suis pour les Yankees. Nous avons parié cent dollars, mais Zach a déclaré que si le résultat final dépassait dix "runs", je lui devrais une maison. » Ted Cartwright émit un petit rire. « Je me suis moqué de lui, mais je pense que Zach a décidé de tenter le coup. Je suis désolé qu'il vous ait fait perdre votre temps.

– Il m'a fait perdre mon temps, en effet », dit Amy avec un certain ressentiment.

À cause de Zach Willet, elle était arrivée en retard à son rendez-vous avec son nouveau petit ami, et il s'était plaint de devoir dîner en vitesse pour ne pas rater la séance de cinéma. « J'aurais dû me douter à voir sa tenue qu'il n'était pas fait pour une maison de ce genre. Mais surtout, monsieur Cartwright, j'enrage que nous ayons raté cette vente à cause de lui.

– Reprenez contact avec les Matthew, lui ordonna Cartwright. S'ils ont appelé ce matin, il n'est peut-être pas trop tard. Faites-leur du charme, et vous aurez droit à une prime si vous rattrapez le coup. En ce qui concerne Zach Willet, gardons cette histoire entre nous, n'est-ce pas ? Nous aurions l'air ridicules d'être tombés dans le panneau.

— Entendu », promit Amy, réconfortée par la perspective d'une prime. « Mais, monsieur Cartwright, lorsque vous reverrez monsieur Willet, dites-lui de ma part qu'il n'est pas drôle ; et qu'il ne devrait pas faire de plaisanteries de mauvais goût à un ami tel que vous.

— Non, il ne devrait pas, Amy, dit doucement Ted Cartwright. Il ne devrait vraiment pas. »

54

Une fois de plus, Alex était parti tôt dans la matinée. Il avait prévu d'aller directement à l'aéroport après avoir vu le procureur. Sa promesse de « mettre de l'ordre parmi cette bande de crétins » m'avait rassérénée sans toutefois éliminer mon inquiétude. S'ils cessaient de m'interroger, je me sentirais tout de suite beaucoup mieux, mais s'ils continuaient et que je refusais de répondre, je deviendrais logiquement leur principal suspect. En embrassant Alex, je murmurai : « Obtiens d'eux qu'ils me laissent tranquille. »

Son abrupt « Tu peux compter sur moi » me rassura. Par ailleurs, j'avais rendez-vous avec Benjamin Fletcher. Tenu par le secret professionnel, quand je lui avouerais que j'étais Liza, il pourrait me conseiller mieux que quiconque dans cette enquête. Je décidai d'attendre le moment où je serais face à lui pour prendre ma décision.

Je déposai Jack à l'école à huit heures un quart. Il était hors de question que j'aille à la cafétéria ce matin, je ne voulais pas courir le risque d'y trouver l'inspecteur Walsh. Je résolus plutôt d'aller faire un tour au cimetière. Je souhaitais me recueillir sur la sépulture de mon père et de ma mère, mais craignais d'éveiller la curiosité si quelqu'un me remarquait. Heureusement, il n'y avait personne dans le voisinage, et je pus me tenir un moment devant la tombe où ils reposaient l'un près de l'autre.

La stèle était très simple, ornée d'un motif de feuillage encadrant le marbre poli. Les mots : L'AMOUR EST ÉTERNEL étaient gravés sur la base. Les noms de mes parents, leurs dates de naissance et de décès y étaient également inscrits. Mes ancêtres étaient enterrés dans d'autres parties du cimetière, mais à la mort de mon père, ma mère avait acheté cette concession et fait édifier cette pierre tombale. Je me souvenais avec précision de son enterrement. J'avais sept ans alors, je portais une robe blanche et tenais à la main une rose à longue tige que l'on m'avait dit de déposer sur le cercueil. Je comprenais que mon père était mort, mais j'avais dépassé le stade des larmes. J'essayais désespérément de fermer mes oreilles aux prières du prêtre et aux murmures de l'assistance qui lui répondait.

Je cherchais mentalement à communiquer avec mon père, à entendre sa voix, à saisir sa main, je voulais qu'il reste avec nous. Ma mère était parvenue à rester maîtresse d'elle-même pendant la messe de funérailles et au cimetière devant la tombe, jusqu'au moment où elle s'était avancée la dernière pour déposer une fleur sur le cercueil. Elle s'était alors écriée : « Je veux mon mari, rendez-moi mon mari ! » et s'était effondrée à genoux avec des sanglots à fendre le cœur.

Avais-je vu alors Ted Cartwright s'avancer pour la soutenir, puis se raviser ?

L'amour est éternel. Debout devant leur tombe, je priai pour mes deux parents. Je les suppliai. Aidez-moi, je vous en prie. Aidez-moi à traverser cette épreuve. Dites-moi ce que je dois faire.

Le cabinet de Benjamin Fletcher se trouvait à Chester, une petite agglomération à une vingtaine de minutes en voiture de Mendham. J'avais rendez-vous

317

avec lui à neuf heures. Je m'y rendis directement en sortant du cimetière, garai ma voiture et trouvai un café à l'angle de la rue, en bas de son bureau, où je bus un café accompagné d'un bagel.

Une impression d'automne flottait dans l'air clair et piquant. Je portais un cardigan à torsades et un châle couleur cannelle orangée qui me tenait chaud et donnait un peu d'éclat à mon visage pâle et inquiet.

À neuf heures moins une, je montai l'escalier qui menait au cabinet de Fletcher situé au premier étage. Je pénétrai dans une petite antichambre meublée d'un pauvre bureau qui avait peut-être accueilli une secrétaire dans des jours meilleurs. Les murs avaient besoin d'une couche de peinture, le plancher était terne et éraflé. Deux petits fauteuils de skaï étaient alignés contre le mur. Sur la table basse entre les deux sièges s'empilaient quelques magazines cornés.

« Vous devez être Celia Nolan », cria une voix venant d'une pièce au fond.

Le seul son de cette voix me fit frémir. Je regrettai immédiatement d'être venue. Je faillis tourner les talons et rebrousser chemin. Mais il était trop tard. Un colosse emplissait soudain l'embrasure de la porte, son sourire aussi large et dénué de gaieté que la première fois où je l'avais vu s'avancer vers moi, des années auparavant, en disant : « Alors voilà donc cette petite fille qui a de gros ennuis ? »

Pourquoi ce souvenir ne me revenait-il que maintenant ?

Il s'approcha en me tendant la main : « Je suis toujours heureux d'aider une jolie dame dans le besoin. Entrez donc. »

Je ne pus que le suivre dans le réduit encombré qui lui servait de lieu de travail. Il s'installa derrière son bureau, ses larges hanches débordant des accoudoirs de son fauteuil, des gouttes de transpiration perlant sur son front malgré la fenêtre ouverte. Il avait peut-être enfilé une chemise propre ce matin, pensai-je, mais avec ses manches roulées et le col déboutonné, il ressemblait à ce qu'il était probablement : un avocat à la retraite qui gardait sa plaque sur la façade pour avoir un endroit où aller.

Mais il n'était pas bête. Je m'en aperçus dès l'instant où je pris à regret le siège qu'il me désignait et où il commença à parler. « Celia Nolan du 1 Old Mill Lane à Mendham. C'est une adresse spéciale que vous avez là. »

En prenant rendez-vous, j'avais donné mon nom et mon numéro de téléphone, rien d'autre. « En effet, dis-je. Et c'est pourquoi je suis ici.

— J'ai lu pas mal de choses vous concernant. Votre mari a acheté cette maison pour vous faire une surprise. Drôle de surprise, soit dit en passant. Cet homme semble plutôt ignorant de la psychologie féminine. Vous arrivez ensuite et trouvez les lieux vandalisés et, deux jours plus tard, vous tombez sur le cadavre de la femme qui vous l'avait vendue. Ça fait beaucoup en peu de temps. Maintenant, dites-moi comment vous avez entendu parler de moi et pourquoi vous êtes ici ? »

Sans même me laisser le temps de trouver une réponse, il leva la main. « Ne mettons pas la charrue avant les bœufs. Je prends trois cent cinquante dollars de l'heure plus les frais, et un dépôt de dix mille dollars avant que vous n'ayez le temps de prononcer : "Aidez-moi car j'ai beaucoup péché." »

Sans dire un mot, je sortis mon carnet de chèques. Benjamin Fletcher l'ignorait mais, en recherchant des informations me concernant, il m'avait facilité les choses et je pouvais lui demander de me défendre sans lui avouer que j'étais Liza.

Je naviguai donc prudemment entre ce que je voulais qu'il sache et ce que je ne voulais pas lui dire. « Je me réjouis que vous vous soyez renseigné à mon sujet. Vous comprendrez donc ce que je ressens en me retrouvant pratiquement accusée par les services du procureur d'avoir assassiné Georgette Grove. »

Les paupières de Fletcher, qu'il tenait en permanence mi-closes, se relevèrent brusquement. « Pourquoi cette idée leur aurait-elle germé dans la tête ? »

Je lui parlai des trois photos dépourvues d'empreintes, racontai que j'étais rentrée d'une seule traite chez moi après avoir découvert le corps de Georgette Grove, que j'étais passée devant la maison de Sheep Hill Road à l'heure où le paysagiste avait été tué. « Je n'avais jamais rencontré cette femme avant d'arriver ici, je n'avais jamais entendu parler de ce jardinier avant que le procureur ne m'interroge à son sujet, mais ils sont persuadés que j'ai trempé dans ces histoires, uniquement à cause du passé de cette maison.

— Vous connaissez ce passé maintenant, je suppose ?

— Bien sûr. À mon avis, c'est à cause de ces trois photos que les services du procureur imaginent que tout ça a un rapport avec la maison ou avec la famille Barton. »

Comment étais-je parvenue à prononcer mon nom de famille avec un tel naturel, tout en le regardant en face ?

Il fit alors une remarque qui me glaça : « J'ai toujours pensé que cette gamine, Liza, reviendrait un jour descendre son beau-père, Ted Cartwright. Mais je ne comprends pas que ces cocos du bureau du procureur vous harcèlent, vous, une étrangère qui a simplement eu la malchance de recevoir cette maison en cadeau d'anniversaire. Celia, nous allons nous occuper d'eux, je vous le promets. Sinon, vous voulez savoir ce qui va arriver ? Je vais vous le dire. Vous allez vous mettre à répondre à leurs questions et ils vous prendront au piège, ils chercheront à vous coincer, vous feront dire le contraire de ce que vous pensez, bref, ils parviendront à vous faire craquer et, un jour, vous finirez par croire que vous avez tué ces gens pour la seule raison que vous n'aimiez pas la maison.

— Vous me conseillez donc de ne pas répondre à leurs questions ?

— Vous m'avez bien compris. Je connais Paul Walsh. Il n'a qu'une idée, se faire un nom. Lisez-vous les philosophes ?

— J'ai étudié la philo au lycée.

— Je ne pense pas que vous ayez lu Thomas More. C'était un homme politique et un humaniste anglais. Auteur d'un livre célèbre, L'*Utopie*. Il a écrit : "Il n'y a pas d'hommes de loi au paradis." Croyez-moi, bien que Walsh soit un policier, cette réflexion s'applique à lui aussi. Ce type ne roule que pour lui et mieux vaut ne pas se mettre en travers de son chemin.

— Vous me redonnez un peu de courage, dis-je.

— À mon âge, on dit les choses comme on les pense. Par exemple, lundi après-midi, cette journaliste du *Star-Ledger*, Dru Perry, est venue me voir. Elle tient une chronique intitulée "L'Affaire derrière l'affaire". À cause de toute la publicité qui a été faite autour de votre maison, un de ses articles concerne l'affaire Barton. Je l'ai renseignée de mon mieux. Je la soupçonne d'être attendrie par Liza, mais je lui ai dit que sa sympathie était mal placée. Liza savait ce qu'elle faisait quand elle a tiré ces coups de feu sur Ted

Cartwright. Il avait fait la cour à sa mère avant, pendant et après son mariage avec Will Barton. »

La phrase biblique « Je vais te vomir de ma bouche » me traversa l'esprit, et je ressentis une envie irrésistible de reprendre le chèque que je venais de signer à Benjamin Fletcher et de le déchirer. Mais j'avais besoin de lui. Je dis : « Monsieur Fletcher, mon mari est avocat. Je connais un peu les règles qui régissent les rapports entre avocats et clients, et si je vous engage, soyons très clairs, je ne veux en aucun cas d'un avocat qui répand des commérages sur la vie privée de ses clients, même un quart de siècle plus tard.

— La vérité n'est pas commérages, madame Nolan, dit-il, mais j'ai reçu le message. Maintenant, si Jeffrey MacKingsley, Paul Walsh ou quelqu'un d'autre tente de vous interroger, adressez-le-moi. Je me charge de vous défendre. D'autre part, ne croyez pas que je me sois montré trop dur envers la Petite Lizzie. Elle n'avait jamais eu l'intention de tuer sa maman, et ce salaud de Ted Cartwright n'a eu que ce qu'il méritait. »

55

Lena Santini, l'ex-épouse de feu Charley Hatch, répondit sans se faire prier aux questions de l'inspecteur Angelo Ortiz qui l'avait rejointe à onze heures dans la maison de Charley à Mendham. C'était une femme de petite taille, mince, couronnée d'une auréole de cheveux dont le roux flamboyant ne devait rien à la nature. Elle semblait sincèrement peinée par la mort de Charley. « Je n'arrive pas à croire que quelqu'un ait voulu le tuer. Cela n'a pas de sens. Pourquoi ? Pour quelle raison ? Il n'avait jamais fait de mal à personne. Je suis triste pour lui, continua-t-elle. Je ne prétends pas qu'il y ait eu des sentiments très profonds entre nous. Nous nous sommes mariés il y a dix ans. J'avais été mariée auparavant, mais ça n'avait pas marché. Ce type était un ivrogne. Nous aurions pu nous entendre Charley et moi. Je suis serveuse, je gagne bien ma vie et j'aime mon métier. »

Ils étaient assis dans le salon. Lena tira une bouffée de sa cigarette. « Regardez-moi ça, dit-elle avec un geste méprisant de la main. Cet endroit est tellement minable que j'ai honte. C'était déjà comme ça du temps où je vivais avec Charley. Je lui disais qu'il suffisait d'une seconde pour mettre ses sous-vêtements et ses chaussettes dans le panier à linge, mais non, il les laissait toujours traîner par terre. Et qui les ramassait ? Je lui disais : "Charley, tout ce que tu as à faire quand tu as fini de manger, c'est de rincer ton assiette, ton verre, ton couteau et le reste et de les mettre dans le lave-vaisselle." Il ne l'a jamais fait. Il laissait tout près de l'endroit où il était assis, sur la table ou sur le tapis. Et il n'était jamais content. C'était le champion des récriminations. Je parie que s'il avait gagné dix millions de dollars au loto, il aurait râlé parce que la semaine d'avant le gain avait été dix fois supérieur. À la fin, je n'ai pas pu en supporter davantage, et nous nous sommes séparés, il y a un an. »

Le visage de Lena s'adoucit. « Mais vous savez, il avait un véritable talent. Ses statuettes étaient vraiment belles. Je lui disais qu'il aurait dû les vendre, mais il ne voulait rien entendre. Il avait seulement envie d'en sculpter une de temps en temps. Oh, bon, qu'il repose en paix, à présent. J'espère au moins qu'il est content au ciel. » Un sourire fugace éclaira son visage. « Peut-être que saint Pierre lui demandera d'être jardinier en chef là-haut. »

Assis sur le bord du fauteuil inclinable de Charley, Ortiz l'avait écoutée avec bienveillance. Il décida qu'il était temps de passer aux questions. « Avez-vous souvent vu Charley depuis votre divorce ?

— Pas souvent. Nous avons vendu la maison que nous avions en commun et partagé nos économies. J'ai gardé les meubles et il a pris la voiture. C'était fifty-fifty. Il me téléphonait de temps en temps et nous prenions un café en souvenir du bon vieux temps. Je crois qu'il a eu une ou deux petites amies.

— Savez-vous s'il était proche de sa demi-sœur, Robin Carpenter ? »

Lena leva les yeux au plafond.

« Ah, celle-là ! C'était un autre problème. Les gens qui avaient adopté Charley étaient vraiment bien. Très gentils avec lui. Le père est décédé voilà environ huit ans. Quand la mère a su qu'elle allait mourir, elle a donné à Charley des photos de lui quand il était bébé et lui a révélé son vrai nom. Croyez-moi, je n'ai jamais vu quelqu'un d'aussi excité. Je pense qu'il espérait que sa famille naturelle lui rapporterait beaucoup d'argent. Quelle déception ! Sa mère naturelle était morte et son mari n'a pas voulu entendre parler de lui. Mais il avait rencontré sa demi-sœur, Robin Carpenter, et elle faisait de lui ce qu'elle voulait. »

Ortiz dressa l'oreille et se pencha en avant. Mais, ne voulant pas éveiller la méfiance de Lena Santini, il reprit aussitôt son air nonchalant. « Ils se voyaient donc régulièrement ?

— Et comment ! Charley, peux-tu me conduire à New York ? Charley, pourrais-tu faire réviser ma voiture ?

— Le payait-elle ?

— Non, mais elle lui donnait l'impression d'être important. J'imagine que vous l'avez rencontrée. C'est le genre de fille que les hommes regardent et qui aime ça. » Lena dévisagea Ortiz. « Vous êtes plutôt beau gosse. Est-ce qu'elle vous a déjà dragué ?

— Non, répondit-il avec franchise.

— Vous en faites pas, ça ne va pas tarder. Bon, elle emmenait parfois Charley dîner à New York. Il avait le sentiment d'être quelqu'un. Elle ne voulait pas que les gens d'ici sachent qu'il était son demi-frère, et elle ne voulait pas qu'on les voie ensemble, parce qu'elle s'était dégoté un jules qui avait du fric. À propos, je vais vous en raconter une bien bonne. Charley lui avait avoué qu'il lui arrivait de dormir dans les maisons de ses clients pendant leur absence. Il avait les clés, connaissait les codes des alarmes et pouvait entrer et sortir à sa guise. Alors Robin lui avait demandé à utiliser ces maisons quand elle était avec son ami. Pouvez-vous imaginer un culot pareil ?

– Madame Santini, avez-vous entendu parler des actes de vandalisme qui ont été commis dans la maison d'Old Mill Lane à Mendham la semaine dernière ?

– La Maison de la Petite Lizzie ? Bien sûr, tout le monde est au courant.

– Nous avons des raisons de penser que Charley était l'auteur de ces actes.

– Vous plaisantez ! Charley n'aurait jamais fait ça. Ça n'a aucun sens.

– Et si on l'avait payé pour le faire ?

– Qui lui aurait demandé de faire un truc aussi dingue ? »

Lena Santini écrasa son mégot dans le cendrier et tira une nouvelle cigarette du paquet qui était ouvert devant elle sur la table.

« À la réflexion, la seule personne qui aurait pu pousser Charley à faire ce genre de plaisanterie, c'est Robin.

– Elle nous a affirmé qu'elle n'avait pas eu de contact avec son frère depuis trois mois.

– Alors pourquoi a-t-elle dîné au restaurant avec lui à New York, Chez Patsy, dans la 56e Rue Ouest ?

– Vous souvenez-vous de la date exacte ?

– C'était le samedi du week-end de Labor Day. Je m'en souviens parce que c'était l'anniversaire de Charley. Je l'ai appelé pour l'inviter à dîner. Il m'a dit que Robin l'emmenait chez Patsy. »

Les yeux de Lena devinrent soudain humides de larmes. « Si vous n'avez plus de questions à me poser, je vais m'en aller. Charley m'a légué cette maison. Ce n'est pas qu'elle vaille grand-chose, avec l'emprunt qui est si élevé. Je vous ai demandé de venir me retrouver ici parce que je voulais récupérer une ou deux de ses figurines pour les mettre dans son cercueil avec lui, mais elles ont toutes disparu.

— C'est nous qui les avons, dit Ortiz. Malheureusement, ce sont des pièces à conviction, et nous devons les garder. »

56

L'inspecteur Mort Shelley pénétra dans l'agence avec l'album de Georgette Grove sous le bras. Tous les hommes du bureau du procureur, y compris Mac-Kingsley lui-même, avaient examiné en détail chaque page de l'album, sans trouver une seule coupure de journal pouvant les mettre sur la piste d'une personne que Georgette aurait pu subitement reconnaître. L'album couvrait de nombreuses années, et la plupart des photos représentaient Georgette dans des réunions officielles, recevant une distinction, souriant à côté de gens plus ou moins connus à qui elle avait vendu une propriété dans les environs.

« Elle gardait peut-être cet album dans son bureau, mais la personne qu'elle aurait soi-disant reconnue ne s'y trouve pas », avait conclu Jeffrey.

En revanche, il peut m'être utile, songea Shelley. En le rapportant, j'en profiterai pour avoir un nouvel entretien avec Robin ou Henry.

Robin était à son bureau et leva les yeux en entendant la porte s'ouvrir. Son sourire professionnel s'effaça quand elle vit qui était son visiteur.

« Je viens uniquement vous rendre cet album, comme promis, lui dit simplement Shelley. Et vous remercier de nous l'avoir confié.

– J'espère qu'il a été utile », dit Robin.

Une quantité de papiers jonchaient son bureau et elle s'y replongea, toute son attitude indiquant ouvertement qu'elle préférait ne pas être dérangée davantage.

Avec la mine décontractée d'un homme qui a tout son temps devant lui, Mort s'installa dans l'un des éléments du canapé modulable qui faisait face au bureau de Robin.

Visiblement contrariée, elle leva les yeux vers lui. « Si vous avez une question à me poser, je serai heureuse d'y répondre. »

Mort tira son imposante carcasse de son siège. « Ces coussins sont trop profonds pour moi. Je ferais mieux de m'asseoir sur une chaise.

— Monsieur, euh... excusez-moi. Je sais que nous avons été présentés, mais j'ai oublié votre nom.

— Shelley, comme le poète. Mort Shelley.

— Monsieur Shelley, je me suis rendue hier au bureau du procureur, M. MacKingsley, pour lui raconter tout ce que je savais pouvant être utile à votre enquête. Je n'ai rien à ajouter, et tant que cette agence fonctionne encore, j'ai mon travail à faire.

— Moi aussi, mademoiselle Carpenter, moi aussi. Il est midi et demi. Avez-vous déjeuné ?

— Non, j'attends le retour d'Henry Paley. Il est sorti avec un client.

— M. Paley est très occupé, semble-t-il.

— Oui, il est très occupé.

— Supposons qu'il ne rentre pas avant, mettons quatre heures. Vous ferez-vous livrer un plat tout préparé ? J'imagine que vous n'attendrez pas tout ce temps pour déjeuner, n'est-ce pas ?

— Non. J'accrocherai l'écriteau habituel à la porte puis j'irai en vitesse manger un morceau au café d'en face.

— N'est-ce pas ce que vous avez fait hier ?

– Hier je vous ai dit que j'avais apporté mon déjeuner à l'agence parce qu'Henry devait s'absenter avec un client.

– Oui, mais vous ne nous avez *pas* dit que vous accrochiez parfois l'écriteau avec la petite horloge en carton juste avant deux heures. La charmante vieille dame qui tient la boutique de rideaux un peu plus loin dans la rue nous a dit avoir remarqué la pancarte sur la porte quand elle est passée hier devant l'agence. Il était deux heures cinq.

– De quoi parlez-vous ? Ah oui ! je comprends où vous voulez en venir. Avec tout ce qui s'était passé, j'avais attrapé un affreux mal de tête. Je me suis précipitée à la pharmacie pour acheter de l'aspirine. Je suis entrée et ressortie en coup de vent.

– Euh, bon. Passons à autre chose. Mon collègue, l'inspecteur Ortiz, s'est entretenu avec votre ex-demi-belle-sœur, si je puis dire.

– Lena ?

– C'est ça, Lena. Vous nous avez dit que vous n'aviez pas parlé à Charley depuis trois mois. Or Lena affirme que vous avez dîné avec lui chez Patsy à New York, il y a moins de deux semaines. Qui dit vrai ?

– Moi. Voilà environ trois mois j'ai téléphoné à Charley parce que ma voiture refusait de démarrer. Il m'a proposé de la faire repartir et de la conduire chez le concessionnaire. Ce soir-là, j'avais rendez-vous avec un ami chez Patsy, et Charley m'y a déposée. Il m'a dit qu'il voulait que je l'invite dans ce restaurant pour son anniversaire et j'ai accepté en riant. Ensuite, lorsqu'il m'a laissé un message sur mon répondeur pour me rappeler mon invitation, je lui en ai laissé un à mon tour, disant que ce n'était pas possible. Le pauvre avait cru que ma promesse était sérieuse.

« — Êtes-vous liée à un homme en particulier en ce moment ?

— Non. Je présume que "l'homme en particulier" est Ted Cartwright dans votre esprit. Comme je vous l'ai dit hier, dans le bureau du procureur, Ted est seulement un ami. Nous sommes quelquefois sortis ensemble. Un point c'est tout.

— Une dernière question, mademoiselle Carpenter. L'ex-épouse de votre demi-frère nous a dit qu'en l'absence des propriétaires vous passiez parfois la nuit avec votre ami dans certaines des maisons dont Charley avait la charge. Est-ce exact ? »

Robin Carpenter se leva. « C'est assez, monsieur Shelley. Dites à M. MacKingsley que si lui ou l'un de ses sbires veulent me poser d'autres questions, ils peuvent contacter mon avocat. Je vous communiquerai son nom dès demain. »

57

Le mercredi matin, Dru Perry téléphona au journal et parla à Ken Sharkey. « Je suis sur quelque chose d'important. Demandez à quelqu'un d'autre d'aller couvrir la séance du tribunal.

— D'accord. Vous voulez en parler ?

— Pas au téléphone.

— Bon. Tenez-moi au courant. »

Dru avait un ami, Kit Logan, dont le fils était employé au département informatique de la police de l'État du New Jersey. Elle téléphona à Kit, échangea quelques plaisanteries avec lui, lui promit qu'ils se verraient bientôt, puis lui demanda le numéro de téléphone personnel de Bob. « Je veux lui demander une faveur, Kit, et je ne veux pas l'appeler au quartier général. »

Bob habitait Morristown. Elle le joignit alors qu'il était en route pour son travail. « Bien sûr, je peux vieillir qui vous voulez à l'ordinateur, promit-il. Si vous mettez la photo dans ma boîte aux lettres aujourd'hui, ce sera fait demain soir. Naturellement, il est souhaitable que le cliché soit le plus net possible. »

Dru réfléchit en étalant une couche de confiture sur un toast et en buvant lentement son café. La plupart des photos reproduites par la presse après les actes de vandalisme représentaient Liza en compagnie de son père et de sa mère. L'une d'entre elles les montrait tous les trois sur la plage à Spring Lake, une autre au Peapack Riding Club quand Audrey avait remporté un concours hippique, et une autre à une réception au club de golf. Aucune cependant n'était très nette. Audrey avait épousé Ted un peu plus d'un an après, calcula Dru. Je suis sûre que le journal local, le *Daily Record*, a publié un article sur le mariage.

Il lui fallait trouver un moyen d'accès à d'autres photos. Elle se leva, introduisit une autre tranche de pain dans le grille-pain. « Pourquoi pas ? dit-elle tout haut. Quelqu'un possédait sans doute des photos de Liza. Quand j'ai parlé à Marcella Williams la semaine dernière, elle a évoqué l'attitude hostile de Liza lors du mariage de sa mère avec Ted Cartwright. Je vais commencer par elle. Je ferais mieux d'abord de m'assurer qu'elle sera là. C'est une commère, elle m'attendra si elle sait que je viens la voir. »

Dru aperçut son reflet dans la glace de la porte d'un placard et fit une grimace. Avec cette frange, j'ai vraiment l'air d'un chien de berger, pensa-t-elle. Bon, je n'ai pas le temps d'aller chez le coiffeur, je vais la couper moi-même. Tant pis si je fais un massacre. Ce qu'il y a de bien avec les cheveux, c'est qu'ils repoussent. Pas chez tout le monde, rectifia-t-elle avec un sourire moqueur en pensant au crâne dégarni de son patron.

Le toast sauta hors du grille-pain. Comme toujours, il n'était grillé que d'un seul côté. Elle le retourna et le remit dans l'appareil. Il faut décidément que j'en achète un nouveau, marmonna-t-elle en abaissant le levier.

Son second toast posé devant elle, Dru continua mentalement à organiser sa journée. Je dois me mettre à la recherche de Zach. Je m'arrêterai peut-être au commissariat pour voir si Clyde Earley est dans les parages. Je ne vais certainement pas lui dire que je crois connaître la vraie identité de Celia Nolan, mais si j'oriente la conversation sur elle, j'en tirerai peut-être quelque chose. Clyde s'écoute volontiers parler. Je me demande s'il a des soupçons concernant Celia Nolan, s'il a des éléments permettant d'établir qu'elle est peut-être Liza Barton.

Peut-être – c'était le mot-clé. Les Kellogg étaient *peut-être* des cousins éloignés, et avaient *peut-être* adopté une fille de l'âge de Celia, mais cela ne prouvait pas de manière irréfutable que Celia était Liza. Il y avait autre chose. C'était Clyde Earley qui avait répondu à l'appel de Ted Cartwright la nuit du drame. Il savait peut-être s'il y avait un dénommé Zach dans le tableau. Quel qu'il soit, Zach avait probablement joué un rôle important à l'époque, sinon pourquoi Liza était-elle tellement bouleversée chaque fois qu'elle prononçait son nom ?

Sa décision prise, Dru rangea rapidement la vaisselle de son petit-déjeuner, monta dans sa chambre, replaça en vitesse le quilt sur son lit pour mettre un semblant d'ordre, et alla prendre une douche. Puis, drapée dans un peignoir de bain en éponge qui arrivait à dissimuler ses formes généreuses, elle ouvrit la fenêtre, vérifia la température extérieure, et résolut qu'une tenue de jogging conviendrait. La tenue de jogging qui n'avait jamais servi pour faire du jogging. Bon, personne n'est parfait, se consola-t-elle.

À neuf heures, elle téléphona à Marcella Williams. Je mettrais ma main à couper qu'elle est sur son tapis roulant depuis une heure, se dit Dru, tandis que le téléphone sonnait pour la troisième fois. À moins qu'elle ne soit sous la douche.

Marcella répondit au moment où le répondeur s'enclenchait. « Ne quittez pas », dit-elle, coupant le message enregistré.

Elle n'avait pas l'air de bonne humeur. Peut-être l'ai-je réellement surprise sous sa douche, pensa Dru.

« Madame Williams, ici Dru Perry du *Star-Ledger*. J'espère que je ne vous appelle pas trop tôt.

— Oh, pas du tout. J'ai fait une heure de gymnastique et je sortais de la douche quand le téléphone a sonné. »

Imaginer Marcella Williams enveloppée d'une serviette et dégoulinant sur sa moquette ravit Dru, lui prouvant que son intuition était bonne. « J'écris une chronique intitulée "L'Affaire derrière l'affaire" pour l'édition du dimanche du *Star-Ledger*, expliqua-t-elle.

— Je connais votre chronique, je suis toujours impatiente de la lire, l'interrompit Marcella.

— Je prépare actuellement un article sur Liza Barton, et je sais que vous connaissiez bien la famille. Je me demandais si vous accepteriez d'être interviewée sur les Barton, et sur Liza en particulier.

— J'accepterais avec plaisir d'être interviewée par une journaliste de votre réputation.

— Auriez-vous en votre possession des photos des Barton ?

— Naturellement. Nous étions très liés. Lorsque Audrey a épousé Ted, la réception a eu lieu dans le jardin de sa maison. J'ai pris une quantité de photos de l'assistance, mais je dois vous avertir, il n'y en a pas une seule où vous verrez Liza sourire. »

C'est mon jour de chance, pensa Dru. « Onze heures vous conviendrait-il ?

— C'est parfait. J'ai un rendez-vous pour déjeuner à midi trente.

— Une heure me suffira largement. Et puis, madame Williams...

– Oh, je vous en prie, Dru, appelez-moi Marcella.

– C'est très aimable. Marcella, vous souvenez-vous par hasard si Audrey, Will Barton ou Ted Cartwright avait un ami du nom de Zach.

– Oh, je sais bien sûr qui est Zach. C'était le professeur d'équitation de Will Barton au centre hippique de Washington Valley. Le dernier jour, le jour de sa mort, Will était parti en avant sans attendre Zach, et il s'est engagé sur la mauvaise piste. C'est pour cette raison qu'il a été victime de cette chute mortelle. Dru, il faut que j'aille me sécher. Je vous attends à onze heures. »

Dru entendit le déclic du téléphone, mais resta une longue minute à attendre avant que la voix électronique lui rappelle de raccrocher ou de recomposer le numéro. La chute mortelle, pensa-t-elle. Zach était le professeur d'équitation de Will Barton. Will Barton était-il mort à cause de lui ? Zach avait-il été imprudent en le laissant partir sans l'attendre ?

Une dernière possibilité se présenta à Dru tandis qu'elle descendait l'escalier. Et si la mort de Barton n'avait pas été accidentelle ? Et, si elle ne l'était pas, quand Liza l'avait-elle su ?

58

À une heure, Ted Cartwright passa devant le club house du Washington Valley et se dirigea vers les écuries. « Zach est-il là ? » demanda-t-il à Manny Pagan, l'un des lads employés par le club.

Manny était en train de panser une jument que son propriétaire venait d'entraîner sans ménagement. « Du calme, du calme, ma fille », murmurait-il pour l'apaiser.

« Es-tu sourd ? Je t'ai demandé si Zach était là ! » hurla Cartwright.

Ulcéré, Manny était sur le point de lui répondre : « Trouvez-le vous-même. » Il se reprit en levant les yeux vers Cartwright, qu'il connaissait de vue, en constatant qu'il tremblait de rage. « Je crois qu'il déjeune à l'une des tables de pique-nique un peu plus loin. » Il indiqua un bosquet à une centaine de mètres de là.

Ted Cartwright les franchit en quelques secondes. Zach était en train de manger un hot dog quand il arriva. Ted s'assit en face de lui. « Pour qui te prends-tu, nom de Dieu ? » murmura-t-il d'un ton menaçant.

Zach mastiqua une bouchée de son hot dog et avala une gorgée de soda avant de répondre. « Ce n'est pas une façon très sympa de parler à un ami, dit-il calmement.

– En vertu de quoi te permets-tu d'aller visiter mon lotissement et de dire à mon attachée commerciale que je t'ai fait cadeau de la maison témoin ?

– T'a-t-elle dit que je lui avais téléphoné pour préciser que j'avais l'intention de m'installer pendant le week-end ? » dit Zach en guise de réponse. « Écoute, Ted, l'endroit où je vis est devenu un enfer. Les gosses de la proprio font la fête toutes les nuits, jouent de la batterie au point de me crever les tympans, et toi tu as cette jolie maison au milieu de ton beau lotissement, et je sais que tu as envie qu'elle m'appartienne.

– J'appellerai la police si jamais tu y mets les pieds.

– Je ne sais pas pourquoi, mais je n'y crois pas vraiment », dit Zach en laissant son regard errer au-delà de Cartwright.

« Zach, tu me saignes à blanc depuis plus de vingt ans. Il faut que tu t'arrêtes sinon, un jour, tu ne seras plus là pour continuer.

– Ted, ces paroles constituent une menace, et je suis certain que tu n'en penses pas un mot. De mon point de vue, je t'ai épargné la prison pendant toutes ces années. Naturellement, si j'avais parlé à l'époque, tu aurais probablement purgé ta peine aujourd'hui, et tu recommencerais de zéro – sans ta société de promotion, sans ton entreprise de travaux publics, sans tes parcs industriels et tes centres de remise en forme. Tu serais en train de faire des conférences dans des écoles dans le cadre du programme de prévention de la délinquance juvénile.

– Le chantage est aussi passible de prison. »

Cartwright cracha littéralement ces mots.

« Ted, cette maison est une goutte d'eau pour toi, mais elle serait un immense réconfort pour moi. Mes vieux os sont perclus de douleurs et de crampes. J'adore m'occuper de mes chevaux, mais c'est un travail éreintant. Et j'ai aussi un problème de conscience. Suppose que je m'égare dans les parages du commissariat de police de Mendham, et que je leur raconte que j'étais au courant d'un accident qui n'en était pas un, que je leur démontre que j'en ai la preuve. Mais, avant d'aller plus loin, il faudrait que j'aie la garantie de ne pas être poursuivi. Je pense te l'avoir déjà dit. »

Cartwright se leva. Les veines de ses tempes saillaient, prêtes à éclater. Il s'agrippait au rebord de la table de pique-nique comme pour empêcher ses mains de pilonner l'homme qui lui faisait face. « Prends garde, Zach, prends garde.

— Je prends garde, lui assura Zach avec bonne humeur. Ne t'inquiète pas, s'il m'arrivait quelque chose, la preuve de ce que j'avance apparaîtrait au grand jour immédiatement. Bon, il faut que j'y retourne. J'ai une charmante dame qui vient prendre une leçon. Elle habite ton ancienne maison – tu te souviens, celle où on t'a tiré dessus ? Elle m'intrigue. Elle prétend qu'elle a fait du poney de temps en temps dans sa jeunesse, mais elle raconte des craques. C'est une bonne cavalière. En outre, elle semble s'intéresser à l'accident que nous connaissons bien toi et moi.

— Lui en as-tu parlé ?

— Bien sûr. Je lui ai tout raconté sauf le plus intéressant. Réfléchis, Ted. Tu pourrais demander toi-même à ton aimable attachée commerciale, Amy, de garnir le réfrigérateur avant mon arrivée samedi. Ce serait une attention sympathique de ta part, tu ne crois pas ? »

59

Le mercredi à deux heures Paul Walsh, Angelo Ortiz et Mort Shelley se retrouvèrent à nouveau dans le bureau de Jeffrey MacKingsley pour faire le point sur leurs recherches concernant ce que les médias appelaient désormais les « Meurtres de la Petite Lizzie ». Ils avaient tous apporté café, sandwichs et sodas.

À la demande de MacKingsley, Ortiz fut le premier à prendre la parole. Il fit un résumé de son entretien avec Lena Santini, l'ex-femme de Charley Hatch, rapporta ce qu'elle lui avait révélé sur les relations de Robin Carpenter avec Charley.

« Vous voulez dire que Robin Carpenter nous a raconté des bobards hier ? demanda Jeffrey. Elle nous prend pour des imbéciles ou quoi ?

— J'ai vu Mlle Carpenter ce matin, dit Mort Shelley. Elle s'en tient à sa déclaration, soutient qu'elle n'a pas parlé à Charley depuis trois mois. À l'écouter, c'était lui qui avait eu l'idée de ce soi-disant dîner d'anniversaire et elle avait laissé un message pour se décommander. Elle nie formellement être allée chez Patsy ce soir-là.

— Trouvez des photos de Robin et de Charley et allez les montrer au maître d'hôtel, au barman et à tous les serveurs du restaurant, ordonna Jeffrey. Je pense que nous avons assez de présomptions pour qu'un juge nous permette l'accès aux listings téléphoniques de Robin Carpenter. Nous obtiendrons aussi ses relevés de cartes de crédit et de télépéage. Nous avons obtenu l'autorisation légale de vérifier les listings des communications téléphoniques de Hatch. Nous devrions les recevoir dans la soirée. Nous ferions bien de jeter aussi un regard sur ses cartes de crédit et sa carte de télépéage. Soit c'est Carpenter qui ment, soit c'est l'ex-femme. À nous de le découvrir.

— Je ne vois pas Lena Santini en train de mentir, objecta Ortiz. Elle a simplement rapporté ce que lui avait dit Charley concernant Robin Carpenter. À propos, elle m'a demandé si elle pouvait mettre une ou deux statuettes dans le cercueil. Je lui ai dit que nous ne pouvions pas nous en dessaisir pour le moment.

— Dommage qu'elle n'ait pas réclamé la tête de mort que Charley a sculptée sur la porte des Nolan, fit remarquer Mort Shelley. C'était du beau travail. J'ai constaté qu'elle était encore en place hier.

— En effet, on a eu tout le temps de contempler la porte quand Celia Nolan a refusé de nous laisser entrer, dit Paul Walsh d'un ton détaché. J'ai cru comprendre que vous aviez l'intention de la voir aujourd'hui, Jeffrey.

— Je ne vais pas la voir, répliqua ce dernier sèchement. Quand je lui ai téléphoné, elle m'a adressé à son avocat, Benjamin Fletcher.

— Benjamin Fletcher ! s'exclama Mort Shelley. C'était l'avocat de la Petite Lizzie ! Pourquoi diable Celia Nolan s'adresse-t-elle à lui ?

— Il l'a sortie d'affaire une première fois, n'est-ce pas ? demanda Walsh tranquillement.

— Sorti qui ?

— Liza Barton, qui d'autre ? »

Jeffrey, Mort et Angelo le regardèrent éberlués.

Jouissant de leur stupéfaction, Paul Walsh sourit. « Il y a tout à parier que la gamine déséquilibrée qui a tué sa mère et tiré sur son beau-père a refait surface sous l'identité de Celia Nolan, une jeune femme qui a perdu les pédales quand elle s'est retrouvée à l'endroit où elle avait vécu. Ah, la douceur du foyer !...

– Vous êtes complètement timbré, lui lança Jeffrey. Et c'est à cause de gens comme vous qu'elle est allée chercher un avocat. Elle aurait coopéré avec nous si vous ne l'aviez pas harcelée avec vos questions sur le temps qu'elle a mis pour revenir chez elle depuis Holland Road.

– J'ai pris le soin de consulter les antécédents de Celia Nolan. C'est une enfant adoptée. Elle a trente-quatre ans, exactement l'âge qu'a aujourd'hui Liza Barton. Nous sommes tous restés médusés en la voyant en tenue d'équitation hier, et je vais vous dire pourquoi. J'admets qu'elle est plus grande qu'Audrey Barton. Et ses cheveux sont plus foncés, mais on peut supposer que le coiffeur n'y est pas pour rien – j'ai remarqué que ses racines sont plus claires. Je l'affirme donc sans hésiter : Audrey Barton était la mère de Celia Nolan. »

MacKingsley resta silencieux pendant quelques instants, refusant de croire la vérité qui commençait à s'imposer à lui – que Paul Walsh tenait peut-être une piste.

« Après avoir vu Celia Nolan en tenue d'équitation, j'ai fait quelques recherches. Elle prend des leçons au Washington Valley Riding Club. Son professeur est Zach Willet, celui-là même qui donnait des leçons à Will Barton au moment de sa mort », continua Walsh, dissimulant à peine sa satisfaction devant l'étonnement admiratif de ses collègues.

« Si Celia Nolan est Liza Barton, croyez-vous

qu'elle tient Zach Willet pour responsable de la mort de son père ? demanda Mort doucement.

– Laissez-moi vous dire une chose : à la place de Zach Willet, je n'aimerais pas me trouver trop longtemps seul avec cette dame », répondit Walsh.

Ce fut au tour de Jeffrey de prendre la parole : « Votre hypothèse, Paul – et ce n'est toujours qu'une hypothèse – néglige totalement le fait que la maison a été vandalisée par Charley Hatch. Prétendez-vous que Celia Nolan connaissait Charley ?

– Non, je ne prétends pas cela, et j'accepte le fait qu'elle n'avait jamais rencontré Georgette Grove avant d'arriver dans cette maison. Je *prétends* qu'elle a été profondément bouleversée à la vue de l'inscription sur la pelouse, de la poupée armée du pistolet, de la tête de mort sur la porte et des éclaboussures de peinture. Elle a voulu se venger des gens qui l'ont mise dans cette situation. C'est elle qui a découvert le corps de Georgette Grove. Si elle est Liza Barton, il est normal qu'elle ait trouvé si facilement son chemin pour rentrer chez elle. Sa grand-mère habitait à quelques rues de Holland Road. Elle-même reconnaît être passée devant la propriété où travaillait Hatch à l'heure où il a été tué. Quant aux photos, elles sont une façon de nous supplier de la reconnaître.

– Tout ça ne nous permet pas d'accuser Celia Nolan d'avoir assassiné Hatch. Comment aurait-elle su qu'il était l'auteur du vandalisme ? demanda Ortiz.

– L'éboueur raconte à qui veut l'entendre que Clyde Earley a pris les baskets, le jean et les sculptures de Hatch dans un de ses sacs d'ordures », répondit Walsh.

Jeffrey se sentit sur un terrain plus sûr pour réfuter l'hypothèse de Walsh. « Selon vous, Celia Nolan, à supposer qu'elle soit Liza Barton, aurait entendu par hasard les bavardages d'un éboueur, découvert où travaillait Charley Hatch, qu'elle n'avait jamais rencontré, se serait arrangée pour l'attirer dans une ouverture pratiquée dans la haie le long de la route et l'aurait tué avant de partir prendre sa leçon d'équitation. C'est bien ça ?

— Elle est passée sur cette route juste au bon moment, s'obstina Walsh.

— C'est vrai. Et si vous ne l'aviez pas poussée à bout, elle serait probablement en train de me parler en ce moment même, et de me donner des informations qui pourraient nous être utiles, par exemple qu'elle a vu une autre voiture sur cette route ou un piéton. Paul, vous voulez charger Celia Nolan, et je vous accorde que cela ferait un article du tonnerre : "La Petite Lizzie frappe encore !" Quant à moi, je suis sûr que quelqu'un d'autre a engagé Charley Hatch. Je ne crois pas une minute à l'histoire d'Earley. C'est trop commode, trop facile. Je parie que Clyde a fouillé dans les ordures alors qu'elles se trouvaient encore sur la propriété de Hatch. Je ne serais pas surpris qu'il ait subtilisé les affaires que Hatch y avait jetées et que le malheureux se soit aperçu qu'elles avaient disparu. Earley a pu ensuite revenir, remettre le sac dans la benne des ordures ménagères et attendre d'avoir un témoin qui le voie ouvrir le sac après qu'il avait été abandonné. Si Hatch a été pris de panique, celui qui l'avait engagé a dû s'affoler à son tour. Pour finir, je pense que Georgette Grove avait appris qui avait donné l'ordre de saccager la maison et qu'elle l'a payé de sa vie.

— Jeffrey, vous feriez un formidable avocat de la défense. Mme Nolan est très séduisante, n'est-ce pas ? J'ai remarqué qu'elle ne vous était pas indifférente. »

En voyant le regard glacial du procureur, Walsh se

rendit compte qu'il avait été trop loin. « Désolé, marmonna-t-il. Mais je crois toujours à ma théorie.

– Quand cette affaire sera terminée, je pense que vous serez heureux d'être affecté à un autre département, dit Jeffrey. Vous êtes un homme intelligent, Paul, et vous pourriez être un bon inspecteur, mais il vous manque une chose – lorsque vous avez bâti une théorie, vous êtes comme un chien qui refuse de lâcher son os. Vous êtes trop obstiné, vous ne montrez jamais la moindre ouverture d'esprit. Franchement, j'en ai par-dessus la tête de toutes vos élucubrations et de vous. Passons aux choses sérieuses.

« Nous devrions recevoir les listings téléphoniques de Charley Hatch plus tard dans la journée. Mort, préparez une déclaration pour le juge afin d'obtenir, en plus de ceux de Robin Carpenter, les listings d'Henry Paley et de Ted Cartwright – leurs lignes personnelles et professionnelles. Je veux être informé de tous les appels reçus ou donnés par chacun durant les deux mois écoulés. Je veux aussi les relevés de leurs cartes de crédit et de télépéage. Et je vais déposer une requête auprès de la Direction de l'action sociale pour avoir l'autorisation de consulter le dossier d'adoption de Liza Barton. »

Jeffrey se tourna vers Paul Walsh. « Même si Celia Nolan est Liza Barton, je suis à peu près certain qu'elle est la victime des circonstances. J'ai toujours pensé que la petite Liza avait été victime des méfaits et turpitudes de Ted Cartwright. Et aujourd'hui, pour une raison inconnue, quelqu'un essaye de tendre un piège à Celia Nolan et de la faire accuser de meurtre. »

60

Après avoir quitté Benjamin Fletcher, j'errai sans but en voiture, en proie au doute. Aurais-je dû lui dire que j'étais Liza Barton ? N'avais-je pas eu tort d'aller le trouver ? L'entendre affirmer que ma mère avait eu une liaison avec Ted pendant qu'elle était mariée à mon père m'avait bouleversée, même si je devais admettre qu'elle avait probablement été amoureuse de Ted au moment où elle l'avait épousé.

Deux points étaient positifs : son mépris manifeste pour Paul Walsh et la certitude qu'il se montrerait féroce à son égard. Le fait de l'avoir engagé me permettrait aussi d'expliquer plus facilement à Alex pourquoi j'avais refusé de coopérer avec les services du procureur. Je pouvais raisonnablement lui dire que tout ce qui était arrivé semblait lié à l'affaire Liza Barton, ce qui m'avait incitée à demander l'aide de l'avocat de Liza.

Je savais que je devrais un jour dire la vérité à Alex – et risquer de le perdre – mais je voulais retarder ce moment. Si je parvenais à me rappeler exactement ce que ma mère avait crié à Ted ce soir-là, je saurais pourquoi il l'avait poussée violemment vers moi, et je saurais peut-être si j'avais ou non tiré délibérément sur lui.

Dans tous les dessins que je faisais pour le

Dr Moran, le pistolet était représenté en suspension dans l'air. Aucune main ne le tenait. J'étais certaine de l'avoir lâché au moment où le corps de ma mère m'avait atteint. Pouvais-je prouver d'une manière ou d'une autre que j'étais en état de choc lorsque j'avais tiré sur Ted ?

Zach détenait la réponse à toutes ces questions. Pendant toutes ces années, je n'avais jamais imaginé que la mort de mon père ait pu être autre chose qu'un accident. Mais aujourd'hui, j'avais beau m'efforcer de reconstituer les derniers mots de ma mère, je n'arrivais pas à retrouver ceux qui manquaient.

« *Tu m'as avoué quand tu étais ivre... Tu m'as dit que Zach t'avait vu...* »

Qu'avait dit Ted à ma mère ? Et qu'avait vu Zach ?

Il était dix heures. J'appelai le *Daily Record* où l'on m'informa que je pouvais consulter tous les anciens numéros du journal sur microfilms à la bibliothèque du comté dans Randolph Street. À dix heures trente, installée dans la salle de lecture de la bibliothèque, je sélectionnai la microfiche où figurait le journal daté du 9 mai, date de la mort de mon père, vingt-sept ans auparavant.

Il me fallut à peine une minute pour me rendre compte que la notice nécrologique de mon père n'avait été publiée que le lendemain, ce qui était logique. Je parcourus néanmoins les autres articles, et tombai sur l'annonce d'un concours d'armes à feu anciennes qui devait se tenir le même jour au Jockey Hollow à midi. Vingt amateurs d'armes anciennes s'affrontaient et, parmi eux, le fameux collectionneur du Morris County, Ted Cartwright.

J'examinai la photo de Ted. Il approchait alors de la quarantaine, il avait les cheveux encore bruns, un air d'insouciante arrogance. Il regardait l'appareil, brandissant le pistolet qu'il utiliserait pour ce concours.

Je passai rapidement à la fiche du jour suivant et trouvai en première page l'article concernant mon père : WILL BARTON, ARCHITECTE DE TALENT, PERD LA VIE DANS UN ACCIDENT DE CHEVAL.

Sur la photo mon père était tel que dans mon souvenir – le regard pensif traversé d'un sourire, le nez et la bouche aristocratiques, les épais cheveux blonds. Il aurait plus de soixante ans aujourd'hui s'il avait vécu. Que serait mon existence s'il était encore là, si cette horrible nuit n'avait pas eu lieu ?

Le récit que faisait le journaliste de l'accident était celui que m'en avait fait Zach Willet. D'autres personnes avaient entendu mon père prévenir Zach qu'il avait l'intention de partir devant sans attendre qu'il ait retiré le caillou du sabot de son cheval. Personne n'avait vu mon père s'engager sur la piste où était clairement indiqué : DANGER, PASSAGE INTERDIT. De l'avis général, quelque chose avait dû effrayer le cheval, et « Barton, un cavalier inexpérimenté, avait été incapable de le maîtriser ».

Une phrase ensuite me sauta littéralement aux yeux : « Un lad, Herbert West, qui entraînait un cheval dans une allée voisine, a rapporté avoir entendu un bruit violent semblable à une détonation au moment où M. Barton se trouvait probablement à l'embranchement d'où partait la piste cavalière réputée dangereuse. »

« Un bruit violent semblable à une détonation. »

Je déplaçai la microfiche et parvins à la page des sports de l'édition du même jour. Ted Cartwright brandissait une coupe d'une main et tenait de l'autre un colt ancien calibre 22 de tir à la cible. Il avait gagné le concours, et l'article rapportait qu'il allait fêter sa victoire en déjeunant avec des amis au Peapack Club, avant d'aller faire une longue promenade à cheval. « J'ai été tellement occupé à m'entraîner au tir que je n'ai pas monté depuis des semaines », avait-il dit au journaliste.

Mon père était mort à trois heures de l'après-midi – ce qui laissait le temps à Ted de déjeuner et de partir ensuite faire sa balade à cheval, empruntant les allées qui menaient aux pistes de Washington Valley. Se pourrait-il qu'il ait rencontré mon père, l'homme qui lui avait ravi ma mère, qu'il l'ait vu alors qu'il tentait désespérément de maîtriser sa monture ?

C'était possible, mais il s'agissait seulement de suppositions. Une fois de plus, je n'avais qu'un moyen de connaître la vérité, interroger Zach Willet.

Je photocopiai les articles – celui qui relatait l'accident de mon père et celui concernant la victoire de Ted au concours de tir. Il était l'heure d'aller chercher Jack à l'école. Je quittai la bibliothèque, montai dans ma voiture et pris le chemin de St. Joe.

En voyant le visage défait de Jack, je compris que la matinée s'était mal passée. Il refusa d'en parler jusqu'à ce que nous soyons de retour à la maison, assis dans la cuisine en train de déjeuner. Ce n'est qu'alors qu'il se confia :

« Un des garçons dans ma classe dit que j'habite la maison où une petite fille a tué sa mère. C'est vrai, maman ? »

Je me projetai mentalement quelques années plus tard, quand il découvrirait que j'étais cette petite fille qui avait tué sa mère. Je pris une profonde inspiration et dis : « D'après ce que je sais, Jack, cette petite fille vivait dans cette maison avec son papa et sa maman, et elle était très, très heureuse. Puis un jour son père est mort, et une nuit quelqu'un a essayé de faire du mal à sa maman, et elle a essayé de la sauver.

— Si quelqu'un essayait de te faire du mal, moi aussi je te sauverais, dit Jack.

— Je sais, mon chéri. Si ton ami pose encore des questions sur cette petite fille, dis-lui qu'elle était très courageuse. Elle n'a pas pu sauver sa mère, mais elle a essayé de toutes ses forces.

— Maman, ne pleure pas.

— Je ne pleure pas, mon chéri, c'est seulement que je suis triste pour cette petite fille.

— Je suis triste moi aussi », dit Jack.

Je lui annonçai que Sue viendrait le garder pendant que j'irais prendre ma leçon d'équitation. Voyant une ombre passer sur son visage, j'ajoutai rapidement : « Sue t'apprend à monter sur ton poney, et moi je prends des leçons pour pouvoir te suivre. »

Cette explication sembla lui convenir, mais quand il eut fini son sandwich, il s'approcha et leva les bras vers moi. « Est-ce que je peux m'asseoir sur tes genoux un petit moment ? demanda-t-il.

— Bien sûr. » Je le pris contre moi. « Qui trouve que tu es un merveilleux petit garçon ? » demandai-je.

C'était un de nos jeux préférés. Je vis un timide sourire éclairer son regard. « C'est toi.

— Qui t'aime plus que tout au monde ?

— C'est toi, maman.

— Tu es vraiment très intelligent. »

Il riait à présent. « Je t'aime, maman. »

En le tenant contre moi, je me rappelai soudain le soir où j'avais été heurtée par une voiture, je me rappelai cet instant terrifiant, juste avant de perdre conscience, où j'avais pensé : « Que deviendra Jack si je meurs ? » À mon réveil à l'hôpital, ma première pensée avait été pour lui. Kathleen et Martin étaient ses tuteurs, mais Kathleen avait soixante-quatorze ans, et Martin était devenu une charge de tous les instants. Même si elle restait en bonne santé pendant encore une dizaine d'années, Jack n'aurait que quatorze ans quand elle en aurait quatre-vingt-quatre. Voilà pourquoi j'avais ressenti un tel réconfort en voyant Alex auprès de moi, quand il m'avait dit qu'il allait s'installer dans mon appartement avec Jack. Je m'étais ensuite sentie rassurée à la pensée qu'Alex était désormais le tuteur de Jack. Mais s'il me quittait en apprenant la vérité à mon sujet, comment Jack le prendrait-il ?

Mon petit garçon s'endormit. Je le tins ainsi blotti contre moi pendant un long moment. Je me demandais si je lui apportais ce sentiment de protection que j'avais ressenti avec mon père le jour où la vague nous avait roulés sur le rivage. Je suppliai mon père de m'aider à découvrir la vérité sur sa mort. Je pensais à ce que Benjamin Fletcher avait révélé sur ma mère et Ted Cartwright. Je revoyais ma mère s'effondrant à genoux à l'enterrement de mon père, gémissant : « Je veux mon mari, rendez-moi mon mari ! »

« *Tu me l'as avoué quand tu étais ivre. Tu as tué mon mari. Tu m'as dit que Zach t'avait vu.* »

Voilà les mots que ma mère avait hurlés cette nuit-là ! J'en étais certaine, aussi certaine que j'étais sûre de tenir mon enfant dans mes bras. Les pièces du puzzle commençaient à se mettre en place. Je restai de longues minutes sans bouger, à me répéter ces paroles, me pénétrer de leur signification. Elles expliquaient pourquoi ma mère avait jeté Ted dehors. Elles expliquaient pourquoi elle avait si peur de lui, peur de ce qu'il était capable de lui faire pour sauver sa peau.

Pourquoi n'avait-elle pas prévenu la police ? Était-ce parce qu'elle avait craint ma réaction en apprenant qu'un homme avait tué mon père parce qu'il la désirait ?

Quand Sue arriva, je partis prendre ma dernière leçon d'équitation avec Zach Willet.

61

Malgré sa méfiance instinctive à l'égard de Marcella Williams, Dru devait admettre qu'elle était une incomparable mine d'informations. Marcella l'invita à prendre un café accompagné de petites pâtisseries danoises auxquelles elle tenta en vain de résister.

Lorsque Dru laissa entendre qu'Audrey Barton avait peut-être eu une liaison avec Ted Cartwright avant son mariage, Marcella répondit catégoriquement qu'elle n'en croyait rien. « Audrey aimait son mari, dit-elle. Will Barton n'était pas n'importe qui. Il avait une classe folle, ce qui comptait beaucoup pour elle. Ted a toujours été très séduisant. Il l'est encore. Aurait-elle quitté Will pour lui ? Non. Si elle avait été libre, l'aurait-elle épousé ? La meilleure preuve – c'est qu'elle l'a fait. Mais elle n'a jamais porté son nom. Je crois qu'elle avait gardé le nom de Barton pour faire plaisir à Liza. »

Marcella avait une quantité de photos à lui montrer. « Will Barton et mon ex-mari s'appréciaient énormément, expliqua-t-elle. C'est d'ailleurs un point sur lequel je pense que Will manquait de jugement. Après la mort de Will, Ted passait son temps chez Audrey et elle nous invitait, mon ex et moi, à prendre un verre avec eux. Audrey voulait sans doute cacher à Liza que Ted et elle étaient intimes et pensait que notre présence détendrait l'atmosphère. J'ai toujours aimé prendre des photos. J'en ai donné certaines à la presse. »

Ça ne m'étonne pas, pensa Dru. Alors qu'elle examinait les photos en gros plan de Will et d'Audrey Barton, elle put difficilement dissimuler son excitation à Marcella dont le regard inquisiteur ne la quittait pas.

Je vais demander à Bob de vieillir les photos, pensa-t-elle, mais je connais d'avance le résultat. Celia Nolan est Liza Barton. Elle ressemble à ses deux parents.

« Avez-vous l'intention d'utiliser toutes ces photos dans votre article ? demanda Marcella.

— Tout dépend de la place qu'on me donnera. Marcella, connaissiez-vous le dénommé Zach, l'homme qui donnait des leçons d'équitation à Will Barton ?

— Non. Où l'aurais-je rencontré ? Audrey s'était fâchée quand elle avait appris que Will prenait des leçons sans l'en avoir avertie. Will avait tenté de lui expliquer qu'il n'avait pas voulu s'inscrire au Peapack de peur de se rendre ridicule. Il savait qu'il n'était pas bon cavalier, et ne le serait sans doute jamais, mais il voulait apprendre à monter afin de pouvoir accompagner sa femme. J'imagine qu'il appréciait peu de la voir partir en promenade si souvent avec Ted Cartwright.

— Savez-vous si Audrey a accusé Zach d'avoir été la cause de l'accident ?

— Comment l'aurait-elle pu ? Tout le monde au centre hippique lui avait dit que Will avait insisté pour partir seul, bien que Zach lui ait demandé de l'attendre. »

Le téléphone de Marcella sonna au moment où Dru se préparait à partir. Marcella courut répondre, et ne cacha pas sa déception lorsqu'elle eut raccroché.

« Et voilà ! fit-elle. Je devais déjeuner avec Ted

Cartwright, mais il a passé la matinée avec un entrepreneur et maintenant il a une affaire urgente à traiter.
Au fond, peut-être est-ce aussi bien. Il semble d'une
humeur massacrante et, dans ces cas-là, je peux vous
assurer qu'il vaut mieux ne pas être en sa compagnie. »

Après avoir quitté Marcella, Dru alla directement
consulter les archives de la bibliothèque. Elle demanda
le microfilm du *Daily Record* daté du lendemain de la
mort de Will Barton. La bibliothécaire sourit. « Décidément cette date est très demandée aujourd'hui. J'ai
sorti la même fiche pour quelqu'un d'autre il y a une
heure. »

Celia Nolan, pensa Dru aussitôt. Elle a parlé à Zach
Willet et a peut-être des soupçons concernant l'accident. « C'est sans doute mon amie Celia Nolan, dit-
elle. Nous travaillons toutes les deux sur le même
sujet.

— C'est ça, confirma la bibliothécaire. Elle a fait
plusieurs photocopies de cet exemplaire du journal. »

Plusieurs, pensa Dru en sélectionnant le numéro du
10 mai. Pourquoi plusieurs ?

Cinq minutes plus tard, elle photocopiait le récit de
la mort de Will Barton. Puis, voulant s'assurer qu'elle
n'avait rien omis, elle parcourut le reste du journal
jusqu'à la rubrique sportive. Comme Celia Nolan, Dru
se dit que Ted Cartwright avait pu se trouver dans les
parages au moment de l'accident de Will Barton – et
avoir une arme sur lui.

N'osant imaginer l'état d'esprit de Celia Nolan, Dru
fit un autre arrêt, cette fois au poste de police de Mendham. Comme elle l'avait espéré, le sergent Clyde
Earley était de service et répondit volontiers à ses
questions.

Avec force détails, il lui raconta sa visite chez Charley Hatch, dit qu'il avait tout de suite su que Charley s'était changé avant son arrivée, parce que « ce type ne voulait pas que je le voie avec son jean taché de peinture rouge ».

Après qu'il eut conclu son récit par la découverte des pièces à conviction dans le sac-poubelle avec l'éboueur comme témoin, Dru l'orienta vers un autre sujet. « Toute cette histoire semble liée à l'affaire de la Petite Lizzie, non ? suggéra-t-elle. J'imagine que cette nuit tragique est toujours présente dans votre souvenir.

— Et comment ! Je vois encore cette gamine, impassible, assise sans bouger dans la voiture, me remerciant de l'avoir enveloppée dans une couverture.

— Vous êtes parti avec elle, n'est-ce pas ?

— C'est ça.

— Vous a-t-elle parlé dans la voiture ?

— Pas dit un mot.

— Où l'avez-vous emmenée ?

— Ici. Je l'ai bouclée ici même.

— *Bouclée ?*

— Qu'est-ce que vous croyez ? que j'allais lui donner une sucette ? J'ai relevé ses empreintes digitales et on l'a photographiée.

— Avez-vous toujours ses empreintes ?

— Quand un délinquant juvénile est acquitté, nous sommes censés détruire ses empreintes.

— Avez-vous détruit celles de Liza, Clyde ? »

Il lui fit un clin d'œil. « Entre nous, non. Je les ai conservées dans le dossier, comme une sorte de souvenir. »

Dru se souvint de la façon dont Celia Nolan avait tenté de fuir les photographes le premier jour. Elle se sentit désolée pour elle, mais elle devait aller jusqu'au bout de ses recherches. Deux personnes étaient mortes, et si Celia était réellement Liza Barton, elle savait à présent que la mort de son père n'était peut-être pas accidentelle. Elle-même risquait de se trouver bientôt en danger.

Et si elle est l'assassin, il faut trouver un moyen de l'arrêter.

« Clyde, c'est urgent. Faites parvenir immédiatement les empreintes de Liza à Jeffrey MacKingsley. Je pense que Liza est revenue à Mendham et qu'elle cherche peut-être à se venger des gens qui lui ont fait du mal. »

62

J'eus l'impression qu'il y avait quelque chose de changé chez Zach Willet lorsque je le retrouvai à l'écurie. Il semblait tendu, sur ses gardes. Je savais qu'il se posait des questions à mon sujet, mais je ne voulais pas qu'il devienne trop méfiant. Je devais l'amener à parler. S'il avait été témoin de l'« accident » survenu à mon père, j'étais sûre que le seul moyen de le décider à témoigner était de lui faire miroiter qu'il y trouverait son intérêt.

Il m'aida à seller mon cheval, puis nous partîmes au pas jusqu'au point où les allées cavalières s'enfonçaient en sous-bois. « Prenons celle qui mène à l'embranchement de la piste où Will Barton s'est tué, dis-je. Je suis curieuse de voir cet endroit.

— Vous vous intéressez vraiment à cet accident, hein ?

— J'ai lu ce qu'on en racontait. Par exemple qu'un lad a affirmé avoir entendu un coup de feu. Il s'appelait Herbert West. Travaille-t-il toujours ici ?

— Il est starter à l'hippodrome de Monmouth Park.

— Zach, à quelle distance derrière Will Barton vous trouviez-vous ce jour-là ? Trois minutes ? Cinq minutes ? »

Nous chevauchions côte à côte. Une forte brise avait dégagé le ciel et l'après-midi était fraîche et ensoleillée, un temps idéal pour faire du cheval. Les premières couleurs de l'automne apparaissaient sur les arbres. Le feuillage vert de l'été commençait à prendre des tons de jaune, d'orange et de roux, formant une voûte colorée sous l'azur du ciel. L'odeur de l'humus sous les sabots des chevaux m'évoquait l'époque où je montais mon poney en compagnie de ma mère au Peapack Club. Mon père venait nous voir de temps en temps et lisait son journal ou un livre pendant que nous partions en forêt.

« Je dirais à cinq minutes derrière lui, me répondit Zach. Et, ma petite dame, je préférerais qu'on mette les choses au clair sans attendre. Pourquoi toutes ces questions à propos de cet accident ?

– Nous en parlerons lorsque nous serons arrivés », répondis-je.

Sans chercher à dissimuler davantage que j'étais bonne cavalière, je lançai mon cheval au petit galop et Zach me suivit. Six minutes plus tard, nous nous arrêtions à l'embranchement.

« Vous voyez, Zach, dis-je. J'ai chronométré ce trajet. Nous sommes partis de l'écurie à deux heures dix. Il est deux heures dix-neuf maintenant, et nous avons été à bonne allure pendant une partie du chemin. Donc, vous ne pouviez pas être à quatre ou cinq minutes seulement derrière Will Barton, n'est-ce pas ? »

Je vis ses lèvres se crisper.

« Zach, je vais être franche avec vous. »

Bien entendu, j'allais être franche jusqu'à un certain point. « La sœur de ma grand-mère était la mère de Will Barton. Elle est morte convaincue qu'il y avait autre chose derrière la disparition de Will Barton. Il y a eu ce coup de feu qu'Herbert West assure avoir entendu. Un cheval aurait dû prendre peur, me semble-t-il ? Surtout s'il était monté par un cavalier inexpérimenté qui a pu lui blesser la bouche ou tirer brusquement sur sa bride. Vous ne croyez pas ? Je me demande si en cherchant à rejoindre Will Barton, vous n'auriez pas vu son cheval s'emballer et prendre la direction de cette piste, sachant que vous ne pouviez pas l'arrêter. Peut-être même avez-vous vu l'homme qui a tiré ce coup de feu. Peut-être cet homme était-il Ted Cartwright.

– Je ne sais pas de quoi vous parlez », dit Zach.

Mais je voyais la transpiration perler à son front, tandis qu'il croisait et décroisait nerveusement les mains.

« Zach, vous m'avez dit que vous étiez un ami de Ted Cartwright. Je comprends que vous hésitiez à lui attirer des ennuis. Mais Will Barton n'aurait pas dû mourir. Notre famille est fortunée. Je peux vous verser un million de dollars si vous allez trouver la police et raconter ce qui s'est réellement passé. On peut juste vous reprocher d'avoir caché la vérité. Je doute que vous soyez poursuivi pour ce genre de délit après si longtemps. Vous serez un héros, un homme d'honneur qui souhaite redresser un tort.

– Vous avez dit un million de dollars ?

– Comptant. Viré à votre banque. »

Le sourire de Zach étira ses lèvres minces. « Y aura-t-il un bonus si je raconte aux flics que j'ai vu Cartwright à cheval foncer sur Barton, le forcer à s'engager dans cette allée, puis tirer le coup de feu qui a affolé le cheval de Barton et l'a fait partir au triple galop et s'emballer ? »

Mon cœur se mit à battre lourdement dans ma poitrine. Je m'efforçai de rester calme. « Un bonus de dix pour cent, cent mille dollars de plus. Est-ce vraiment ainsi que les choses se sont passées ?

– Exactement comme ça. Cartwright avait son vieux colt avec lui. Il se charge avec des balles spéciales. À l'instant où il a tiré, il a virevolté et repris l'allée qui ramène au Peapack Club.

– Qu'avez-vous fait alors ?

– J'ai entendu Barton hurler quand il est passé par-dessus bord. Je savais qu'il n'avait aucune chance de s'en sortir. Je crois que je suis resté figé sur place pendant un moment. Puis j'ai fait mine d'explorer d'autres allées comme si je cherchais Barton. Quelqu'un a fini par découvrir son corps au fond du ravin. Entre-temps, j'avais pris un appareil photo et j'étais retourné à l'embranchement. Je voulais me couvrir. On était le 9 mai. J'avais un exemplaire du journal du matin qui contenait un article sur Ted et une photo le montrant en train de brandir le colt 22 qu'il avait l'intention d'utiliser pour le concours de tir. J'ai placé cette photo à côté de la balle – qui s'était fichée à moitié dans un tronc d'arbre – et j'ai pris une photo. Ensuite j'ai sorti la balle de l'arbre avec mon cure-pied. Et j'ai aussi trouvé la douille, sur la piste cavalière. Puis je me suis avancé au bord du ravin et j'ai pris une photo de la scène en contrebas. Les voitures de police, l'ambulance, les vétérinaires. Inutiles naturellement. Dès l'instant où le malheureux était passé par-dessus bord, tout était fini.

– Me montrerez-vous ces photos ? Avez-vous gardé la balle et la douille ?

– Je vous montrerai les photos. Mais je les conserve jusqu'à ce que j'aie le fric. Oui, j'ai aussi la balle et la douille. »

J'ignore ce qui m'a poussée à poser à Zach la question suivante : « Zach, est-ce uniquement pour l'argent que vous me racontez tout ça ?

– Principalement, mais il y a une autre raison. Je

commence à en avoir marre que Ted Cartwright n'ait jamais été inquiété par la justice, et qu'il ait le culot de venir me menacer.

– Quand pourrai-je voir cette preuve dont vous parlez ?

– Ce soir, dès que je serai rentré chez moi.

– Si ma baby-sitter est libre, puis-je venir la prendre un peu plus tard, vers neuf heures ?

– Parfait pour moi. Je vais vous donner mon adresse. Mais n'oubliez pas, vous pourrez seulement voir les photos. La balle, la douille et les photos, je les donnerai aux flics – mais pas avant d'avoir touché l'argent et obtenu l'assurance de ne pas être poursuivi. »

Nous regagnâmes les écuries en silence. J'essayais d'imaginer ce que mon père avait ressenti quand Ted avait foncé sur lui, ce qu'il avait ressenti quand son cheval s'était emballé, l'entraînant vers une mort certaine. J'étais sûre qu'il avait éprouvé le même effroi que celui qui m'avait saisie quand Ted avait poussé ma mère vers moi avant de bondir à son tour dans ma direction.

Le mobile de Zach sonna au moment où nous mettions pied à terre. Il répondit, puis me fit un clin d'œil. « Allô, dit-il, quoi de neuf ? Oh, le prix de la maison est de sept cent mille dollars meublée, mais tu ne veux pas que je l'habite, tu préfères me donner l'argent à la place ? Trop tard. J'ai eu une meilleure offre. Salut. »

« Ça m'a vraiment fait du bien de parler », me dit Zach en griffonnant son adresse sur le dos d'une enveloppe. « À ce soir vers neuf heures. On distingue mal le numéro de la maison depuis la rue, mais vous ne pourrez pas la rater à cause de ces maudits gosses et du raffut de la batterie.

– Je trouverai. »

Je partis, sachant que si Ted Cartwright était un jour traduit en justice, son avocat soutiendrait que le témoignage de Zach avait été acheté et payé. Ce serait vrai, mais comment pourrait-il réfuter les preuves matérielles que Zach avait conservées pendant toutes ces années ? Et en quoi ma démarche était-elle différente de ce que faisait la police en permanence – à savoir promettre des récompenses aux gens qui lui fournissent des renseignements ?

Je promettais simplement beaucoup plus qu'elle.

63

À seize heures, le sergent Clyde Earley et Dru Perry attendaient à la porte de Jeffrey MacKingsley. « Je ne sais pas si ça va lui plaire de vous voir avec moi, ronchonna Clyde.

– Écoutez, Clyde, je suis journaliste. J'écris un article sur cette affaire. Je dois assurer mon exclusivité. »

Anna était à son bureau. En voyant l'embarras peint sur le visage de Clyde Earley, elle ne put réprimer un sourire moqueur. Chaque fois qu'il téléphonait à MacKingsley, elle annonçait : « Le vaillant justicier à l'appareil. » Elle savait que son habitude d'ignorer la loi quand cela l'arrangeait mettait le procureur hors de lui. D'après les notes qu'elle avait tapées, elle savait que ce dernier nourrissait des doutes à propos des objets compromettants soi-disant trouvés chez Charley Hatch, et n'était pas certain de pouvoir utiliser ces pièces à conviction devant un tribunal.

« J'espère que vous apportez de bonnes nouvelles au procureur », dit-elle à Clyde d'un ton amical. « Il est d'une humeur de chien aujourd'hui. »

Elle vit Clyde courber les épaules. L'interphone sonna. « Faites-les entrer », dit MacKingsley.

« Laissez-moi parler la première », murmura Dru à Clyde en franchissant la porte qu'il lui tenait ouverte.

Jeffrey les salua. « Dru, Clyde, que puis-je faire pour vous ?

— MacKingsley, je sais que vous êtes occupé, mais vous ne regretterez pas de nous avoir reçus. Ce que j'ai à vous dire est très important, j'ai besoin cependant d'avoir votre parole qu'il n'y aura pas de fuites dans la presse. Je veux l'exclusivité. Si je vous communique cette information, c'est parce que j'estime qu'il est de mon devoir de le faire. Je crains qu'une autre vie soit menacée. »

Jeffrey se pencha en avant, les bras croisés sur son bureau. « Continuez.

— Je crois que Celia Nolan est Liza Barton, et Clyde pourra vous aider à le prouver. »

Voyant la gravité inscrite sur le visage de MacKingsley, Dru comprit deux choses : primo que le procureur avait envisagé cette possibilité et secundo qu'il n'était pas heureux de la voir vérifiée. Elle sortit les photos de Liza que lui avait confiées Marcella Williams. « Je m'apprêtais à faire vieillir par informatique une ou deux de ces photos, dit-elle. Mais je ne pense pas que ce soit nécessaire. Regardez-les, et pensez à Celia Nolan. C'est un mélange de sa mère et de son père. »

Jeffrey prit les photos et les posa sur son bureau. « À qui alliez-vous vous adresser pour obtenir un portrait informatisé ? demanda-t-il.

— À l'un de mes amis...

— Un ami qui travaille dans la police de l'État, je suppose. Je peux le faire plus rapidement.

— Je veux que vous me les rendiez, ou que vous m'en donniez une copie. Et je veux aussi une copie de la version vieillie, insista Dru.

— Dru, vous rendez-vous compte qu'il n'est pas dans nos habitudes de faire de telles promesses à un journaliste ? Mais vous êtes venue me trouver pour empêcher qu'un autre crime soit commis. Je vous accorderai donc ce que vous demandez. » Il se tourna vers Clyde. « Et vous, pourquoi êtes-vous là ?

– Eh bien, vous comprenez... », commença Clyde.

Dru l'interrompit : « Clyde est là parce que Celia Nolan a peut-être déjà tué deux personnes, et qu'elle pourrait s'attaquer à l'homme qui a été en partie responsable de l'accident de son père. Regardez ce que j'ai trouvé à la bibliothèque. »

Tandis que Jeffrey parcourait rapidement les articles qu'elle lui avait tendus, Dru continua : « Je suis allée trouver Clyde. C'est lui qui a coffré Liza la nuit où elle a tué sa mère et tiré sur Ted.

– J'ai conservé ses empreintes, dit Clyde. Je les ai apportées.

– Vous avez gardé ses empreintes ! s'exclama Jeffrey. Je crois qu'il existe une loi stipulant que le dossier d'un délinquant juvénile doit être détruit une fois qu'il a été acquitté, y compris les empreintes.

– C'était juste une sorte de souvenir personnel, se défendit Clyde. Mais avec ça, vous pouvez savoir immédiatement si Celia Nolan est bien Liza Barton.

– MacKingsley, coupa Dru à nouveau, si je ne me trompe pas, et que Celia est bien Liza, elle est peut-être mue par un désir de vengeance. Je me suis entretenue avec l'avocat qui l'a défendue il y a vingt-quatre ans, et il m'a dit qu'il ne serait pas surpris si elle réapparaissait un jour et "envoyait Ted Cartwright ad patres". Et une femme qui travaille au tribunal depuis plus de trente ans a entendu dire qu'à l'époque où elle était en détention, Liza prononçait le nom de "Zach" puis succombait à des crises de désespoir. Ces articles nous disent peut-être pourquoi. J'ai téléphoné au Washington Valley Riding Club cet après-midi et j'ai demandé à parler à Zach. On m'a dit qu'il donnait une leçon à Celia Nolan.

— Très bien. Merci à vous deux, dit Jeffrey. Clyde, vous savez ce que je pense de votre habitude de contourner la loi quand cela vous arrange, mais je vous félicite d'avoir eu le courage de me remettre ces empreintes. Dru, il n'y aura pas de fuites. Vous avez ma parole. »

Quand ils furent partis, Jeffrey MacKingsley resta longtemps assis à son bureau, à examiner les photos de Liza Barton. C'est Celia, sans aucun doute, pensa-t-il. Nous nous en assurerons en comparant les empreintes avec celles qui ont été relevées sur la photo affichée dans l'écurie. Je sais que devant un tribunal je ne pourrai jamais utiliser celles qu'a gardées Clyde, mais du moins saurai-je à qui j'ai affaire. Et j'espère que toute cette histoire sera résolue avant qu'on ne découvre un autre cadavre.

La photo qui était affichée dans l'écurie.

Plongé dans ses pensées, Jeffrey regardait sans les voir les photos étalées sur son bureau. Qu'est-ce qui lui avait échappé ?

Dans les cours de criminologie on nous enseigne que le mobile de la plupart des meurtres est l'amour ou l'argent, se dit-il.

Il appela Anna à l'interphone. « Mort Shelley est-il dans les parages ?

— Oui, il est à son bureau. Clyde avait l'air soulagé quand il est sorti. Apparemment vous ne l'avez pas trop maltraité.

— Faites attention ou c'est vous que je pourrais maltraiter, répliqua Jeffrey. Envoyez-moi Mort, s'il vous plaît.

— Vous avez dit "s'il vous plaît". Votre humeur a dû s'améliorer.

– Possible. »

Quand Mort entra, Jeffrey lui dit : « Laissez tomber ce que vous faites en ce moment. Il y a quelqu'un d'autre dont je veux vérifier les faits et gestes dans le moindre détail. » Il montra à Mort le nom qu'il avait écrit sur son carnet.

Les yeux de Shelley s'écarquillèrent. « Vous croyez ?

– Je ne sais pas ce que je crois pour l'instant, mais mettez là-dessus autant d'hommes qu'il vous faut. Je veux tout savoir, y compris la date à laquelle ce type a eu sa première dent et de quelle dent il s'agissait. »

Comme Mort Shelley se levait, Jeffrey lui tendit les photocopies des articles de presse que Dru venait de lui communiquer. « Donnez ça à Anna, s'il vous plaît. » Il appela sa secrétaire. « Anna, quelqu'un est mort au Washington Valley Riding Club il y a vingt-sept ans. Une enquête a sûrement été ouverte, soit par la police de Mendham, soit par nous. Je veux le dossier complet de cet accident, s'il existe toujours. Vous aurez les détails dans les articles que Mort va vous remettre. Appelez aussi ce club et voyez si vous pouvez joindre Zach Willet au téléphone. »

64

En rentrant du club hippique, je trouvai l'écurie déserte. Jack et Sue étaient sortis. Elle l'avait sans doute emmené se promener à poney dans les environs. J'en profitai pour appeler mon conseil financier et vérifier que j'avais au moins un million cent mille dollars dont je pouvais disposer chez mon courtier.

Larry était mort depuis deux ans, mais je ne m'étais toujours pas habituée à penser en termes de sommes aussi importantes. Le conseil financier de Larry, Karl Winston, continuait à gérer mes avoirs, et je suivais à la lettre ses suggestions en matière de finances. Il était conservateur, tout comme moi. Je décelai cependant une interrogation dans sa voix lorsque je lui demandai de se préparer à virer ce montant sur le compte d'un tiers.

« Nous ne pourrons pas le déduire comme contribution à une œuvre de bienfaisance, lui dis-je, ni le passer en frais, mais croyez-moi, c'est de l'argent bien dépensé.

— C'est votre argent, Celia, dit-il. Vous en avez certes les moyens. Mais je dois vous avertir, toute riche que vous soyez, qu'un million cent mille dollars est une somme considérable.

— Je suis prête à payer dix fois plus pour accomplir ce que j'espère avec cette somme, Karl », dis-je.

Et c'était vrai. Si Zach Willet détenait la preuve qu'il prétendait posséder, la preuve que Ted Cartwright était directement responsable de la mort de mon père, et si Ted était traduit en justice, je m'avancerais à la barre des témoins et répéterais les derniers mots que ma mère avait criés à Ted. Et, pour la première fois, le monde entendrait *ma* version de ce qui s'était passé ce soir-là. Je témoignerais sous serment que Ted avait eu l'intention de tuer ma mère en la projetant sur moi, et qu'il m'aurait tuée aussi ce même soir s'il en avait eu la possibilité. Je le dirais, parce que c'était la vérité. Ted aimait ma mère, mais il tenait bien davantage à sa peau. Il ne pouvait courir le risque qu'elle décide un jour d'aller trouver la police et révèle ce qu'il avait laissé échapper devant elle quand il était ivre.

Alex m'appela à l'heure du dîner. Il était descendu au Ritz-Carlton à Chicago, son hôtel favori. « Ceil, toi et Jack vous me manquez tellement. Je vais certainement être coincé ici jusqu'à vendredi après-midi, mais pourquoi ne pas passer le week-end à New York ? Nous pourrions aller au théâtre. L'ancienne baby-sitter de Jack pourrait venir le garder samedi soir, et le dimanche nous irions voir tous les trois un spectacle en matinée ? Qu'en dis-tu ? »

Rien ne pouvait me plaire davantage. « Je vais réserver au Carlyle », lui dis-je. Puis je respirai un grand coup. « Alex, tu as dit l'autre jour avoir l'impression qu'il y avait un problème entre nous, et tu avais raison. Il y a quelque chose que je dois t'avouer et qui peut changer les sentiments que tu éprouves pour moi, dans ce cas je respecterai ta décision.

— Ceil, pour l'amour du ciel, rien ne pourra jamais changer ce que j'éprouve pour toi.

— Nous verrons, mais je dois courir ce risque. Je t'aime. »

Lorsque je reposai le combiné, ma main tremblait. Je savais pourtant que j'avais fait le bon choix. Je dirais aussi la vérité à Benjamin Fletcher. Accepterait-il encore de me défendre ? Sinon, je trouverais quelqu'un d'autre.

J'ignorais qui avait tué Georgette et le paysagiste, mais le fait que je sois Liza Barton n'était pas une preuve suffisante pour m'accuser de leur mort. C'étaient tous les faux-fuyants auxquels j'avais eu recours qui m'avaient rendue suspecte. Zach Willet était l'instrument de ma libération.

À présent je pouvais dire la vérité à Alex, parler au nom de quelqu'un à qui l'on a fait un tort immense. Je lui demanderais pardon de ne pas lui avoir fait confiance, mais je lui demanderais aussi la protection que doit un mari.

« Maman, est-ce que tu es heureuse ? me demanda Jack pendant que je le séchais après son bain.

— Je suis toujours heureuse quand je suis avec toi, mon chéri, dis-je. Mais je suis parfois heureuse pour d'autres raisons. »

Je lui dis alors que Sue viendrait tout à l'heure le garder pendant un moment parce que j'avais quelques courses à faire.

Sue arriva à huit heures et demie.

Zach vivait à Chester. J'avais repéré sa rue sur le plan et marqué l'itinéraire pour y parvenir. Il habitait un quartier d'habitations modestes, dont beaucoup avaient été divisées et abritaient deux familles. Je trouvai sa maison — le numéro 358 — mais je dus aller jusqu'à la rue suivante pour pouvoir me garer. Il y avait des réverbères mais ils étaient en grande partie masqués par de hauts arbres plantés le long des trottoirs. La soirée s'était rafraîchie, et je ne vis personne dehors.

Zach avait dit vrai. Le son d'une batterie vous guidait jusque chez lui. Je gravis les marches de la galerie. Il y avait deux portes, une au milieu et une sur le côté. Je décidai que cette dernière menait à l'appartement du haut et m'en approchai. Un nom était inscrit au-dessus de la sonnette et je parvins à lire la lettre Z. Je sonnai et attendis, sans obtenir de réponse. J'essayai à nouveau et écoutai. La batterie faisait un tel bruit que je n'étais pas sûre que la sonnette fonctionne.

Que faire ? Il était neuf heures. Peut-être qu'il était allé dîner dehors et n'était pas encore rentré. Je redescendis lentement les marches de la galerie et restai sur le trottoir, les yeux levés vers le premier étage. Les fenêtres étaient obscures, du moins sur la façade. Je refusais de croire que Zach avait changé d'avis. Je savais qu'il savourait déjà l'argent que je lui avais promis. À moins que Ted Cartwright ne lui ait fait une meilleure offre ? Dans ce cas, je doublerais la mienne.

Je ne voulais pas rester dans la rue plus longtemps, mais je ne voulais pas non plus abandonner l'espoir de voir apparaître Zach d'une minute à l'autre. Je décidai d'aller chercher ma voiture, de stationner en double file devant chez lui et de l'attendre. Il n'y avait presque pas de circulation, et je ne gênerais personne.

J'ignore ce qui attira mon regard vers la voiture qui était garée devant la maison. J'aperçus Zach assis à l'intérieur. La fenêtre du conducteur était ouverte et il semblait dormir. Il avait sans doute décidé de m'attendre dehors, pensai-je en m'approchant de la voiture. « Bonsoir, Zach, dis-je, j'avais peur que vous ne m'ayez fait faux bond. »

Comme il ne répondait pas, je lui effleurai l'épaule et il s'affaissa en avant sur le volant. Je retirai ma main, baissai les yeux. Elle était poisseuse de sang. Je me cramponnai à la poignée de la portière pour ne pas tomber. Je me rendis compte que je l'avais touchée et l'essuyai avec mon mouchoir. Je me précipitai alors vers ma voiture et rentrai d'une traite à la maison, essayant désespérément de faire disparaître les traces de sang en frottant mes mains sur mon pantalon. Je ne sais à quoi je pensais durant le trajet. Je voulais seulement m'enfuir.

En pénétrant dans la maison, je trouvai Sue devant la télévision dans sa salle de séjour. Elle me tournait le dos. La lumière n'était pas allumée dans l'entrée. « Sue, dis-je, j'ai un coup de fil urgent à passer à ma mère. Je redescends dans une minute. »

Arrivée en haut, je me précipitai dans la salle de bains, me déshabillai et fis couler la douche. J'avais l'impression d'être entièrement recouverte du sang de Zach. Je jetai mon pantalon dans la douche et regardai l'eau rougir.

J'agissais sans réfléchir. Je savais seulement que je devais trouver un alibi quelconque. Je m'habillai à la hâte et descendis. « La personne avec laquelle j'avais rendez-vous n'était pas chez elle », dis-je pour expliquer mon retour précipité.

Je savais que Sue s'était aperçue que je m'étais changée, mais elle ne sembla pas y prêter beaucoup d'attention. Je lui donnai l'équivalent de trois heures de baby-sitting. Après son départ, je me versai un grand scotch et m'assis dans la cuisine, incapable de décider quoi faire. Zach était mort et je n'avais aucun moyen de savoir si les preuves qu'il devait me remettre avaient disparu.

Je n'aurais pas dû m'enfuir. Je le savais. Mais Georgette avait recommandé Zach à mon père. Zach avait laissé mon père partir en avant. Et si l'on découvrait que j'étais Liza Barton ? Si j'avais appelé la police, comment leur expliquer que je venais à nouveau de tomber sur le cadavre de quelqu'un qui avait joué un rôle dans la mort de mon père ?

Je terminai mon scotch, montai dans ma chambre, me déshabillai et, sachant que m'attendait une nuit blanche, je pris un somnifère. Vers onze heures, j'entendis la sonnerie du téléphone dans mon sommeil. C'était Alex. « Ceil, tu dois dormir profondément. Pardon de te réveiller. Je voulais seulement te dire que, quoi que tu me dises, cela ne changera pas d'un iota mes sentiments pour toi. »

J'avais tellement sommeil, et j'étais en même temps si heureuse d'entendre sa voix, d'entendre ses paroles. « Je te crois », murmurai-je.

Puis, avec un sourire dans la voix, Alex ajouta : « Rien ne changerait entre nous, même si tu me disais que tu es la Petite Lizzie Borden. Bonsoir, mon amour. »

65

Le corps de Zachary Eugene Willet fut découvert par un jeune batteur de seize ans, Tony « Rap » Corrigan, à six heures du matin, alors qu'il se préparait à enfourcher sa bicyclette pour sa tournée de distribution de journaux.

« J'ai cru d'abord que le vieux Zach s'était bituré », expliqua-t-il, tout excité, à Jeffrey MacKingsley et Angelo Ortiz, qui étaient arrivés précipitamment sur les lieux après que la police de Chester les eut avertis de l'appel reçu sur le 911. « Mais ensuite, j'ai vu tout ce sang séché. J'ai cru que j'allais dégobiller. »

Personne dans la famille Corrigan ne se souvenait d'avoir vu Zach garer sa voiture. « Il faisait sûrement nuit, dit Sandy Corrigan, la mère de Rap. Je le sais parce qu'il y avait un 4×4 qui stationnait à cet endroit quand je suis rentrée de mon travail hier soir à sept heures et quart. Je suis infirmière à l'hôpital de Morristown. Les filles étaient avec moi quand je suis arrivée. Elles vont chez leur grand-mère après l'école, et je les ramasse en chemin. »

Les trois filles, dix, onze et douze ans, étaient assises à côté de leur mère. Répondant aux questions de Jeffrey, elles affirmèrent qu'elles n'avaient rien remarqué d'inhabituel. Elles étaient passées rapidement devant le 4 × 4 et s'étaient installées devant la télévision pour le reste de la soirée.

« Nous avions fait nos devoirs chez Mamie », expliqua l'aînée. Le mari de Sandy, Steve, pompier de son état, était rentré de son travail à dix heures. « J'ai mis la voiture directement au garage sans jeter un coup d'œil dans la rue, expliqua-t-il. La journée avait été rude, un incendie dans une maison qui allait être démolie. Sans doute des gosses qui ont fichu le feu. Grâce au ciel, nous avons quatre enfants épatants. Nous les encourageons à inviter leurs amis à la maison. Rap est un batteur du tonnerre. Il s'entraîne dès qu'il a une minute.

– Zach devait déménager pendant le week-end, annonça Sandy Corrigan. Il se plaignait sans arrêt de la batterie de Rap, mais, de toute manière, je l'avais averti que nous ne renouvellerions pas son bail à son expiration. Nous avons besoin de davantage de place. C'était la maison de ma belle-mère. Nous avons emménagé quand elle est morte. Je suis navré pour Zach. Il était très seul. Mais je vais être franche, j'ai été ravie quand il m'a annoncé qu'il partait.

– Il ne voyait donc pas grand monde ? demanda MacKingsley.

– Personne, affirma Sandy Corrigan. Il rentrait vers six ou sept heures du soir et ne sortait presque jamais. Les week-ends il restait chez lui quand il n'était pas au club d'équitation, mais, la plupart du temps, il était là-bas. C'était plus sa maison qu'ici.

– Vous a-t-il dit pourquoi il déménageait ?

– Oui. Il allait s'installer à Madison dans la maison témoin du lotissement Cartwright Town Houses.

– Cartwright ? s'exclama MacKingsley.

– Oui, Ted Cartwright, le promoteur, c'est lui qui les construit.

— Je me demande ce qu'il ne construit pas, grommela le mari d'un ton revêche.

— Je suppose qu'une résidence de ce genre vaut très cher », dit MacKingsley d'un ton détaché, s'efforçant de ne pas laisser transparaître son excitation.

Cartwright, encore lui, pensait-il.

« Surtout si elle est meublée, ajouta Sandy Corrigan. Zach prétendait que M. Cartwright la lui offrait parce qu'il lui avait sauvé la vie autrefois.

— Deux déménageurs sont venus hier pour emballer les affaires de Zach, dit Rap. Je leur ai ouvert la porte vers trois heures. Je leur ai dit qu'un seul aurait pu faire le travail en une heure. Zach n'avait pas grand-chose. Ils n'ont pas traîné et ils ont emporté deux cartons qui ne pesaient pas lourd.

— T'ont-ils donné leur carte ?

— Non. Mais ils étaient en uniforme et avaient un camion. De toute manière, qui serait venu piquer les affaires de Zach ? »

MacKingsley et Ortiz se regardèrent. « Peux-tu nous décrire ces hommes ?

— L'un était un grand type. Il portait des lunettes noires, et avait des cheveux d'un blond bizarre. Je pense qu'ils étaient teints. Il n'était plus tout jeune – je veux dire, il avait plus de cinquante ans. L'autre était petit, trente ans environ. Franchement, je n'ai pas fait très attention.

— Bon, si quelque chose te revient à l'esprit à leur sujet, je laisse ma carte à sa mère. » Jeffrey se tourna vers Sandy Corrigan. « Avez-vous une clé de l'appartement de Zach, madame Corrigan ?

— Bien sûr.

— Puis-je l'avoir s'il vous plaît ? Merci beaucoup de votre coopération. »

En quête d'empreintes, l'équipe du médecin légiste

poudrait la poignée de la porte de l'appartement de Zach et sa sonnette. « Ah, en voilà une bien nette, s'exclama Dennis, un des hommes du labo. On en a une autre, incomplète, relevée sur la porte de la voiture. Quelqu'un a essayé de l'essuyer.

– Je n'ai pas eu le temps de vous le dire », annonça Jeffrey à Angelo tandis qu'il tournait la clé de la porte qui menait de la galerie à l'appartement. « J'ai parlé hier à Zach Willet au téléphone, à cinq heures. »

Ils commencèrent à monter les marches qui craquaient sous leurs pas. « Quel genre de type était-ce ? demanda Ortiz.

– Arrogant. Sûr de lui. Quand j'ai demandé à le rencontrer, il m'a dit que lui-même avait eu l'intention de venir me voir. Il m'a annoncé qu'il avait une ou deux choses intéressantes à me raconter, mais qu'il y aurait quelques détails à mettre au point entre nous. Il a ajouté qu'il était sûr que nous nous entendrions très bien tous les trois.

– Tous les trois ? demanda Angelo.

– Oui, tous les trois – Celia Nolan, Zach et moi. »

Il y avait un couloir étroit en haut de l'escalier. « Le vieux plan en wagon de chemin de fer, commenta Jeffrey. Toutes les pièces donnent sur le couloir. » Ils firent quelques pas et jetèrent un coup d'œil dans ce qui était censé être un salon.

« Quel foutoir ! » s'exclama Angelo.

Le canapé et les fauteuils étaient éventrés. Le rembourrage débordait du tissu fané. Le tapis avait été roulé et retourné. Les bibelots des rayonnages étaient entassés dans une couverture.

En silence, les deux hommes pénétrèrent dans la cuisine et la chambre à coucher. C'était partout le même spectacle – le contenu des tiroirs et des commodes déversé dans des serviettes ou des couvertures ;

le matelas du lit fendu sur toute la longueur. Dans la salle de bains, l'armoire à pharmacie avait été vidée dans la baignoire. Des carreaux étaient empilés sur le sol.

« Les prétendus déménageurs, dit doucement Jeffrey. On dirait plutôt une équipe de démolition. »

Ils revinrent dans la chambre. Dix ou douze albums de photos étaient éparpillés dans un coin. Il était visible que des pages en avaient été arrachées. « Je pense que le premier album date de l'invention de l'appareil photo, marmonna Ortiz. Je n'ai jamais pu comprendre cette passion pour les vieilles photos. Quand les parents meurent, la génération suivante conserve leurs photos pour des raisons sentimentales. La troisième génération garde quelques photos des arrière-grands-parents pour prouver qu'elle avait des ancêtres et fiche le reste en l'air.

— Avec les médailles et les trophées que les grands-parents chérissaient, renchérit Jeffrey. Plus sérieusement, je me demande si ces types ont trouvé ce qu'ils cherchaient.

— C'est le moment d'aller parler à Mme Nolan, vous ne croyez pas ? suggéra Angelo.

— Elle s'abrite derrière son avocat, mais peut-être acceptera-t-elle de répondre à certaines questions en sa présence. »

Ils s'arrêtèrent à nouveau dans le séjour. « Le jeune batteur dit que les déménageurs ont emporté des cartons. Que contenaient-ils à votre avis ? demanda Ortiz.

— Des papiers, répondit sombrement Jeffrey. Il ne reste pas une facture, pas une lettre, pas une note. En tout cas, les inconnus qui se sont amenés ici n'ont pas trouvé ce qu'ils cherchaient. Peut-être les reçus d'un coffre ou d'un garde-meubles.

— Que pensez-vous de cette œuvre d'art ? » s'exclama Ortiz en soulevant un cadre brisé. « Cela ressemble à une glace qui était suspendue au-dessus du canapé et dont Zach aurait enlevé le miroir pour fabriquer cette horreur. »

Au centre du cadre était collée une grande caricature de Zach Willet, avec des douzaines de photos scotchées tout autour. Ortiz lut l'inscription sous la caricature : À ZACH, EN L'HONNEUR DU VINGT-CINQUIÈME ANNIVERSAIRE DE TON ENTRÉE AU WASHINGTON VALLEY RIDING CLUB. « Je suppose qu'on a demandé à toute l'assistance de donner une photo ce soir-là accompagnée d'un mot amical. Je parie aussi qu'ils ont chanté : "Car c'est un gentil camarade..."

– Emportons ce truc avec nous, dit Jeffrey. Nous y trouverons peut-être quelque chose d'intéressant. Et maintenant, il est huit heures passées, une heure correcte pour rendre une petite visite à Mme Nolan. »

Ou une petite visite à Liza Barton, corrigea-t-il en son for intérieur.

« Maman, est-ce que je peux rester à la maison avec toi aujourd'hui ? » La demande était tellement inattendue que je restai interloquée. Mais l'explication suivit rapidement.

« Tu as pleuré, je le vois, dit-il simplement.

— Mais non, Jack, protestai-je. J'ai seulement mal dormi la nuit dernière et j'ai mal aux yeux.

— Tu as pleuré, répéta-t-il.

— Tu veux parier ? »

Je fis mine de tourner la conversation en jeu. Jack était un enfant joueur. « Parier quoi ? demanda-t-il.

— Je vais te le dire. Après t'avoir déposé à l'école, je reviendrai faire un petit somme, et si mes yeux sont clairs et brillants quand j'irai te chercher, tu me devras cent milliards de dollars.

— Et s'ils ne sont pas clairs et brillants, c'est toi qui me devras cent milliards de dollars. »

Jack rit. Nous réglions en général nos paris avec un cornet de glace ou une séance de cinéma.

Le pari conclu, il se laissa conduire à l'école sans rechigner. Je parvins tant bien que mal à rentrer à la maison où je m'effondrai, anéantie. Je me sentais prise au piège, impuissante. Il était très possible que Zach ait raconté que j'avais rendez-vous avec lui. Comment pourrais-je expliquer qu'il m'avait dit détenir la preuve que Ted Cartwright avait tué mon père ? Et où était cette preuve à présent ? J'étais pratiquement accusée des meurtres de Georgette Grove et de Charley Hatch. J'avais posé ma main sur l'épaule de Zach. Mes empreintes se trouvaient peut-être sur sa voiture.

J'étais exténuée. Le mieux était sans doute d'essayer de dormir un peu, comme je l'avais dit à Jack. J'étais à mi-chemin dans l'escalier quand j'entendis la sonnette de l'entrée. Ma main s'immobilisa sur la rampe. Mon instinct me poussait à continuer de monter, mais la sonnette retentit à nouveau et je redescendis. C'était sûrement les gens du bureau du procureur. Je n'avais qu'une solution, leur dire que je ne répondrais à aucune question hors de la présence de mon avocat.

J'ouvris la porte et fus presque soulagée en voyant Jeffrey MacKingsley en compagnie du jeune policier aux cheveux bruns qui s'était montré si courtois à mon égard. Au moins l'inspecteur Walsh n'était-il pas avec eux.

Je n'osai imaginer leur réaction à la vue de mes yeux gonflés et bordés de rouge. Mais que m'importait. J'étais fatiguée de fuir, de lutter. Je me demandai s'ils étaient venus m'arrêter.

« Madame Nolan, je sais que vous êtes représentée par un avocat, et croyez que nous ne vous poserons aucune question ayant un rapport avec les meurtres de Georgette Grove ou de Charley Hatch, commença Jeffrey MacKingsley. Mais je pense que vous détenez certaines informations qui pourraient nous aider concernant un troisième crime qui vient d'être commis. Je sais que vous avez pris des leçons d'équitation avec Zach Willet. Zach a été trouvé mort, tué par balle, tôt dans la matinée. »

Je restai muette. J'étais incapable de feindre la sur-

prise. Peut-être penseraient-ils que mon silence trahissait mon effroi – à moins qu'ils ne l'interprètent
comme le signe que je connaissais déjà la nouvelle.

MacKingsley attendit en vain une réaction de ma
part, puis continua : « Nous savons que vous avez pris
une leçon avec Zach hier après-midi. Vous a-t-il laissé
entendre qu'il devait rencontrer quelqu'un plus tard ?
La moindre indication de votre part pourrait nous être
très utile.

– Devait-il rencontrer quelqu'un ? » Ma voix avait
pris un ton aigu, presque hystérique. Je portai ma main
à ma bouche, parvins à me contrôler. « J'ai un avocat,
dis-je. Je ne ferai aucune déclaration hors de sa présence.

– Je comprends. Madame Nolan, ce n'était qu'une
simple question de ma part. La photo de la famille
Barton que vous avez trouvée dans votre écurie.
L'avez-vous jamais montrée à votre mari ? »

J'avais découvert la photo, je l'avais ensuite cachée
dans le compartiment secret de mon secrétaire, puis
Jack l'avait mentionnée devant Alex, et Alex avait été
bouleversé d'apprendre que j'avais voulu lui dissimuler cet incident. Cette photo était un élément de plus
dans l'enchaînement des événements qui contribuaient
à nous éloigner l'un de l'autre.

Mais je pouvais répondre sans crainte à la question
de MacKingsley. « Mon mari était déjà parti à son
bureau lorsque je l'ai trouvée. Il est rentré au moment
où je vous l'ai remise. Non, monsieur MacKingsley, il
ne l'a pas vue. »

Le procureur hocha la tête et me remercia, puis, au
moment de partir, il se retourna et dit d'un ton qui me
parut étrangement bienveillant : « Celia, je pense que
les choses commencent enfin à s'éclaircir. Je crois que
tout ira bien désormais. »

67

Jeffrey MacKingsley resta silencieux pendant le trajet jusqu'à son bureau et Angelo Ortiz comprit qu'il valait mieux ne pas parler. Il était visible que son patron était inquiet, et il savait pourquoi. Celia Nolan semblait sur le point de faire une grave dépression nerveuse.

L'équipe médico-légale les attendait. « On a de belles empreintes pour vous, Jeffrey », annonça d'un air satisfait Dennis, le chef du laboratoire. « Un bel index sur la sonnette de la porte et un pouce sur la voiture.

– Y en avait-il dans l'appartement de Zach ?

– Une quantité, celles de Zach. Rien d'autre. Il paraît que des déménageurs sont venus. Ils ont tout mis sens dessus dessous. C'est drôle – ils devaient porter des gants.

– "Drôle" signifie "étrange" pour vous ? demanda Jeffrey.

– Vous comprenez ce que je veux dire, patron. Vous avez déjà vu des déménageurs porter des gants ?

– Dennis, j'ai deux séries d'empreintes digitales que je veux faire comparer », dit Jeffrey. Il hésita, puis ajouta d'un ton ferme : « Et comparez-les aussi à celles que vous avez relevées sur la sonnette et la voiture de Zach. »

Jeffrey était en proie à un combat intérieur. Si les empreintes de Liza Barton que Clyde avait conservées correspondaient à celles de la photo trouvée dans l'écurie, ce serait la preuve irréfutable que Celia Nolan était Liza Barton. Et si ces empreintes correspondaient à celles que Dennis avait relevées sur la voiture et la sonnette de Zach Willet, c'était la preuve irréfutable que Celia était présente sur la scène du crime qui avait coûté la vie à Zach.

Les empreintes d'un délinquant juvénile sont des preuves conservées illégalement, réfléchit-il, par conséquent inutilisables devant un tribunal. Mais peu m'importe, j'ai la *conviction* que Celia Nolan n'a rien à voir avec la mort de Zach Willet.

Dennis revint une demi-heure plus tard. « Gagné, monsieur le Procureur, dit-il. Les trois séries d'empreintes appartiennent à la même personne.

– Merci, Dennis. »

Jeffrey resta assis à son bureau pendant une vingtaine de minutes, tournant un crayon entre ses doigts, hésitant à prendre sa décision, pesant le pour et le contre. Puis, d'un geste résolu, il cassa en deux le crayon dont les éclats jonchèrent son bureau.

Il décrocha son téléphone et, sans passer par Anna, demanda aux renseignements le numéro de Benjamin Fletcher, avocat à la cour.

68

Jimmy Franklin, fraîchement nommé inspecteur, était officieusement placé sous la tutelle de son ami Angelo Ortiz. Le jeudi matin, suivant les instructions d'Ortiz, armé de son mobile avec appareil photo numérique, il se présenta à l'agence immobilière Grove, prétextant s'intéresser aux maisons modestes pour jeunes ménages peu fortunés disponibles dans le secteur de Mendham.

À vingt-six ans, Jimmy avait un air juvénile qui ne manquait pas de charme. Robin l'accueillit en souriant, lui expliqua que les maisons convenant à de jeunes ménages étaient très rares à Mendham, mais qu'elle en avait quelques-unes dans les agglomérations avoisinantes.

Pendant qu'elle marquait les pages du portfolio correspondant aux choix qu'elle lui proposait, Jimmy fit mine de téléphoner. Mais en réalité, il prenait des photos en gros plan de Robin, qu'il transmit immédiatement à son bureau afin qu'elles soient téléchargées, le tout naturellement après s'être penché consciencieusement sur les offres de vente susceptibles de l'intéresser.

La veille au soir, il avait réussi à obtenir une photo de Charley Hatch que lui avait confiée son ex-femme,

Lena, une photo sur laquelle le pauvre Charley, selon elle, n'était pas à son avantage.

Il agrandit plusieurs des photos de Robin, ainsi que celle où Charley « n'était pas à son avantage », et prit la route de Manhattan en les emportant avec lui. À son arrivée, il gara sa voiture dans le parking de la 56e Rue Ouest, près de Chez Patsy.

Il était midi moins le quart quand il pénétra dans la salle. Des effluves alléchants de tomate et d'ail lui rappelèrent qu'il n'avait avalé qu'un bagel et un café pour son petit-déjeuner, à six heures du matin.

Le boulot d'abord, pensa-t-il en s'installant au bar. Le restaurant n'était pas encore plein, et il n'y avait qu'un seul client assis sur un tabouret au bout du comptoir, une bière à la main. Jimmy sortit ses photos et les étala à plat sur le bar. « Un jus d'airelles », commanda-t-il, tout en exhibant son insigne. « Reconnaissez-vous une de ces personnes ? »

Le barman examina les photos. « Elles me disent quelque chose, en particulier la femme, elle et lui sont peut-être passés devant le bar en gagnant leur table. Mais je n'en suis pas sûr. »

Jimmy eut plus de chance avec le maître d'hôtel, qui reconnut Robin sans hésitation. « Elle vient parfois ici. Elle était peut-être avec ce type. Je crois l'avoir vu une fois, mais ce n'est pas lui qui l'accompagne d'habitude. Laissez-moi me renseigner auprès des serveurs. »

Jimmy suivit le maître d'hôtel des yeux, le vit aller d'un serveur à l'autre, puis monter dans la salle à l'étage. Quand il réapparut, un serveur sur les talons, il arborait l'expression satisfaite d'un homme qui a accompli sa mission.

« Dominique va vous renseigner, dit-il. Il est ici depuis longtemps et n'oublie jamais un visage. »

Dominique tenait les photos à la main. « Elle vient de temps à autre. Jolie fille. Le genre qui ne passe pas inaperçu, si vous voyez ce que je veux dire, plutôt sexy. Le type en revanche, je ne l'ai vu qu'une fois. Il est venu avec elle il y a deux semaines, un peu avant Labor Day. Je m'en souviens parce que c'était l'anniversaire du type en question. Elle a commandé un morceau de cheese cake et nous a demandé de mettre une bougie dessus. Puis elle lui a donné une enveloppe. Il y avait une liasse de billets à l'intérieur. Il les a comptés à table. Vingt billets de cent dollars.

— Joli cadeau d'anniversaire, convint Jimmy.

— Rarement vu un oiseau pareil. Il les a comptés *à voix haute* : cent, deux cents, trois cents, et ainsi de suite. Quand il est arrivé à deux mille, il les a fourrés dans sa poche.

— Est-ce qu'elle lui a donné une carte d'anniversaire, en plus ? demanda Jimmy.

— Est-ce que vous avez besoin d'une carte d'anniversaire quand on vous donne tant de fric ?

— Je me demande si c'était seulement pour son anniversaire, ou si elle avait un petit boulot à lui faire exécuter pour lequel elle le payait. Vous dites qu'elle vient souvent avec un autre homme. Connaissez-vous son nom ?

— Non.

— Pouvez-vous me dire à quoi il ressemble ?

— Bien sûr. »

Jimmy sortit son carnet et nota soigneusement la description de l'autre compagnon de Robin Carpenter. Puis, satisfait de sa matinée, décrétant que cela faisait partie de sa mission, il résolut de goûter aux linguini de Patsy.

69

Dégrisé par la menace d'être affecté dans un autre service, Paul Walsh accepta sans rechigner de vérifier ce qu'avait rapporté la propriétaire de Zach au sujet de l'installation de ce dernier dans une des maisons de Ted Cartwright.

Le jeudi à neuf heures trente, donc, Paul s'entretenait avec Amy Stack, qui lui racontait avec indignation comment Zach Willet avait eu le culot de se moquer d'elle et de M. Cartwright. « Il était tellement convaincant que j'ai vraiment cru que M. Cartwright lui avait donné la maison-témoin.

— Quelle a été la réaction de M. Cartwright quand vous lui avez raconté que Zach réclamait la maison ?

— Il ne m'a pas crue au début, mais ensuite j'ai pensé qu'il allait exploser. Il était fou de rage. Puis il a éclaté de rire et expliqué qu'ils avaient fait un pari stupide tous les deux, et que Zach Willet se comportait comme s'il avait gagné pour de vrai.

— Pari ou pas, vous n'avez donc pas eu l'impression que M. Cartwright avait l'intention de donner cette maison à Zach Willet ? demanda Walsh.

— Même s'il a sauvé la vie de M. Cartwright autrefois, Zach Willet n'avait aucune chance de mettre un jour les pieds dans cette résidence, affirma Amy d'un ton solennel.

– M. Cartwright a-t-il passé la journée d'hier ici ?

– Non. Il est passé en coup de vent entre neuf et dix. Il a dit qu'il reviendrait à quatre heures pour voir l'entrepreneur, mais il a dû changer d'avis.

– C'est son droit », conclut Walsh avec une note d'ironie dans la voix. « Merci, mademoiselle Stack. Vous m'avez été très utile. »

La nouvelle de la mort de Zach s'était répandue comme une traînée de poudre au Washington Valley Riding Club. Pour tous ceux qui travaillaient aux écuries, l'idée qu'on ait pu l'assassiner paraissait impensable. « Il n'aurait pas fait de mal à une mouche », s'exclama Alonzo, un vieux palefrenier au visage buriné, quand Paul Walsh demanda si on lui connaissait des ennemis. « Zach s'occupait de ses propres affaires. Jamais je ne l'ai vu se quereller avec quelqu'un depuis cinquante ans que je le connais.

– Savez-vous si quelqu'un l'avait dans le collimateur pour une raison quelconque ? »

Personne ne se souvenait de rien. Jusqu'à ce qu'Alonzo se rappelle que Manny Pagan avait vaguement parlé d'une dispute survenue la veille entre Ted Cartwright et Zach. « Manny entraîne un cheval dans la carrière. Je vais le chercher », proposa Alonzo.

Manny Pagan les rejoignit à l'écurie, menant son cheval par la bride. « M. Cartwright m'a carrément engueulé. Je n'avais jamais vu un type aussi furieux. Je lui ai indiqué l'endroit où Zach déjeunait, à une table de pique-nique, et Cartwright est parti au pas de course le rejoindre. Je l'ai vu s'en prendre à Zach. Je vous assure que de la vapeur lui sortait des oreilles quand il est passé devant moi quelques minutes plus tard pour reprendre sa voiture.

— C'était hier à l'heure du déjeuner ?

— Oui. »

Paul Walsh avait trouvé ce qu'il était venu chercher. Il avait hâte de quitter les lieux. Il était allergique aux chevaux et ses yeux commençaient à larmoyer.

70

« Benjamin Fletcher au téléphone », annonça Anna. Jeffrey MacKingsley prit une profonde inspiration et saisit le récepteur. « Allô, Ben, dit-il d'un ton chaleureux, comment allez-vous ?

— Bonjour, Jeffrey. Content de vous entendre, mais je ne pense pas que vous vous préoccupiez de ma santé, qui pourrait être meilleure au cas où ça vous intéresserait.

— Bien entendu que ça m'intéresse, mais vous avez raison, ce n'est pas la raison de mon appel. J'ai besoin de votre aide.

— Je ne suis pas sûr d'avoir envie d'être très utile, Jeffrey. Cette vipère que vous qualifiez d'inspecteur, Paul Walsh, s'en est donnée à cœur joie pour intimider ma nouvelle cliente.

— Oui, je le sais et j'en suis désolé. Je vous présente nos excuses.

— Il paraît que Walsh a fait tout un foin à cause de la vitesse à laquelle roulait ma cliente alors qu'elle craignait simplement que l'assassin puisse rôder dans les parages. Je n'apprécie pas cette attitude.

— Ben, je vous comprends. Écoutez. Savez-vous que votre cliente, Celia Nolan, est en réalité Liza Barton ? »

Jeffrey entendit un exclamation étouffée à l'autre

bout de la ligne et comprit que Fletcher ne s'était pas rendu compte que Celia et Liza étaient la même personne.

« J'en ai la preuve formelle, dit-il. Les empreintes.

— Vous feriez mieux de ne pas produire les empreintes provenant d'une affaire de délinquance juvénile, rétorqua sèchement Benjamin Fletcher.

— Ben, peu importe pour l'instant où et comment je les ai obtenues. Il faut absolument que je parle à Celia. Je ne lui dirai pas un mot des deux meurtres de la semaine dernière, mais il y a autre chose que je dois lui dire. Est-ce que le nom de Zach Willet vous rappelle quelque chose ?

— Naturellement. C'est le type qui donnait des leçons d'équitation à son père. Même quand elle refusait de parler dans le centre de détention, elle répétait sans arrêt son nom. Que vient-il faire dans le tableau ?

— Zach a été tué dans sa voiture hier dans la soirée. Celia avait sans doute rendez-vous avec lui. On a relevé ses empreintes sur la portière de la voiture de Zach et sur la sonnette de son appartement. Je ne crois pas une seconde qu'elle ait quelque chose à voir avec la mort de Zach, mais j'ai besoin de son concours. Il faut que je sache dans quel but elle devait le rencontrer, et pourquoi Zach m'a dit hier au téléphone qu'il avait l'intention de venir me voir accompagné de Celia. Pouvez-vous la convaincre de me recevoir ? Je crains que d'autres vies ne soient menacées – y compris la sienne.

— Il faut je lui parle d'abord, je déciderai ensuite. Naturellement, je serai présent si elle accepte de vous rencontrer et si, à un moment quelconque, je dis stop, vous vous arrêterez. Je vais l'appeler dès maintenant, j'essaierai de vous contacter plus tard dans l'après-midi.

– Je vous en prie, le pressa Jeffrey. Faites vite. Je vous retrouverai à l'heure et l'endroit qui vous conviendront.

– Entendu, Jeffrey. Autre chose. Parmi tous ces types qui travaillent pour vous, chargez-en un de sa protection. Assurez-vous qu'il n'arrive rien à ma jolie cliente.

– Je n'ai pas envie qu'il lui arrive quelque chose », dit Jeffrey d'un ton déterminé. « Mais arrangez-vous pour que je lui parle. »

71

Jack avait gagné son pari. Je dus admettre que j'avais encore les yeux rougis et fatigués, mais je mis le tout sur le compte d'un fort mal de tête et, au lieu de lui donner cent milliards de dollars, je l'emmenai déjeuner à la cafétéria et lui offris un cornet de glace pour le dessert. Je conservai mes lunettes noires, sous prétexte que la lumière me faisait mal aux yeux. Me crut-il ? J'en doute. C'était un petit garçon intelligent et sensible.

Ensuite, nous allâmes en voiture à Morristown. Jack ne rentrait plus dans ses vêtements de l'année passée et avait besoin de pulls et de pantalons neufs. Comme la plupart des enfants, il ne s'intéressait guère au shopping et je limitai mes achats à l'essentiel. Je m'aperçus avec effroi que je prévoyais d'être un jour séparée de Jack. Il aurait au moins ces vêtements quand on viendrait l'arrêter.

Il y avait deux messages sur le répondeur lorsque nous rentrâmes. Je persuadai Jack d'emporter ses affaires neuves dans sa chambre et de les ranger dans sa commode « comme un grand ». Je redoutais d'entendre à nouveau la même voix faire allusion à Lizzie Borden, mais les deux messages provenaient de Benjamin Fletcher qui me priait de le rappeler au plus vite.

Ils vont m'arrêter, pensai-je. Ils ont mes empreintes

digitales. Il va me dire que je dois me rendre à la police. Je composai un mauvais numéro à deux reprises avant de le joindre.

« C'est Celia Nolan. Vous m'avez appelée, monsieur Fletcher, dis-je en m'efforçant de garder une voix neutre.

— La première règle qu'un client doit toujours respecter est de faire confiance à son avocat, Liza », me dit-il.

Liza. À l'exception du Dr Moran quand il me soignait, et de Martin quand il avait commencé à perdre l'esprit, personne ne m'avait plus appelée Liza depuis l'âge de dix ans. Je m'attendais toujours à entendre quelqu'un lancer ce nom à l'improviste, anéantissant d'un coup le personnage fictif que j'avais si soigneusement construit. Le ton neutre de Fletcher atténua la stupéfaction qui me saisit à la pensée qu'il connaissait ma véritable identité.

« J'ai hésité à vous l'avouer hier. Et je ne suis toujours pas certaine de pouvoir vous faire confiance.

— Vous le pouvez, Liza.

— Comment avez-vous appris qui j'étais ? M'avez-vous reconnue hier ?

— Non. C'est Jeffrey MacKingsley qui m'a mis au courant voilà un peu moins d'une heure.

— Jeffrey MacKingsley !

— Il désire vous parler, Liza. Mais, d'abord, je veux être absolument certain que, si je vous y autorise, cela tournera à votre avantage. Ne vous inquiétez pas, je serai près de vous, mais je le répète, je ne suis pas tranquille. Il me raconte que vous avez laissé vos empreintes sur une sonnette et sur la portière d'une voiture dans laquelle on vient de trouver un homme assassiné. Et comme je vous l'ai dit, il sait aussi que vous êtes Liza Barton.

– Cela veut-il dire qu'ils vont m'arrêter ? »

J'arrivais à peine à articuler.

« Pas si je peux l'éviter. C'est bizarre, mais le procureur est persuadé que vous n'avez rien à voir dans cette affaire. C'est ce qu'il m'a affirmé. En revanche, il pense que vous pouvez l'aider à découvrir qui est l'auteur de ce crime. »

Je fermai les yeux, soudain envahie d'un étrange soulagement. Jeffrey MacKingsley ne me croyait pas impliquée dans la mort de Zach Willet ! Me croirait-il quand je lui dirais que Zach avait vu Ted Cartwright provoquer la mort de mon père ? S'il me croyait, peut-être ne s'était-il pas trompé en disant que j'allais m'en sortir.

Je racontai à Benjamin Fletcher mes rencontres avec Zach Willet. Je lui fis part de mes soupçons, de ses aveux, du marché que j'avais conclu avec lui.

« Quelle a été la réaction de Zach ?

– Zach a affirmé que Ted Cartwright avait foncé sur le cheval de mon père, le forçant à s'engager sur la piste dangereuse, avant de l'effrayer en tirant un coup de feu. Zach a gardé la balle et la douille, il a même pris des photos de la balle logée dans un arbre. Hier, il m'a dit que Cartwright l'avait menacé. Et c'est vrai, pendant que je me trouvais avec lui, Zach a reçu un appel sur son mobile. Je suis sûre qu'il provenait de Ted Cartwright, parce que, bien qu'il n'ait pas nommé son interlocuteur, Zach a ri en lui disant d'un ton sarcastique qu'il n'avait pas besoin de sa résidence parce qu'on lui avait fait une meilleure offre.

– Les informations que vous allez communiquer à Jeffrey MacKingsley sont explosives, Liza. Mais dites-moi, comment vos empreintes se sont-elles trouvées sur la portière de la voiture et sur la sonnette ? »

Je racontai à Fletcher mon rendez-vous avec Zach,

le silence en réponse à mon coup de sonnette, la découverte de son corps dans la voiture et mon retour en catastrophe à la maison.

« Quelqu'un d'autre sait-il que vous étiez là-bas ?

— Non, pas même Alex. Mais hier j'ai téléphoné à mon conseil financier pour lui demander de s'apprêter à virer l'argent que j'avais promis à Zach. Il pourra en témoigner.

— Bien. À quelle heure voulez-vous que nous nous rendions chez le procureur ?

— Je dois demander à la baby-sitter de venir garder Jack. Quatre heures me conviendrait. »

Autant que puisse me convenir la perspective de me rendre au tribunal du Morris County, ajoutai-je in petto.

« Entendu pour quatre heures », dit Fletcher.

Je raccrochai et, derrière moi, Jack demanda : « Maman, est-ce que tu vas être arrêtée ? »

72

La plupart des inspecteurs de la brigade du procureur avaient reçu l'ordre de laisser tomber les affaires qui les occupaient et de se concentrer sur les trois meurtres de Mendham. À trois heures, le groupe qui analysait les listings des appels téléphoniques de Charley Hatch, Ted Cartwright, Robin Carpenter et Henry Paley était prêt à faire son rapport à Jeffrey MacKingsley.

« Depuis deux mois, Cartwright a téléphoné six fois à Zach, dit Liz Reilly, une toute nouvelle recrue. La dernière fois, c'était hier après-midi à trois heures six exactement.

— Mme Nolan a pu entendre cet appel, fit remarquer Jeffrey. C'était à peu près l'heure où elle terminait sa leçon avec lui.

— Cartwright et Henry Paley se sont aussi beaucoup téléphoné durant ces derniers mois, dit Nan Newman, une des inspectrices chevronnées de l'équipe. Mais il n'y a eu aucun contact par téléphone entre Henry Paley et Charley Hatch.

— Nous savons que Paley et Cartwright s'étaient alliés pour amener Georgette Grove à vendre son terrain sur la Route 24, dit Jeffrey. Paley mène une vie discrète et il n'a fourni aucune indication sur son emploi du temps au moment du meurtre de Hatch. Il faut que je sache où il se trouvait à ce moment-là avant de l'éliminer de la liste des suspects. Je lui ai demandé de venir accompagné de son avocat. Ils seront là à cinq heures, et Ted Cartwright vient à six heures, lui aussi avec son avocat. Nous savons que Robin Carpenter ment, continua-t-il. Elle a menti à propos de son rendez-vous avec son frère chez Patsy. D'après sa carte de télépéage elle est arrivée à New York à six heures quarante ce soir-là, ce qui est exactement ce que l'ex-femme de Hatch a dit à Angelo. Au restaurant, Robin a été vue en train d'offrir à Hatch une enveloppe contenant deux mille dollars, ce qui paraît très généreux pour un cadeau d'anniversaire, sauf s'il avait un service à lui rendre en contrepartie.

— Il n'y a eu aucun appel de Robin Carpenter à l'intention de Hatch depuis vendredi dernier. Elle utilisait probablement un mobile à carte prépayée pour le contacter. Elle a dû lui conseiller d'en acheter un, car la cliente dont il tondait la pelouse, Lorraine Smith, l'a vu en train d'utiliser deux téléphones. L'un était sans doute son mobile habituel, l'autre un téléphone sans abonnement. Je pense aussi que lorsqu'il a répondu à cet appel, il convenait d'un rendez-vous à l'endroit où il a été assassiné.

— Naturellement, nous n'avons aucune preuve que c'était Robin qui l'appelait, mais je vous fiche mon billet que Charley Hatch était condamné dès l'instant où la personne qui l'avait engagé pour vandaliser la maison a appris que son jean et ses baskets, ainsi que ses sculptures, avaient été saisis. Ce n'était pas le genre de type qui aurait résisté à un interrogatoire un peu musclé. »

Les inspecteurs écoutaient en silence, suivant le raisonnement de Jeffrey, espérant avoir l'occasion de contribuer utilement à son analyse.

« Ted Cartwright haïssait Georgette Grove et il voulait mettre la main sur son terrain, ce qui lui donne au moins un mobile pour l'avoir tuée, poursuivit Jeffrey. Nous savons que Robin Carpenter et lui travaillaient ensemble d'une certaine façon, et qu'ils sortaient ensemble à une époque – peut-être encore aujourd'hui d'ailleurs. Il est possible que Zach Willet ait fait chanter Ted depuis la mort de Will Barton. Nous en saurons davantage quand nous interrogerons Mme Nolan.

« Avec un peu de chance, je pense que nous aurons résolu ces affaires dans les jours qui viennent », conclut-il à l'adresse de son équipe.

Puis il vit Mort Shelley apparaître à la porte de son bureau. Ils échangèrent un regard et Shelley répondit à la question non formulée de Jeffrey : « Il est là où il a dit qu'il serait. On l'a pris en filature.

– Ne perdez pas sa trace », dit MacKingsley.

73

C'était le tribunal où s'était déroulé le procès. En parcourant les couloirs, je me rappelai ces affreuses journées. Je revoyais le regard impassible du juge. Je me souvenais de la peur qui m'avait saisie devant mon avocat, de ma méfiance à son égard, même lorsque j'avais été forcée de m'asseoir à côté de lui. Je me souvenais d'avoir écouté les témoins qui déclaraient que j'avais eu l'intention de tuer ma mère. Je me souvenais que j'essayais de me tenir droite parce que ma mère me grondait toujours quand j'étais avachie. C'était difficile pour moi, car j'étais grande pour mon âge.

Benjamin Fletcher m'attendait à la porte du bureau du procureur. Il était mieux habillé que lorsque j'étais venue le trouver dans son cabinet. Sa chemise blanche paraissait propre, son costume bleu marine était repassé, sa cravate correctement nouée. Il prit ma main quand j'arrivai et la tint un moment dans la sienne. « Je dois des excuses à une petite fille de dix ans, dit-il. Je l'ai tirée d'affaire, mais j'avoue que j'ai cru à tort à la version qu'a donnée Cartwright des événements.

– Je sais, dis-je doucement, mais l'important est que vous m'ayez fait acquitter.

– Le verdict a été non coupable, continua-t-il, mais il était fondé sur le doute raisonnable du jury. La plupart des gens, moi y compris, vous croyaient coupable. Une fois que nous en aurons fini avec ce dernier épisode, je vais m'employer à ce que chacun connaisse l'épreuve que vous avez traversée et sache que vous avez été une victime innocente. »

Je sentis mes yeux s'embuer et Fletcher le remarqua.

« Gratuitement, dit-il. Et le seul fait de prononcer ce mot me fend le cœur. »

Je ris, ce qui était son but. Je me sentis soudain rassurée, j'étais certaine que ce volumineux septuagénaire saurait me réhabiliter.

« Je suis Anna Malloy, la secrétaire de M. Mac-Kingsley. Voulez-vous me suivre, s'il vous plaît ? »

Anna Malloy avait la soixantaine, un visage avenant et la démarche vive. En lui emboîtant le pas dans le couloir, j'eus l'impression qu'elle était une de ces secrétaires maternelles qui pensent en savoir davantage que leur patron.

Le bureau de Jeffrey MacKingsley était vaste et accueillant. Cet homme m'avait plu d'emblée, même lorsqu'il s'était présenté à ma porte sans s'être annoncé. Il se leva à notre arrivée et vint nous saluer. Je m'étais maquillée de mon mieux, m'efforçant de cacher mes yeux et mes paupières gonflés, mais il ne fut pas dupe.

Benjamin Fletcher s'assit près de moi, prêt à bondir comme un vieux lion pour me défendre au moindre danger. Consciente de sa présence bienveillante, je dis au procureur tout ce que je savais sur Zach. Je lui racontai qu'à dix ans, quand j'étais enfermée dans le centre de détention, son seul nom suffisait à provoquer chez moi des crises de désespoir. Je lui dis que je m'étais souvenue très récemment des dernières paroles de ma mère : « *Tu me l'as avoué quand tu étais ivre. Tu as tué mon mari. Tu m'as dit que Zach t'avait vu.* »

« C'est pour cette raison que ma mère l'avait mis dehors », dis-je à Jeffrey MacKingsley. L'inspecteur Ortiz et une sténographe étaient présents dans la pièce, mais je ne leur prêtais pas attention. Je voulais que cet homme, le procureur, chargé d'assurer la sécurité des citoyens de ce pays, comprenne que ma mère avait eu raison d'avoir peur de Ted Cartwright.

Il me laissa parler sans m'interrompre. Je pense qu'à ma façon, je répondais à toutes les questions qu'il avait prévu de me poser. Lorsque je lui racontai mon expédition chez Zach, que j'avais sonné à sa porte, puis découvert son corps dans sa voiture, il me poussa à lui donner des détails supplémentaires.

À la fin, je me tournai vers Benjamin Fletcher et, malgré son regard désapprobateur, je dis : « Monsieur MacKingsley, je vous autorise à me poser toutes les questions que vous désirez concernant Georgette Grove et Charley Hatch. Je pense que vous savez maintenant pourquoi je suis rentrée aussi rapidement chez moi depuis Holland Road. Je connaissais cette route depuis mon enfance. Ma grand-mère habitait dans le voisinage.

— Une minute, m'interrompit Fletcher. Nous avions décidé de ne pas aborder ces deux affaires.

— Il le faut, lui dis-je. Tout le monde va finir par savoir que je suis Liza Barton. » Je regardai Jeffrey MacKingsley. « Les médias sont-ils déjà au courant ?

— En réalité, c'est une journaliste, Dru Perry, qui nous a mis sur la piste, reconnut-il. Peut-être voudrez-vous vous entretenir avec elle plus tard. Je la crois très bien disposée à votre égard. » Après un silence, il ajouta : « Votre mari sait-il que vous êtes Liza Barton ?

— Non, il l'ignore, répondis-je. Ce fut certainement une terrible erreur de ma part, mais j'avais promis au père de Jack, mon premier mari, de ne révéler mon passé à personne. Bien entendu, je vais tout avouer à Alex, j'espère seulement que notre mariage y survivra. »

Pendant les quarante minutes qui suivirent je répondis à toutes les questions que le procureur me posa concernant ma brève rencontre avec Georgette Grove, et le fait que Charley Hatch avait toujours été un inconnu pour moi. Je lui parlai aussi des coups de téléphone et des messages mentionnant la Petite Lizzie.

À cinq heures moins dix, je me levai. « Si vous n'avez plus rien à me demander, je vais rentrer chez moi, dis-je. Mon petit garçon s'inquiète quand je m'absente trop longtemps. S'il y a autre chose, téléphonez-moi. Je serai heureuse de vous aider. »

Jeffrey MacKingsley, Benjamin Fletcher et l'inspecteur Ortiz se levèrent d'un même mouvement. Pour une raison inconnue, j'eus l'impression qu'ils m'entouraient comme s'ils voulaient me protéger. Fletcher et moi prîmes congé et quittâmes la pièce. Une femme dont le visage disparaissait à moitié sous une crinière grise attendait dans le bureau de la secrétaire du procureur. Elle était visiblement furieuse. Je me souvins de l'avoir vue près de la maison le jour du vandalisme, elle faisait partie de la horde des journalistes.

Elle me tournait le dos et je l'entendis dire : « J'ai parlé de Celia Nolan à MacKingsley parce que j'ai jugé de mon devoir de l'avertir. Tout ce que j'en tire, c'est de perdre mon exclusivité. Le *New York Post* consacre toute la page trois, et peut-être sa manchette, au "Retour de la Petite Lizzie", et vous pouvez être sûrs qu'ils vont l'accuser d'avoir commis les trois meurtres. »

Je parvins à rejoindre ma voiture. À dire calmement au revoir à Fletcher. Et à rentrer à la maison. Je réglai

Sue, la remerciai et refusai son offre de nous préparer à dîner, proposition qu'elle me fit instinctivement car, dit-elle, elle me trouvait horriblement pâle. Je suis certaine qu'elle avait raison.

Jack n'avait pas sa vitalité habituelle. Il couvait un rhume, peut-être, à moins que mon trouble ne rejaillisse sur lui. Je commandai une pizza et, en attendant qu'elle soit livrée, je lui mis son pyjama et enfilai le mien ainsi qu'une robe de chambre.

J'étais résolue à me coucher dès que j'aurais bordé Jack dans son lit. Je n'avais qu'un désir, dormir, dormir, dormir. Il y eut plusieurs appels, un de Benjamin Fletcher, l'autre de Jeffrey MacKingsley. Je ne les pris pas, et ils laissèrent sur le répondeur des messages exprimant leur inquiétude. Tous les deux craignaient que je sois complètement bouleversée.

Naturellement, je suis bouleversée, pensai-je. Demain je vais jouer le premier rôle dans « Le Retour de la Petite Lizzie ». À partir de ce jour, je ne disparaîtrai jamais assez loin, je ne m'enfouirai jamais assez profond, pour échapper au nom de Petite Lizzie.

Quand la pizza arriva, Jack et moi en mangeâmes chacun deux parts. Jack était fiévreux. Je montai avec lui à huit heures. « Maman, je veux dormir avec toi », dit-il en pleurnichant.

Je n'y vis pas d'inconvénient. Je verrouillai la porte et branchai l'alarme ; puis j'appelai Alex sur son mobile. Je n'obtins pas de réponse, mais je m'y attendais. Il m'avait parlé d'un dîner d'affaires. Je laissai un message pour le prévenir que j'avais l'intention de me coucher tôt et que je débranchais le téléphone. Je le priai de m'appeler le lendemain à six heures, heure de Chicago. J'ajoutai que j'avais quelque chose d'important à lui dire.

Je pris un somnifère, me mis au lit et m'endormis, Jack blotti dans mes bras.

J'ignore combien de temps je dormis ainsi. Il faisait nuit noire quand je sentis qu'on soulevait ma tête et entendis une voix indistincte murmurer : « Bois ça, Liza. »

Je serrai les lèvres, mais une main vigoureuse me força à les ouvrir, et j'avalai un liquide amer dont je compris qu'il contenait un narcotique.

Dans le lointain, j'entendis le gémissement de Jack que quelqu'un emportait.

« Dru, cette fuite ne provient pas de mon service, dit sèchement MacKingsley qui était sorti de son bureau en entendant les éclats de voix de la journaliste. Vous semblez oublier que Clyde Earley, parmi d'autres, sait que Celia Nolan est Liza Barton. Nous ignorons combien d'autres personnes peuvent l'avoir reconnue, ou avoir appris qui elle était. Si vous voulez mon avis, l'individu qui a prémédité l'acte de vandalisme sur sa maison était au courant de l'identité de Celia Nolan. Le *Post* va ressortir cette vieille histoire et tenter de la lier aux trois homicides récents, mais ils suivent une fausse piste. Restez dans les environs, je serai bientôt à même de vous révéler la vérité, et vous aurez un scoop.

– Vous jouez franc jeu avec moi, procureur ? »

La colère de Dru commençait à se dissiper, son regard s'adoucit.

« Je ne crois pas avoir jamais joué autre chose avec vous », répliqua MacKingsley d'un ton où l'irritation se teintait de compréhension.

« Vous pensez donc qu'il vaut mieux que j'attende ici.

– Je pense que bientôt vous allez apprendre une nouvelle stupéfiante. »

Anna s'approcha. « Sans le savoir, vous avez

anéanti cette pauvre femme, Dru, dit-elle. Vous auriez dû voir son expression lorsque vous avez explosé en évoquant "le retour de la Petite Lizzie". Maintenant elle est coincée dans la Maison de la Petite Lizzie, la pauvre. Elle avait l'air complètement bouleversée.

— C'est de Celia Nolan que vous parlez ? demanda Dru.

— Elle est passée derrière vous en sortant du bureau de Jeffrey », dit Anna d'un ton sec. « Elle était avec son avocat, monsieur Fletcher.

— Liza, je veux dire Celia, est retournée le voir ? C'est lui qui la représente ? » Dru s'aperçut trop tard que MacKingsley n'avait pas dit à Anna qui était Celia en réalité. « Je vais rester dans les environs », dit-elle d'un air un peu penaud.

« J'attends Henry Paley et son avocat, dit Jeffrey à Anna. Il est cinq heures. Vous pouvez partir.

— Sûrement pas. Jeffrey, Celia Nolan est-elle réellement Liza Barton ? »

Le regard noir que lui lança son patron arrêta la question qu'elle s'apprêtait à lui poser. « J'introduirai Paley dans votre bureau dès qu'il arrivera, dit-elle. Et que ça vous plaise ou non, je *sais* quand quelque chose est réellement confidentiel.

— J'ignorais qu'il y avait une différence entre *confidentiel* et *réellement confidentiel*, répliqua Jeffrey.

— C'est pourtant évident, lui renvoya Anna sèchement. Tiens, voilà M. Paley.

— En effet. Et son avocat à sa suite. Faites-les entrer. »

Henry Paley lut une déposition qui avait été visiblement préparée par son avocat.

Il avait été l'associé minoritaire de Georgette Grove pendant plus de vingt ans. Il avait été en désaccord avec elle au sujet du terrain qu'ils possédaient en commun sur la Route 24, et sur son intention de prendre sa retraite, mais ils étaient restés bons amis. « J'ai été personnellement très déçu le jour où je me suis aperçu que Georgette avait fouillé dans mon bureau et subtilisé un dossier où étaient consignés certains accords que j'avais passés avec Ted Cartwright », dit-il d'une voix monocorde.

Henry reconnut qu'il s'était rendu dans la maison de Holland Road plus souvent qu'il ne l'avait indiqué, mais affirma qu'il s'agissait d'un manque de précision dans la tenue de son agenda.

Il avoua également qu'un an plus tôt Ted Cartwright lui avait offert cent mille dollars s'il parvenait à persuader Georgette Grove de lui vendre le terrain de la Route 24 pour y construire des immeubles commerciaux. Il ajouta qu'elle ne s'était pas montrée intéressée et qu'il n'y avait pas eu de suite.

« Vous voulez savoir ce que je faisais et où je me trouvais au moment du décès de ce paysagiste, Charley Hatch, continua à lire Henry. J'ai quitté mon bureau à une heure quinze et me suis rendu directement à l'agence immobilière Mark Grannon. Là, j'ai rencontré Thomas Madison, le cousin de Georgette Grove. M. Grannon avait fait une offre pour acheter l'agence.

« En ce qui concerne Charley Hatch, j'ai pu le rencontrer quand je faisais visiter des propriétés dont il assurait l'entretien. Je ne me souviens pas d'avoir jamais échangé un mot avec lui.

« Quant au meurtre le plus récent qui aurait un rapport avec la famille Barton, je n'ai jamais rencontré la victime, Zach Willet, je ne suis jamais monté à cheval, je n'ai jamais pris une seule leçon d'équitation. »

L'air satisfait, Henry replia soigneusement sa déclaration et regarda Jeffrey. « Je pense avoir fait le tour de la question.

— Peut-être, dit Jeffrey ironiquement. Mais j'ai une dernière chose à vous demander : ne pensez-vous pas que Georgette Grove, connaissant vos liens avec Ted Cartwright, aurait préféré finir ses jours sur son terrain de la Route 24 plutôt que de suivre vos conseils et de le céder à des fins commerciales ? D'après ce que j'ai entendu dire d'elle, c'est ce qu'elle aurait fait.

— Je n'accepte pas la question, intervint l'avocat de Paley avec véhémence.

— Vous étiez dans les environs de Holland Road quand Georgette Grove a été tuée, monsieur Paley, et sa mort permettait la conclusion d'un marché plus avantageux pour vous que l'offre de Cartwright. Ce sera tout pour aujourd'hui. Merci d'être venu faire votre déposition, monsieur Paley. »

75

Le cadre qui autrefois entourait un miroir et où aujourd'hui étaient exposés les souvenirs des vingt-cinq ans de carrière de Zach Willet avait été posé sur un grand bureau dans une pièce inoccupée en face du bureau de Jeffrey MacKingsley.

Liz Reilly appartenait au service du procureur depuis peu, et elle était impatiente de suivre une affaire criminelle. On lui avait confié la tâche de passer au crible les cartes, lettres et billets collés sur le tableau et d'étudier avec soin chaque photo sur laquelle pourrait apparaître une balle fichée soit dans un arbre, soit dans une palissade voire un hangar. Photos qui pouvaient avoir été agrandies. Il était possible qu'y soient représentées des allées cavalières, peut-être une pancarte avec le panneau DANGER à l'entrée d'une des pistes. Les inspecteurs passaient également au peigne fin l'appartement de Willet, dans l'espoir d'y trouver une balle et sa douille.

Liz avait l'intuition que quelque chose d'important pouvait sortir de l'incroyable fatras contenu dans ce tableau. Passionnée par la recherche des indices, elle sautait sur toutes les occasions de participer à une enquête criminelle, et était arrivée chez Zach immédiatement après le départ de l'équipe médico-légale.

Ce méli-mélo était un endroit idéal pour dissimuler

une photo ou un petit objet, se dit-elle. Une cachette bien plus sûre qu'un tiroir par exemple.

Le ruban adhésif qui maintenait les photos et les notes était craquelé et sec, et se détachait sans mal du panneau de liège que Zach avait inséré dans le fond. Liz eut bientôt rassemblé plusieurs piles de photos autour du cadre. Elle s'amusa à lire les premières notes de félicitations : « Aux vingt-cinq suivantes, Zach », « À cheval cow-boy », « Bonnes pistes pour toi ».

Elle les inspecta toutes, l'une après l'autre, à mesure qu'elle les ôtait du cadre.

Elle eut bientôt l'impression qu'elle n'aboutirait à rien. Elle continua néanmoins, jusqu'à ce qu'il ne reste que la caricature de Zach au milieu du tableau. Elle avait été dessinée au crayon gras sur un carton épais et était agrafée et non collée sur le panneau de liège. Je ferais aussi bien de l'ôter également, pensa Liz. Après l'avoir détachée, elle retourna la caricature ; collée au dos se trouvait une enveloppe de grand format, scellée par du ruban adhésif. Liz jugea préférable de l'ouvrir devant témoin.

Elle parcourut le couloir jusqu'au bureau du procureur. La porte était ouverte et Jeffrey MacKingsley se tenait debout devant la fenêtre.

« Monsieur MacKingsley, puis-je vous montrer quelque chose ?

— Bien sûr, Liz. De quoi s'agit-il ?

— Cette enveloppe était collée au dos de la caricature de Zach Willet. »

Le regard de Jeffrey passa de l'enveloppe à Liz puis revint à l'enveloppe. « Si c'est ce que j'espère... », dit-il. Sans terminer sa phrase, il alla à son bureau et prit un coupe-papier dans un tiroir. Il fendit le ruban adhésif, ouvrit l'enveloppe et en secoua le contenu. Deux objets tombèrent sur son bureau avec un bruit métallique.

Jeffrey plongea sa main dans l'enveloppe et en retira une lettre manuscrite ainsi qu'une demi-douzaine de photos. Sur la première on voyait en gros plan une main osseuse pointée vers un arbre dans lequel une balle était clairement fichée. Un journal était placé sous le trou et on pouvait lire la date – le 9 mai – et l'année, celle de la mort de Will Barton. Une deuxième photo, une coupure du journal portant la même date, montrait Ted Cartwright arborant fièrement son pistolet.

Une lettre de deux pages, écrite d'une main ferme mais bourrée de fautes d'orthographe et adressée à « toute personne concernée », contenait une description imagée mais étonnamment précise des circonstances de la mort de Will Barton.

Zach racontait comment Ted Cartwright, sur son puissant cheval, avait foncé sur la jument nerveuse que montait Will Barton, cavalier peu expérimenté et incapable de garder son calme. Il racontait avoir vu le cheval de Ted forcer la jument à s'engager sur la piste dangereuse. Lorsqu'elle s'était approchée de la falaise, il avait vu Ted tirer le coup de feu qui avait affolé l'animal, envoyant cheval et cavalier par-dessus bord, vers leur chute fatale.

MacKingsley se tourna vers Liz. « Bravo. C'est une trouvaille d'une importance capitale, sans doute l'élément qui va tout faire basculer. »

Liz était aux anges quand elle sortit du bureau du procureur.

MacKingsley resta seul, plongé dans ses réflexions. Il avait la preuve désormais que tout ce que lui avait dit Celia était vrai. Il fut interrompu à nouveau par l'inspecteur Nan Newman qui se précipitait dans son

414

bureau. « Patron, vous n'allez pas le croire. Rap Corrigan, le gosse qui a découvert le corps de Zach Willet, avait rendez-vous chez nous pour faire sa déposition. Pendant qu'il se trouvait ici, Ted Cartwright est arrivé à la réception avec son avocat. Rap a mis une seconde à réagir quand il a vu Cartwright, et il m'a pratiquement traînée dans le couloir pour me parler. Jeffrey, Rap jure que Ted Cartwright, sans sa perruque blonde, est l'un des deux prétendus déménageurs qu'il a introduits hier dans l'appartement de Zach Willet. »

76

Ted Cartwright était vêtu avec élégance d'un costume bleu marine d'une coupe parfaite, d'une chemise bleu ciel à poignets mousquetaire, et d'une cravate rayée bleu et rouge. Avec son abondante chevelure blanche, ses yeux bleu vif et son imposante stature, il était le portrait même du chef d'entreprise influent. Il entra d'un pas décidé dans le bureau de Jeffrey Mac-Kingsley, suivi de son avocat.

Assis à son bureau, Jeffrey observa calmement leur arrivée et attendit délibérément que les deux hommes se soient avancés jusqu'à son bureau avant de se lever. Il ne leur serra pas la main, mais leur désigna les fauteuils en face de lui.

Pour assister à cette réunion, Jeffrey avait convoqué les inspecteurs Angelo Ortiz et Paul Walsh, qui étaient déjà assis à ses côtés. La sténographe était elle aussi à sa place, le visage impassible comme à l'accoutumée. On disait de Jane Bentley que, même si elle avait enregistré la confession de Jack l'Éventreur, pas un seul muscle de son visage n'aurait trahi son émotion.

L'avocat de Cartwright se présenta : « Monsieur le Procureur, je m'appelle Louis Buch, et suis le conseil de M. Theodore Cartwright. Je tiens à déclarer que mon client est profondément ému par la mort de Zach Willet et que, cédant à la demande de votre service, il comparaît aujourd'hui devant vous de son plein gré avec le désir de vous aider dans la mesure de ses moyens dans votre enquête sur la mort de M. Willet. »

Le visage impassible, Jeffrey MacKingsley regarda Ted. « Depuis combien de temps connaissiez-vous Zach Willet, monsieur Cartwright ?

— Oh, depuis une vingtaine d'années, répondit Ted.

— Réfléchissez, monsieur Cartwright. Ne serait-ce pas plutôt depuis beaucoup plus de vingt ans ?

— Vingt, trente », Cartwright haussa les épaules. « Depuis très longtemps en tout cas.

— Étiez-vous amis ? »

Ted hésita. « Tout dépend de ce que vous entendez par amis. Je connaissais Zach. Je l'aimais bien. J'ai une passion pour les chevaux et il s'en occupait à merveille. J'admirais son talent. Par ailleurs, il ne me serait pas venu à l'idée de l'inviter à dîner chez moi, ou d'entretenir des relations sociales avec lui.

— Donc vous ne considérez pas que le fait de prendre un verre avec lui chez Sammy entrait dans la catégorie des relations sociales ?

— Bien entendu, si je le rencontrais dans un bar, je prenais un verre avec lui.

— Je vois. Quand lui avez-vous parlé pour la dernière fois ?

— Hier après-midi, vers trois heures.

— Et que vous êtes-vous dit ?

— Nous avons ri d'une plaisanterie qu'il m'avait faite.

— Quelle était cette plaisanterie, monsieur Cartwright ?

— Il y a quelques jours, Zach était venu visiter mon lotissement à Madison et avait dit à mon attachée commerciale que je lui avais fait cadeau de la maison-témoin. Nous avions fait un pari sur la rencontre

Yankees-Red Sox, et il m'avait dit que si les Red Sox l'emportaient par plus de dix "runs", je devrais lui donner une de ces résidences.

— Ce n'est pas ce que votre attachée commerciale nous a rapporté, fit remarquer Jeffrey. Elle nous a dit qu'il vous avait sauvé la vie.

— Une blague !

— Quand avez-vous vu Zach Willet pour la dernière fois ?

— Hier, vers midi.

— Où l'avez-vous rencontré ?

— Au centre hippique de Washington Valley.

— Vous êtes-vous querellés ?

— J'ai un peu perdu patience. À cause de sa plaisanterie, nous avons failli rater la vente de cette résidence. Mon attachée avait pris Zach au sérieux et elle avait annoncé à un couple intéressé par la maison qu'elle n'était plus disponible. Je voulais simplement prévenir Zach que sa plaisanterie était allée trop loin. Mais ce couple est revenu plus tard et a renouvelé son offre, j'ai donc appelé Zach à trois heures et me suis excusé.

— C'est très étrange, monsieur Cartwright, dit Jeffrey, un témoin a entendu Zach vous dire qu'il n'avait pas besoin de l'argent que représentait la résidence parce qu'on lui avait fait une meilleure offre. Vous souvenez-vous qu'il vous ait dit ça ?

— Ce n'est pas la conversation que nous avons eue, répondit Ted calmement. Vous vous trompez, monsieur MacKingsley, et votre témoin aussi.

— Je ne crois pas. Monsieur Cartwright, avez-vous jamais promis à Henry Paley cent mille dollars s'il persuadait Georgette Grove de vendre le terrain qu'ils possédaient en commun sur la Route 24 ?

— J'avais un accord avec Henry Paley.

418

– Georgette Grove vous gênait, n'est-ce pas, monsieur Cartwright ?

– Georgette avait sa façon de faire des affaires, j'ai la mienne.

– Où étiez-vous le mercredi 4 septembre vers dix heures du matin ?

– J'étais sorti tôt à cheval.

– Ne vous trouviez-vous pas sur une piste cavalière qui rejoint directement l'allée privée située derrière la maison de Holland Road où Georgette Grove est morte ?

– Je n'emprunte pas les allées privées.

– Monsieur Cartwright, connaissiez-vous Will Barton ?

– Oui, naturellement. C'était le premier mari de ma femme aujourd'hui décédée, Audrey.

– Vous étiez séparé de votre femme lorsqu'elle est morte, n'est-ce pas ?

– Elle m'avait appelé le soir de sa mort, elle envisageait une réconciliation. Nous étions très amoureux. Sa fille, Liza, me haïssait parce qu'elle ne voulait pas qu'un autre homme prenne la place de son père. Et elle haïssait sa mère parce qu'elle m'aimait.

– Pour quelle raison vous étiez-vous séparés, monsieur Cartwright ?

– La tension que créait l'antagonisme de Liza à mon égard était devenue insupportable à Audrey. Nous avions décidé que cette séparation ne serait que temporaire, jusqu'à ce que sa fille puisse bénéficier de l'aide psychologique nécessaire.

– Ne vous êtes-vous pas séparés parce que, un soir où vous étiez ivre, vous avez confessé à Audrey Barton que vous aviez tué son premier mari ?

– Ne répondez pas à cette question », intervint aussitôt Louis Buch. Il regarda MacKingsley et déclara d'un ton furieux :

« Je croyais que nous étions ici pour parler de Zach Willet. Je n'ai jamais été informé des autres questions.

– Ne vous inquiétez pas, Louis. Ce n'est pas un problème. Je vais leur répondre.

– Monsieur Cartwright, poursuivit alors le procureur, Audrey Barton avait peur de vous. Son erreur a été de ne pas prévenir la police. Elle était horrifiée à l'idée que sa fille puisse apprendre que vous aviez tué son père pour que sa mère puisse se remarier avec vous. Mais vous aviez peur vous aussi, n'est-ce pas ? Vous aviez peur qu'Audrey ne trouve le courage d'aller un jour tout raconter à la police. On n'avait jamais élucidé le mystère du coup de feu qui avait été entendu au moment où le cheval de Will Barton était tombé du haut de la falaise en l'entraînant avec lui.

– C'est ridicule ! s'exclama Cartwright.

– Pas du tout. Zach Willet vous avait vu vous ruer sur Will Barton. Nous avons découvert des preuves très intéressantes dans l'appartement de Zach – une déclaration écrite, relatant toute la scène, plus des photos de la balle que vous avez tirée, fichée dans un arbre au bord de la piste. Il a décrit ce que vous avez fait. Il a retrouvé la balle et sa douille, et les a conservées pendant toutes ces années. Laissez-moi vous lire sa déclaration. »

MacKingsley prit la lettre de Zach et la lut en insistant délibérément sur les passages décrivant Ted fonçant à cheval sur la jument de Will Barton.

« C'est un véritable roman, totalement irrecevable par un tribunal, protesta Louis Buch.

– Le meurtre de Zach Willet n'est pas un roman, rétorqua MacKingsley. Il vous a saigné à blanc pendant vingt-sept ans, et lorsqu'il a compris que vous aviez tué Georgette Grove il s'est senti si sûr de lui qu'il a décidé de passer à la vitesse supérieure.

— Je n'ai tué ni Georgette Grove, ni Zach Willet ! s'écria Cartwright avec véhémence.

— Vous êtes-vous rendu dans l'appartement de Zach Willet hier ?

— Non. »

MacKingsley jeta un regard derrière lui. « Angelo, faites entrer Rap. »

Pendant qu'ils attendaient, Jeffrey dit : « Monsieur Cartwright, comme vous pouvez le voir, j'ai ici les preuves que vous êtes allé fouiller dans l'appartement de Zach – en quête de la balle et de la douille provenant du pistolet avec lequel vous avez terrifié le cheval de Will Barton, et des photos qui montrent où et quand cela s'est produit. Vous veniez de gagner un concours avec cette arme, n'est-ce pas ? Plus tard vous en avez fait don à un musée de Washington pour sa collection permanente, n'est-ce pas ? Vous ne pouviez vous décider à la jeter, mais vous ne vouliez pas la garder chez vous sachant que Zach avait récupéré la balle qui avait envoyé Will Barton à la mort. Je vais faire saisir ce pistolet au musée afin de vérifier si la balle et la douille lui correspondent. Nous devrions ainsi déterminer si cette balle a été tirée avec ce pistolet. » Il leva les yeux. « Ah, voilà le fils de la logeuse de Zach. »

Poussé par Angelo, Rap s'avança vers le bureau.

« Reconnais-tu quelqu'un dans cette pièce, Rap ? » demanda le procureur.

L'artiste en Rap appréciait visiblement d'occuper le devant de la scène. « Je vous reconnais, monsieur MacKingsley, dit-il, et je reconnais l'inspecteur Ortiz. Vous êtes venus tous les deux chez moi hier après que j'ai trouvé le pauvre vieux Zach dans sa voiture.

— Reconnais-tu quelqu'un d'autre ?

– Certainement. Cet homme-là. » Rap désigna Ted du doigt. « Il s'est amené à la maison hier, déguisé en déménageur. Il y avait un autre type avec lui. Je lui ai donné la clé de l'appartement de Zach. Zach nous avait prévenus qu'il devait déménager pendant le week-end pour s'installer dans une résidence de luxe à Madison.

– Et tu es sûr que c'est l'homme qui est venu chez toi hier et qui est monté à l'appartement de Zach ?

– Sûr et certain. Il portait une ridicule perruque blonde. Elle lui donnait l'air d'un total abruti. Mais je reconnaîtrais ce visage entre mille, et si vous trouvez l'autre, je le reconnaîtrai aussi. D'autres détails me reviennent à présent. Il a une petite tache de vin près du front et il lui manque la moitié de l'index droit.

– Merci, Rap. »

MacKingsley attendit pour continuer que Rap eût quitté la pièce à regret et qu'Angelo eût refermé la porte derrière lui.

« Robin Carpenter est votre maîtresse, dit-il alors à Cartwright. Vous lui avez donné de l'argent pour soudoyer son demi-frère afin qu'il vandalise la maison désignée, grâce à vous, comme la Maison de la Petite Lizzie. Vous avez tué Georgette Grove, et nous ne mettrons pas longtemps à le prouver. Hatch était devenu une menace et vous, ou Robin, l'avez éliminé.

– C'est un tissu de mensonges ! » s'écria Cartwright en se levant d'un bond.

Louis Buch l'imita, stupéfait et furieux.

Ignorant l'avocat, Jeffrey fixa son regard sur Cartwright. « Nous savons que vous vous êtes rendu chez Audrey Barton pour la tuer la nuit du drame. Nous savons que vous avez provoqué la mort de Will Barton. Nous savons que vous avez tué Zach Willet. Et nous savons que vous n'êtes pas déménageur. »

422

Jeffrey se leva à son tour. « Monsieur Cartwright, je vous arrête pour le cambriolage de l'appartement de Zach Willet. Monsieur Buch, nous allons terminer notre enquête et il est à prévoir que votre client sera inculpé de ces meurtres dans les jours à venir. Je vais dès maintenant donner des instructions à l'inspecteur Walsh pour qu'il se rende au domicile de M. Cartwright et y pose les scellés en attendant que nous obtenions un mandat de perquisition. »

Jeffrey s'interrompit, puis ajouta d'un ton ironique : « Je m'attends à ce que nous y trouvions une perruque blonde et une tenue de déménageur. » Il se tourna vers l'inspecteur Ortiz : « Voulez-vous lire ses droits à M. Cartwright, je vous prie ? »

77

Vingt minutes après qu'on eut emmené Ted Cartwright, Jeffrey MacKingsley invita Dru Perry à venir
le retrouver dans son bureau. « Je vous ai promis un
scoop, le voilà, dit-il, et ce n'est qu'un commence-
ment. Nous venons d'arrêter Ted Cartwright pour le
cambriolage de l'appartement de Zach Willet. »

Toute journaliste chevronnée qu'elle fût, Dru resta
coite.

« Nous allons retenir contre lui des charges beaucoup plus sérieuses dans les jours à venir, continua
Jeffrey. Ces charges ont trait aux décès de Will Barton
et de Zach Willet. Il est possible qu'il y ait d'autres
chefs d'inculpation, cela dépendra des résultats de
notre enquête.

— Will Barton ! s'exclama Dru. Ted Cartwright
aurait tué le père de Liza Barton ?

— Nous en détenons la preuve, et il s'est rendu dans
la maison d'Old Mill Lane cette nuit-là dans l'intention de tuer sa femme dont il était séparé, Audrey Barton. Liza, la pauvre petite, a désespérément tenté de
protéger sa mère. Pendant vingt-quatre ans, Liza Barton, connue aujourd'hui sous le nom de Celia Nolan,
a souffert non seulement d'avoir perdu sa mère, mais
de la croyance quasi générale qu'elle l'avait délibéré-

ment tuée et avait tiré sur Ted parce qu'elle ne pouvait supporter leur relation. »

Jeffrey se frotta les yeux d'un geste las. « D'autres détails vont faire surface dans les deux jours à venir, Dru, mais vous pouvez ajouter foi à ce que je viens de vous dire.

— Je fais ce métier depuis longtemps, Jeffrey, dit Dru, mais cette histoire est proprement inimaginable. Je suis heureuse que cette pauvre fille ait un mari attentionné et un merveilleux petit garçon. C'est sans doute ce qui l'a aidée à survivre.

— Oui, elle a un petit garçon merveilleux qui l'aidera à surmonter ces épreuves, dit pensivement Jeffrey.

— On dirait que vous avez un doute, fit remarquer Dru. Vous n'avez pas mentionné le mari.

— C'est exact, je ne l'ai pas mentionné, répondit Jeffrey calmement. Je ne peux vous en dire davantage pour le moment, mais ça peut changer très bientôt. »

78

On m'emportait dans l'escalier. Je n'arrivais pas à ouvrir les yeux. « Jack. » J'essayais de l'appeler, mais je ne pouvais que murmurer son nom. Mes lèvres étaient comme paralysées. Je devais me réveiller. *Jack avait besoin de moi.*

« Tout va bien, Liza. Tu vas revoir Jack. »

C'était Alex qui me parlait. Alex, mon mari. Il était à la maison, pas à Chicago. Demain, il faudra que je lui dise que je suis Liza Barton.

Mais il m'avait appelée Liza.

Il y avait un somnifère dans le verre.

Peut-être étais-je en train de faire un rêve.

Jack. Je l'entendais pleurer. M'appeler, « *maman, maman, maman* ». « Jack. Jack. » J'essayais de crier, je parvenais à peine à articuler son nom.

De l'air froid passait sur mon visage. Alex me portait. Où m'emmenait-il ? Où était Jack ?

Mes yeux restaient obstinément fermés, je ne pouvais pas soulever mes paupières. J'entendais une porte s'ouvrir – la porte du garage. Alex me déposait. Je savais où j'étais. Dans ma voiture, sur la banquette arrière.

« Jack...

– Tu veux ton fils ? Tu vas l'avoir. »

C'était une voix de femme, dure, aiguë.

« *Mammannnnn !* »

Je sentais les bras de Jack autour de mon cou. Sa tête pressée contre mon cœur. « *Mammannnn.* »

« Descends, Robin. Je mets le moteur en marche. »

La voix d'Alex.

La porte du garage se refermait. Jack et moi nous étions seuls.

J'étais si fatiguée. J'avais envie de dormir. Je ne pouvais pas résister au sommeil.

79

À dix heures et demie du soir, Jeffrey MacKingsley était toujours dans son bureau où il attendait l'inspecteur Mort Shelley. Il avait déjà été informé qu'on avait trouvé chez Ted Cartwright la perruque blonde et l'uniforme de déménageur, ainsi que les cartons remplis de documents dérobés dans l'appartement de Zach. Et, plus important, dans le coffre-fort de sa chambre, un pistolet calibre neuf millimètres.

Le procureur était pratiquement certain que la balle de neuf millimètres qui s'était logée dans le crâne de Zach Willet correspondrait au pistolet.

Nous allons faire tomber Cartwright sur ce coup-là, pensa-t-il, puis, en le décidant à plaider coupable, nous pourrons lui faire avouer le meurtre de Will Barton. Et lui faire avouer la vérité sur ses intentions quand il s'est rendu chez Audrey Barton la nuit où elle est morte.

La satisfaction que Jeffrey aurait dû normalement ressentir à la perspective de boucler avec succès une affaire de cette importance était assombrie par son inquiétude pour Celia Nolan. Pour Liza Barton, corrigea-t-il. Je vais devoir lui apprendre que son mari avait tout organisé pour la faire accuser du meurtre de Georgette Grove, et cela à cause de l'argent qu'elle a hérité de Laurence Foster, cousin d'Alex.

On frappa un coup léger à la porte et Mort Shelley entra. « Jeffrey, je me demande comment cet individu, Nolan, a pu échapper à la prison.

– Qu'avez-vous appris ?

– Par quoi voulez-vous commencer ?

– À vous de choisir. »

Jeffrey s'était calé dans son fauteuil.

« Alex Nolan est un escroc, commença Mort. Il est réellement avocat et fait réellement partie d'un cabinet juridique, autrefois très connu mais réduit aujourd'hui à deux personnes, et dirigé par le petit-fils du fondateur. Nolan et lui mènent des activités séparées. Nolan est soi-disant spécialisé dans les testaments et les fidéicommis, mais il n'a que quelques clients. Plusieurs plaintes ont été déposées contre lui pour manquements aux règles de la profession, et il a été suspendu à deux reprises. Il s'est toujours défendu en prétendant être un mauvais gestionnaire, pas un voleur, et a réussi à éviter les poursuites. »

Le mépris qu'affichait Shelley s'accrut à mesure qu'il poursuivait la lecture de ses notes et consultait l'épais dossier qu'il avait apporté avec lui. « Il n'a jamais gagné honnêtement un dollar de sa vie. Son argent provient d'un legs qu'il a reçu il y a quatre ans d'une veuve de soixante-dix-sept ans à qui il faisait la cour. La famille s'est indignée, mais, craignant de voir une vieille dame distinguée et cultivée devenir l'objet de railleries, n'a pas contesté le testament. Nolan a tiré trois millions de dollars de cette escroquerie.

– Pas mal, fit Jeffrey. Beaucoup de gens s'arrêteraient là.

– Jeffrey, cette somme est une broutille pour un Alex Nolan. Il veut être riche, avoir le fric qui permet de se payer des jets privés, des yachts, des demeures de luxe.

429

– Celia – je veux dire Liza – n'a pas tant d'argent que ça.

– Elle non, mais son fils oui. Comprenez-moi bien. Elle n'est certes pas dans le besoin. Laurence Foster a pris soin de son avenir, mais les deux tiers du patrimoine dont Jack est l'héritier incluent les brevets liés aux recherches que son père avait financées. Trois sociétés différentes doivent être introduites en Bourse, ce qui représentera un jour plusieurs dizaines de millions de dollars pour Jack.

– Et Nolan était au courant.

– Tout le monde savait que Laurence Foster investissait dans des start-up. Tout testament peut être consulté auprès des tribunaux. Nolan n'avait pas besoin d'être un génie pour se renseigner. »

Shelley tira une autre feuille de son dossier. « Comme vous l'avez suggéré, nous avons retrouvé les infirmières privées qui s'occupaient de Foster à la fin de son séjour à l'hôpital. L'une d'elles a reconnu avoir reçu de gros pourboires de la main de Nolan pour qu'elle l'autorise à voir son cousin quand il était mourant, alors que les visites étaient réservées à la famille proche. Nolan espérait sans doute être couché sur le testament, mais Foster commençait à perdre l'esprit et c'est peut-être lui qui a dévoilé à Nolan le passé de Celia. Nous ne pouvons l'affirmer, mais c'est plausible. »

Shelley vit la bouche de Jeffrey se crisper.

Il continua son récit. « Tout n'est que faux-semblants chez ce type. Il n'était pas propriétaire de son appartement dans SoHo. Il le sous-louait avec un bail mensuel. Les meubles ne lui appartenaient pas. Rien ne lui appartenait. Il a utilisé les trois millions de dollars que sa vieille – je dis bien vieille – amie lui a laissés pour persuader Liza qu'il était un avocat connu et apprécié.

« J'ai parlé au conseil financier de Celia, Karl Winston. Il m'a dit que l'accident survenu à Celia l'hiver passé, quand elle a été renversée par une voiture, a été un coup de chance pour Nolan. Elle a cru mourir et s'est affolée à la pensée que Jack n'aurait eu aucun parent proche pour s'occuper de lui. Et Weston m'a dit aussi que dans son testament Laurence Foster avait légué un tiers de ses biens à Celia et deux tiers à Jack. Si Jack meurt avant l'âge de vingt et un ans, tout va à Celia. Après son mariage avec Nolan, à l'exception de quelques dons à des associations caritatives et un fonds destiné à subvenir aux besoins de ses parents adoptifs, Celia a partagé sa fortune entre Nolan et Jack. Elle a aussi fait de Nolan le tuteur de Jack, et l'administrateur de son patrimoine jusqu'à sa majorité.

— C'est hier, quand Nolan était dans ce bureau et a mentionné la photo trouvée dans l'écurie, celle qui représente la famille Barton à la plage, que j'ai compris qu'il l'y avait lui-même placée, dit Jeffrey. La semaine dernière, je me trouvais dans la cuisine quand Liza me l'a donnée. Nolan est arrivé au moment où je la glissais dans une enveloppe en plastique. Il n'a pas demandé à la regarder. Il n'était donc pas censé l'avoir vue. Hier pourtant, en dépit de toutes les photos de la famille Barton qui ont été reproduites dans les journaux, il savait exactement de laquelle il s'agissait.

— Robin est sa maîtresse depuis au moins trois ans, dit Shelley. J'ai apporté chez Patsy une photo de Nolan que j'avais trouvée dans l'annuaire de l'Association des avocats inscrits au barreau. Un des serveurs s'est souvenu de les avoir vus. Il a dit que Nolan payait toujours en liquide, ce qui n'a rien d'étonnant.

– Je pense que Robin a accepté de rester dans l'ombre en attendant qu'il touche le paquet, dit Jeffrey. Le seul point sur lequel elle n'a sans doute pas menti, c'est quand elle a affirmé que ses rendez-vous avec Ted Cartwright étaient sans conséquence.

– Je me demande si le projet de faire revenir Liza dans son ancienne maison a été concocté avant ou après que Robin a été engagée par Georgette Grove », dit Jeffrey d'un air songeur. « Lui faire cadeau de la maison. L'amener à s'y installer. Vandaliser la propriété pour la déstabiliser. Révéler qu'elle est la Petite Lizzie. Compter sur une dépression nerveuse pour prendre le contrôle de ses biens. Tout se déroule comme prévu jusqu'au moment où survient un hic. Le dernier soir, quand Georgette Grove est restée tard à son bureau, elle a sans doute découvert un lien entre Robin et Alex. Henry nous a dit qu'elle avait fouillé leurs deux bureaux. Georgette a pu trouver une photo d'Alex et de Robin ensemble, ou une lettre qu'il lui avait adressée. Elle a appelé Robin le mardi soir à dix heures. À moins que Robin ne se mette à table, nous n'en connaîtrons sans doute jamais la raison.

– Selon moi, c'est Robin qui attendait Georgette dans la maison de Holland Road, dit Mort. C'est sans doute quand Alex et elle ont compris qu'ils devaient se débarrasser de Georgette qu'ils ont décidé de faire accuser Celia en plaçant sa photo dans le sac de Georgette. Et si c'est Robin qui s'en est chargée, elle a très bien pu retirer du sac quelque chose que Georgette aurait trouvé dans son bureau. Ensuite, lorsque Clyde Earley a subtilisé les vêtements et les sculptures de Charley Hatch, Charley est devenu un trop grand risque pour eux. Bref, tout le plan qu'ils ont monté pour s'emparer de la fortune de Celia et de Jack les a conduits à commettre deux meurtres. Et si Celia avait été condamnée pour ces meurtres, ç'aurait été une fin rêvée pour eux.

— Ce n'est peut-être pas la première fois que Nolan est impliqué dans une affaire de meurtre », dit Mac-Kingsley à Shelley. « Comme vous le savez, j'ai demandé à plusieurs de nos hommes de fouiller son passé avant son entrée à l'école de droit. Il a fait partie des suspects lors de la mort d'une riche jeune femme avec laquelle il sortait à l'université. On n'a jamais rien pu prouver. Elle l'avait plaqué pour un autre, il était devenu dingue et l'avait harcelée pendant des années. Elle avait dû porter plainte contre lui. Je n'ai appris cet épisode que cet après-midi. »

Le visage de Jeffrey s'assombrit. « Demain matin à la première heure j'irai à Mendham informer Liza de ce que nous avons appris. Ensuite, je demanderai qu'elle et Jack soient placés sous protection vingt-quatre heures sur vingt-quatre. Si Nolan n'était pas à Chicago, j'aurais fait poster dès maintenant un garde jour et nuit devant sa porte. Nolan et sa petite amie doivent être plutôt nerveux à présent. »

Le téléphone sonna. Anna, qui était à son bureau en compagnie de Dru Perry, répondit dès la première sonnerie, écouta le bref message, et brancha l'interphone. « Jeffrey, un certain inspecteur Ryan appelle de Chicago. Il dit qu'ils ont perdu la trace d'Alex Nolan. Il s'est éclipsé d'un dîner d'affaires auquel il assistait voilà plus de trois heures, et il n'est pas revenu au Ritz-Carlton.

— *Trois heures !* s'exclama Jeffrey. Il a pu rentrer en avion, il est peut-être déjà ici ! »

J'avais entendu la porte du garage se refermer. Le moteur de la voiture était en marche. Les gaz d'échappement augmentaient ma somnolence, mais je ne devais pas me laisser aller. Maintenant qu'il était avec moi, Jack recommençait à s'endormir. Je tentai de le faire bouger. Je devais atteindre le siège avant, d'une façon ou d'une autre. Il fallait arrêter le moteur. Nous étions certains de mourir sinon. Je devais bouger. Mais mes membres refusaient de m'obéir. Qu'est-ce qu'Alex m'avait forcée à avaler ?

J'étais incapable de remuer. J'étais affalée sur la banquette, à demi étendue. Le moteur faisait un bruit assourdissant. Il tournait à toute vitesse. Quelque chose devait coincer la pédale de l'accélérateur. Bientôt nous allions perdre conscience. Bientôt mon petit garçon allait mourir.

Non. Non. Je vous en supplie, non.

« Jack, Jack. » Ma voix était un murmure étouffé, plaintif, tout contre son oreille, et il remua. « Jack, maman est malade, Jack, aide-moi. »

Il remua encore, agita la tête. Puis il se nicha à nouveau dans mon cou.

« Jack, Jack, réveille-toi, réveille-toi. »

Je sentais que je m'endormais à nouveau. Je devais résister au sommeil. Je me mordis la lèvre si fort que je sentis le goût du sang dans ma bouche, mais la douleur m'aida à reprendre conscience. « Jack, aide maman », implorai-je.

Il leva la tête. Je sentis qu'il me regardait.

« Jack, passe... sur le siège avant. Retire... la clé. »

Il bougeait. Il s'assit et se glissa hors de mes genoux. « Il fait noir, maman, dit-il.

— Passe... sur... siège avant. Grimpe... »

J'avais l'impression de sombrer lentement dans l'inconscience. Les mots que j'essayais en vain d'articuler se dissolvaient dans mon esprit.

Le pied de Jack m'effleura la joue. Il était en train de grimper par-dessus le dossier de la banquette.

« La clé, Jack... »

Très loin, dans une sorte de brouillard, je l'entendis dire : « Je n'arrive pas à la sortir.

— Tourne-la, Jack. Tourne-la... puis tire... »

Soudain le silence se fit, un silence absolu. Suivi du cri de Jack, ensommeillé mais triomphant : « Maman, j'ai réussi. J'ai la clé. »

Je savais que les gaz d'échappement pouvaient encore nous tuer. Il fallait que nous sortions. Jack ne pourrait jamais ouvrir tout seul la lourde porte du garage.

Il était penché par-dessus le siège avant, le regard fixé sur moi. « Maman, tu es malade ? »

La télécommande de la porte du garage, pensai-je — elle était accrochée à l'intérieur du pare-soleil du côté du conducteur. Je laissais souvent Jack presser le bouton. « Jack... ouvre... la porte... du garage, implorai-je. Tu sais le faire. »

Je crois que je me suis évanouie pendant une minute. Le grondement de la porte basculante en train de se relever lentement me réveilla un moment, et ce fut avec un immense sentiment de délivrance et de soulagement que je cessai enfin de lutter et perdis connaissance.

Je me réveillai dans une ambulance. Le premier visage que j'aperçus fut celui de Jeffrey MacKingsley. Les premiers mots qu'il prononça furent ceux que j'avais envie d'entendre : « Ne vous inquiétez pas, Jack va bien. » Les suivants semblaient emplis de promesses. « Liza, je vous l'ai dit : tout ira bien désormais. »

Épilogue

Nous vivons dans la maison depuis deux ans maintenant. Après avoir beaucoup réfléchi, nous avons décidé d'y rester. Pour moi ce n'était plus la maison dans laquelle j'avais tué ma mère, mais le lieu où j'avais tenté de lui sauver la vie. J'ai mis à profit mes talents de décoratrice pour compléter la vision qu'en avait eue mon père. Elle est ravissante aujourd'hui, et s'emplit tous les jours de moments de bonheur qui s'ajoutent aux souvenirs heureux de ma petite enfance.

Ted Cartwright a choisi de plaider coupable. Il a été condamné à trente ans de prison pour le meurtre de Zach Willet, quinze pour avoir tué mon père, et douze pour avoir provoqué la mort de ma mère.

Il avait habité la maison pendant qu'il était marié avec ma mère, et savait qu'une des fenêtres du sous-sol n'avait jamais été, pour une raison inconnue, reliée au système de sécurité. C'était par là qu'il était entré.

Il a avoué qu'il avait eu l'intention d'étrangler ma mère pendant son sommeil et que, si je m'étais réveillée à ce moment-là, il m'aurait également tuée.

Sachant que le divorce imminent ferait de lui le principal suspect, il avait téléphoné chez lui depuis le poste du sous-sol, puis attendu une heure avant de monter accomplir son acte meurtrier. Il avait l'intention de dire à la police que ma mère lui avait demandé de venir la retrouver le jour suivant pour envisager une réconciliation.

Mais il avait dû modifier cette explication prévue à l'avance lorsque je m'étais réveillée, que nous nous étions trouvés face à face et que les coups de feu avaient éclaté. À la barre des témoins, il avait déclaré que ma mère l'avait appelé tardivement et supplié de venir à la maison pendant que je dormais.

Une fois dans la maison, Ted avait trouvé le nouveau code de l'alarme dans l'agenda de ma mère et l'avait débranchée. Il avait déverrouillé la porte de la cuisine, afin de faire croire que la négligence de ma mère avait permis à un intrus de se glisser à l'intérieur. Au procès, il avait raconté que ma mère avait débranché le système et ouvert la porte parce qu'elle l'attendait.

Ted avait indiqué également que l'autre « déménageur » était Sonny Ingers, un ouvrier du bâtiment qu'il employait dans le chantier du lotissement. La description qu'il fit de ce dernier fut corroborée par celle qu'en avait donnée Rap Corrigan, y compris la tache de vin et l'index amputé. Comme il n'existait pas de preuve de sa complicité dans l'assassinat de Zach, il avait plaidé coupable et s'en était tiré avec trois ans de prison.

Lorsque Ted avait relaté tous ces détails au juge en audience publique, je crois que beaucoup des habitants de cette communauté s'étaient sentis honteux d'avoir cru en son témoignage et condamné une petite fille.

Henry Paley s'en est sorti sans aucune inculpation. Le bureau du procureur a conclu après l'enquête que le complot entre Henry et Ted Cartwright s'était limité à tenter de persuader Georgette de vendre son terrain sur la Route 24. Rien ne prouvait qu'il ait eu connaissance de projets criminels ou envisagé d'en perpétrer un.

Il se passera beaucoup, beaucoup d'années avant que Robin Carpenter et Alex Nolan sortent de prison – peut-être ne sortiront-ils jamais. Ils purgent des peines d'emprisonnement à perpétuité pour les meurtres de Georgette Grove et de Charley Hatch, et pour tentative de meurtre sur moi et sur Jack.

Robin a avoué que c'était elle qui avait tué Georgette et son demi-frère Charley Hatch. Elle avait retiré du sac de Georgette la photo que cette dernière avait trouvée dans le tiroir de son bureau et sur laquelle Alex et elle figuraient tous les deux. C'est elle qui avait placé ma photo dans le sac de Georgette et celle de ma mère dans la poche de Charley Hatch.

Une quantité de gens sont venus nous rendre visite et nous offrir leur amitié après que Jack et moi avons échappé à la mort. Certains m'ont dit que leurs grands-mères et la mienne étaient allées en classe ensemble. J'aime vivre ici. J'y ai mes racines. J'ai ouvert une agence de décoration à Mendham, mais je limite le nombre de mes clients. Notre vie est très remplie. Jack est entré au cours élémentaire et participe à tous les sports d'équipe.

Pendant les semaines et les mois qui ont suivi l'arrestation d'Alex, le soulagement que m'ont apporté les aveux de Ted a été assombri par la trahison de mon mari. C'est Jeffrey qui m'a aidée à comprendre que l'Alex que j'avais cru connaître n'avait jamais existé.

Je ne sais pas exactement quand je me suis aperçue que j'étais en train de tomber amoureuse de Jeffrey. Je pense qu'il a su avant moi que nous étions faits l'un pour l'autre.

C'est aussi pour cela que je suis si occupée. Mon mari, Jeffrey MacKingsley, se prépare à briguer la charge de gouverneur de l'État du New Jersey.

REMERCIEMENTS

L'an passé, mon amie Dorothea Krusky, agent immobilier, m'a demandé si je connaissais cette loi du New Jersey qui oblige un agent à informer un acheteur intéressé par une propriété des faits tragiques ou mystérieux qui s'y sont déroulés, et pourraient causer des troubles psychologiques chez cet acquéreur.

« Ça ferait un bon sujet de roman », me suggéra-t-elle.

Rien ne vaut la douceur du foyer est le résultat de cette suggestion. Merci, Dorothea.

Je suis toujours reconnaissante à tous ces amis merveilleux qui sont à mes côtés quand je commence une nouvelle histoire.

Michael Korda est mon ami et éditeur par excellence depuis trois décennies. Chuck Adams, éditeur senior, fait partie de notre équipe depuis treize ans. Je leur suis reconnaissante de tout ce qu'ils font pour me guider dans mon travail.

Mes agents littéraires, Eugene Winick et Sam Pinkus, sont de vrais amis, de bons critiques et de merveilleux soutiens. Qu'ils soient assurés de mon affection.

Le Dr Ina Winick, une fois encore, m'a fait bénéficier de son expérience en matière de psychologie tout au long de l'élaboration du manuscrit.

Le Dr James Cassidy a répondu à de nombreuses questions concernant le traitement d'un enfant traumatisé et la façon dont il exprime ses émotions.

Lisl Cade, mon attachée de presse et fidèle amie, est toujours là quand j'ai besoin d'elle. Encore et toujours, un grand coup de chapeau à mon incomparable correctrice Gypsy da Silva, et à son adjoint, Anthony Newfield.

Barbara A. Barisonek de l'agence Turpin Real Estate m'a généreusement consacré une partie de son temps et fait partager ses connaissances concernant l'histoire de Mendham et les aspects techniques des transactions immobilières.

Agnes Newton, Nadine Petry et Irene Clark ne sont jamais loin quand je m'embarque dans une aventure littéraire. Et un merci particulier à Jennifer Roberts, associée du centre d'affaires des Breakers, à Palm Beach, en Floride.

Deux livres m'ont aidée à parfaire ma connaissance des maisons et de l'histoire des Mendhams. Ce sont *Images of America : The Mendhams*, par John W. Rae, et *The Somerset Hills, New Jersey Country Homes*, par John K.Turpin et W. Barry Thompson, avec une introduction de Mark Allen Hewit.

Le grand plaisir quand on arrive au bout de l'histoire, est de célébrer ce moment avec tous les enfants et petits-enfants et, naturellement avec mon merveilleux mari, John Conheeney.

Et maintenant, chers lecteurs, j'espère que ce livre vous a plu, et qu'à présent, vous admettrez avec moi que rien ne vaut la douceur du foyer.

Mary Higgins Clark
dans Le Livre de Poche

Avant de te dire adieu   n° 17210

Un luxueux yacht explose dans le port de New York. À son bord, entouré de ses invités, Adam Cauliff, un architecte impliqué dans d'importantes opérations immobilières. Meurtre ou accident ?

Le Billet gagnant   n° 37050

Alvirah et Willy ont touché le gros lot. Autrefois femme de ménage et plombier, les voici désormais milliardaires. Les ennuis vont commencer…

Ce que vivent les roses   n° 14377

Kerry McGrath fait une constatation troublante : le Dr Smith, chirurgien plasticien, donne à ses patientes le visage d'une jeune femme assassinée quelques années plus tôt. Cette jeune femme, Kerry s'en souvient bien : c'est elle, alors procureur-adjoint, qui avait fait condamner son mari…

Cette chanson que je n'oublierai jamais   n° 31222

Une ritournelle lancinante trotte dans la tête de Kay. Pourquoi l'obsède-t-elle à ce point ? En plongeant dans ses souvenirs, la jeune femme revoit une scène un peu floue, dans la propriété des Carrington où elle a grandi.

La Clinique du docteur H.   nᵒ 7456

Avec une habileté remarquable, Mary Higgins Clark tisse la trame effrayante d'un complot médical qui doit rester secret à tout prix.

Dans la rue où vit celle que j'aime   nᵒ 17266

En 1891, des jeunes filles disparaissent mystérieusement. Un siècle plus tard, on découvre leurs squelettes ainsi que des cadavres plus récents : Spring Lake, station balnéaire chic de la côte atlantique, est tétanisée. Chacun semble avoir quelque chose à cacher.

Le Démon du passé   nᵒ 7545

Pat Traymore, journaliste de télévision, a été appelée à Washington pour produire une série d'émission : *Les Femmes au gouvernement*. En s'installant dans la magnifique maison de Georgetown où un crime a brisé son enfance, Pat commet sa première erreur...

Deux petites filles en bleu   nᵒ 37257

Goûter d'anniversaire chez les Frawley : on fête les trois ans des jumelles, Kelly et Kathy. Mais le soir même, de retour d'un dîner, les parents sont accueillis par la police : les petites ont été kidnappées.

Dors ma jolie   nᵒ 7573

Ethel Lambston, écrivain et journaliste, est assassinée alors qu'elle se disposait à publier, sur le milieu new-yorkais de la mode, un livre compromettant pour des personnalités en vue. Dont ce grand couturier accusé de trafic de drogue...

s'installée à Cape Cod, où elle a épousé Ray Eldredge. Mais le passé a l'art de resurgir inopinément...

Ne pleure pas ma belle   n° 7561

Elizabeth Lange est hantée par la mort tragique de sa sœur, tombée mystérieusement de la terrasse de son appartement de New York. A-t-elle été assassinée par son amant, le magnat des affaires Ted Winters ? S'est-elle suicidée ?

Ni vue ni connue   n° 17056

Alors qu'elle s'apprête à vendre un appartement dans Manhattan, Lacey Farrell, agent immobilier, est témoin du meurtre de la propriétaire. Or celle-ci lui avait fait ses confidences sur la mort de sa fille, actrice de Broadway, dans un étrange accident d'automobile.

Nous n'irons plus au bois   n° 7640

Laurie Kenyon, vingt et un ans, est arrêtée pour le meurtre de son professeur. Tout l'accuse. Cependant Laurie ne se souvient de rien. Sarah, elle, refuse de croire que sa sœur est coupable.

La Nuit du Renard   n° 7441

Un livre qu'il n'est pas question de poser avant d'être arrivé à la dernière page. On suit pas à pas, dans leurs cheminements périlleux et inquiétants, des personnages attachants auxquels on croit de la façon la plus absolue.

La nuit est mon royaume   n° 37121

Soirée de retrouvailles à Cornwall : les anciens élèves de la Stonecroft Academy fêtent le 20ᵉ anniversaire de la création de leur club. Parmi les invités d'honneur, l'historienne Jean Sheridan. Derrière le sourire de Jean, l'angoisse : elle vient de recevoir des menaces à l'encontre de sa fille.

Où es-tu maintenant ? n° 31636

Cela fait dix ans que Mack a disparu. Dix ans qu'il téléphone à sa famille, chaque année, à l'occasion de la fête des mères. Sa sœur Carolyn décide de le retrouver coûte que coûte. Malgré l'avertissement glissé à leur oncle, un prêtre, dans la corbeille de la quête à l'église : « Dites à Carolyn qu'il ne faut pas qu'elle me cherche. »

Recherche jeune femme aimant danser n° 7618

Erin et Darcy estimaient plutôt amusant de répondre aux petites annonces – rubrique « Rencontres » – pour aider une amie à préparer un reportage télévisé.

Souviens-toi n° 7688

Menley et son mari Adam se sont installés à Cape Cod, avec leur petite fille. Une obsession pour eux : surmonter le traumatisme dû à la disparition accidentelle de leur premier bébé.

Toi que j'aimais tant n° 37000

Vingt-deux ans après le meurtre d'Andrea, Rob Westerfield sort de prison décidé à obtenir la révision de son procès. Mais c'est compter sans la détermination d'Ellie, la sœur de la victime, que les menaces n'intimident pas – et qui fera bientôt des découvertes terrifiantes.

Tu m'appartiens n° 17107

Les disparitions inexpliquées de femmes : un bon sujet pour Susan Chandler, psychologue et animatrice sur une radio de New York. Or, lorsqu'elle évoque à l'antenne le cas de Regina Clausen, qui n'est jamais revenue d'une croisière, des auditrices l'appellent.

Un cri dans la nuit

Jeune divorcée, Jenny se débat dans la vie pour élever ses deux petites filles. Lorsqu'elle fait la connaissance du beau, riche et irrésistible Erich Krueger, elle a le coup de foudre.

Un jour tu verras…

Meghan n'en croit pas ses yeux : là, dans ce service d'urgences hospitalières, la jeune fille qu'on vient d'amener, victime d'une grave agression, lui ressemble comme une sœur jumelle.

Une seconde chance

Nicholas Spencer disparaît dans un mystérieux accident d'avion. Il est soupçonné d'avoir détourné des sommes considérables et ruiné les petits actionnaires de sa société. Carley, la journaliste chargée de couvrir l'enquête, se trouve confrontée à des questions troublantes.

Une si longue nuit

Alors que New York illuminé s'apprête à fêter Noël, une femme abandonne son enfant devant une église, et disparaît dans la nuit.

Composition réalisée par NORD COMPO

Achevé d'imprimer en juillet 2011, en France sur Presse Offset par
Maury-Imprimeur - 45330 Malesherbes
N° d'imprimeur : 165589
Dépôt légal 1re publication : janvier 2007
Édition 09 - juillet 2011
LIBRAIRIE GÉNÉRALE FRANÇAISE - 31, rue de Fleurus - 75278 Paris Cedex 06

31/1635/7